안개꽃 지다

국립중앙도서관 출판시도서목록(CIP)

안개꽃 지다 : 정안길 소설집 / 지은이: 정안길. -- 대전 :
오늘의문학사, 2014
    p. ;   cm

ISBN 978-89-5669-610-2 03810 : ₩12000

한국 현대 소설[韓國現代小說]

813.62-KDC5
895.734-DDC21   CIP2014010661

안개꽃 지다

정안길 소설집

오늘의문학사

　세상을 보는 눈이 다섯 발짝에도 미치지 못하던 유년에, 소설이라는 광대 무극한 굴곡진 험로를 들어서 총알같이 빠른 세월의 수레바퀴에 거북이걸음으로 그 허무의 길섶에 다다라서야 우두커니 서서 세월을 돌아본다.

　일찍이 망부(亡父)의 숙원이 열병의 도가니에 빠진 업보연기(業報緣起)라고나 할까. 암튼 그 세월의 덫으로 굼뜬 회수노구를 이끌고, 백수노모의 요양원을 드나들면서 바싹 야윈 손을 부여잡지만, 메마른 손길은 이미 바스러져 서걱거리는 억센 갈색풀잎일 뿐으로, 인생은 잔인한 꿈이란 자각에 머문다.

　삼십여 년 전 세상을 뜬 京山 金慶煥선생의 옥련몽 사설에 빠져 소설의 꿈을 키우고, 선친의 미제 업(?)과 더불어 일대기를 스스로 물려받은 평생과업으로 사색의 얼개에 목은 걸었지만, 영원한 습작, 무재의 필패 그 눈높이는 여전히 헛헛한 길 위에서 일월 공전에 초점 잃은 눈길을 보낸다.

　이십년 전 단편집 '무지개 영혼'을 상재한 뒤, 두 번째 단편집 '안개꽃 지다'를 내놓고 보니, 이게 마지막이란 생각을 떠올리지 않을 수가 없다. 정녕 길지 않은 인생을 치열한 몸살로 흘려보냈지만, 이제는 쓰고 싶어도 더는 쓰지 못하는 촌음시경(寸陰是競)의 찬스마저 망실한 채 숙원의 장편소설에 매달려 좁고 막다른 고삳길에서 꼽추의 춤사위마냥 어쭙잖은 습성으로 여백을 메우는데 천착한 것일까.

사치스러운 허무의 무지개를 보면서 소설이 곧 인간사임을 통감한다. 남자로써 곧잘 여자가 되고, 다시 남자로 돌아와서는 그 진실 속에 묻힌 삶의 방정식을 찾고, 그 탐색의 길목에서 이성(異性) 사이를 넘나들면서 끝없는 지평을 달리던 해괴했던 생태였다. 그러나 인간은 또한 연약한 풀잎과도 같아서 바람이 불면 그 본성대로 엎어지거나, 자빠지는 어쩔 수 없는 본능적의 동물이 아니던가.

그리하여 흩날려 떠도는 편린들을 하나둘 주워 모으는데 눈을 팔았다. 두 번째 단편집 또한 펴내주신 오늘의문학사에 깊은 감사를 드린다.

2014. 3.
백마강변 正山精舍에서 필자 씀

우연한 동행

"부관, 어딨나?"

황급히 지프차에서 내린 부대장은 중대부관을 찾았다. 사병 하나가 재빨리 행정반으로 뛰어 들었다. 그 뒤를 따라 사무실로 들이닥친 부대장 앞에 부관이 나타났다. 뒤로 자빠질 듯 몸을 꼿꼿이 세운 부관이 떨리는 손으로 부대장에게 경례를 부쳤다.

"어떻게 된 거야?"

부대장은 지휘봉 잡은 손을 한 번 흔들어 보였다.

"오발사곱니다."

"오발사고? 어떻게 교육을 시켰기에 오발이야? 어디에 안치했나?"

"탄약곱니다."

"탄약고? 빨리 안내해!"

부대장은 한 번 반문하더니 부관을 앞세우고 탄약고 쪽으로 발을 옮겼다. 탄약이 가득 채워진 탄약고 안에서는 화약냄새가 코를 찔렀다. 김 병장의 주검은 좁다란 공간에 널브러진 채 뻗어 있었다. 화약 독이 전신으로 배어들었는지 노릇해진 주검은 퉁퉁 부은 채, 유혈이 낭자했다. 총알이 파고든 자리와 뚫고 나간 자리는 서로 다른 모습이었다. 탄착점인 옆구리는 어떤 과일꼭지만큼 옴폭 파인 정도였지만 관통한 어깨는 크게 흐무러져 처참한 꼴이었다.

부대장은 잠시 그런 모습을 물끄러미 내려다보더니 이내 발을 돌렸다. 차마 눈으로 볼 수 없는 광경이던 모양이었다.

사무실 앞에 다다른 그는, 갑자기 노기 찬 얼굴로 부관을 앞에 세워 놓았다. 그리고 대뜸 그의 조인트(정강이)를 구둣발로 까기 시작했다.

"이 새끼야! 네 자식 같으면 죽은 개 취급하겠나?"

그의 목소리는 쩌렁하게 울려 퍼졌다.

핏기 잃은 부관은 그의 발길에 못 이겨 비틀거리면서도 몸을 고나 세우려고 애를 썼다. 그러나 부대장은 한동안 실성한 사람이 되어 축구선수가 공을 차듯, 발길질을 멈추지 않았다. 군모가 날아가고 자세가 흩어지는데 그런 속에서도 부관은 땅바닥에 떨어져 제멋대로 뒹구는 군모를 주어다가 머리에 쓰고서 얼어붙은 자세로 서있다.

"어디에 안치할 건가 말해봐?"

한동안을 날뛰던 부대장이 자세를 바로 세우고 물었다.

"…?"

부관은 얼른 생각나지 않는 듯 대답을 못했다.

"왜, 말이 없나!"

부대장은 다그치며 발길질 한 번을 더했다.

"취사장으로 옮기겠습니다."

부관은 겁에 질린 나머지 생각나는 대로 대답하는 것 같았다.

"안돼! 당장 중대장실로 옮겨! 그리고 장례식 때까지 교대 근무로 경비 똑바로 하도록! 알겠나?"

"옛! 알겠습니다."

부관은 절도를 잃지 않고 대답과 동시 경례를 부쳤다.

기운 햇살이 아카시아 푸른 숲을 뚫고 쏘대는데, 부대장은 지프차에 올라 곧바로 영내를 빠져나갔다.

지프차가 모습을 감추자 부관은 숨을 몰아 쉴 겨를 없이 서둘러 탄약고의 주검을 중대장실로 옮기도록 조치했다. 군 수사대의 조사가 끝났음을 이미 확인한 터라 염습과 입관을 마치게 하고, 운구하도록 했다.

관 앞에 제물을 배설하고 촛불까지 밝혀 놓았다. 중대장실 안팎으로 다섯 명의 초병을 배치하고 교대 근무를 서게 했다.

긴긴 해가 지고 어둠이 왔다. 그런데 그날 밤 느닷없는 비가 퍼붓기 시작했다. 어디에서 비구름이 몰려왔는지 갑자기 밤하늘을 검정구름이 메웠다.

이따금 조각구름이 떠돌기는 했으나 온종일 해맑던 날씨였는데 괴이한 생각마저 들었다. 비도 조용히 내리지 않았다. 번개와 뇌성이 함께 어우러져 날카로운 불빛은 연신 어둠을 찢고, 요란한 천둥소리는 지축을 울렸다. 비가 얼마나 퍼붓는지 조금 뒤에는 도랑물 흘러가는 소리가 세차게 들려왔다.

비는 줄곧 그치지 않고 쏟아졌다. 천둥소리도 밤새껏 울려 퍼졌다. 창문이 드르렁거리며 뒤흔들렸다. 파란 번갯불이 실내의 어둠을 쓸었다. 세찬 바람소리가 휘파람을 불었다. 무서운 밤이었다. 관을 안치한 제상의 촛불이 자꾸 바람에 꺼졌다. 그럴 때, 초병들은 외마디소리를 쳤다. 창문 틈으로 스민 바람이 웬일인지 돌풍으로 변하면서 볼 것 없이 두 개의 촛불을 한꺼번에 껐다. 칠흑의 어둠이 공포를 몰고 왔다. 소름이 등 뒤로 찬물처럼 흘렀다. 정령 괴이했다.

밤은 깊어 가는데 장례준비며 사건보고서 작성에 녹초가 된 병사들도 호롱불에 밀려오는 졸음을 참지 못했지만 이런 상황에 제풀로 잠들지 못했다.

소대 막사들은 어둠 속에서 저마다 희미한 불빛을 핏빛처럼 흘려내었다.

사건 내용은 오발탄을 쏜 홍 상병의 진술과 심증으로만 좌우될 수밖에 없었다.

사건이 났던 일요일 낮 3시경, 홍상병이 사격장과 들샘 빨래터 중간

지점 초소에서 보초근무를 했다. 그때 마침 피복세탁을 나왔던 김 병장과 눈이 마주쳤다. 홍 상병을 본 김 병장은 여느 때처럼 미소지으며 정겨운 표정이었다. 둘은 같은 고향 선후배 사이로 늘 가깝게 지냈다. 김 병장은 예사롭게 홍 상병의 초소로 다가갔다. 둘은 서로 만나 고향이야기를 나누면서 정다운 한때를 보냈다. 그런데 갑자기 김 병장이 총검술 시범을 보인다면서 어깨총 자세의 홍 상병 총을 달라고 했다. 주지 않자 완력으로 빼앗으려 했던 게 사건의 발단이었다. 초병이 총을 남에게 주거나 빼앗기는 행위는 절대수칙 위반이어서 실랑이가 벌어진 것이다. 어깨총 자세에서 김 병장이 총을 낚아채자 총목을 잡게 된 홍 상병은 무의식중에 손가락이 방아쇠에 꽂혔다. 김병장은 실탄이 장전됐으리란 생각은 조금도 없었을 터였다. 홍상병 자신도 그런 의식을 되살리지 못했다. 게다가 막무가내로 총을 낚아채는 바람에 홍상병은 방아쇠에 걸렸던 인지가 당겨지면서 뜻밖에 격발되고 말았다.

총구를 빠져나간 탄알은 곧장 김병장의 옆구리를 파고들었고, 그 뒤 일에 대하여 홍상병은 기억이 없었다.

현장검증과 부검결과 홍상병 진술대로 오발탄은 김병장의 왼쪽 옆구리를 뚫고 들어가 바른쪽 어깨 위를 관통한 게 사실이었다.

그러나, 김병장이 홍상병의 말대로 정령 총검술 시범을 보이려고 그랬는지 아니면 다른 이유로 사살했는지는 베일로 가려졌다. 그런 정도의 이유만으로 그처럼 완력을 써가며 총을 뺏으려 들었을까. 또 실탄지급을 원칙으로 금하는 후방 경비중대에서 실탄을 어디에서 어떻게 습득하여 총에 장진힐 수 있었을까가 사건 초점이었다. 홍상병의 진술로는 근처 사격장에서 유실된 실탄을 주어 장난으로 장전했다지만 장난이라는 홍상병의 진술에는 어폐가 있고 야릇한 여운이 남았다. 또 실탄이 재어있는 총을 김병장이 느닷없이 빼앗으려 할 때, 홍상병은 왜 그런 사실을 토해내지 못했을까. 그러나 그는 갑자기 생긴 일이어서 당황

한 나머지 실탄 장전 사실을 미처 알릴 겨를이 없었다고 했다. 그러면서 김 병장과는 아무런 감정도 없고 순전히 장난 끝에 벌어진 일이라고 주장했다. 그러므로 죽은 김병장은 홍상병의 총에 실탄이 들어 있던 사실을 까맣게 몰랐을 것이므로 장난치다가 변을 당한 게, 확실시되었다.

사건이 축소, 은폐되었던 밝혀진 사실대로든 내용은 그처럼 맞아떨어지고 말았다. 목격자가 없고 둘이서만 벌린 일을 가지고, 다만 진술과 증거에 따를 수밖에 없는 노릇이었다. 죽은 놈은 말이 없을 것이고 억울해도 할 수 없는 일이며, 어떤 사인(死因)이 되었던 죽음이 바로 끝이었고 엄연한 사실로 남았다.

급양업무를 맡고 있던 살살이 일병은 이 사건이 깔끔히 끝난 뒤에도 악몽 같은 기억이 머리 속에서 사라지지 않았다. 이유는 끔찍한 사건이었다기보다 김 병장이 죽던 날 밤의 공포였다. 그날 밤 있었던 폭우와 천둥, 번개의 공포는 생각을 곱씹어도 예삿일 같질 않았다. 필시 죽은 김 병장의 넋이 어떤 억울함을 호소하려는 느낌이었다. 왜 그랬을까? 의문이 일었지만 머리 속에서만 끈적거릴 뿐이었다. 오발탄에 죽었던 조준사격에 죽었던 김 병장에게는 죽음 그것으로 원혼이 될 수도 있었다.

그런데 사건이 있은 뒤, 살살이는 경비중대에서 그리 멀지 않은 대공작전을 임무로 하는 부대로 배속되어 갔다. 특별한 작전이 없는 때는 관할지역인 해안선을 따라 기차를 타고 다니며 감시망을 폈다. 그에게는 권총과 실탄, 그리고 무전기도 지급되었다.

살살이는 기차를 타고 해안선을 돌면서 분소를 돌아다니며 근무상황을 살폈다. 그 가운데에도 구도리 해협을 자주 갔다. 그곳은 섬이 가까이 있어 침투위협을 많이 받는 취약지였다.

어느덧, 1년을 흘려보낸 일이었지만, 살살이는 김병장의 주검과 예의 그날 밤 천둥소리와 번갯불의 공포가 기억 속에서 사라지지 않고 되살아나곤 하던 날이었다. 그날도 구도리 막차를 타려고 기차에서 내렸다. 손목시계가 밤 9시 반 턱에 닿는 것을 보고 부랴부랴 걸음을 재촉하여 버스정거장에 다다랐으나 차는 이미 뜬 뒤였다.

그는 여느 때와 같이 걷기를 시작했다.

고갯마루에 오른 그가 내리막길로 접어들 무렵이었다. 이제껏 혼자 걸어 왔다고 생각했는데 갑자기 뒤에서 발소리가 들려오기 시작했다. 발소리는 바람소리 같았다. 그는 깜짝 놀라 뒤를 돌아보았다. 정령 그의 귀에 걸려든 발소리와 같이 한 여인이 거리를 두고 자신의 뒤를 따라 오는 게 아닌가. 꼭 여자라고 보기엔 착각일지 몰랐다. 그러나 또렷하지 않을 뿐, 사뿐히 걷는 조용한 발소리와 너풀거리는 하얀 소복이 여자임에 틀림없었다. 설핏 보았어도 치맛자락이 걷는 대로 휘날리듯 보였으므로 더욱 그랬다.

그는 한 번 스쳐본 것으로 그렇게 믿었다. 어떻든 한 사람이 자신의 뒤를 따라 온다는 사실이었다.

내리막길 첫 산모롱이를 돌아서려는데 문득, 칠흑의 어둠이 짙게 시야를 가렸다. 희미하나마 어릿하게 눈으로 들어오던 길마저 보이질 않았다. 무슨 검은 천을 눈앞 가까이 가로막은 듯 싶었다. 그렇지 않고서는 비록 어두운 밤이라도 드넓은 한길을 분간할 수 없겠는가. 그는 잠시 발을 멈추고, 두리번거렸으나 아무 것도 눈으로 들어오는 게 없었다. 그래서 덩그러니 서있는데, 괴이한 일이 벌어졌다. 거리를 두고 따라오던, 여인의 발소리가 갑자기 앞에서 들려왔다. 자신을 앞지를 겨를이 없었고 지나치는 발소리조차 들을 수 없었는데, 어찌된 일인지 몰랐다. 그는 혼미 속으로 빠져든 채, 그 지리에 서서 귀만 쫑긋 세웠다. 그러나 발소리는 분명 앞에서 들려왔다. 조금 뒤에는 앞을 가렸던 어둠이 차츰 걷히기 시작했다. 이제 그는 앞을 가는 여인의 모습을 희미하게나마 볼 수 있었다. 길눈이 트여지자 길도 보였다. 비록 가녀린 발소리였지만, 여인의 모습은 또렷했다. 어느 순간에 여인이 자신의 앞을 질러

갔을까. 그는 의문이 솟았다. 모를 일이지만, 어둠이 짙어 멈칫거리던 순간 지나쳤을지도 몰랐다.

　스산한 바람이 정수리를 스쳐 갔다.

　둘째 산모롱이를 돌아설 때에는 저수지의 수면이 어둠 속에서 희끄무레한 빛으로 번뜩였다. 뜸뜸이 물떼새의 울음소리도 들려 왔다.

　여인은 미풍과도 같은 발소리를 내며, 하얀 모습대로 걸었다. 그런데 그가 또 산모롱이를 돌아서려던 때였다. 방금 앞서 가던 여인의 모습이 시계에서 사라졌다. 그는 본능적으로 발을 멈춰 세웠다. 소름이 전율처럼 등을 타고 흘렀다. 순간, 빠른 동작으로 몸을 돌려 뒤를 돌아보았다.

　"앗!"

　그는 자신도 모르게 외마디소리를 쳤다. 그건 놀랐을 때 외치는 처절한 소리였다. 여인은 뒤에 있었다. 그는 아뜩한 현기증으로 비틀거리면서도 재빨리 권총을 빼들었다. 이미 공포의 도가니 속에 휘말린 그의 최후 발악 같은 몸짓이었다. 그런 위급한 상황에서도 그는 혹시 하는 생각으로 여인의 발치에 총을 겨누고 방아쇠를 당겼다.

　공포 두 발이 터졌다.

　"탕, 타―앙!"

　폭음이 고적한 밤을 갈기 찢었다. 튀는 불꽃이 시야를 가렸다. 아무것도 보이질 않았다. 그런 순간 그는 또 공포에 떨었다. 사람이라면 무슨 소린가 질러댔을 게 틀림없었다. 그러나, 아무 반응이 없었다. 화염이 눈을 스치는 대로 그는 방금 여인의 발치, 사격지점을 바라보았다. 여인은 그곳에서 이미 사라지고 없었다. 그는 이미 지레짐작이 들었다. 그래서 또 몸을 돌려 골짜기 굽이길 쪽으로 눈을 주었다. 여인은 그곳에서 보란 듯 아까처럼 걸었다. 그제야 비로소 여인이 어떤 화신(化身)이며 사람이 아닐 거란 생각이 들었다. 그러면 도시 무어란 말인가? 허깨비나 귀신일게 뻔했다. 아니 둔갑을 한다는 백년 묵은 여우일지 몰랐다. 그런데 왜 저따위 악령이 자신에게 나타나 보일까. 까닭이 뭐란 말인가. 그는 의문이 꼬리를 물었다. 이런 올가미에 걸려들자 마음이 괜히 조이고 설레었다. 초조해지기 시작했다. 총을 쏘면 귀신도 연기처럼 자취를 감춘다는 말이 정령 헛소리였다. 괴이하고 놀라운 일이었다.

그런 의아한 속에서 그는 문득 자신의 살살이란 별명이 왜 병사들 입에 올랐나를 생각해 보았다. 군대 입대 전 별명은 달달이였다. 어려서부터 무엇이든 잘 기억을 되살려 조잘대기를 잘한다하여 붙여진 별명이었다. 달달이와 살살이의 말뜻은 서로 다르긴 했지만 발음이 서로 비슷해 살살이라고 불러도 기분이 언짢지는 않았다. 살살이라고 불러도 달달이로 불리는 것 같아서였다. 하지만 이제야 깨달아지는 것은 자신의 살살이란 별명은 급양업무를 맡았을 때, 붙은 게 아닌가. 그렇다면 병사들의 몫을 몰래 감춰뒀다가 상급들 비위 맞추기에 급급했던 비굴함과 얄팍한 짓거리를 밥 먹 듯한 자신을 두고 비아냥거렸던 게 아닌가. 그리고 그들은 눈, 비가 오든, 밤낮없이 고통을 참고 근무하는데 자신은 그걸 미끼로 좋은 부대로 빠져나갔다는 게 죄악일지 몰랐다. 지금 저따위로 눈앞에 나타나 있는 화신은 정령 그런 죄를 벌주려는 속셈 같았다. 아무튼, 그는 걸음을 멈추고 무작정 서있다가는 또 다른 괴물이 나타나 자신을 저수지에 빠뜨려 물귀신을 만들지 모른다는 생각이 되살아났다.

그는 무거운 발길이었으나 재빨리 발을 떼어놓아야 했다.

세 번째 산모롱이를 돌아서 길가 외딴집 앞에 다다랐다. 집 앞을 지나는데, 또 여인은 눈앞에서 사라져서 뒤를 밟아 왔다. 이제 그는 귀신이나 괴물의 장난으로 체념했다. 하지만 신변의 위협을 받고 있었다. 어느 순간 달려들어 무슨 짓을 할지 모를 일이었다.

굽잇길을 돌아서 또 한 모롱이를 돌아섰을 때, 길은 곧게 트였다. 곧은길을 조금 걸어가려는데, 여인은 어느덧 앞을 서 갔다. 살살이는 이미 체념했어도 공포와 불안감에 휩싸여 지금 자신이 어떤 상황에 있는 지조차 흐릿해졌다. 괴물이 자신을 그냥 보내진 않을 것 같았다. 넋을 빼앗아 가던가, 아니면 당장 목을 졸라 자신을 길 위에 쓰러뜨릴지 몰랐다. 괴물에게 홀리면 저수지의 수면이 운동장처럼 보일 것이고, 산이 평지로, 가시덤불이 잔디밭으로 착각될 것이다. 그러면 물에 빠져죽던가, 가시덤불에 만신창이로 육신을 찢기고 가련한 주검이 될 것이다. 공포가 칼날처럼 가슴 한가운데를 파고들어 왔다. 그럴수록 그는 걸음을 재촉했다.

길을 따라 의연히 걸어가는 여인의 소복은 희다 못해 수의(囚衣)처럼 푸릇해 보였다. 여인은 바람에 날리듯 똑같은 모습으로 걸어갔다. 펄럭이는 치맛자락이 저수지 물 그림자로 출렁거려 보였다.

한밤의 훈풍이 저수지 물을 머금고 달려왔다. 바람은 여인의 모습을 허공으로 물결치듯 나풀거리게 만들었다.

한참을 걸었을 때, 바른쪽 언덕위로 보리밭이 드넓게 펼쳐졌다.

그 때, 문득 여인은 멈칫하더니 보리밭 사이로 발길을 돌렸다. 살살이는 잠시 걸음을 멈추고서 보리밭 길을 질러가는 여인의 생경한 모습을 망연히 바라보았다. 의문을 남겨둔 채, 어디론지 멀어져 가는 여인을 그대로 보내놓고 발을 돌릴 수는 없었다. 도시 뭐란 말인가? 정체를 알고 싶었다.

그제야 살살이는 속옷이 땀으로 흠뻑 젖어 끈적끈적 살로 달라붙고 있는 걸 느꼈다. 그는 망설이다 못해 발을 그리로 끌어갔다. 그리고 어느덧 멀어져간 여인의 뒤를 잽싸게 밟아갔다.

그는 몸을 한껏 움츠리고 보리밭 길을 살금살금 기었다. 언제 괴물이 느닷없이 뒤에 나타날지 모를 일이었다. 생각이 그에 미치자 가슴이 조여들고 마구 뛰어 이따금 뒤를 돌아보면서 갔다.

보리밭 길을 거의 다갔을 때, 밭머리로 외딴집 한 채가 눈에 띄었다.

펄펄 날리듯 가던 여인이 문득 사립 앞에 걸음을 멈췄다.

그걸 본 살살이도 발을 멈추고 보리밭에 숨어 그 쪽을 엿보았다. 분명치는 않았지만 여인은 안을 향해 뭐라고 말하는 것 같았다. 그런 뒤, 안에서 누군가 나와 사립을 열어주는 듯한 모습도 희미하게 나타나 보였다. 문이 열리자 여인은 집안으로 들어갔다. 사립짝에 매달린 깡통소리까지 들려왔다. 그런걸 보면, 허깨비나 귀신이라고 생각하기엔 너무도 의아했다. 실제 사람이 집안으로 들어가는 것과 다름없었다.

여인이 집안으로 들어가는데 이어 살살이는 재빨리 그리로 다가가 보았다. 사립 앞에 다다르자 집안에서 흐릿한 불빛이 새어 나왔다. 불빛은 부엌에서였다.

그는 사립을 가만히 밀어보았다. 굳게 닫쳐진 문짝은 꼼짝하질 않았다. 잠시 머뭇거리다가 내친 김에 사립짝을 세게 흔들어 보았다. 그러자 사립에 매달린 깡통이 요란한 소리를 냈다. 짧은 순간이 흘렀다. 조용하자 그는 또 한 번 세차게 흔들었다. 그러자 드디어 부엌 거적문이 들쳐지면서 사람이 그리로 삐어져 나왔다.

"누구서유?"

밖으로 나온 아낙네는 부엌문 앞에 서서 조심스레 소리쳐 물었다.

"아주머니, 저 군인입니다. 지나다가 목이 말라서 물 좀 얻어 마시려고 왔습니다."

정말 살살이는 목이 타들어 갈 듯 갈증을 느꼈다. 소리를 듣고서야 그는 나이 든 아낙넨 줄을 알았다.

"그러서유."

여인은 더 물을 것 없이 잽싸게 사립 쪽으로 달려오더니 얼른 문을 열어주고 그를 안으로 맞아 들였다. 아낙네가 이끄는 대로 방으로 들어갔다. 남편인 듯한 남자가 팔베개를 베고 눴다가 얼른 몸을 일으켰다.

"우리 친정 동생두 군댈 갔는디, 월매나 고생헐란지 모류."

아낙네는 군복차림의 살살이가 방으로 들어가는 것을 보고, 토방에
서서 혼잣말처럼 중얼거렸다.

방문을 닫고 남자와 마주앉았는데 부엌 샛문이 덜컥 열리더니 아낙
네가 물그릇을 방으로 디밀어 주었다.

살살이는 물을 벌컥벌컥 소리가 나도록 마셨다.

"어디서 근무 허간디?"

남자가 가라앉은 목소리로 물었다.

"장산, 파견댑니다. 임무수행 차 구도리 분소에 가던 중입니다."

"막차를 놓친 모양이구먼?"

남자는 아직 잠에서 덜 깼는지 게슴츠레한 눈으로 물었다.

"그렇습니다."

살살이는 그릇에 남은 물을 마저 마신 뒤, 집안을 둘러보았으나 방금
들어온 사람의 인기척이라곤 찾아 볼 수 없었다.

"저어, 지금 여기 온 사람 없었습니까?"

살살이는 더욱 이상한 생각이 들어 곧바로 물어보았다.

"무슨 사람, 수상한 사람 말인가?"

남자는 되레 의아한 표정으로 생경하다는 듯 반문했다.

"수상하다기보다―, 여자 분 같던데요."

"여자?"

남자는 잠시 미간을 찌푸리고 생각에 잠기는 듯 했다. 그의 표정만
보아도 지금 어느 누구도 찾아오지 않은 눈치였다.

"예, 그렇습니다."

살살이가 남자의 표정을 훑어가며 대답했다. 그때, 생각에 빠져들었
던 남자가 샛문을 밀치더니 부엌에 대고 물었다.

"여보! 밖에 누가 왔었소?"

남자가 묻자 아낙네는 하던 일을 멈추고 샛문으로 얼굴을 내밀었다.

"아뉴, 아무도 온 사람이 없는디유."

아낙네는 살살이와 남자를 번갈아 보며 대답했다.

"아주머니, 전 사람을 잡으려고 온 게 아닙니다. 그저 알고 싶어서 묻는 말입니다."

"그려두 말유, 사람이 왔이야 말이지유."

아낙네는 그렇게 말하고 내밀었던 얼굴을 지웠다. 그리고 부엌일을 하는지 칼질소리가 연이어 들려 왔다.

살살이는 야릇한 생각이 뇌리에 박혀들기 시작했다. 지금 자신을 바라보고 있는 남자는 말할 것도 없고, 문을 열어주고 이다지 방으로까지 이끌어 들였던 부엌의 여자도 모두 허깨비 아니면 귀신일 것 같았다. 길에서 보았던 괴물이 자신을 이곳으로 끌어들여 혼을 빼고, 겁을 먹게 하여 지레 죽는 꼴을 보려고 한 짓 같았다. 그러기에 사실을 감추고 능청을 떨고 있는 게 아닌가.

이런 생각이 머리 속을 오가는데 문득 부엌의 칼질소리가 멈춰지면서 열어젖뜨려진 샛문으로 또 아낙네가 얼굴을 내밀었다.

"가만 있유. 그러믄 어떻기 생긴 사람이 오는걸 봤단규?"

그녀는 무슨 생각에선지 다시 캐묻고 있었다.

"예, 제가 어떤 사람과 구돗재를 같이 넘어왔는데 이상해서 그 사람이 이 집으로 들어오는걸 보고 따라 들어 온 겁니다."

아낙네는 눈을 연신 깜박거리며 듣고 있었으나 이야기가 시원치 않은지 아예 문턱에다 팔을 집고 서서 되물었다.

"좀 자시허기 야기 좀 혀 보슈. 군인양반."

"예, 말씀 드리겠습니다."

살살이는 구돗재 고갯마루에서 방금 일어났던 일들까지 그대로를 털어놓았다.

이야기를 다 듣고 있던 아낙네는 남편의 얼굴을 자꾸 훔쳐보았다.

"당슨도 분명 허기 들었잖유?"

"…."

남자는 아무 말 없이 눈만 끔벅거렸다.

"오늘 제삿밥 먹으러 온기 틀림없단게유."

아낙네는 남편에게 뭔가를 다짐받으려는 눈치였다.

"헛것을 본걸 겨."

남자는 영 믿어지지 않는 듯 시큰둥한 말투였다.

"이 양반 좀 봐. 그려도 못 믿는다니 원."

아낙네는 남자가 원망스럽다는 표정을 지으며, 살살이에게 시선을 돌렸다. 그녀는 숫제 몸을 뭉개듯 하더니 추근추근 방으로 기어 들어와 앉았다.

등잔 불빛이 그들 내외의 얼굴을 붉게 물들이고 있었다.

"오늘밤이 누구 제삽니까?"

살살이는 넘겨짚어 물어 보았다.

"시누이 제삿날 인디, 이 양반은 들구 귀신 붙는다고 말유, 뭔 눕이 지사냐고 혔싸니께 답답허유."

아낙네는 무슨 생각에선지 젖어드는 눈시울을 앞치마로 찍어냈다.

"…!"

살살이는 그제야 전율처럼 느껴지는 그 무엇이 와 닿는 것 같았다.

"이이는 그깐 것 잊어버리고 말라지만, 워디 사람 맘이 그렇대유. 같은 여자시정 갖고, 그런 게 아니란게유. ─애인이 경비부대 있었는디. 그만, 사고로 죽었단 게, 구돗재 말랭이 가서 목매어 목숨을 끊은 규. 을매나 불쌍허유."

아낙네는 연신 치맛자락으로 콧물, 눈물을 연신 닦아내며 말했다.

"예에?"

살살이는 아낙의 말을 듣는 순간 소스라치게 놀랐다.

"아니, 군인양반이 왜 고로코롬 놀랜대유?"

"아, 아닙니다."

살살이는 흠칫 놀랐지만 입을 사렸다.

"뭔 야긴가. 헐 말 있음 허유."

아낙네는 살살이에게 다그쳤다.

"얼마 전 저희 경비중대에서 그런 일이 있었거든요."

아낙네는 생경한 표정으로 살살이를 바라보았다.

"혹, 김병장이라고 않던가유?"

아낙네는 대뜸 김병장을 뱉어냈다.

"맞습니다. 김 병장. 제가 전에 근무했던 중대 고참이었거든요."

"그러믄, 그 총각이 어뜩 혀서 그렁규? 허긴 다 끝난 일이지만 말유."

아낙네는 바싹 몸을 조이면서 캐물었다.

"아주머니 말씀대로 사고가 난 거죠."

살살이는 그렇게만 말했다.

"그런디, 그기 홍상병두 있지유?"

아낙네는 또 뜻밖의 홍상병을 물고 나왔다.

"홍상병요?"

살살이는 아득한 현기증을 일으키며, 큰소리로 물었다.

"야! 홍상병유."

아낙은 숨이 막히는 듯 되뇌었다.

"홍상병이 어떻다는 겁니까?"

실실이는 격하게 물었다.

"첨이는 홍상병 허고 좋아 지낸가뷰. 그런디, 어느 날, 김병장이 우리 시뉘를 강지로…"

"아…!"

살살이는 가슴께서 굳은 핏덩이가 한꺼번에 내려앉는 것 같았다.

"시상이 머리도 안 푼 츠녀가 목숨 바쳐 총각 따라 가설랑…"

그녀가 말끝을 못 맺고 있는데, 어디선가 굴비 타는 냄새가 코끝으로 스며들었다.

"고기 탄내가 나는군요."

"아이구매, 내 정신 좀 봐."

아낙은 깜짝 놀라면서 몸을 끌고 샛문을 빠져나갔다.

"조기를 시뉘가 다 먹었네. 여그 온지가 을매여. 기다려도 안 준 게."

부엌으로 들어간 아낙은 혼자말로 구시렁댔다. 그녀의 목소리는 왠지 울림이 있었다. 숯불 위에 올려놓은 조기가 숯처럼 탄 모양 같았다. 그녀의 남편은 아내가 살살이와 이야기를 주고받는 동안 팔베개를 벤채 잠들어 있었다.

살살이는 이제 길을 나서야겠다는 생각으로 자리에서 일어서려는데 천장 반자지 속에서 부스럭거리는 소리가 났다. 소리가 나자 살살이는 멈칫했다. 부스럭거리는 소리는 우르릉, 우르릉 천둥소리를 닮았다.

그건 속에 있던 쥐들이 반자지를 타는 소리였다. 그러나 그는 김 병장이 죽던 날밤 천둥소리처럼 환청으로 들려왔다. 쥐는 한두 마리가 아닐 성싶었다. 연신 뒤를 쫓는 쥐들의 행렬이 요란한 소리를 내었다.

그 때였다. 방문이 소리 없이 열리더니 갈매기 군모를 쓴, 군인 하나가 방으로 들어오는 게 아닌가.

"어?"

살살이는 외마디소리를 쳤다. 그는 얼마 전 홍상병의 총에 맞아 죽었던 김병장이었다. 조총을 발사하고 장렬한 전사를 했다며 중대 장병들이 연병장을 메우고 애도했던 그가… 그의 주검은 이미 군용차에 실려 화장터 아궁이에 처박혀 이글거리는 불길 속에서 뼈조차 재가 되었을 터였다. 그가 한밤에 이곳을 찾다니 괴이쩍었다.

"김병장님! 김병장님!"

살살이는 격하게 그를 불러 보았다.

그러나, 그는 말없이 한구석에 박히듯 쪼그리고 앉았다. 무표정한 그는 탄약고의 한 공간을 차지하고 널브러졌던 때, 노릇하게 부은 데다 왼쪽어깨가 허물어진 모습 그대로였다.

"군인양반! 방금 누가 온규?"

아낙네가 또 샛문으로 얼굴을 내밀며 물었다. 그녀의 얼굴은 아까 보았던 모습이 아니었다. 무덤을 파먹고 나온 이야기 속의 여우같았다. 불여우라던가. 그래서 갑자기 그녀의 입술은 소름이 일만큼 빨갛게 달아올라 보였다. 무엇을 먹었는지 입가에는 음식 찌꺼기가 너절하게 달라붙어 있었다. 아낙네는 미친 것 같았다. 그녀의 손에는 먹다가 만 검은 숯검정이 쥐어져 있었다. 그건 말할 것도 없이 타버린 조기일 것이다.

"…!"

살살이는 아낙이 묻는 말에 대꾸하지 않았다. 오직 한구석에 박혀 있는 김병장에게 눈을 주었다. 우르릉, 우르릉 천장의 쥐 떼들은 요란한 소리를 내며 멋대로 놀아났다. 이리 닫고, 저리 달으며, 뛰었다.

우르릉, 우르릉,

순간 살살이의 눈에 파란 불빛이 번뜩거렸다. 김병장이 죽던 날 밤의 번갯불 같았다. 윗목에 쌓아 논 볏섬과 뜯겨지고 허물어진 벽, 천장의 흉물스런 몰골들이, 그런 빛으로 또렷하게 나타나 보였다. 김 병장의 추레하게 웅크리고 앉은 모습조차 선명했다.

살살이는 그런 광경들을 바라보고 있는 동안, 아낙은 잠든 남편을 흔들어 깨웠다.

"여보! 여보!"

아낙은 할퀴듯 잠든 남편을 잡고서 외쳐 불렀다.

"…"

남편은 잠시 깨어나 넋 나간 사람처럼 말없이 그녀를 물끄러미 처다

보고 있었으나 이내 제풀로 쓰러져 누었다.

"시뉘가 왔유. 지사를 지내야유."

아낙은 동그래진 눈으로 호들갑을 떨며 남편을 일으켜 세우려 했다. 그러나 헛일이었다.

"시방 뉘가 지사 못 지내게 허남."

남편은 잠꼬대 같은 소리를 중얼거리면서 자리에서 일어나려는 듯 하더니 그 참 반대쪽으로 쓰러져 잤다.

아낙네는 할 수 없다는 듯 샛문을 뚫고 부엌으로 사라져 갔다.

살살이는 자리에서 일어나 시렁가래에 얹어 논 제사상을 내려놓고 아낙네가 들여오는 제물을 상위에 하나 하나 배설해 놓았다. 메를 올리고, 촛불을 켰을 때, 언뜻 보았어도 김 병장은 얼굴에 웃음을 지었다.

바람이 휙 불고 지나치면, 촛불은 으레 꺼졌다. 그럴 때, 초병들은 외마디소리를 쳤다. 불을 켜고 바람이 잠잠하면 제상에 놓인 대추, 곶감 같은 제물을 넘성거리고 손버릇 사납게 집어다가 먹었다.

우르릉 쿵쾅

요란한 천둥소리가 나면 다들 몸을 움츠리고 쥐구멍을 찾지만, 순간만 비키면 도로아미였다.

"하하하, 오호호."

깔깔대는 웃음소리가 살살이의 귀에 아직 남아 환청으로 들렸다.

제상 차리기가 끝나자, 아낙네는 방으로 들어오더니 앞치마를 벗어 횃대에 걸고, 머리를 쓸어 올렸다. 어느새 그녀의 입가에 덕지덕지 달라붙었던 음식찌꺼기들은 찾아 볼 수 없었다. 소복을 한 그녀는 되레 깔끔하고 정갈해 보였다.

그녀가 제상 앞에 다소곳이 앉아 술을 따라 올리는데 소복한 여인의 모습이 겹겹으로 부풀면서 꽃잎처럼 나풀댔다. 그건 살살이의 착시일지 몰랐다. 아무튼 한구석을 차지하고 꼼짝없이 처박혔던 김병장의 모습도 그런 소복의 너울 속에 같은 모습으로 끼어들었다. 꺼풀 같은 것들은 아낙네가 움직일 때마다 잠잠한 공기 속의 연무(煙霧)처럼 느슨하게 용트림을 쳤다. 그런 무리들은 연신 방안을 빙빙 돌아 다녔다.

살살이는 그런 속으로 시선을 꽂은 채 넋을 잃었다. 방금 번뜩거렸던 푸른 빛은 이제 다시 나타나 보이질 않았다.

우르릉, 우르릉--

잠시 조용하던 쥐들의 행진이 다시 시작되는 모양이었다.

"여보! 여보! 음복혀유, 음복."

아낙네는 제사가 끝나자 제상에 부어 올렸던 술잔을 한 손에 들고 또 남편을 흔들어 깨웠다. 그제야 남자는 부스스 일어나 앉으며 술잔을 받았다. 남자가 술잔을 받자 그녀는 또 한 잔의 술을 살살이에게 건네주었다.

살살이는 몇 잔의 술을 거푸 비우고 그 집을 나왔다. 그리고 사립을 향해 마당을 질러가는데 예의 하얀 여인이 거뭇한 군복차림과 함께 서 있었다.

살살이는 멈칫했지만 사립을 밀치고 밖으로 나갔다. 왔던 보리밭 길을 되짚어 걸어 나갔다. 한껏 팬 보리이삭이 어둠 속에서 뿌연하게 새벽어둠을 쓸고 있었다. 그가 보리밭 길을 다 가고 한길 위에 멈칫 섰는데 저수지의 수면 위로 방금 보았던 하얗고 검은 허상들이 새벽안개 속으로 모습을 감추고 있었다.

1970년에 떠난 여자

　누구의 말을 들은 적은 없었지만, 나는 새나래슈퍼의 주인이 바뀌고 새 주인이 이사왔다는 사실을 이미 알고 있었다. 그렇다고 해서 조금은 달라질 줄 알았던 슈퍼의 모습은 이전 그대로였다. 점포 안으로 가득 쟁여 논 물건들이며, 늘 열어 젖혀진 출입문도 그랬고, 밖에 너절하게 쌓아올린 술병 음료수병 따위를 엉성히 채운 상자들까지—

　그러나 이런 의연한 모습과는 달리, 어떤 새로운 숨결과 호기심 같은 게 일렁거리면서 감각 속으로 스며드는 것은 어쩔 수 없는 느낌이었다.

　새나래슈퍼는 내가 살고 있는 좁다란 골목길 네거리의 이쪽 모퉁이에서 대각으로 마주보는 저쪽 모퉁이를 차지하고 있었다. 층계를 내려와 건물의 출입문을 빠져 나오면, 이내 눈앞으로 다가서면서 마주 보이는 아크릴 간판과 슈퍼의 전신, 새나래슈퍼는 나를 비롯해서 건물 층층을 채워 살고 있는 사람들의 가장 가까운 생활권이랄 수 있었다.

　며칠 전인가. 도시 기억이 흐려진 어느 날이었다. 퇴근길에 슈퍼 앞을 지나오는데 많은 사람들이 슈퍼 앞에 모여 서성거리고 있었다. 그 속에 몇 개쯤 키 큰 화환들이 허울 좋게 서있었다. 그런데 거기에 모인 사람들은 언뜻 보기에도 마을사람들은 하나도 없고, 전혀 낯선 무리들뿐이었다.

　나는 괜히 달갑지 않은 느낌을 자아내면서 수굿한 모습으로 모른 채로 따돌려놓고 그곳을 지나쳐 나의 보금자리로 숨어버리고 말았다.

그런데 어찌된 일인지, 단 한번 스쳐보았던 화환들 가운데, 두 개의 주인공을 나는 기억할 수 있었다. 화환에 매달린 빨간 천에 커다랗게 씌어진 검정글씨는 현대자동차정비공장 대표 이정우, 또 하나는 용천시운수협동조합 대표이사 박태순이었다.

나는 이들을 알 턱이 없었지만, 순간적으로 머릿속에 기억된 모습이 아직 사라지지 않았다는 사실만으로도, 어느 날 갑자기 나타난 미지의 세계를 두들겨 보려는 본능 같은 게 솟아났음을 알 수 있었다.

아무튼, 이런 기억은 나로 하여금, 상상의 날개를 펴게 하였고, 대뜸 스치는 느낌으로도 새 주인은 여자일 거라는 추측과 남편이 없는 독신녀일지도 모른다는 예감이 선뜻 들었다. 게다가 나로 하여금 기억에서 아직 사라지지 않고 끈끈이 머릿속을 배회하는 화환의 주인공들 가운데, 한 사람과는—

그쯤인데, 아내가 요 며칠을 두고, 연신 그 집일을 물고 들어와 조잘거렸다. 사십대 중반쯤의 여자이고, 남편과는 7년 전에 이혼했으며, 아들 딸 남매를 데리고 사는데, 아들은 스물 세 살로 대학생이고, 딸은 고2라고 하였다. 이혼 전부터 사귄 애인이 운수조합 사장이라는 이야기까지—

나는 나의 예감에 놀랐고, 그의 애인이 박태순이라는 사실을 어렴풋 알 수 있었다. 그러나 아내의 이런 귀띔들은 적이 상투적이면서 흔해빠진 이야기여서 나로 하여금 유별나게 흥미를 끌어낼 수는 없는 일이었다.

하지만, 아내가 물고 들어오는 혼자 사는 여자의 이야기를 들을 적마다 나는 걸핏하면 옛날로 거슬러 올라가는 버릇이 생기곤 하였다.

나의 증조할아버지에서 아버지 대까지만 해도 삼대를 이어 살아온 초가삼간 오막집은 차츰 썩어문드러진 기둥뿌리가 주춧돌을 벗어나 뒤틀

리는 바람에 집채가 한정 없이 기울고 쓰러져가던 무렵이었다. 그런 시
골집에 살던 나는 중매로 결혼하여 신접살이 5년쯤 되던 1970년이었다.

그 즘에 갑자기 아내가 떨궈놓은 말 한마디 없이 집을 나가버렸다. 그
녀는 결혼 초부터 줄곧 시집에 대한 실망의 빛을 검버섯처럼 얼굴에 그
려놓았고, 속아서 시집을 왔다느니, 중매쟁이를 만나 따져야겠다느니,
그리고 집에 있을 때나 우물가에 나가서 동네아낙네들에게나 늘 불평의
소리를 늘어놓았다. 이렇듯 말이 많은 며느리 꼴에도 어머니는 그녀의
입을 막기는커녕, 늘 미안하게 생각하면서 남의 귀한 딸을 고생시킨다
면서 며느리의 딱한 사정을 두둔해주었다. 정말 꼬이고 기웃해지는 집
채처럼 살림살이조차 빚에 쪼들려 넉넉한 자의 괄시에 가시덤불처럼 할
큄을 받아도 죽자 사자 5년을 참아 넘기며 버텨 산 것은 그래도 나의 취
직시험준비에 합격의 바램이었는지 모른다. 그러나 안 되는 족족이어서
더는 참지 못한 그녀는 기여 나의 집 문턱을 넘어섰던 거였다.

그 뒤, 그녀의 소식은 깜깜한 어둠에 쌓여 알 수가 없었다. 어렴풋 듣
기에는 서울로 갔다던가. 아무튼 나는 집을 나간 그녀에 대하여 어느
누구를 잡고 물어보거나 캐본 일은 없었지만, 그녀를 다시 한 번 만나
보고픈 생각은 늘 마음속에서 충동질쳤고, 연민의 정도 가슴 한쪽에 앙
금처럼 쌓여있었다.

오죽하면 집을 나갔을까. 조금도 그녀에게 의식주도 해결할 수 없을
뿐더러, 생명 같은 식량조차 쪼들림을 당하는 터라, 그 지독한 가난의
고통 속에서 그녀의 가출은 늘 마땅하다고 생각하였다.

게다가 그리도 바라던 나의 시험합격이 하필 그녀가 떠난 뒤에야, 이
뤄졌다는 공교로움과 아쉬움, 그리고 이때껏 직장에 몸담아 오면서 지
금은 용천시에 옮겨와 근무하게 된 전말, 나는 그녀를 만나면, 한때 그
녀의 절실한 소망이었던 시험합격을 뒤늦게나마 이뤄서 이제는 어엿한
고참직장인이라는 사실을 알려주고 싶을 뿐이었다. 그건 그녀에게 자

랑삼아 전말을 늘어놓자는 심사가 아니었다. 가난의 추억을 다시 음미하면서 지금 그녀가 어떤 모습으로 살아가는지는 알 수 없어도, 그녀에게 어려움이 있다면, 도와주고도 싶었다.

그녀에게 조금만 참았더라면 하는 아쉬움이 남기는 하였지만, 그때 찌들었던 극한상황으로 봐서는 진작 훌쩍 떠나버린 그녀가 그저 잘했다 싶기만 하였다.

토요일이었다. 일찍 집으로 돌아와 늦은 점심을 먹고 나서, 담배 한 곽을 사려고 운동복 차림인 채 밖을 나서려고 도어를 열어젖히자, 난데없는 여자의 앙칼진 목소리가 귀청을 울렸다. 나는 의심쩍어 건물 밖으로 나가보았는데, 새나래슈퍼 앞에서 어떤 여자가 쏴대는 소리임을 이내 알 수 있었다.

그래 멈칫 서서 그쪽을 바라보니, 앞 길바닥에는 깨어진 유리병 조각들과 종이박스들이 아무렇게나 나뒹굴고 있었다. 그리고 그런 길 한복판에 서있는 중년의 여자가 팽개칠 것을 다했는지, 두 팔을 한껏 벌려 놓은 채, 악을 쓰며 으르렁거렸다.

"참고 참았더니만, 요년이 남의 남자를 숫제 손가락 끝에 올려놓고, 할짝거려! 요년을 내가 눈에 띄기만 하면, 가랑이를 찢고 말 거야!"

중년여자는 연신 씩씩거리며 토악질을 마치더니, 한껏 펼쳤던 두 팔을 접들이며 몸을 툭툭 털어 내더니 저만큼 세워두었던 승용차를 타고 잽싸게 골목길을 빠져나갔다.

횅하게 열어 젖혀진 슈퍼는 아무도 없이 비워진 채, 사람이 얼씬도 하지 않았다. 그래 그곳을 지나치려는데, 한 여고생이 책가방을 등에 걸머진 채, 슈퍼 앞으로 다가오더니 슈퍼 앞의 처참한 광경을 보고 갑자기 외마디소리를 치고는 그 자리에 멈춰 서서 두 손으로 얼굴을 싸쥔 채, 울기 시작하는 게 아닌가.

그런 광경을 눈에 띄운 나는 그대로 지나칠까 했으나, 도시 발길이 떨어지지 않았다. 학생은 아내의 말대로 슈퍼집 주인여자의 딸일 거였다. 이 아이는 지금 학교에서 막 집에 도착하여 돌발적으로 일어난 일을 보고 놀라는 모양이었다.

그렇다면 학생에게 방금 일어난 일을 어떻게든 이야기를 들려주고 마음을 다독거려 어뤄줘야겠다는 생각이 문득 들었다.

"너, 이 집에 사니?"

나는 그리로 다가가 학생의 어깨 위에 손을 얹고 물었다. 그러나 학생은 대답 없이 막무가내로 어깨만 들먹거렸다.

하는 수 없이 나는 학생이 고요를 되찾을 때까지 그대로 멈춰서 있었다. 조금 뜸을 들인 뒤, 학생은 기여 울음을 그치고 물기로 젖은 얼굴에서 떼어낸 손으로 손수건을 꺼내더니 흐른 눈물을 닦아내기 시작하였다.

"말이다. 나는 내가 사는 저쪽 빌라에서 방금 나왔는데, 어떤 미친 여자가 여기 쌓여있던 상자들을 길바닥에 마구 내던지는 거야. 경찰에 알리기도 전에 어디론지 도망가 버렸어. 아주 몹쓸 여자더구나."

나는 학생의 까만 눈매를 바라보며, 방금 있었던 일을 들려주었다.

"…!"

학생은 아무런 말없이 아직 물기에 차인 눈두덩을 손수건으로 닦아내고 있었다.

"어서 이것들을 치우기로 하자. 남들이 보기 전에 어서 가방 벗어놓고 나오너라."

말이 떨어지자, 학생은 얼른 안으로 들어가더니, 가방을 벗어놓고 곧바로 비와 쓰레받기를 들고 나왔다.

여기저기 나뒹굴어 있는 상자들을 제자리에 옮겨놓은 다음, 길바닥에 깔려있는 병 조각들을 쓸고 줍고 하여 쓰레받기에 담아내었다.

일이 거의 끝나갈 무렵, 언뜻 보니 슈퍼 안에 한 여인이 밖을 주뼛거리며 내다보고 있었다. 그런데 스쳐본 여인의 얼굴이 머릿속에 얼른 박혀들었다.

"어?"

나는 쓰레질을 하다말고, 문득 몸을 세웠다. 그와 거의 동시에 승용차 한 대가 슈퍼 앞에 달려와 멈춰 섰지만 나는 그를 의식하지 못하였다.

"여보! 여보! 당신이?"

나는 어느 순간, 어떻게 슈퍼 안으로 뛰어들어가 여인을 가까이 마주보고 있었는지 알 수 없었다. 여인은 코너에 몰린 권투선수처럼 달려드는 나를 피해 뒷걸음질을 치더니 진열장에 몸을 기대고 뒤로 버텨 서있었다.

"여보! 날 기억하겠지? 날."

나는 그녀를 덮쳐 누를 듯이 달려들었다. 그러나 여인은 가늘게 뜬눈을 무표정으로 깜박거려 보일 뿐이었다.

그때, 밖에서 자동차의 문 여닫히는 소리가 탕! 하고 났지만, 나는 개의치 않았다. 그리고 짤막한 시간이 무겁게 흐르는 순간이었다.

"악!"

나는 자신도 모르게 그 자리에 쓰러졌다.

다리 오금이 시큰한 통증을 일으켰지만, 좁다란 바닥에서 몸을 한번 뒹굴렸다.

"이봐! 이 새낀, 누구야? 늙은 주제에 샛서방까지 거느리고 사는군!"

나는 삽살개가 울타리를 빠져나가듯 슈퍼 밖으로 잉금잉금 기어 나왔다. 말끔히 비질한 길 위에 노란 은행잎이 스산한 바람을 타고, 한가로이 떨어지는 모습을 길바닥에 주저앉은 채, 바라보고만 있었다. *

들풀 미로(迷路)

개포를 떠나온 지는 열흘, 그 동안 머물러있던 언니네 집은 그들 내
외가 집에 돌아와 잠자는 시간을 빼놓고는 늘 비어있었다. 나는 그런
빈집의 무거운 고적을 짓씹으면서 온종일 빈둥거렸다. 집을 비우기는
언니내외도 그랬지만, 이층 방에 세를 들어 사는 젊은 내외도 마찬가지
였다.

그들이 어슴새벽 집을 나가면, 온종일 전화벨소리 한번 울리지 않는
숨 막히는 적막으로 이어지다가는 이미 온 세상이 모두 잠든 이슥한 밤
을 타고 돌아온 그들에게 깊은 잠 속에 묻혀있던 집은 비로소 깨어나곤
했다. 하루 세끼의 밥도 온전히 밖에서 때웠다. 그리고 밤늦게 돌아온
그들은 그림자조차 드러내 보이지 않고 집안으로 스며들었으며, 한결
같이 주방 앞을 얼씬거리지도 않았다. 오로지 그들만이 꿈을 키울 침실
로 모습을 감추면 그만이었다.

워낙 큰 저택이라 숨소리 한번 내지 않고 어디론가 스며들면, 숫제
인기척이 영영 끊기고 말았다.

언니내외가 잠자는 침실만 해도 괴이하리만큼, 외지고 후미진 곳에
자리하고 있어서 처음 나는 그 방을 찾지 못했다. 현관에서 거실로 통
하는 양쪽으로 방이 하나씩 있었는데, 거기를 지나쳐 거실로 들어서면
햇빛 바른 남향의 투명한 유리벽 공간과 그에 잘 어울리는 열대수목의
너붓하고 싱그러운 푸른 나뭇잎들이 숲처럼 어우러져 있었다. 게다가

드넓은 거실은 선홍의 벨벳으로 온통 깔렸는데, 목련꽃무늬의 하얀 커튼을 젖히고 주방으로 들어서면, 곁에 거실만큼이나 큰방으로 통하는 방문이 있었다.

결혼 때, 해온 자개농은 온데간데없고, 요즘 유행하는 우아하고 품위 있는 거대한 옷장이 길찬 벽을 빈틈없이 채웠다. 햇빛 바로 창 맞은 쪽 도어를 열면 이내 욕실이었다. 처음 언니내외가 쓰는 이 욕실을 눈여겨보았을 뿐인데, 거기서 또 다른 공간이 있으리란 상상조차 못했다.

나는 여러 날을 적막한 속에서, 고적을 단맛 빠진 껌 씹듯 하면서 외로움은 더할 수 없는 자신의 멍에란 생각을 키웠다. 희번덕거리는 하얀 파도가 끊임없이 밀려오는 바다 끝은 개포항 나의 집 창밖으로도 시계가 한껏 터져 있었다. 남편이 몰고 간 고기잡이배가 수평선 멀리로 사라져 가면, 파도소리는 더욱 거세게 귓속을 파고들었다. 그 소리는 밤낮을 가리지 않고, 나의 육신과 영혼을 엉겅퀴처럼 뒤덮었다. 나는 이따금 술에 만취되어 발광하듯이 어줍지 않은 자화상을 바라보곤 했다. 영어의 벽과 허무의 창을, 그리고 냉기에 차있는 집안의 공백을 고이 가둬두고서 어디론지 떠나야만 했다. 곧장 낡은 철문 밖으로 튀어나온 나는 스커트의 호주머니 속에 손을 찔러 넣고, 몇 개의 열쇠가 달랑달랑 매달린 열쇠고리를 매만져보았다. 그저 멀리로 냉기의 공백과 그것을 둘러싼 벽과 창을 뒤로하고 무작정 떠난다는 것, 버스정류장에서 나는 제일 멀리로 떠나가는 차를 무턱대고 올라탔다.

나는 그렇게 서울을 온 것이다. 손을 호주머니에 찌를 적마다 집히는 금속성 열쇠들의 상념 뿐, 언니의 집을 찾아가겠다는 그 무엇도 없었다. 오직 발광적으로 나를 몸부림치게 하는 파도소리를 멀리에 두고서 그러면, 알코올농도 70°쯤의 취기와 환청을 지워버릴 수 있으려니 했다. 그러나 늘 그랬듯이 나의 모호한 짓은 물거품으로 돌아가고는, 다만 이럴 때, 스치는 찌꺼기 같은 날들과 철거덕거리며 둔탁한 소리를 내고는 제멋대로 고꾸라지듯 닫쳐진 철문, 쏴쏴 바람소리를 몰고 오던 바다를 뒤엎을 듯이 끊이지 않던, 태고의 파도소리, 그런 환청은 엿물처럼 끈적거리며 달라붙었지만, 밖은 공존의 위안을 한껏 받았다.

나는 열흘 동안, 지겹지만 위안을 느꼈고, 고독의 천연공기를 마시면서 갇혀있던, 언니의 집을 몇 번인가 뛰쳐나갔었다. 그런 나는 찻길 가에 멈춰서 물결치듯 넘실거리며 달리는, 뭇 차량들을 뒤집힌 눈으로 바라보곤 했다. 차량들은 연신 바람처럼 몰려가고 몰려왔다. 휙-휙, 지나치는 차량들의 소음은 알코올농도가 진한 파도소리를 닮았다. 두 차례나 차에 오르지 못한 채로 다시 돌아오곤 했지만, 길가에서 몸을 돌려 고독의 집을 다시 찾아들던 어느 날이었다. 나는 공교롭게도 언니의 침실을 찾았던 것이다.

밖의 철문을 밀쳐두고 파란잔디가 촘촘히 깔린 어슴막의 정원을 거니는데, 마로니에 애잎이 파르르 떨려 보였다. 순간 나는 샅에서 스멀거리는 진액을 느꼈다. 갑자기 정수리가 띵해왔다. 코텍스를 채워야했다. 그건 분명히 욕실에 있을 거란 생각을 떠올렸다.

나는 잽싸게 현관으로 뛰어 들어가 욕실에 다다랐다. 서둘러 스커트와 팬티, 그리고 블라우스와 브래지어도 벗겨냈다. 욕조에 물이 채워지는 동안, 샤워로 몸을 적셨다. 몸 구석구석을 비누칠로 닦아내는데, 샅에서 흘러내리던, 선홍의 혈액이 물에 씻겨 나왔다. 이제껏, 퉁퉁 부풀어 올랐던 젖무덤이 탄력을 잃기 시작했고, 허리에서 생리통이 일렁거려 몸이 까무러치듯 했다. 몸을 씻고 욕조에 잠겨있던 사이, 벽에 걸린 손바닥만한 시계가 어느새 밤 아홉 시를 가리켰다. 나는 욕조에서 나와 몸의 물기를 수건으로 닦아낸 뒤에 벽장에서 코텍스 하나를 꺼내어 샅에 채우려했다. 그런데, 문득 벽면에서 문 하나가 눈에 띄었던 것이다. 벽장이 있는 바로 옆벽이었다. 도시 그곳에 방문이 트여있으리란 생각은 좀체 할 수가 없었다. 그걸 열어보지 않고는 문으로 보이지도 않았지만, 방문임에는 틀림없었다. 타일과 꼭 같은 무늬에 갓 선조차 구분되지 않은 채로 손잡이도 없었다. 아주 은밀한 모습이었다. 나는 놀란 나머지 손이 재빨리 움직여졌다. 한번도 열어본 적 없는 비밀의 문, 거기에는 무엇이 있을지 몰랐다. 잽싸게 코텍스와 팬티, 그리고 브래지어를 서둘러 몸에 끼우고 나서, 예의 의문의 문 앞으로 다가가 보았다. 문을 열 수 있는 손잡이도 없었으나, 다만 네 손가락으로 당기면, 들썩이는 괴이한 손잡이 하나가 정령 숨은 그림처럼 감춰져 있었다. 그런데 미닫이문은 옆으로 제쳐도 좀처럼 열리지를 않았다. 왜 그런지 몰랐다. 다시 들썩이는 손잡이를 유심히 살펴보니, 그 속에는 조그만 버튼 하나가 박혀있었다. 그걸 누르고 손잡이를 밀쳤을 때, 문은 미끄럼질을 치면서 쉽게 열리는 것이다. 문이 열리자, 비교적 넓게 트인 또 하나의 공간이 펼쳐졌다. 옅은 향수냄새와 야릇한 몸 냄새가 한데 어우러져 코끝으로 다가왔다. 나는 이상하게도 그런 냄새가 자신을 매혹적으로 사로잡는 느낌이었다. 비교적 넓은 방은 커다랗게 커튼을 사이에 두고, 응접실과 침대 방으로 나뉘어 있었다. 응접실은 외인의 출입이 금지된 곳인 양, 다탁을 사이에 두고, 두 개의 안락의자만 마주 놓였다. 다탁 위에는 딱 하나, 가는 목 자기병이 핏빛으로 활짝 핀 한 송이 장미를 물고 있었다. 침대 방은 옅은 분홍빛 커튼이 드리워져 언뜻 보아도 안이 또렷하지 않았다. 그러나 길게 놓인 침대와 머리맡의 갓등 같은 게, 밖으로 희미하게 나타나 보였다.

나는 문득 알코올의 짙은 취기를 느끼며, 파도소리를 환청으로 듣고 있었다. 솔솔 불어오는 졸음기가 문득 나를 응접실로 끌고 들어가서 침실의 커튼을 젖히게 했다. 그리고 이내 침대의 탄력으로 몸을 그 위에 태웠다. 나는 볼 것 없이 나신 그대로였다.

어느덧, 감겨진 망막 속으로 안개가 짙게 채워져 흘렀다. 나는 가는 입자로 분쇄되어 물밑으로 가볍게 가라앉는 앙금 같았다. 그건 아무 것도 의식하지 못하게 했다. 오직 그것만으로 쌓일 뿐이었다.

아! 당신이.

나는 혼미 속에서 앞으로 열흘은 더 걸려야 돌아올 남편을 맞았다. 그런 남편은 내가 애타게 기다리던 순간에 왔다. 기쁨과 환희가 한꺼번에 벅차올랐다. 붉은 색등이 망막으로 채워들었다. 몸은 불처럼 뜨겁게 달아올랐다. 나를 미쳐 떠돌게 만들었던 미친 파도소리도 이젠 즐거운 함성으로 변한 것 같았다.

여기는 개포항이다. 여기는 틀림없는 개포항 나의 집이다.

창밖으로 바라보면, 바다 끝으로 남편의 고깃배가 모습을 감췄던 나의 집이다. 지금 나의 젖무덤을 사랑에 겨워 애무하고 있는 육중한 가슴팍을 진한 사랑으로 짓눌러대는 남자는 나의 남편이다. 그리하여 나의 팔다리에서 힘을 한껏 빼내고 흥분의 도가니로 몰고 가서는 나를 죽여주는 사나이는 필시 남편의 것이다. 가득 채운 고깃배를 몰고, 집으로 돌아온 남편은, 풍어의 만족과 목마른 욕망의 숲에서 이렇듯 억세게 덤벼들었던 것이다. 거친 숨소리와 불같이 뜨거운 체온, 그리고 진한 사랑의 격한 야성, 이 모두가 남편 것이다. 브래지어를 벗겨라, 팬티도 벗겨라, 끼웠던 코텍스도 빼내라, 선홍의 핏물이 어디론가 흘러가든, 말든 우리는 우리의 목마름으로 갈증을 적셔야 한다.

남편은 기어이 나의 몸에 불을 지폈다. 뼈마저 재가 되게 괄괄한 불꽃을 피우리라. 나는 다시 화염 속에서 헤어날 수 없다고 믿었다. 그러면 나는 빈껍데기만 허울처럼 남아 빈 하늘을 한껏 나를 것이다. 남편은 젖무덤의 브래지어와 살에 끼웠던, 팬티를 차례로 벗겨냈다. 신경 쓰이던, 코텍스까지도—

철썩철썩 파도가 밀려왔다. 환청이라고 생각지 않았다. 밤은 착각의 세계라고도 의식하지 않았다. 어둠 속의 나는 어둠만으로 만족하고 뿌듯했으며, 붉은 빛 무리는 망각 속을 벗어나지 않았고, 마냥 춤추는 빛깔의 환각으로 몰아넣고 말았다.

하체의 허구렁에 남편의 것이 채워들기 시작했다. 그건, 처음부터 뜨거운 열에 치받쳐 있었다. 따끈한 육감이 온몸으로 전율처럼 번졌다. 여러 날을 파도 속에 묻어두었던 동정의 순결, 나는 허구리에 힘을 한껏 넣고, 엉덩이를 돌리지 않으면 안 되었다. 그건 본능일 것이다. 두 알몸은 이제 하나가 되었다. 위도, 아래도ㅡ. 나의 두 팔은 남편의 목을 감았다. 남편의 두 팔도 나의 등을 떠받고 얼싸 안았다. 남편의 하체는 쉴 새 없이 풀무질을 이어나갔다. 나는 눈을 뜨지 않았다. 불길에 휩싸인 몸이 활활 타들어 갈 때마다, 화드득거리는 소리를 냈다. 간헐적으로 호흡이 막힐 적에도 신음소리가 거세게 번졌다. 희미한 안개가 흘렀다. 이제 눈을 떠도 아무 것도 보이지 않을 것만 같았다.

나는 남편의 뚝심이 꺾이고, 나에게서 떨어져나간 뒤에도 뻗은 개구리모양으로 잠들었다. 그리고 비로소 눈을 뜬 것은, 밖에서 인기척이 들려왔을 때였다. 한밤 남편 말고, 나의 집을 찾아들 사람은 아무도 없다는 생각이 퍼뜩 들었던 것이다. 나는 처음 갓등에 켜진 선홍의 불빛을 보았다. 그리고 구레나룻의 구릿빛 남편의 얼굴을 되살리며, 옆에 잠든 남자를 보았다.

순간 나는 놀란 토끼처럼 침대에서 뛰어내렸다. 벽에 머리를 세게 찧었을 때의 띵한 통증처럼 멍멍한 느낌으로 재빨리 몸을 움직여 침대 밑에 나뒹구는 브래지어와 팬티를, 그리고 코텍스마저도 주어들고, 알몸인 채 침실을 빠져 나왔다.

다시 욕실에서 옷가지를 챙겨든 뒤에 문을 박차고 큰방으로 빠져나오려는데, 팔짱을 끼고 서있는 언니와 마주쳤다.

"문을 열고 바라보는데도 까딱없이 일이 진행되더군."

"언니, 미안해. 남편인 줄 알았어."

"흥! 여기가 개폰 줄 알았던 모양이군. 착각은 자유니까."

"정말, 미안해. 언니!"

"너의 형부도 널 난 줄로 착각했을 거야."

"어둠 탓이야."

"관둬! 누가 너더러 거기 있으랬니?"

"…."

언니는 나의 이기죽거리는 소리가 듣기 싫었던지, 이렇게 나의 입을 틀어막고는 침실 쪽으로 사라졌다.

나는 큰방을 나와 현관 옆방으로 돌아왔다. 허벅지로 끈끈히 흘러내리는 붉은 액체를 닦아낸 뒤에 부랴부랴 코텍스를 끼우고 팬티, 브래지어를 찼다. 몸은 재가 되었는지, 써늘하게 식어있었다.

나는 재빨리 옷을 챙겨 입고, 현관을 빠져 나왔다.

정원의 수은등 불빛 아래서 본, 손목시계는 밤 열두 시, 나는 내킨 걸음으로 거리로 뛰쳐나왔다. 한밤의 냉기가 저온인 나의 몸으로 차디차게 휩싸여들었다. 택시를 탔다.

역사 앞은 아직도 많은 사람들이 들끓고 있었다. 생경한 역사였다. 그러나 귀로는 기차를 타야했다. 기억조차 없는 서먹한 대합실을 들어서서 형광판을 읽었다.

호남선 0시 50분. 겨우 찾아낸 시간표를 확인한 다음, 화산역까지 표를 끊었다. 아직 40분이 남았다. 대기의자에 앉은 나는 머리를 몇 번이고, 살래살래 흔들어댔다. 언니에 대한 죄책감이 머릿속을 뒤집었다. 왜 나는 그들 내외만이 쓰는 침대에 나신을 뉘였을까. 이런 뉘우침에도 나는 홀로 이곳을 떠나기가 싫었다. 그 무엇이 나의 갈 길을 가로막고 있는 듯싶었다. 방금 남편을 만났다는 공허한 환상이 허탈감으로 변했다. 멍한 머리통을 세우고, 홀로 기차에 몸을 싣고 간다는 게, 어쩌면 뜨악했다.

대합실은 한밤인데도 승객들이 무리를 지어 들고나곤 했다.

또, 나는 언니의 모습이 떠오르기 시작했다. 언니는 나를 제치고, 침실로 들어가 대뜸 백열등을 밝혔을 것이다. 그리고 남편의 부정을 증험했으리라, 핏빛으로 얼룩진 이부자리 모습이며, 반쯤 주검이 되어 쓰러진 채, 굳뜬 모습으로 꼼짝도 하지 않고, 잠든 남편의 몰골을 예리한 눈으로 바라보았으리라, 그리고 언니는 현장을 목격한 이상, 분노의 불꽃에서 모락모락 피어오르는 검은 연기를 뿜어냈으리라.

나는 문득 전화 부스로 달려가 언니한테 전화를 걸었다. 숨 막힐 듯이 이어져가던 신호음이 어느 순간 멈춰졌다.

"응, 언니야?"

"그래!"

언니는 속 터지는 감정을, 이렇게 간단한 대꾸로도 잘 표출시키고 있었다.

"언니, 나 멘스 중이었어."

"미친개들이 놀다간 자리 같아."

"의식이 없었어. 개포 집인 줄만 알았지 뭐야."

"지금 어디야?"

"서울역."

"그렇다고 밤차로 떠날 필욘 없잖아."

"화산역까지 차표를 끊었어."

"몇 시찬데?"

"영시 오십 분이야."

"아직 멀었잖아."

"기다리지 뭐."

"어서 들어와!"

"…."

나는 대꾸하지 않았다.

"알았어."

언니는 대답이 없자, 알았다는 말과 함께 전화를 끊었다. 나는 전화기 요금표시판에 60원이 남아 있어서 재발신으로 개포항 집 전화번호를 눌러보았다. 괜한 짓이란 생각이 들었지만, 신호음이 뇌리에서 스파킹을 일으키듯 어뜩어뜩했다. 나는 이내 재발신 버튼을 눌러놓고, 부스를 빠져 나왔다. 그때, 차례를 기다리던, 중년남자가 전화기로 다가서며, 고맙다는 듯이 눈웃음과 함께 고개를 까딱해 보였다. 나는 그런 남자에게서 이상한 자력을 느껴 멈칫 몸을 세웠다.

"전활, 더 하실 겁니까?"

중년은 멈칫하는 나를 돌아보며 물었다.

"아, 아니에요."

나는 이렇게 대답하고, 아까 앉았던 대기석 쪽으로 걸음을 옮겼다. 나는 대기석 가까이 다가갔으나 자리에 앉지 않고, 그냥 서서 중년 쪽에 시선을 꽂아놓았다. 중년은 전화 부스에서 통화를 하고 있는 중이었지만, 곧 부스를 빠져 나온 그는 곧장 매표구 쪽으로 갔다. 그리고 차표 한 장을 끊어 쥔 그는 이쪽을 한번 흘깃 바라보는 듯하더니, 이내 발을 옮겨왔다. 그는 그렇게 걸어와서는 내가 서있는 가까이 대기석에 앉았다. 나는 그가 자리에 앉은 뒤에야 따라서 그의 옆에 앉았다. 그는 잠시 손에 든 차표를 물끄러미 내려다보는 듯하더니, 문득 나에게로 눈길을 돌렸다.

"어디까지 가시죠?"

"가긴 개폰데요. 화산역까지 끊었어요."

"개폴 직접 가는 편은 없으니까요."

푸릇한 턱수염이 번진 두툼한 얼굴의 남자였다. 생김새는 남편을 닮았으나 보다 핸섬하고, 깨끗해 보였다.

"아저씨는요?"

"나도 마찬가집니다."

"잘 됐네요. 그렇지 않아도 기찰 안 타봐서 어릿거리던 참인데요."

"동행하죠. 뭐."

그러는데 나의 앞에 한 쌍으로 보이는 젊은 남녀가 나타났다.

"아줌마, 혹, 언니 댁이 창성동 아니세요?"

"언니네 집요? 맞아요."

나는 느닷없는 물음에 그만 놀라고 말았지만, 알고 묻는 것 같아서 이렇게 대답했다.

"저희가 바로 이층에 살거든요. 방금 식당으로 전화가 왔는데, 끝나는 대로 대합실에 들러 동생이 있거든, 데려오라고 했어요."

노랑점퍼의 남자는 뒤에 서있었고, 큰 꽃무늬 원피스 차림의 여자가 앞에서 말하고 있었다.

나는 또 이상한 운명의 장난이 앞을 막아선다는 생각이 문득 들었다. 다행스럽게도 동행할 사람을 만났고, 차표까지 손에 쥔 터에 발을 멈추게 하는 사람들, 이유도 없는 개포를 돌아가기도 싫었지만, 내일 또 해가 뜨면, 언니의 얼굴을 마주보기 께름한 생각으로 밤차를 타려던 참이었다. 하지만, 언니내외의 얼굴을 쉽게 볼 수 있는 것도 아니어서 이쯤으로 언니에게 저지른 죄 값을 치렀기에 며칠 더 언니네 집에 머물고 싶기도 했다. 그건 알 수 없는 자신의 심사였다.

그러나 나는 큰 꽃무늬의 여자를 선뜻 따라나서고 싶지는 않았다.

"차표도 샀고, 동행할 분도 생겨서 그냥 가겠어요."

나는 이렇게 대꾸하면서 무의식중에 옆의 남자에게 얼굴을 돌려 보였다. 그러자, 큰 꽃무늬도 그 남자 쪽으로 눈을 돌리는 듯했다.

"그럼 어쩌나? 정 그러시면, 주인아줌마한테 전화 한번 해주세요. 아직 주무시진 않을 거예요."

"그럴 필요 없어요. 조금 전, 전활 했으니까요. 어서 들어가 보세요."

나는 그들을 이렇게 따돌리려하자, 큰 꽃무늬는 허둥지둥 뒤에 선 남자에게서 핸드폰을 건네받더니, 전화를 걸었다.

"여보세요. 저예요. 지금 동생 분을 대합실에서 만났는데요. 그냥 가신다는 거예요. 네, 네, 잠깐 기다리세요."

그녀는 핸드폰을 대뜸 나에게 건네주었다. 전화기를 언뜻 받아 쥔, 나는 그걸 귀에 대보았다.

"난데, 왜 한밤에 청승떨고 있어? 빨리 들어오라문―."

"그냥 내려갈래. 언니!"

"가더라도 말야, 내일 떠나면 안돼. 급한 일도 없으면서 여자가 밤찬? 집에 남편이 와 있는 것도 아니고 말야."

"―언니 볼 낯이 없어."

"얘, 내 말을―."

언니의 목소리가 연신 귓속으로 파고드는데, 마침 역내방송이 대합실 안으로 울려 퍼졌다.

―영시 오십 분발, 호남선 통일호 열차를 타실 승객께서는 개찰을 마치신 뒤, 플랫폼으로 나가시기 바랍니다.―

나는 방송이 거듭되는 가운데, 언니의 전화를 어물쩍 끊어버리고, 이미 자리에서 일어선 남자와 함께 개찰구로 달려갔다. 한번 뒤를 돌아보니, 노랑점퍼와 큰 꽃무늬는 어정쩡한 모습으로 이쪽을 향해 바라보며 서있었다.

그런 가운데, 중년은 모름지기 나를 앞세우고, 개찰구를 빠져 나왔다. 비로소 플랫폼에 다다른 나는 어느덧, 개포 앞 바다가 환히 내려다 보이는 집 모습이 눈앞에 어른거렸다. 대합실과 플랫폼의 차이였다.

시간이 되자, 열차는 둔탁한 소리를 내며 굴러와 멈춰 섰다. 중년과 나는 입석표를 가지고 올랐지만, 어디든 빈자리를 잡아 나란히 앉았다.

잠시 후, 열차는 앞으로 전진을 시작했다. 그리고 역을 몇 군데 지나치자, 그와 나는 좌석을 내주고 말았다. 그리하여 하는 수 없이 한밤의 찬바람이 설렁거리는 승강구에 매달려 탔다. 나의 긴 머리칼이 연신 바람에 흩날렸다. 중년은 이따금 나의 머리를 쓸어 올려주었다. 정녕 나의 머리칼이 그의 얼굴을 스치는 듯했다.

"화산역엔 몇 시쯤 도착할까요?"

휙휙— 스치는 거센 바람결에 나는 목청을 돋우고 소리쳐 물었다.

"두 시간쯤 걸리니까, 새벽 세 시쯤엔 도착될 겁니다. 그런데, 아까 그 사람들은 누굽니까?"

중년은 의아해했던 일을 되살려 묻는 것 같았다.

"언니네 이층에 살아요."

"그건—."

나의 대답을 들은 그는 무슨 말인가 하려다 말고 그만 입을 닫고 말았다.

철커덕, 철커덕 —휙, —휙

열차가 레일을 구르는 소리와 바람소리가 한데 어우러졌다.

나는 그가 입을 닫고 있는 동안, 지금 이 귀로야말로 우연한 일이며, 괴이쩍다는 생각을 곱씹었다. 그야말로 숙명의 길이라고 여겼다. 중년이 아니었던들 아까 나타났던 사람들을 따라 지금쯤 언니네 집에 머물게 틀림없었다. 온종일 전화벨소리 하나 들리지 않는 적막한 공기를 호흡하면서 말이었다. 미친 듯이 철문을 열어젖히고, 파도를 닮은 찻길가로 달려가 뭇 차량들의 물결을 바라볼 것이다. 속도 모르는 언니는 이층사람들까지 동원해서 자신을 집으로 이끌어 들이려는 저의는 무엇이란 말인가. 깨어진 항아리를 흔적 없이 테메기라도 한다는 것일까.

"내 팔을 잡으세요."

중년이 무겁게 입을 열었다. 차체가 흔들릴 적마다, 나는 적이 몸을 휘청거렸던 것이다.

"미안해요."

나는 중년의 말이 떨어지자, 그의 팔을 끼고, 몸조차 그에게로 기대
었다. 그리고 눈을 감아보았다. 중년의 뜨거운 체온이 써늘한 나의 몸
을 한결 따스하게 녹였다. 까마득히 멀어져간 남편이 곁에 있었다. 뜨
거운 체온과 듬직한 체구가 다름 아닌, 남편이었다. 나는 적어도 지금
으로부터 한 시간 전, 환상으로 보았던, 남편 뒤에 또 다른 남편을 느꼈
다. 남편은 늘 나와 같이 있었다. 남의 집 침실에도, 거리에도—

중년은 나의 긴 머리채가 바람에 나풀거려서 자신의 목을 간질거리
며, 휘감아도 말없이 불어오는 바람을 고즈넉이 맞고 있었다.

"아줌마는 왜, 밤중에 언니 집을 나왔습니까?"

나는 그의 어깨에 머리를 떨군 채로 감고 있던 눈을 떴다. 그의 묻는
말이 마치 환청 같아서였다.

"오호호—."

"…?"

나는 갑자기 웃음이 터져 나와 소리 내어 웃었다.

"왜, 그랬는지, 알아 맞춰보세요."

"무슨 일이 있었군요."

"그렇겠죠."

"용서받지 못할—."

"맞아요. 어쩜, 그래도 언닌, 언니였어요. 밤에 떠나보내기 안쓰러워
서 자꾸 들어오라는 거였죠."

"훌륭한 언니군요."

"그렇게 봐야죠."

그때 술, 음료수, 빵 같은 걸, 가득 실은 손수레를 밀고, 차내 도붓장
수가 지나치고 있었다.

"공기가 싸늘하군요. 술 한 잔 하며 갑시다."

중년은 도붓장수를 멈추게 하고, 소주 두 병과 마른 오징어 한 마리를 샀다. 그와 나는 숫제 통로에 쪼그리고 앉아, 두 병의 술을 모두 비웠다. 짜릿한 술기운이 뱃속에서 느껴지더니, 금방 몸에 열이 치솟아 뜨겁게 달아올랐다. 썰렁한 바람도 이제는 시원한 느낌마저 들었다.

술병을 순식간에 비운 뒤에 나는 또 아까처럼 중년의 팔을 끼고, 그의 어깨에 머리를 떨궜다. 그때, 중년은 한 팔로 나의 몸을 감아 돌렸다. 그런데, 그의 손이 나의 골반에 멈춰지자, 그는 흠칫 놀라는 듯했다. 그렇던지 나는 그의 팔이 끄는 대로 나무둥치에 붙어서는 매미와도 같았다. 다음 순간, 중년의 두툼한 손이 스커트의 말기로 끼어들었다. 그리고 그의 데워져 뜨거운 손이 뱃살을 연신 움켜쥐었다.

"멘스 중이에요."

나는 잠꼬대 같은 소리를 흘렸다.

"괜찮습니다. 이제 서막인 걸요."

"그럼?"

나는 적이 가라앉은 목소리로 물었다.

"그럼요. 이 순간만은 당신의 하나밖에 없는 동반자 아닙니까?"

그의 말은 조금 떨려나왔다.

새벽 세 시가 좀 넘어서야 열차는 화산역에 닿았다. 아직 먼동이 트이지 않은 어둠뿐이었다. 나는 승강구에서처럼 중년의 팔을 낀 채로 머리조차 그의 어깨에 떨궈놓은 채로 역내를 빠져나갔다.

새벽의 역전은 을씨년스럽게도 어둠과 희미한 불빛만 남아있었다. 나는 그가 걷는 대로 붙어갔다.

빛을 향하여/ 어둠을 헤치고/ 욕망의 나라로 간다/ 싸늘한 새벽/ 사람의 그림자가 멈춰진/ 좁다란 골목길/ 희미한 또 다른 등댓불/ 행복의 나라로 간다/ 내 여린 영혼의 방황/ 그 길목에서/ 너와 나의 뜨거운 입김은/ 순간을 위해/ 모두를 불사르고 싶다/ 영혼마저도—

나는 갑자기 눈시울이 뜨거워지면서 데워져 흐르는 눈물이 비어져 나와 볼 위에 마구 번졌다. 계단을 오르고, 어느 육면체의 공간에 사면 벽이 가로막힌 아늑한 곳에서 나는 생경하게도 중년의 사내와 마주하고 있음을 깨달았다. 그러나 나는 옷을 입은 채로 때 묻은 침대 위에 몸을 쓰러뜨렸다. 조름이 물밀 듯이 온몸을 엄습해 와서였다.

눈을 떴을 때는 벽에 걸린 시계가 오전 아홉 시 반을 가리켰다. 눈은 떠졌지만, 방안으로 채워든 뜨악한 광명과 불규칙하게 찢겨진 종이쪽 같은 꿈결들이 피로를 더했다. 다시 눈을 감고, 잠들고 싶었으나 실패였다. 그리고 나는 그때에야 중년이 방에서 사라졌다는 사실을 비로소 알았다. 깨끗한 남자였다. 자취는 불분명했지만, 뒷맛이 개운했다. 중년의 짓거리는 침대의 커버가 말해주었다. 토끼 한 마리 분량의 진탕으로 흩뿌려진 핏자국들 말이었다. 또한 갈래 살에 끼웠던, 물건들조차 지금 어디에 팽개쳐졌는지, 알 수가 없었다.

요기를 느끼면서도, 그렇지만 잃어버린 물건들을 찾고, 진창이 된, 허구렁도 물로 씻어야했다. 나는 굴러 떨어지듯 침대를 벗어나 욕실을 찾아갔다. 좌변기에 앉아 방광에 채워진, 수분을 쏟아냈다. 그런데, 떠오르는 남편의 모습은 여느 때와 달리 가까이 또는 멀리로 떠나가고 있는 모습이었다. 별일이었다. 맞은 편, 거울에 비춰진 나의 모습을 좌변기에서 일어섰을 때, 나는 처음 보았다. 흩어진 머리채는 말할 것도 없고, 분명히 입었던 옷들이 모두 벗겨진 채로 브래지어만 엇비슷이 가슴에서 어깨로 걸쳐진 모습이었다. 그 참에 한쪽 유방이 유두째 드러나 보였다. 중년은 나를 벌거숭이로 만들었지만, 브래지어 벗기는 일을 남겨두고, 떠난 셈이었다.

여관골목을 빠져 나온 나는 훤히 트인 역전마당에서 손목시계를 들여다보았다.

오전10시.

따사로운 봄볕이 드넓은 마당에 벨벳처럼 깔려있었다. 그런데 군데군데 거북등 마냥 갈라진 콘크리트 보도블럭 틈바귀로 희끔하게 피운 냉이꽃이 눈에 띄었다. 뭇 사람들이 짓밟고 지나간 자리에서 끈질긴 삶으로 꽃을 피운, 그 꽃이 하필 이 순간, 나의 눈에 나타나 보이는 까닭은 무엇인지 몰랐다. 애잔하고 여린 냉이꽃은 여자일 게, 틀림없었다. 아니, 자신과 다를 게 없었다. 그렇지만, 자신은 꽃일 수 없었다. 푸새이다. 푸새가 짓밟히고 꺾이고 짓눌리면, 영광의 꽃은 영원히 볼 수 없지 않은가. 어렴풋하나마 이런 생각을 곱씹으며, 개포 나의 집으로 돌아가야 한다는 생각으로, 발을 옮겨놓기 시작했다.

역전마당을 질러서 찻길 가까이 다가갔을 때, 나는 공중전화부스를 보고 생각이 나서 그리로 갔다. 한빛유아원 전화번호조차 기억에서 사라졌다. 나는 손가방을 열고, 메모해 놓은 수첩 속에서 한빛유아원을 찾아냈다. 곧바로 100원 짜리 쇠돈을 전화기에 넣고 번호를 눌렀다.

"아, 나 별하나 엄만데요. 아기 젖 잘 먹는지, 알고 싶어서요."

그런데, 저쪽에서 이상한 소리를 냈다.

"네? 뭐라고요. 경기라고요. 그래서요? 병원요? 개포병원 응급실요. 알았어요. 오늘 새벽에 그랬다고요. 알았다니까요. 네, 네―."

전화기를 내동댕이치듯 내려놓고, 밖으로 튀어나왔을 때, 나는 어뜩한 현기증을 일으켰다. 그러나 택시를 잡아타고, 울렁뚝딱거리는 가슴을 억눌렀다.

"개포병원까지 가수세요."

달리는 차안에서 뉴스가 진행되고 있었다.

―서해안에 폭풍경보가 발령됐습니다. 물결의 높이는 15미터에서 20미터 가량, 폭우가 예상되므로 모든 선박은 운항을 중지하고, 각별한 주의를 요합니다. 정박된 선박들도 피해가 예상되므로 거듭 살펴 주기

바랍니다—

"아—악!"

방송을 듣는 순간, 나는 시야가 흐려지는 느낌을 받고, 그만 외마디 소리를 내지르고 말았다.

"왜, 그러쇼?"

차를 몰던 운전기사가 뒤를 휙 돌아보며 물었다.

"저의 남편이 어업을 나갔거든요."

나는 울부짖듯 외쳤다.

"나간다고, 다 어떻게 된답디까?"

운전기사가 시큰둥이 내뱉었다.

"폭풍이 온다잖아요."

"그깐, 폭풍 아니라, 태풍이라도 올 테면 오라죠. 어찌되면, 어찌된 놈만 불쌍하지, 산 놈은 활개치고 다니는 거, 모르오?"

운전기사가 기염을 토하듯 소리쳤다.

"어쩜, 아저씨는—?"

"어쩜, 아저씨가 아니라, 세상이 다 그럽디다. 이름이 부부지, 요즘 부부들 말도 하기 싫소."

"그런 사람들이나 그렇겠죠."

"다 그럽디다. 다 그래요. 아줌만 안 그럴 줄 아쇼? 호박씨 까는 남자 하나만 있어도, 남편 버젓이 뉘어놓고, 요지경으로 빠져드는 세상인데 — 아줌마, 안 그래요? 제 말이 틀렸거든 틀렸다고, 해보쇼."

차가 화산을 벗어나더니, 들판 길을 달렸다. 방금 방송대로 바람이 세차게 불기 시작하는지, 바람소리가 차안으로 거세게 들려왔다. 뿐 아니라, 멀리 서녘하늘로는 시커먼 먹구름조차 희부연 빗줄기를 내리쏟으며, 몰려오는 게 보였다. 가슴이 조여들었다.

"아저씬, 여자들을 부정적으로만 보시는 군요."

"부정적이라기보다, 현실이 그렇잖습니까?"

"여자들에게 무조건 지워주는 강박관념 생각해 보셨어요?"

"하 참, 왜 그렇게만 생각하쇼? 내 말은 명색이 부부라면, 최소한 믿음을 갖고 말요. 참고 기다리며 살아야 할 것, 아닙니까. 서로 애지중지 사랑은 못할망정 되잖게 배신은 말아야죠."

"그건, 서로 입장이 같잖아요?"

"아줌마 생각을 다른 여자들도 갖고 있다는 게 문젭니다."

"자꾸 여자, 여자 하시는데, 여자는 혼자 뒤집고, 자칠 수 있겠어요?"

"허 참, 아줌마가 순진해 뵈길레 얘길 꺼냈더니만, 도선생일세."

말씨름을 한창 하는데, 차창 밖이 어둑해지면서 갑자기 굵은 작달비가 유리창에 내리꽂히기 시작했다. 달리던 차가 속도를 늦추고 주춤거렸다. 빗물에 흠뻑 젖은 차창이 앞을 볼 수 없었다. 재빨리 돌아가는 와이퍼로 겨우 시계를 텄지만 차는 기다시피 했다. 느린 속도로 차가 겨우 병원 앞에 닿았을 때, 나는 택시 요금을 치른 뒤에 차에서 내렸다.

그리고 빗속을 뚫고 계단을 오르는데 내려앉은 먹구름 속에서 날선 번갯불이 장작 패는 소리를 내며 작렬했다. 나는 섬뜩한 나머지 발을 헛디뎌 계단 위에 쓰러졌다.

─우르릉, 쿵쾅.─

천둥소리는 땅덩이를 뒤흔들었다. 나는 두 팔로 계단을 짚고, 안간힘을 다해 기어올랐다. 그때, 현관 앞에는 언뜻 보아도 서울의 형부와 언니, 고기잡이 나갔던 남편의 모습이 또렷했다. 더욱 놀란 것은 밤차를 함께 타고 와서 잠든 사이 흔적도 없이 사라졌던 중년의 사내도 그 속에 끼어있었다.

그들은 물에 빠진 생쥐 같은 몰골로 나를 허깨비들처럼 내려다보고 있었다. 뜨악한 모습들이었다. 나는 그들 속을 뚫고 응급실을 향해 달음질을 쳤다.

'으하하, 으하하—.'

뒤에서 웃음소리가 바람처럼 몰려와서 머리채를 휘어잡고 뒤흔들어 댔다. 허깨비들이었다. 모두가 오로지 별하나의 아픔만도 못한 거짓과 기만의 얼간이들이었다.

응급실로 뛰어 들어간 나는 즐비한 병상들 속에서 무릎의 통증을 안 간힘으로 버텨가면서 기우뚱거리는 몸을 겨우 가누고, 허우적거리는 꼽추처럼 이곳저곳을 기웃거리고 다녔다.

별하나, 별하나를 외쳐대며 말이다.*

피

어둑새벽에 눈을 떴다. 지난 밤, 자정이 턱에 달 무렵, 어머니 제사를 마치고 향연이 서리는 제상 앞에 앉아서 제물로 썼던 술을 혼자 마셨다. 술잔을 목으로 꺾어 부면서 삼경을 훌쩍 넘겼다.

해마다 돌아오는 어머니 제사에, 한 번 온 적 없는 영식을 새삼 일깰 일은 아니어도, 고독이 주는 소외감과 허탈감이 속을 끓게 한다. 그에 대한 원망이 눈덩이처럼 부풀었다. 그건 같은 시간, 그도 어머니제사를 지낸 뒤에 자신이 그렇듯 퇴주잔을 기울면서 비애에 젖었을 테니 말이다.

한 아버지는 아니어도, 만일 어머니가 아버지 곁을 떠나지 않았다면, 정령 그도 씨와 피를 같이 하는 형제일 게다. 그러면 지금 그가 아닌 숫제 다른 사람일 테지만, 그도 피 같은 형제 아닌가. 이제 다들 노년기에 접어든 나이고 보면, 이런저런, 앞뒤 가릴만한데 형제도 없이 사고무친 외톨인 형의 입장을 좀 치라도 느껴본다면 어느 때라도 자리를 함께 하면서 마주앉아 오순도순 정 나누는 게 어떨까.

흰은 눈을 뜨자 이렇게 생각을 곱씹던, 지난밤 일이 되살아난다. 팬한 조바심이 생겨 마음을 사뭇 들쑤석거리는 바람에 아침식사도 뜬 둥 만 둥 전화를 걸었다. 실로 오랜만의 전화였으나 그의 목소리는 뜻밖에 귀익고 정겹게 느껴졌다.

"나, 현이야."

먼저 자신을 알렸을 때 그는 좀 능청부리는 투로 꼬았다.

"어쩌자고 형님이 전활 다 하십니까?"

"좀, 만나고 싶어서ㅡ."

현은 입김을 불어넣듯 말했다.

"만나긴?"

그는 무슨 말이냐는 듯 대꾸는 했지만, 적이 끌리는 말투였다.

"왜, 내가 널 만남, 안 된다던?"

"만나봤자ㅡ 뻔하죠. 어머니 산소 얘기하련 것 아닙니까?"

그는 알아차린 듯이 넘겨짚었다.

"꼭, 그 얘기만 아냐. 들려줄 게 따로 있어."

그를 만나면 아버지가 늘 이야기하던 전쟁과 피난길, 그리고 뜻하지 않은 이별 같은 사연을 일러주고 싶었다. 그 참에 어머니의 산소와 제사 같은걸 싸잡고, 마음과 정을 모아보자는 담합계획이다.

대꾸는 미온적이었어도 워낙 오랜만이어서 요구를 순순히 들어주는 것 같았다. 시내 레스토랑 환으로 만날 장소를 정하고 시간을 약속했다. 환은 도심 속에 있으면서도 매우 아늑하고 조용해서, 긴 얘기 나누기 마땅한 곳이란 생각이 들었다.

현은 수화기를 내려놓자 잽싸게 나들이옷을 입고 집을 나섰다. 술 한 잔 할지 모르고 주차공간도 만만치 않을 게 뻔해서 승용차를 놔두고 택시를 이용하기로 했다.

밖으로 나오자, 꽃샘추위인지 바람결이 한결 차다. 그럴 줄 알고 외투를 걸쳤으나 찬바람이 옷깃을 젖힌다.

언덕배기 비탈길을 내려와 큰길에 닿자 택시를 잡아탔다. 따사로운 햇살이 차창을 뚫고 들어왔다. 밖에선 찬바람이었지만, 차안엔 따사로운 햇볕만 채워들었다.

그에게 들려줄 이야기에 거짓은 있을 턱이 없다. 모두 지난날 있었던 생생한 사실이며 진실일 뿐이다. 진실을 들려주고 피를 같이 하는 형제의 뿌리를 찾는 일이야말로 아버지가 어머니와 다시 만나려 했던 만큼이나 진하고 간절할 게다.

이제껏 어떻게든 진정한 형제로의 소망이었으나 손닿지 않는 갈증이 있었다. 이제야 비로소 얽힌 매듭을 풀어야 할 때가 온 것 같다고 그는 생각했다.

어느덧, 택시가 복잡한 시가지를 파고들더니 환 앞에 멈추어 섰다. 환은 여느 때처럼 조용하고 아늑하다.

그는 환으로 들어서자, 출입구가 바로 보이는 자리에 앉았다. 밖의 쨍쨍한 햇빛이 커튼에 부풀어 은은한 미명을 자아내었다. 실내는 포근하고 부드러운 감촉 때문인지 마음을 편케 했다.

그는 탁자 위에 놓인 물을 한 모금 마신 뒤에 시계를 보았다. 아직 약속시간은 15분을 남겨놓았다. 영식과 이야기가 순조롭게 흐르면, 점심식사에 술 한 잔 곁들여 기분을 화기애애하게 살릴 것 같았다. 그런데 마침 영식은 약속시간 5분전에 왔다. 현은 그가 약속 시간을 지켜줘서 고맙기까지 했다.

"요즘 사업은 어때?"

현은 말로만 듣던 그의 운수업을 물으면서 입을 뗐다.

"지금, 잘되는 사업이 어딨습니까. 아주 어려워요."

겉보긴 넉넉하고 배짱 있어 보이는데, 유들유들한 얼굴답지 않게 어렵다는 말을 토해 냈다.

"어려우면 졸 때도 있겠지."

사업을 직접 체험해보진 않았어도, 요즘 떠들썩한 IMF는 듣기에도 몸서리쳐졌다.

"형님이야 교수니까, 어려움 모를 겁니다."

그는 현이 끼운 가는 테 안경을 바라보았다.

"그걸 모르면 교수하겠나? 다만, 직접 쪼들리고 고통을 받아보진 않았으니, 실지 어려움을 겪는 동생보다 더 피부로 느낄 순 없겠지."

이런 얘길 주고받으며, 둘이는 웨이터가 날라 온 커피를 마셨다.

"오늘 특별히 바쁜 일은 없겠지?"

현은 이야기가 좀 길어질 듯 싶어 물었다.

"바쁘지만—, 어쩝니까."

그가 이렇게 대답하자, 현은 이상한 느낌이었다. 고분고분 형의 말을 귀기울이면서 자릴 같이 하려는 성의 있는 모습이 엿보여 좋았다.

(어젯밤은 어머니 제사였지?)

현은 아까부터 이렇게 물어보려 했으나 일단 접어두었다. 결론부터 꺼내면, 대화효과가 무너질지 모른다는 조심성이 울컥거렸다. 어디까지, 지난날 아버지와 어머니의 이야기를 들춰내서 그가 미처 알지 못하는 일을 일깨워 감동을 사는 게 먼저였다.

"영식! 우린 형제야."

현은 문득 정색을 하면서 대화를 텄다.

"저도, 그 생각 안 하는 게 아닙니다."

천장에서 떨어지는 한 가닥 빨간 불빛이 그의 머리에 머물러있다.

"우린, 우리를 알 필요가 있다는 생각을 늘 해왔어."

현이 이렇게 말머리를 꺼내자, 그는 좀 조심스런 동작으로 옷 주머니에서 담배 한 개비를 빼어 물고 불을 당겼다. 그러자 한 올의 담배연기가 빨간 불빛을 타고 허공으로 꼬불꼬불 피어올랐다.

1950년 여름, 서울의 한 판자촌에서 가난한 살림을 꾸려가던 아버지는, 전쟁이 터지자 어머니와 어린 아들을 이끌고, 곧장 남쪽을 향해 피난 길을 떠났다. 막벌이꾼으로 하루하루 벌어먹고 살았으니 무엇 하나 가지고 나올 게 없어서 홀가분히 맨몸만 빠져 나왔다.

한강을 건너 신작로를 따라 무작정 남쪽을 향하여 내려갔다. 길을 걸으면서 밥 때가 되면, 가까운 마을을 찾아가 빌어다가 끼니를 때웠다. 용인을 거쳐 진천에 다다르기까지는 여러 날이 흘렀다.

마침 읍내에 닿자, 긴긴해가 저물어갔다. 늘 그랬듯이 아버지는 끼니를 때우려고 어머니와 어린아이를 길가 어느 처마 밑에 떼어두고서 허둥지둥 마을 속으로 뛰어들어갔다.

온종일 폭염으로 무더위가 기승을 부리더니 해가 지고도 바람 한 점 없이 후끈 달아오르는 열기가 마치 끓는 가마솥처럼 삶아댔다. 그런 가운데 대지는 이미 어둠 속에 묻혔다. 멀리서 아련히 들려오는 포성과 웅성거리는 사람들의 어지러운 발소리가 한데 어울려 들려왔다.

웅크리고 앉아 처마 밑을 지키고 있던 어머니와 어린 현은 초롱초롱 박힌 밤하늘의 별들만 쳐다보았다.

"현아! 저게 무슨 별인 줄 아니?"

"…?"

현은 어머니의 손가락 끝으로 밤하늘 별들을 바라보면서 대답대신 머리를 가로 저었다.

"북두칠성이야."

"…."

현은 어머니가 별 이름을 가르쳐주자, 고개를 끄덕거렸으나 졸음이 오는지 곧 잠들었다. 어머니는 잠든 현을 무릎에 뉜 채, 남편을 기다렸으나 웬 일인지 그는 한참이 지난 뒤에도 돌아 올 줄을 몰랐다. 기다리기도 지쳤는지 어머니는 현을 안은 채, 허기와 노독에 지친 몸을 벽에 부려놓고 눈을 감았다.

이따금 GMC가 뿌연 먼지를 일으키며 어디론가 달려가곤 했다. 그러나 어머니는 지친 탓인지 깜박 깊은 잠으로 빠져들었던 모양이었다. 잠에서 깨어나 보니, 어느덧 먼동이 트는 이튿날 새벽, 어머니는 눈이 떠지기 무섭게 주위를 둘러보았으나 남편이 돌아온 흔적은 없었다. 그 때까지 아버지는 돌아오지 않은 게 분명했다.

"이이가 여태?"

어머니는 놀란 표정으로 이렇게 뇌면서 아무리 두리번거려 봐도 남편의 모습은 눈에 띄지 않았다. 그러자 어머니는 소스라치게 놀라면서 냉큼 몸을 일으켜 세웠다. 어디서든 남편을 찾아내야 했던지 현을 들쳐 업은 채, 마을고샅길을 미친 듯이 헤매기 시작했다.

어둑새벽 허기진 배를 움켜쥐고 마을을 얼마나 쏘다녔는지. 어머니는 남편 찾기에 혈안이 되었다. 그렇지만, 아버지의 모습은 영 눈에 띄질 않았다. 어머니는 끼니를 이을 생각보다 남편을 먼저 찾아야 한다는 생각을 했던 모양이다.

아침부터 열기로 데워진 불같은 태양이 불끈 솟아올랐으나 어머니는 밥 빌 생각을 잊은 채, 줄곧 미친 듯이 고샅길을 누비고 다녔다. 곳곳을 샅샅이 기웃거려 보기도 하고 만나는 사람마다 잡고서 물어보기도 했다.

"여보세요. 저희 남편 본 일 있으세요?"

"내가 당신 남편을 어떻게 알겠소."

어머니는 이런 헛소리를 쳐가며, 허겁지겁 발길을 옮겨갔으나 끝내는 허기에 지치고 실망감에 사로잡혀, 어느 집 문 앞에 쓰러지고 말았다. 마침 사람들이 그걸 보고 밥을 날라다 주어 끼니를 가까스로 때우긴 했으나 남편 찾을 길은 묘연하기만 했다. 그렇다고 그 곳에 무작정 눌러있을 수 없다고 판단한 어머니는 이튿날 아들의 손을 잡고 또 길을 떠났다. 어머니는 그 곳을 떠날 때, 아침밥을 얻어먹은 집이 유난히 큰 대문과 높은 돌담, 그리고 문 밖의 소채밭에 노랗게 피어있던, 유채 꽃을 기억했다. 남편과의 무모한 이별 뒤에 오는 허탈감과 아쉬움을 안은 채, 몇 번이고 뒤를 돌아보면서 길을 갔다.

이틀이 지난 뒤, 청주에 닿았다. 큰 재를 넘어 시내로 들어서니 큰 길이었다. 어머니는 아장아장 걷는 현의 손을 잡고 스적스적 발길을 옮기면서 길 양쪽에 늘어선 집들을 두리번거려 보았다. 낯선 거리에 어디찾아 갈 데가 있겠냐만 누구의 집이든 불쑥 들어가 심부름을 해주고라도 모진 목숨을 이어가자는 생각 같았다.

현이 여기까지 이야기를 꿰는 동안, 그는 어떤 표정도 없이 잠자코듣기만 했다.

현은 미열이 머리로 번지는 바람에, 울컥 울음이라도 터뜨릴 듯 싶었다. 열기에 찬 눈시울에서 뜨끈한 눈물이 핑 돌았다. 흐려진 초점으로무심코 그의 모습을 스쳐보며 담배를 빼물었다.

"영식과 난, 마치 소설 속의 기구한 형제 주인공 같아."

"…!"

영식은 말없이 얼굴을 숙인 채, 현의 표정을 살폈다. 눈자위에 가득채워진 물기는, 그리로 투영된 빨간 불빛으로 하여금 마치 핏물처럼 보였다. 현은 불 당긴 궐련을 깊숙이 빨아들였다. 그리고 내 뿜은 연기가형용할 수 없는 모습으로 허공을 꿈틀거리며 피어올랐다. 그는 어떤 독백의 사슬에 갇혀있지 않다고 영식은 생각했다. 또 이전에 가졌던 이질감을 찾아낼 수 없었다.

전쟁의 화염 속에서, 어머니는 아버지와 숙명처럼 주어진 숨바꼭질을 하지 않으면 안 되었다. 그게 전쟁의 소용돌이였든, 운명의 장난이었든 누구도 이들에게 개구쟁이 장난을 쳤다고 말할 사람은 없었다. 남편을 찾아 헤매다 떠나올 무렵, 왜 어머니는 노란 유채 꽃을 보았을까. 아버지가 어느 놈의 총알에 맞아 죽었으리라고 생각한 게 틀림없었다. 그런 뒤, 기어이 모진 주검이나마 찾겠다는 의지를 보였다.

아무튼, 길을 걸으며 두리번거리던 어머니는, 공원 근처에서 큰집 하나를 눈에 띄웠다. 큰 대문에다 그 앞을 여러 명의 젊은이들이 집을 지키고 있었으니, 얼마나 큰 부자인가. 다행인지, 아니면 불행인지 모를 일이지만, 문지기들은 어머니가 아이를 이끌고, 무턱대고 집안으로 들어가도 막지를 않았다. 흰 저고리에 검정치마를 입었던, 어머니는 그들 눈에 이웃아줌마처럼 소박하게만 보여서 자기네를 해칠 사람으로 여기지 않았던 모양이다. 어머니는 그 집 대문 안으로 들어서자, 대뜸 부엌을 찾아갔다. 자식을 굶기지 않으려면, 밥 있는 곳을 찾아야 한다고 생각한 나머지였다. 부엌일을 하던 사람들도 느닷없이 천둥에 개 뛰어들듯한 어머니를 이상한 눈초리로 쏘아보지 않았다.

며칠이 채 안 되어, 어머니는 그 집의 어엿한 식솔이 되었다. 설거지를 하든, 밥을 짓든 어머니 할 일이 따로 주어진 거였다. 비록 얻어먹는 일자리지만, 두 식구 목구멍 산다는 게 얼마나 큰일인가.

그런 뒤, 또 며칠이 흘렀던가 어머니는 생경하게 어린 현을 데리고 무슨 차에 실려서 유채 꽃 피던 곳을 다시 찾았다. 높은 돌담과 대문 밖의 유채 꽃을 눈여겨보면서, 아버지와 처음 헤어진 큰길가 처마 밑 같은 데를 한동안 쏘다녔다. 어머니는 속으로 남편이 그 곳에 돌아와 처자식을 찾아 헤매던가, 아니면 뻣뻣이 죽어간 처절한 주검이 버려진 모습을, 자꾸 어지럽게 떠올렸는지 몰랐다.

한때 남편의 죽음을 떠올리고 체념도 했으나 그런 처참한 모습을 똑똑히 보지 않은 이상, 그런 방정맞고 몸서리쳐지는 악몽의 참상은, 언제든 떨쳐버릴 수 있었다. 어쩌면 하는 실올 같은 희망이 그 날도 무심코 하루해를 기울게 했다. 그 이튿날도 그랬고 사흘째 되던 날은, 땅이 꺼지는 한숨을 몰아쉬면서, 어머니는 큰길가 처마가 있던 집과 유채 꽃을 한껏 피우던 높은 돌담 집을 돌아다니며, 행여 남편이 돌아오거든, 청주의 고 부잣집에 있노라고 전갈을 부탁하고서 하릴없이 되짚어왔다.

그 때까지도 어머니는 남편과 영원히 헤어진다는 생각은 바늘 끝만큼도 갖지 않았다. 오로지 다시 만날 그 언젠가를 기다리고 있었다. 지금 갈라설 수 없는 엄연한 형제 사이가, 형은 김가(金家)이고 동생은 고가(高家)지만, 그건 씨를 가리는 기준이었다. 그런 거추장스럽고 복잡한 걸 개입시킬 정황이 아니었으며, 적어도 전쟁상황으로 이해할 필요가 있었다.

현은 이런 사실을 두고, 언젠가 영식을 만나 모두를 털어놓고 추호도 아버지의 죽음을 확인도 않고 헤어진 지 한 달도 못돼서 다른 남자의 품으로 떠났던 어머니를 생각하려 했다. 그건 추호도 어머니를 비방하자는 게 아니었다. 극한상황의 전쟁과 그 아이러니를 낳은 이야기를 하려는 거였다.

두 사람이 연신 태우는 담배연기는 붉은 빛을 띠운 채, 꼬이고 어우러져 하나가 된 채, 마냥 허공으로 솟구쳐 올랐다. 그 때 귀익은 클래식 음악이 좀은 구슬픈 음률로 흘러나왔다.

"영식! 우린, 둘이 될 수 없어."

현은 효과음 속에서 대사를 외우듯 말했다.

"형님! 이해합니다. 그러나 형님과 나 사이는 어쩔 수 없는 거리가 있잖습니까? 형님 말마따나 고가와 김간 분명 타성입니다. 만일 형님과 저희 자녀가 결혼해도 법률상으로는 하자 없는 남인 걸요. 그게 우리네 상식이잖아요?"

영식의 말은 옳았다. 그런 이질적 요소가 뿌리 깊은걸 가지고 형제로 밀착시키려는 현의 집념은 무리였다.

어쨌든 현은 그가 자신의 이야기를 이해하면서 흘려듣지 않고 귀 기울여 주는 성의만도 고맙다는 생각을 했다. 그러나 그의 허물 수 없는 우직한 고정관념은 쉽게 깨지는 물체가 아니었다. 그게 현에게 좌절감을 안겨주었다.

"그게 나에겐 많은 갈등과 고민을 안겨 줬어. 합리적 사고방식이란 현실적응 방법이었지. 바로 어머니의 일생과 다를 게 없는 그래서 어머니를 증오하거나 미워하지 않고, 그로부터 나의 합리적이고 현실적인 사고기법이 움트기 시작한 거야."

"그건 형님의 입장에서죠. 전, 불만이 많습니다."

"너의 불만은 당연하다고 봐. 무척 우연한 일로 그랬으니까."

그때, 웨이터가 음료수를 날라다 주었다. 현은 테이블 위에 놓인 음료수로 목을 축였다.

그렇게 청주로 돌아온 어머니는 아주 열심히 부엌일을 했다. 그건 자신과 자식이 살아가는 최선의 방법이며, 안간힘을 다 써야 한다고 깨달아서였다.

그런데 어느 날 해질녘, 주인인 고 영감이 어머니를 그의 방으로 불러들였다. 그걸 본 현은 비록 어릴 적이라도 하늘같이 지체 높은 부잣집 영감이 부엌데기였던 하찮은 어머니를 따뜻하게 방으로 불러들이는 모습은 가슴이 떨 듯이 설레고 기쁜 일이었다.

그 무렵, 고 영감 집에 빌붙어 밥을 얻어먹고 살던 식객들은 서울에서 한창 난리가 터졌다면서, 며칠 안으론 청주까지 처들어올 거라고 쑤군거렸다. 그렇지만 아직 이렇다 할 긴박한 상황이 떨어진 건 아니어서, 고 영감 집은 그런 대로 태평했다. 이따금 먼 곳으로부터 구르릉, 구르릉 포성이 아련히 들릴 적마다 사람들은 흠칫흠칫 놀라곤 했으나 전쟁을 겪지도, 경험해보지도 않은 사람들은 그저 덩둘한 눈치였다.

그런 때, 어머니는 고 영감의 불림을 받고 방에 들어가 그와 마주앉았다. 어쩌면 그는 어수선한 틈을 타서 어머니를 불러들였는지 모른다.

"여보, 어디서 왔소?"

고 영감은 대뜸 어머니의 손부터 덥석 잡고서 은근한 말로 물었다.

어머니는 쩍하면 입맛으로, 그가 무슨 엉뚱한 생각을 품고 묻는지 눈치 챘기에 손을 뿌리치지 않은 채, 화끈 달아오르는 다홍빛 얼굴을 옆으로 살짝 돌려놓고 겨우 대답했다.

"서울에서―요."

"흠! 서울에 난리가 났다더니, 피난 온 거로군."

그는 얼른 알았다는 듯이 고개를 끄덕였다.

"예―에!"

어머니는 모기소리처럼 가녀린 목소리로 대답은 했지만, 그가 당장 몸을 달라고 대들 것만 같았다. 그러면 어쩌나 하는 걱정도 앞섰다. 잠시 어머니의 손을 잡은 채로 놓지 않고 있던, 그는 문득 이상한 웃음을 머금더니, 굶주린 사자와도 같이 어머니의 옆모습을 뚫어지게 쏘아보았다. 그렇지만 그는 조급하게 굴지 않았다.

"남편은 어떻게 됐소?"

"오다가 헤어졌어요."

어머니가 이렇게 대답하자, 그는 깜짝 놀라는 표정을 지었다.

"아니! 어디서 어떻게 헤어졌단 말이오?"

"진천에서 밥을 빌러 간 뒤에 영영 돌아오지 않는 거예요."

"진천? 그럼, 길을 잃었는지 모르겠소."

그는, 그 곳이 가까운 곳이라는 사실을 알고, 좀 미심한 데가 있는지 한 번 되뇌었다.

"난리 통에 죽음을 당했던가. 아니면 군대에 들어갔겠죠. 그렇잖고 길가에 처자식을 떼어놓고 설마 못 찾기야 하겠어요?"

그는 어머니의 이런 말을 속으로 곱씹는지, 잠시 생각에 잠겼다. 말대로라면, 당장 남편이 돌아올 기약은 좀 치도 없다는 뜻이었다. 그렇다면, 아무 걱정 놓으란 말이 되었다. 남자가 한 맘이면 여자는 세 맘이라니 여자 꼬리치는 말이 틀림없었다.

외간남자와 한 방에 마주앉은 데다 손마저 잡힌 꼴을 의식하자, 어머니는 놀란 토끼모양 걷잡을 수 없이 뛰는 심장의 고동을 어찌 할 수 없었다. 이미 자신의 몸은, 그의 것이 되었다고 체념했다.

(부자영감? 부자영감?)

어머니는 이렇게 속으로 되뇌면서, 만일 그의 아내가 된다면, 자식을 살리고 높은 학교도 보낼 수 있다고 믿었다. 오십을 넘긴 나이에 살면 얼마나 살겠느냐는 생각도 했다. 또 그가 죽으면, 재산분배가 될 것도 같았다. 이런 걷잡을 수 없는 생각들이 괜히 마음을 들뜨게 하는데, 그가 어머니의 다른 한 손마저 거머잡았다.

"여보! 그럼 혼자 살겠소?"

그는 어머니의 속을 떠보려는 듯 물었다. 어머니는 때가 왔다고 생각했으나 뭐라고 대답하진 못했다. 그러나 기왕 팔자를 고치는 바에는 엎진 물 아닌가. 어머니는 이런 생각으로 얼굴에 설핏 요염한 색정의 빛을 띄어보였다.

"…."

눈치 빠른 그는, 이렇다 저렇다 할 말은 없어도, 옆모습으로 드러난 표정을 눈치 채고 어머니를 대뜸 앞으로 끌어당겼다. 어머니는 못이기는 척, 그의 품으로 쓰러져 안겼다. 그러자 그는 부리나케 전등불을 껐다.

"어머!"

어머니는 불이 꺼지자, 순간이나마 아뜩한 현기증을 느꼈다. 칠흑 같은 어둠이 방을 채워서만 아니었다. 언젠가 남편이 찾아든다면, 어쩌나 싶었다. 그러나 잘됐다 싶은 생각이 더 앞섰다. 나중 일이야, 그때 가서고 지금은 지금이란 생각을 했다. 남자는 꿈을 먹고살고 여자는 현실을 먹고산다는 말 같았다. 어머니는 일이 이쯤 된 바에, 무엇을 생각할 겨를이 없었다. 그저 닥치는 대로 살아갈밖에 없다는 생각뿐이었다. 그래서 이미 넘어간 몸을 그에게 잘 보여야 앞이 훤할 거란 생각을 하면서 그를 녹이려 들었다.

초로의 그는 젊고 싱싱한 어머니의 육체에서 황홀한 맛을 만끽했던지, 그 뒤는 밤낮을 가리지 않고, 늘 어머니를 끌어안고 어쩔 줄을 몰라 했다. 이제 살길이 열렸다는 희열이, 어머니를 마냥 들뜨게 했다. 그는 마치 신혼부부를 연상케 할 정도였다.

이렇게 고 영감의 아내가 된 어머니는 부엌데기를 면한 건 말할 것도 없고 철철이 대주는 비단 옷을 입고서 안방에만 곱게 지냈다.

그럴 때, 전쟁은 물밀 듯이 남녘으로 번져 내려왔다. 얼마 뒤엔 생경하게도 인민군이 시내에 들어와서 대지주를 잡아다가 인민재판을 벌인다고 했다. 인민을 착취했다고 덮어씌웠으나, 고 영감은 그런 피해를 보지 않았다. 큰아들이 남로당 간부였다는 이야기가 있었으나, 어머니는 한 번도 그를 보지는 못했다. 실지 인민재판에 끌려간 사람들은 농토를 엄청 많이 소유하고 소작농을 주던 대지주였다. 그런데 고 영감은 장사해서 많은 돈을 벌긴 했어도 어딘가 몰래 감춰두었기에, 소유한 땅이라곤 자신이 사는 집터가 고작이었다. 그는 울안에 파놓은 방공호에 어머니와 함께 숨어서 문 밖 출입만 안 하면, 그를 잡으러 올 사람은 없었다.

그러나 그가 어머니를 아끼고 사랑할수록 어린 현과 어머니 사이는 차츰 멀어질 수밖에 없었다. 현이 어쩌다 어머니 곁으로 가까이 가려 들면, 그는 얼른 돈을 쥐어주고 나가서 놀게 했다. 그리고 어머니가 원하는 것은 무엇이든 들어주었다.

그런 가운데, 어머니는 그의 아이를 임신했는지 차츰 배가 부풀어 올랐다. 그 해 여름 지겹던 땡볕의 폭염이 한풀 꺾여 고개를 숙이던 가을은 유난히도 높고 푸른 하늘과 청정한 공기가 감돌았다. 아직 전쟁은 끝나지 않은 채, 여름 내내 낙동강 전투가 치열한 공방전이 계속 되더니, 어느 날 서울을 탈환하고 북진 중이라고 했다. 그러나 그런 기쁜 승전보도 한 순간으로 스쳐가고 겨울로 접어들자, 다시 한반도는 전쟁의 소용돌이에 휘말렸다. 그 어느 때보다 살을 에는 추위와 길로 쌓인 눈은 겨우내 녹지 않고 쌓였다.

그런 겨울이 지난 이른 봄, 어머니는 아기를 낳았다. 더욱 아들이었으니, 고 영감은 더할 수 없는 기쁨에 휩싸였다. 그 무렵, 지겹던 전쟁도 가까스로 평온을 되찾는 듯 싶었고 봄으로 치닫는 날씨는 겨우내 쌓인 눈과 얼음을 차츰 녹여갔다.

어느덧, 겨울 추위가 봄바람에 실려 가듯이 전쟁의 화염도 스러져 가던 봄날이다. 고 영감 집 뒤란의 앙상했던 감나무가지에 푸릇푸릇 애순이 돋아났다. 어머니는 젖먹이를 등에 업고 따사로운 봄볕을 쪼이며, 문밖에도 나가보고 이웃도 갔다.

그런 어느 날, 문 밖에 한 남자가 찾아왔다. 문을 지키던 젊은이 하나가 어머니에게 달려와 귀뜸을 해줬다. 어머니는 아기를 업은 채로 밖에 나가 보았다.

"어머! 당신이―."

어머니는 남편이 갑자기 앞에 나타나 있자, 외마디소리를 쳤다. 죽지 않았으면 언젠가 찾아오리란 짐작은 했어도, 때는 이미 늦었다는 생각이 문득 든 어머니는 생뚱맞은 일 같았다. 게다가 쑥대머리에 텁수룩한 수염, 그리고 숯검정 같은 얼굴에다 찢기고 낡은 남루한 옷을 몸에 걸친 몰골은 볼 것 없이 거지의 탈을 썼다. 그런 모습을 보고 있던 어머니는 뜨악한 생각이 앞서 잠시 머뭇거리고 서 있었다.

"업힌 아이는 누구요?"

아버지는 대뜸 등에 업힌 아이를 의식했던 모양이다. 그러나 어머니는 할 말을 잃었지만 대답하기도 싫었다.

"…!"

어머니가 얼굴을 돌린 채로 대답이 없자, 아버지는 짐작이 가는 듯, 허튼 고개만 끄덕였다. 무슨 말을 더할 수 있었겠는가. 게다가 잠시 머뭇거리고 서 있던 어머니는 도망치듯이 얼른 안으로 들어가 모습을 감춰버렸다. 아버지는 초점 잃은 모습으로 굳게 닫힌 대문 앞에 우두커니 서있었다.

아버지는 끝내 자신이 낳은 하나밖에 없는 자식, 현을 이끌고 지축거리는 무거운 발걸음으로 어디로든 사라져 갔다. 그 뒤에 아버지는 겉으로 숯 마냥 타버린 마음의 상처와 노도와 같이 일렁이는 가슴의 풍랑을 누구에게도 나타내 보이진 않았으나, 아내에 대한 미움과 그리움이 버물어져 뼈에 사무칠만했다.

그 날, 현은 아버지를 따라 근처의 한 여인숙에 여장을 풀었다. 아버지는 좁다란 방으로 들어가더니 지친 듯이 쓰러져 잠시 몸을 뉘였지만, 다시 일어서더니 웃옷을 벗어 횃대에 걸었다. 어깨를 보니, 하얀 붕대가 칭칭 동여매어 있었다. 아버지는 벽에 몸을 기댄 채, 감긴 붕대를 한 손으로 풀기 시작했다.

"현아, 이걸 잡고 있거라."

현은 아버지가 쥐어 주는 붕대 끝을 잡았다. 아버지는 붕대를 푼 다음, 옷 주머니에서 약을 꺼내 상처부위에 발랐다. 그러자 아픔을 참기 어려운 듯, 이를 악물고 얼굴을 일그러뜨린 채로 외마디소리를 쳤다.

"으! 으으흐―."

아버지는 풀었던 붕대를 겨우 감아 돌리고 매듭을 지었다. 아버지는 어깨에 총상을 입었다. 나중에 안 사실이지만, 진천에서 밥을 빌러 갔다가 곧장 군에 입대했다. 가족들에게 한 마디 말도 전하지 못한 채, 짧은 훈련기간을 마친 뒤, 곧장 전선으로 배치되어 전투에 임했다. 계속되는 후퇴로 낙동강까지 밀려 내려갔다가 다시 서울 탈환까지, 그리고 겨울전투에서 후퇴작전을 펴다가 다시 38선으로 북진하여 멈칫했는데,

아버지는 그 마지막전투에서 어깨에 총상을 입었다. 1년이란 짧은 동안 아버지는 한국전쟁의 온갖 전투를 경험했다.

아무튼, 아버지는 상처의 아픔이 도지는지, 이따금 신음소리를 내다가 불을 끄고 누웠으나 아내를 잃은 슬픔과 억울함이 덮쳐 눌러 몸과 마음이 모두 만신창이었다. 그래 밤새껏 잠을 못 이루고 혼잣말을 연신 토해냈다.

"여보! —그럴 수가?"

아버지가 혼자 중얼거리는 소리는 한숨인지, 아니면 신음소리인지 분간하기 어려웠으나, 아내에 대한 배신감에서 오는 울분과 괴로움에서 터지는 괴성 같았다.

현은 잠시나마 고영감 덕분으로 배곯지 않고 살았지만, 볼 것 없이 빈털터리일 아버지의 호주머니에서 먹을 것과 입을 것, 모두가 궁색해질 건 뻔했다. 그러나 아버지는 아내를 앗긴 대신, 현에게 온갖 정성을 다 쏟았다.

(이놈 장래를 위해, 정착해야 한다)

이렇게 생각한 아버지는 이틀인가 묵어있던, 여인숙을 나와서 상당산 기슭으로 거슬러 올라갔다. 가난뱅이 마을이었다. 낡고 허름한 집들이 산비탈을 온통 메운 채로 빽빽이 들어섰다. 좁고 꼬불꼬불한 고샅을 온종일 헤맨 끝에, 맨 꼭대기에서 그이딱지만 한, 빈집 한 채를 발견했다. 말이 집이지 단칸방에 부엌은 난달이다. 게다가 삐딱하게 한쪽으로 쏠린 오막집인데 막대기를 주어다가 쏠린 곳을 받치고 부엌도 어리가리로 막아놓았다. 그런 뒤에 허술한 지붕도 짚을 구해 두툼히 해서, 보기에도 아주 새참하고 아담한 집을 만들었다.

집 고치기를 끝낸, 아버지는 생각난 듯, 현을 데리고 고 영감 집을 찾아갔다.

(아내를 찾아야 한다)

이렇게 다짐한 아버지의 눈에서 한 올의 날카로운 빛이 서렸다. 그러나 고 영감 집 앞에 다다라서는, 으레 멸시와 핍박의 연속이었다.

"이 사람아! 썩 꺼지지 못하겠어."

문지기 놈들이 몇 명씩 떼를 지어, 아버지의 멱살을 잡아 흔들고 발길로 차는 행패를 부렸다.

"아내를 돌려주오! 나의 아내를—!"

갖은 행패를 무릅쓰고 덥수룩한 수염에 엉클어진 머리를 한 아버지는, 현을 등에 업은 채로 피를 토하듯이 울부짖었다.

"저 놈이 미쳐도 되게 미쳤어. 미쳤다구!"

놈들은 핍박과 멸시와 행패를 서슴지 않더니 끝내는 아버지를 숫제 미친 놈 취급했다. 그렇대도 아버지는 끈질기게 그 집을 찾아갔다. 그러나 그럴 적마다 집을 지키던 놈들의 사나운 저지를 받고 돌아오곤 했다.

언젠가는 놈들의 몽둥이질을 당하는 걸 보았다.

"이 놈이, 예가 어딘 줄 알고 맨날 와서 지랄이여!"

이러고 몽둥이가 아버지에게 날라 오자, 아버지는 그것을 맞고 외마디소리를 치면서 땅바닥에 쓰러졌다.

"아이고, 나 살려! 아이고—오."

그러면, 현은 아버지를 잡고 울었다. 아버지는 당신의 곁을 떠난 아내에 대한 깊은 사랑과 재회의 간절한 소망이 있었다. 이미 남의 여자가 된 아내를 백 번 찾아간들 만날 수 없을 건 뻔했다. 그러나 아버지는 정령 아니기 고영감의 감언이설과 꾀임에 넘어 갔던지, 아니면 강제로 아내를 겁탈했을 거라 믿었다. 그래서 아내를 그로부터 다시 찾아와야 한다고 생각했다.

그렇지만, 아버지는 아내의 모습을 처음 갔을 때, 집 앞에서 한 번 보았을 뿐, 그 뒤는 다시 얼굴조차 보지 못했다.

적어도 현은 아버지에게 업혀서 고영감 집을 찾아 갈 적마다, 그의 집 뒤란에 서있는 해묵은 감나무를 보았다. 빨갛게 무르익은 감 열매가 주렁주렁 매달리기도 하고 푸른 잎 새로 쪼그만 꽃이 앙증맞은 모습으로 하얗게 피어 있기도 했다. 어느 가을은 잎이 빨갛게 물들어 바스러진 채로 스산한 바람을 타고, 한 잎 두 잎, 땅에 떨어지기도 했다.

좀은 비극이었는데, 기어이 아내와 다시 만나 살리라고 벼르던 아버지는 갖은 수모를 무릅쓰고, 그 곳을 찾아가곤 했으나 끝내 꿈을 이루지 못하고 일생을 홀로 살다 한 생애를 마쳤다. 그토록 어리석고 우직했던 아버지는 마지막 운명의 순간, 두고두고 풀지 못한 한이 서렸을 게 분명했다.

"넌 내가 너희 어머니와 재회의 꿈을 가지고 평생 얼마나 몸부림 쳤는지 너무 잘 알 거다. 비록 너희 어머니는 자의든 타의든, 남의 집에서 뜻하지 않게 살아왔어도 인간이라면, 떼 논 남편과 자식에 대해 잊진 못할 거야. 모르겠다. 여잔 두레박 팔자라곤 해도. 여하튼 너희 어머니가 언젠가 죽거든, 잊지 말고 내 무덤 가에 묻어다오. 이게 나의 마지막 소원이다. 꼭 부탁한다."

아버지는 이렇게 유언을 마치고 숨을 거뒀다. 아버지가 세상을 떴을 때, 어머니는 그림자도 비치지 않았다. 그 때, 현은 이런 생각을 했다. 여자란 인간의 본질을 언제든 차버릴 수 있는 잔악하고 무심한 냉혈동물의 근성을 가지고 있다고 말이다.

어쨌든 아버지의 그런 피맺힌 바램은 오직 당신만이 갖는 사사로운 욕심이 아니었다는 생각을 자아내게 했다. 아내를 다시 만나야겠다는 아버지의 고집스런 행동은, 당신이 이 세상을 이미 떠난 뒤에야 비로소 깨달은 사실이지만, 아내가 남겨놓은 하나밖에 없는 자식의 불행을 바라지 않았기 때문이었다. 만일 그마저 없었다면, 아버지는 얼른 어머니를 단념할 수 있었으리라. 그래서 아버지는 순전히 현을 위해 희생했던 꼴이다. 사람은 자기 삶이 화려하지 못하면, 누굴 위해서든 헌신하고 희생하고 있다 해도 지나치지 않았다. 아버지가 어머니를 단념하고 새 어머니를 맞았다면 어떻게 되었겠는가. 현은 어떤 틈에서든 더욱 외톨이 되어 따돌림을 받았을 게다. 그게 아버지를 장하게 생각하는 조건은 마땅히 아니지만, 많은 갈등의 요소를 지웠다는데 뜻이 있었다. 그럴 경우, 지금처럼 영식을 잡고 이런 피맺힌 이야기를 나눌 수도 없고 그럴 필요조차 없을지 몰랐다.

아버지는 내가 대학강사로 처음 취직을 했을 때, 살던 집을 허물고 그 자리에 새집을 지었다. 어쩌면, 그 무렵이 아버지 생애에 가장 행복했던 시절이 아니던가 싶었다. 지금도 현은 그 집을 지켜 살지만, 그는 거기서 한 발도 내딛고 싶지 않았다. 아버지가 뒤란에 심어 놓은 석류나무며 살구나무가 계절이 올 적마다 꽃을 피우고 열매를 맺었다. 그럴 때, 현은 소스라치게 어머니가 그리워졌다. 아무래도 아버지가 앓던 병을 자식이 물려받은 꼴이지만, 어머니의 사랑이라곤 별로 느껴본 적이 없었어도 그랬다. 아버지도 그랬었다. 전후 아내의 따뜻한 손길 한 번 느껴보지 못하고 인생을 허무와 질곡 속에서만 비틀거리며 살다가 세상을 뜨고 말았으니까.

그때, 영식이 또 담배를 빼어 물었다. 그는 좀 허물어진 자세로 머리를 떨군 채, 라이터를 켜서 담배 끝에 불을 켜댔다. 탁자에 놓인 재떨이에 둘이 태운 꽁초가 가득 담겨 있다. 그는 말없이 담배연기를 푹푹 뿜어내었다.

"형님!—."

그는 몸을 비비 꽈대면서 격한 소리를 내었다. 그러더니 그는 울분인지, 아니면 비통인지 모를 울음을 터뜨렸다.

"흐흑! 흐흐—흑."

그의 슬픈 눈물은 그만의 것이 아니었다. 현도 또한 목젖이 내려앉아 마른침을 연신 삼켜도 가슴께서 치밀어 오르는 뜨거운 무엇이 목을 사정없이 치받았다. 맘껏 소리내어 울고 싶었다.

　전쟁이 끝나고 다시 평화를 되찾을 무렵, 고 영감은 상당동 번화가에 한 여관을 차지하고 업을 삼았다. 어머니는 그 즘, 딸 하나를 더 낳았지만, 그는 여관에 묻히면서 방탕 끼가 덮쳐 정신을 못 차렸다. 그 때, 그는 어머니마저 본체만체 따돌려 놓고 따로 살다 싶었다. 그의 줄줄이 많은 아내들 틈에서 갑자기 찬물에 기름 돌 듯 해진, 어머니는 결국 남매를 데리고 집을 뛰쳐나왔다. 방을 얻어 따로 살면서 산나물을 뜯어다 팔아서 식량을 달기도 하고 땔감조차 여자의 몸으로 해다 때면서, 세 식구가 겨우 목구멍 풀칠을 하게 되었다.

　어머니의 행복은 한 순간으로 흘러가고 말았다. 부잣집에 들어가 자식을 낳아주고 끝내 구박덩어리로 버려졌다. 기가 막힐 노릇이지만, 남자가 돌아보지 않고 발길에 챈 이상, 빌붙어 살 명분이 없었다.

　어머니가 당신의 생각대로 평생을 잘 먹고 잘 살면서 자식들 고생 없이 호강시킬 줄 알았지만, 그렇기는커녕, 더욱 큰 시련이 닥쳐와 늦게 고생을 이만저만 한 게 아니던가. 제 팔자를 개 못 주는 법이었다.

　하긴 어머니가 고 영감 집을 나온 뒤에 오랜 동안 소식조차 끊겨서 아버지와 현은 먼 빛으로나마 어머니의 빛과 그림자를 그대로 볼 수가 없었다. 어머니는 아버지가 돌아왔을 때라도 그 집을 뛰쳐나와 재회했다면, 이런 엄청난 비극은 모면했을지 몰랐다. 그때 영식을 낳았고, 그런 모성애가 어머니의 몸을 붙들어 매놓긴 했다지만, 전쟁이란 극한상황에서 그걸 어머니의 부정으로 돌리진 않았을 거였다. 솔직한 말로 어머니는 아버지와 다시 만나길 꺼렸을지 몰르고, 이미 부정한 여자가 되어 아버지를 다시 만난들 또 다른 갈등이 솟구칠지도 몰랐다. 아무튼 어머니는 가난했던 이유만으로도 아버지와의 재회를 바라지 않았을 거였다. 그래서 어머니의 마음이 변한 건 거짓이 아니었다. 그런 죄악이 어머니를 나중에 불행케 한 원인이었고, 행복이란 늘 가까이 있었기에 멀리서 행복을 찾다가 피를 본, 사례였다.

"'형님! 어머니를 원망하지 마십시오."

"그건 아니지만, 형제와 남이란 미묘한 우리 관계를 풀, 어떤 방법도 없기에 하는 말이야."

"웨이터!"

그 때, 영식이 소리쳤다. 그러자 웨이터가 소리 없이 성큼 다가와 있었다.

"술을 가져와!"

영식은 웨이터가 가까이 오자 술을 시켰다.

"내가 깜박 했어. 우린 술을 마셔야 해."

현은 덩달아 맞장구를 쳤다.

"형님! 오늘 형님의 이야기 속에서 우리의 어둑하고 침침했던, 등잔 밑을 보았습니다. 전, 이제껏 저의 좁은 테두리만 의식하며 살아왔습니다. 이런 또 다른 세계가 있다는 걸, 까맣게 몰랐습니다. 형제면서 왜 우린 성이 서로 다른지 알 수가 없었습니다. 전쟁의 상흔이 이제껏 지워지지 않고 생생히 살아 있을 줄 몰랐습니다."

"고맙다! 정말 고마워! 나의 지루한 이야기를 들어 줘서―."

현이 그의 손을 뜨겁게 잡았다. 웨이터가 탁자 위에 술과 안주, 그리고 글라스를 날라다 놓았다.

그는 두 개의 글라스에 술을 채웠다. 그런 뒤, 글라스를 하나씩 들어 올렸다.

"자! 형님의 건강을 빌겠습니다."

"으응, 우린 피의 형젤세. 동생의 건강과 행운을 빌겠네."

두 사람의 글라스가 날카로운 소리를 내며 부딪혔다.

사랑만큼 미워한다더니 아버지는 어머니가 고 영감 집을 나왔다는 말이 들렸을 때에 무서운 증오의 불꽃이 일렁거렸을지 모른다. 그렇진 않겠지만, 어머니에게 어떤 고통과 시련이 필연코 닥쳐야 할 숙명에 왔다고 믿었을 터였다. 어머니가 세상을 뜰 때, 무슨 말을 했든 상관없는 일이었다. 적어도 아버지는 어머니의 어떤 행위를 탓하진 않았다. 오직 아내를 다시 만나야 한다고 했다. 아내는 어머니 같은 특정인이 아닐 수 있었다. 오로지 그만이 생각하는 아내일 거였다. 그러기에 실지 어머니에 대한 동경과 사랑이 아닌, 자기만이 간직한 아내였을 거였다. 그게 어찌 보면, 진솔한 사랑일 수 있었지만, 어머니는 그런 남편에 대해 조금의 관심도 없었다. 그로 말미암아 한 남자의 고뇌에 찬 죽음을 만든 셈이다. 그런 희생을 무릅쓰고 새 아내를 맞지 않은 것은, 아들의 존재가치를 느낀 거였다. 임종 때, 남긴 말을 잊을 수 없는 이유가 바로 그거였다. 다시 아내를 맞아들이지 않고 살아간 인생에 대한 속죄에서 비롯되었다. 비록 살아 있을 때, 아내를 빼앗기고, 홀로 살아갔다는 사실은 자랑이 아니었기에 그래서 현은 그 뒤, 줄곧 아버지의 유언을 받들기로 마음을 다잡았다. 그러나 그건 현실에서 명분 없는 공상 같았다.

고 영감의 여러 아내들 가운데 하나였던 어머니는 세상을 뜬 뒤, 고영감의 무덤을 비롯한 그들 조상의 묘가 즐비한 산비탈에 묻혔다. 어머니는 고영감과 더불어 그의 아내들이 이미 죽어간 지 오랜 지금, 영식과 더불어 뜻을 같이한다면, 일은 쉽게 풀릴 것 같았다. 하지만, 고 영감의 유일하게 남은 재산이며, 그들 조상이 묻힌 산야에 어머니마저 함께 묻혔으니, 그는 굳이 현의 말을 들을 이유도 없거니와, 어떤 설득력도 무기력할 수밖에 없다.

어머니의 임종 때, 현은 부리나케 그리로 달려가 어머니의 시신이나마 떼매오려 했다. 그러나 영식을 비롯한 그의 사촌, 육촌 같은 고씨네 권속들이 떼거리로 달려들어, 현을 초상마당에서 강제로 몰아냈다. 그로 하여금 되레 현과 영식의 사이가 벼랑처럼 파이고 말았다. 어찌됐든 한 배로 태어난 형제였으나 벌어진 틈은 그 무엇으로도 메울 수 없었다. 비록 씨는 다르나 어머니의 피로 빚어졌다는, 동질성보다 이질적인 감정이 가로막은 벽을 더 높였다. 그렇대도 서로는 불편 없는 삶이 이어져갔다. 그게 여자의 흔적이 없어지는 일인지 몰랐다.

비록 남의 방안제사라도 현은 어머니 제삿날, 영식의 집을 찾아가곤 했다. 어머니를 중심으로 한다면, 현은 엄연히 큰아들이었지만, 그를 대하는 고씨네 떨거지들의 차디찬 눈초리에 견디질 못하고, 다시는 안 가기로 했다. 그리고 생각 끝에 제사를 따로 지내기로 했다.

그러나 현은 이러다 영 아버지의 소원을 거품으로 돌릴 것 같았다. 어머니는 죽어서조차 영원한 고 씨네 집 귀신인가. 그것도 어머니가 한때는 고영감의 사랑을 받았듯이 고 씨 집안의 따뜻한 사랑으로 해로하고, 그의 옆에 다정히 묻혔다면, 굳이 그럴 필요가 없을지 몰랐다. 하지만 어머니의 무덤은 그와 그의 조강지처인 아내가 정답게 묻힌 땅에서 멀리 떨어진 산비탈에 외로이 버려진 꼴이었다.

실로 어머니의 존재는 그에 있어 잠시 한 남자로부터 농락당한 헌계집일 수밖에 다름없었다. 1년, 그 짧은 세월 속에서 어머니는 영식이란 한 생명을 세상에 태어나게 했다. 그건 어느 모로 보든지 어머니의 뛰어난 현실적응 능력에서 비롯되었다. 고 영감의 만남은 어머니가 아버지와 헤어진지 한 달도 안될 무렵이었다. 이런 만남의 끝은 결국, 아버지와 현을 비롯해서 새로 태어난 영식까지 영원한 갈등을 빚고 말았다. 그래서 영식과 만나 같은 어머니의 피를 빨아먹고 자란, 엄연한 사실을 확인해야 하는 서먹한 길목에 선 거였다.

술기운이 차츰 머리끝으로 솟구쳐 오르자, 현은 본론을 꺼내야 했다.

"어젠, 어머니 제사였지?"

현이 물었다.

"그렇습니다."

영식은 또렷이 대답했다. 현은 그에게 어머니 제사를 따로 지낸다는 사실을 일러줘야겠다고 생각했다.

"나도 어젯밤 어머니 제살 지냈어."

현은 좀 풀어진 말투로 토해내듯 했다. 그러자 그는 어떤 동요는 없었으나 놀라는 빛이 역력했다.

"정말 슬픈 일이군요. 제사를 따로 지내다니?"

"오죽하면 그랬겠나. 어젯밤 제살 지내면서 무슨 생각을 했나?"

현은 이유야 어떻든 물었다.

"저의 이복형제들이 한 사람도 오지 않았습니다. 오직 영화가 왔을 뿐인데―, 다른 어머니라고 그렇게 갈라 놀 수 있습니까. 그게 절 슬프게 하더군요."

그는 좀 충혈된 눈으로 분노를 삭히는 듯 보였다.

"이 형 생각은 안 했겠지?"

"그렇습니다. 형님은 생각 밖이었죠. 아침까지도 어젯밤 쓸쓸했던 게 지워지지 않고 되살아나서 몹시 괴롭히더군요. 그때, 마침 형님전활 받은 겁니다."

"그랬었군. 난, 영식을 의식한 거야. 꼭 이래야 하는지 곱씹었지. 그게 우리를 불행케 한다는 생각을 했어."

현은 아침 그와 전화를 하면서 이상한 생각이 들었는데, 그의 심경을 이해할 수 있었다.

"형님, 어쩌면 좋습니까?"

그는 마음이 착잡한지 이렇게 토로하며 물었다. 이쪽저쪽이 모두 이복형제 아니면, 아버지 다른 형제 사이에서 죽은 어머니를 혼자 감당하는 정신적 고통이야말로 이겨내기 힘든 일일 거였다.

어찌 보면, 천형(天刑)같았다. 씨 같은 형제도 제사에 오지 않고 피 같은 형제도 제사를 따로 지낸다니, 그의 마음이 조용할 리 없었다.

현은 오늘 영식을 만난 게 잘했다 싶었다. 그와 아득한 거리를 두고 앙금처럼 쌓인 이반(離反)의 불신이 한 순간, 스러지는 느낌이었다. 만남은 이토록 벽을 허물 수 있는 묘약이라는 생각을 하고 있는데, 문득, 그가 휴대폰을 꺼내어 어디론지 전화를 걸었다.

"나, 영식이다. 여기 레스토랑 환인데─, 김현 형님과 같이 있거든, 와서 점심식사 같이 하자. 으─응 그래, 여기 찾을 수 있겠지? 으응, 중부은행 건너편, 그래, 그래 맞아. 그럼 기다린다. 으응."

그는 전화를 끊었다.

"형님, 영화입니다. 그 애 본 지 오랠 겁니다. 좀 시간이 걸리지만, 꼭 온다고 그랬습니다."

그는 현에게 방금 걸었던 전화 이야기를 했다.

"영화! 그래 잘했다. 난, 그 앨 미처 생각 못했어. 걜 만나면, 어머니 모습을 연상할 수 있을 거야. 우린 피가 엉긴 떳떳한 형제야. 서로 얼굴을 마주하면 외롭지 않은…."

현은 이렇게 영식을 위로하고 나서, 이제 자식들을 이 세상에 남겨두고 영원한 곳으로 떠난 사람들로 하여금, 또다시 핍박과 반목, 그리고 갈등의 세월을 반복할 수는 없었다. 그들이 남겨 논, 허무의 가시덤불을 만남의 정으로 헤쳐가야 할거란 생각이 들었다. 먼저 제사와 무덤, 그리고 석연치 않은 불협화음이 서로의 사이에 잿더미 마냥 쌓였지만, 피의 결속으로 그런 군더더기는 말끔히 치워야 한다고 믿었다.

이제 과거는 흘러가고 없었다. 남은 것은 씨와 피가 다른 형제들 사이의 반목과 갈등만 남았다. 차라리 남으로 태어난 건만 못한 미묘한 사이는, 일종의 존재가치를 상실케 하는 문일지도 모른다. 어떻게든 어머니의 무덤을 아버지 무덤 곁으로 옮기고 영식과 함께 어머니의 제사를 함께 지내야 했다.

그동안, 이런 이야기조차 나눌 겨를 없이 이유 없는 형제의 서먹한 세월만 흘려보냈다. 그래 날이 새면, 곧장 영식을 만나기로 별렀다, 몇 시라고 할 것 없이 새벽녘에 아무런 의식 없이 쓰러져 잠자리에 들긴 했으나, 한 숨의 잠도 붙이질 못했다. 오로지 밤과 어둠에 걸어둔 턱없는 굴복과 체념으로 눈을 감았을 뿐이었다.

그런 현에게 이미 잠재의식처럼 갇혀진 원망과 노여움은 이제 안개처럼 걷혀갔다. 아버지가 세상을 뜬 기억이 까마득하도록, 그의 간절한 소망이 허무의 세월을 두고 헛되이 맴돌 때, 그에게 주는 무력함과 허탈감이 거품처럼 터지는 소리를 들었다. 그러면 상념처럼 떠오르는 그때, 아버지의 처절한 모습만 못내 부여안고 고질병을 앓아야 했다.

전쟁이 안겨다 준, 아이러니가 이제껏 아물지 않는 상처의 잔해로 남았다. 그건 의리와 사랑, 그리고 따뜻한 정이 모아지면, 소멸될 거란 믿음이 생겼다. 그러기 위해, 어떤 이질적 요소보다 동질성을 먼저 찾고 공통분모를 알 때에 비로소 진정한 길이 열릴 것 같았다.

고영감의 많은 아내들 속에서 태어난 사람들은 반드시 고씨 왕국의 추종자일 수 없었다. 언제든 지난날은 바른 길만을 가르쳐 주었다. 곁을 떠난 아내를 죽도록 그리던 아버지의 애절한 순애보가 살아있는 한, 죽어서도 아내를 맞이할 너그러움이 살아 숨쉴 거였다. 여자는 두레박 팔자라면서 아내를 체념했지만, 아버지는 끝내 새 아내를 맞아드리지 않고 뼈저린 고독의 아픔과 슬픈 인고의 한 세월을 흘려보냈다.

"어머! 오빠들이 이렇게 마주앉긴 첨 아니에요?"

영화는 전화를 한지 30분쯤 뒤에 모습을 나타냈다. 그녀는 들어오자 눈을 크게 뜨고 놀라는 표정으로 너스레를 떨었다.

"정말, 그런 것 같아."

현은 이렇게 대꾸하면서도 영화의 목소리가 어머니와 꼭 닮은 데 놀랐다. 얼굴도 비슷했지만, 목소리는 어머니의 것이 틀림없었다. 그래서 그는 정겨운 눈길로 그녀를 뚫어지게 바라보았다.

셋은 샌드위치와 수프가 곁들인 양식으로 점심식사를 했다. 현은 마주앉은 두 남매의 얼굴에서 뚜렷이 드러낸 어머니의 모습을 보았다. 서글서글한 눈매와 성깃한 눈썹, 그리고 단정한 콧날 같은 게, 이전 어머니의 얼굴을 사진처럼 닮았다.

현은 그들과 함께 식사를 하는 동안, 어디선가 자꾸 어머니 냄새가 물신 풍겨옴을 느꼈다. 그래서 그는 굼뜬 동작으로 식사를 했다.

"영화야! 밖이 춥지?"

현은 영화와 대화를 나누고 싶었다.

"춥긴 해도 햇살이 무척 따사로워요. 오빠."

그녀가 오빠라고 부르자, 현은 자신에게도 누이동생이 있다는 사실을 새삼 실감했다. 그녀는 사십대 중반인데도 아직 티 없이 해맑은 얼굴이다. 그런데 그녀가 남편과 이혼했다는 말을 언젠가 아내로부터 들은 게 생각났다. 이혼사유도 그녀의 간통으로 빚어졌다니, 그도 우연한 일이 아닐 것 같았다. 아무튼 그런 생각이 불쑥 튀어나오자, 현은 말꼬리를 사렸다.

"우리 자주 만나자고ㅡ. 그러면, 만날 적마다 저 세상으로 떠난 어머닐 보듯이 반갑고 정겨울 거야."

현은 그들에게서 따뜻하고 정 깊은 어머니 냄새를 맡고 있었으나, 간헐적으로 이질감이 그을음처럼 자꾸 끼어들었다. 그러나 그는 그것을 지워버리려 애썼다. 어쩌면, 모두가 귀찮기도 했다. 다시 혼자 있고 싶어지고, 이런 현실에서 훌쩍 떠나 어디론지 도망치고 싶은 생각이 불쑥 겨들기도 했다.

어머니가 이 세상에 삼남매의 혈육을 남겨놓았으나, 서로 거리가 벌어져서 등 돌려놓고 사는 현실을 어찌할 수 없었다. 영화만 해도 부모를 같이하는 남매라면, 어찌 이토록 뒤늦게 가까이 볼 수 있으랴. 보이지 않는 간격이 현과 그들 남매를 베일처럼 가로막아 놓았다.

그러나 현은 이런 미로에 선 현실 앞에서 돌파구를 뚫어야 한다고 다짐했다. 그러려면 서로를 알기 위해서 자주 만나 대화를 트고 사랑과 이해로 도우며 살아가야 할 게 뻔했다.

레스토랑 환을 빠져 나왔을 때는, 해가 한 걸음 기울어 있었다. 선뜻하던 찬바람도 잦아지고 따사로운 햇살이 온 누리에 내리쪼였다.

"오빠! 다음에 또 만나요."

어느덧 초로의 나이가 된, 영화는 탄력을 잃어 가는 얼굴에 햇살을 받으며 인사를 했다. 너무 오랜 시차가 그녀와의 서먹한 거리감을 느끼게 했다, 그래서인지 그녀의 인사말조차 진실로 들리지 않았다.

"형님! 다음에 연락드리고 뵙겠습니다."

이번에는 영식이 머리를 꾸벅했다. 그들은 앞에 세워둔 자기 차에 제가끔 올라탔다. 영화의 차는 구름처럼 하얗고 영식의 것은 까만빛이다. 그걸 본, 현은 문득 어머니가 즐겨 입던, 흰 저고리에 껌정치마가 생각났다. 너무 대조적이긴 해도 어머니에게는 잘 어울리던 빛깔이었다. 그들은 차에 올라서도, 서 있는 현을 향하여 차창 밖으로 손을 흔들어댔다. 그리고는 이내 거리를 메운 차량들 속을 파고들었다.

현은 그들이 모습을 감추자, 무언가 닿을 듯하면서도, 닿지 않는 손끝의 허탈감을 부여안고 몸을 천천히 돌렸다.

울컥 치밀어 오르는 원인 모를 구토증이 일었다. 그래서 담배를 피어

물고 하늘을 보았다. 옅은 구름이 하늘을 덮기 시작했다. 그는 자신이 태우는 담배연기가 저렇듯 구름으로 끼어든다는 어린아이 같은 생각을 했다.

또 택시를 잡아타고 자신이 사는 마을 앞에 다다랐다. 그는 차에서 내리자, 가파른 언덕배기를 천천히 거슬러 올라갔다. 먼빛으로 집 쪽을 바라보니, 뒤란의 해묵은 살구나무에 꽃이 흐드러지게 피어 있었다. 그는 화사한 꽃구름 속에서 아버지의 거뭇한 모습과 어머니의 화사한 얼굴이 서로 교차되는 환상을 뚜렷이 보았다.

개만도 못한 개

　바리는 숫제 숨바꼭질을 하려는 것 같았다. 낮에는 얼씬도 않다가 밤이면 살금살금 들어와 계단 밑 어둠 속에 숨어 몸을 사린다. 그런 꼬락서니를 언젠가 밤에 집으로 들어오다가 눈에 띈 적이 있었다. 그제야 바리에 대한 감이 잡혔는데, 어둠이 설핏할 무렵 밖을 나가보면, 으레 칙칙한 계단 밑에 몸을 숨긴 채로 바싹 웅크린 모습이 엿보이곤 했다. 어디 가서 무얼 먹고 살아가는지 모른다. 그래도 잠만은 집에 들어와서 잤다.

　그런 바리는 김 여사의 발자국소리만 들어도 지레 알아차리고, 슬금슬금 뒷걸음질 쳐서 도망쳤다. 어둠에 몸을 묻고, 털끝 하나 내보이기가 두려워서인지 꼬리마저 한껏 사렸다. 그러나 까만 어둠 속에서도 바리의 하얀 털은 또렷이 눈에 들어오고 말았다. 그럴 때, 으레 그리로 다가가 보려하면, 어디론지 총알처럼 달아나 버리고 말았다.

　눈에 띄기만 하면, 몸을 사리거나 도망쳤고, 낮에는 숫제 모습조차 보이지 않는 바리는 김 여사를 의식적으로 피하는 게 분명했다. 왜 그런지 모른다. 하긴, 잡히기만 하면 이전처럼 올가미에 목을 매달게 되고, 나름의 자유를 잃는 공포감에 휘말리는지 모른다. 그렇지만, 이제껏 거둬 먹여 길러주고, 온갖 귀염을 주었을 뿐인데, 그런 일을 되살려본다면, 비록 짐승일망정 도시 되어먹지 못한 배신이 아닐 수 없었다. 그렇듯 바리는 완벽하게도 제집을 등지고, 숫제 눈을 밖으로만 돌려놓은 채 나돌았다.

그래 바리는 김 여사로 하여금, 뜨악하고 무서운 느낌을 자아내기까지 했다. 바리의 그런 철면피하고, 되잖은 꼴이 마냥 원망스럽기는 하였지만, 한쪽으로는 연민의 정마저 울컥울컥 솟기도 했다. 어쩌면, 바리는 김 여사가 지금 자신에게 갖는 증오와 불신을 빤히 알아차리고, 어떤 음모조차 꿰뚫어 보는 듯싶었다. 하지만, 그 귓구멍에 뭐라고, 한마디 한 적도 없었고, 미운 속내를 내보인 적도 없는데 그랬다. 생각을 곱씹으면 그럴수록 괘씸하기 짝이 없었지만, 밤에라도 어둠을 타고, 집을 찾아드는 게, 적이 고맙고 미덥지 않을 수 없었다.

바리는 처음 작은 집에서 가져왔다. 올망졸망 다섯 마리의 새끼를 낳았는데, 개 값도 헐고, 젖도 떨어질 때가 되었다면서 시동생이 키우라고 갖다줬다. 마침, 똥개 한 마리를 송아지만 하게 키워 팔아넘긴 터라, 적적함을 달래기도 좋아서 얼른 들여왔다. 허드레 음식찌꺼기를 먹여 길러내면, 손에 잡히는 수입도 짭짤하여 개 기르기는 다목적이었다. 이 중창에다 대문이 멀고, 인터폰조차 먹통이 되어서 누가 찾아와도 밖의 동정이 깜깜하였다. 그래 똥개를 기르는 동안, 대문밖에 사람이 얼씬거리기만 하면, 컹컹 짖어대어 알려주는 게, 어찌나 좋은지 몰랐다. 더욱 남편과 늘 떨어져 살면서 이른바 주말부부가 되었으니, 덩그러니 여자 혼자 집을 지키는 터라, 개는 밖을 지키는 파수꾼 구실을 넉히 해냈다.

조막만 한 새끼 강아지는 참으로 예쁘고 귀여웠다. 껌정 털 하나 박히지 않은 말끔한 모습에 눈빛 같은 털이 어찌나 하얀지 눈이 부실 정도였다. 게다가, 초롱초롱 맑고 또렷한 눈망울에 영롱한 빛이 무던히도 반짝거렸다. 예쁜 목 사슬에 방울을 달아주었다. 그랬더니, 햇빛 바른 정원을 제멋대로 깡충깡충 뛰놀았다. 김 여사는 말할 것 없고, 낯선 사람이 찾아와도 졸랑졸랑 따라다니며 재롱을 떨었다. 그럴 때마다 목에 맨 방울이 짤랑짤랑 소리를 냈다. 바리는 단연 이웃사람에게도 귀염둥이였다. 저마다 바리를 보기만 하면, 쓰다듬어 주고, 품으로 안아들이기가 일쑤였다. 그만큼 사람을 잘 따랐다. 게다가 새하얀 털이 몹시 깔끔하고 정겨워 보이기도 해서, 사람들은 바리를 무척 좋아했다.

김 여사는 바리가 어린 티를 벗을 무렵, 올가미를 채워 개집 앞에 매 났다. 그러자, 바리는 처음 부자유스런지 연신 낑낑거리며 보채더니 밥도 잘 먹지 않고, 조바심 댔었다. 그러나 얼마 뒤부터는 그런 티 하나 없이 순한 양이 되었다.

그럴 무렵, 김 여사는 이웃에서 또 강아지 하나를 더 들여왔다. 그 놈은 바둑강아지인데, 흰털에 검정무늬가 둥글둥글 그려졌다. 게다가 한쪽 눈자위가 온통 검정 털인 놈이어서 그런 모습을 보자면, 바리보다되레 귀엽게 느껴지는 생김새였다. 눈빛처럼 희기만 한, 바리는 바둑이에 비하면, 너무 하양일색이어서 단조롭고, 찬 인상에 그런 느낌을 자아내는 듯싶었다.

김 여사는 바리를 매어놓은 채, 바둑강아지를 정원에서 놀게 했다. 바둑이도 이전 바리가 목에 걸었던, 방울을 달아주었다. 그러나 바둑은 바리와 달라 낯선 사람이 오면, 아직 선 목소리지만, 캉캉 옹골차게 짖어댔다. 김 여사는 바둑이 더욱 야무지고 미더워 보였다.

그런데, 줄에 매인 바리는 바둑이 정원을 자유롭게 뛰노는 모습을 보고 사뭇 바스대면서 날뛰기 시작했다. 시샘이 생긴 모양이었다. 그러더니 바리는 차츰 이상하고 포악한 행동을 보이기 시작했다. 고리에 매인 사슬을 이빨로 물어뜯어 끊으려는 실랑이를 벌였고, 연신 몸을 꼬나 세워 버둥거리기도 했다. 바리의 시선은 늘 바둑을 쫓아다녔다. 당장이라도 고리를 풀어준다면, 득달같이 달려가 바둑과 함께 어울려 뛰어 놀고싶은가 보았다. 아직 그럴 때는 아닐 테지만, 마침 바리는 수놈이고, 바둑은 암놈이어서 더욱 그런 생각이 들었다.

그러나 김 여사는 바리의 그 따위 행동에 아랑곳하지 않았다. 그건,

다름 아닌 바리를 아끼는 마음에서였다. 낯이 설든 익든 무작정 사람을 보면, 누가 되었든 푼수 없이 꼬리를 치면서 달려드는 바람에, 사람의 손을 타면 누구든 바리를 안아 갈지 모르니, 잃어버리기 십상일 것 같았다.

그런데, 바둑이는 그처럼 푼수데기는 아니었다. 아는 사람이면, 꼬리를 치며 달려들지만, 낯선 사람이면 사정없이 캉캉 짖어댔다. 그러니까, 풀어 놔둔대도 사리를 가려 행동할 거란, 미더움이 생겼다. 또 바둑은 아직 어린 강아지였다. 어릴 때는 그렇게 자유롭게 놔먹이다가 좀 더 크면 바리처럼 매놓으면 되었다.

그러나 바리는 연일 몸둘 바를 모르고 괴로워하는 모습이었다. 눈앞에서 온갖 재롱을 다 떨어가면서 이리 뛰고 저리 뛰노는 바둑이의 자유로운 모습이 몹시 부러운 모양이었다.

그런 바리는 차츰 바둑을 꼴사납게 보는 듯싶었다. 그래서인지 바리는 난폭하고 사나운 개로 변해가고 있었다. 밥을 주는 김 여사의 손을 물어뜯기도 하고, 밥그릇을 사뭇 발로 차서 엎어놓기도 했다. 게다가 온종일 가만히 있지 않고, 펄펄 날뛰기만 하면서 잠시도 몸을 가만히 멈춰두지 않고, 목에 맨 올가미와 싸웠다. 그런가 하더니 끝내는 제집마저 머리로 치받고 발로 차서 부쉈다. 밤에도 숫제 잠들지 않고, 부서져 거꾸러진 제집지붕 위에 올라가 괴이한 짓을 해대면서 괜히 짖어댔다.

"컹컹― 커엉―."

김 여사도 처음 그걸 눈치채지 못했다. 본래 영악하고 난폭한 사나운 개의 종자로만 생각했다. 그러나 나중에는 바리가 바둑의 자유분방한 모습을 보고, 분개한 나머지 저렇듯, 이상한 행동을 서슴없이 보인다는 사실을 알아냈다. 그렇게 바리의 속을 건너짚은 김 여사는 바둑이를 누구에게 줘서 바리의 눈앞에 얼씬거리지 않게 하면 되리라 믿었다.

그러면, 바리가 저렇듯, 난폭한 짓을 멈추고, 못된 횡포를 부리지 않을 거란 생각이 들었다. 그래 바둑이를 선뜻 이웃의 세희엄마에게 주었다.

바리는 바둑이 눈앞에서 사라지자, 몸을 세우고 버둥거리던 짓을 멈췄다. 드디어 마음의 평화를 되찾은 듯싶었다. 김 여사는 바둑이를 세희엄마에게 준 게 잘했다고 자위했다.

이제 바리는 온종일 정원으로 내리쪼이는 따사로운 햇살을 받으며, 바로 세워 논 집 앞에 앉아 잠도 자고, 때로는 기다랗게 하품도 하고, 기지개를 켜기도 했다. 한밤에 껑충껑충 뛰면서 짖어대던 개소리도 멎었다.

그런데, 또 이상한 건 벙어리가 된 듯싶었다. 온종일 낯선 사람이 집 안을 들락거려도 무심코 짖지를 않고 본숭만숭 해두었다. 그러기는커녕, 숫제 김 여사가 눈에 띄기만 하면 낯선 사람 보듯이 목청을 돋구고 막 악을 쓰며 짖어대는 게 아닌가.

(참? 저런 미친개를—!)

김 여사는 별꼴이라는 듯 속으로 기가 차서 이렇게 바리를 욕했다. 그럴 때마다 기분마저 착잡해졌다. 수금원, 우유배달, 집배원 같이 늘 드나드는 사람들은 낯이 익은데도 마구 짖어댔다. 정령 기억상실에 걸렸던가. 아니면, 정신착란이 틀림없었다. 그러고서 정작 처음 찾아온 낯선 사람에겐, 언제 봤다고, 주둥일 굳게 다문 채, 깩소리 않는지 몰랐다. 그리고 왜 자신을 보고, 주둥이를 까뒤집고, 눈깔을 희번덕거리면서 죽자 사자 짖어대는 것일까. 정령 까닭을 모를 일이었다.

그러니까, 아는 사람에겐 오금박듯, 콩콩 짖어대었고, 낯모르는 사람을 보면 모른 체 해두는 바리였다. 그래 김 여사는 바리가 짖으면, 가족을 비롯해서 자주 오는 사람일 거라고, 반대로 짐작했다. 그렇지 않고, 밖에서 사람소리가 나면, 낯선 사람이 찾아온 거라 믿었다.

그런 어느 날밤, 남편도 집에 없고, 홀로 조름 끼도 어디론가 달아나 자정이 가깝도록 심야프로를 보느라, TV앞에 앉았을 때였다.

"캉캉 캉―."

바리가 갑자기 짖어대기 시작했다. 김 여사는 어떤 상념처럼 남편이 돌아온 게 틀림없을 거라 생각하면서 버릇처럼 몸을 얼른 일으켜 세웠다. 그리고 밖으로 내달으려다 말고, 잠시 생각하니, 남편이 좀 전, 회사에서 전화를 걸어왔던 기억이 되살아났다. 그러자, 몸을 멈칫 세우고, 미지의 방문객을 추리해 보았다. 바리가 짖는 걸 보면, 틀림없이 가족이나 아니면, 이웃사람이라 짐작되지만, 누구라고 꼭 집어 떠오르는 사람이 없었다. 그리고 누구든 이 밤중에 찾아온다면, 전화 한 통화쯤 할 테지만, 그런 전화를 한 사람도 실상 없었다.

"캉캉 캉―."

바리는 줄곧 짖어대었다. 김 여사는 먼저 밖의 외등 스위치를 올렸다. 그런 뒤, 창문에 드리운 커튼을 젖히고, 대문 쪽을 내다보았다. 철창 사이로 문밖 동정도 살필 수 있을 만큼, 불빛이 그리로 번져있었다. 그러나 인기척이나 사람의 그림자는 씻고 보아도 눈에 띄지 않았다. 어찌된 일인지 몰랐다. 바리가 맥없이 짖을 리는 없었다. 그런 맹랑한 일은 아직 없었던 것으로 기억되었다. 그러자, 조바심이 부쩍 일었다. 그렇다면, 밖에서 누군가 불현듯이 나타나리란 예감이 스쳤다.

김 여사는 좀 의아한 생각으로 주춤거렸으나, 이내 출입문을 열고, 현관을 빠져나가 보았다. 전등불빛으로 밝혀진 정원의 잔디밭은 촉촉한 이슬을 머금은 채, 더욱 새파랗게 번져 있었다. 바늘처럼 뾰족뾰족한 잔디의 작은 잎새마다 맺힌 이슬방울이 전등불빛을 받고 무지개가 섰다. 아름답고 깔끔한 싱그러운 잔디정원이란 생각이 생경해졌다. 가장자리로 활엽수와 상록수 같은 교목들이 한데 어우러져 맑고 청정한 공기가 흘렀다.

김 여사는 정원의 구석구석을 주뼛거리면서 자연스런 정원의 만족감을 스쳤으나 사람의 인기척은 어디에서든 눈에 띄지 않았다.

"찌르륵, 찌르륵 ―."

풀벌레 울음소리가 들려왔다. 밖은 자정으로 치닫는 한밤의 냉한 공기와 고적이 중량감 있게 앙금처럼 내리 깔렸다.

"캉캉, 카 앙―."

바리는 끊이지 않고, 연신 짖어대기만 했다. 김 여사는 어쩌다가 바리를 바라보았다. 어딜 보고 짖는지 알고 싶어서였다. 그런데, 바리는 생경하게도 김 여사를 정면으로 쏘아보며 짖어대는 게 아닌가. 문득, 섬뜩한 공포감이 스치면서 머리털이 곤두서는 느낌이었다. 그렇다면, 이제껏 바리는 자신을 겨냥하여 짖어대었음이 틀림없었다. 밤늦도록 TV를 보느라, 불을 켜 논게, 이상했던 모양이었다. 하지만, 믿을 수 없는 억측일 거라, 김 여사는 떨쳐버렸다. 밖으로 나온 김에 개 짖는 이유를 모르고, 어물쩍 그냥 집안으로 들어가기가 꺼림할 수밖에 없었다.

그래, 김 여사는 잔디밭 한가운데로 뚫린 보도를 따라, 대문 쪽으로 걸어가 보았다. 가까이 다가가 철문 창살 사이로 밖을 내다보았다. 이웃들도 모두 불을 끄고, 잠든 모습이어서 문밖의 길거리는 고즈넉이 차디찬 어둠만이 가득 차여 있었다.

밤은 늦더위로 부글부글 삶아대던, 열기에 데워진 대지를 냉랭하고 생경한 공기로 식혔다. 김 여사는 잠시 문밖을 두리번거리다가 허탈감으로 돌아섰다. 누가 찾아왔다면, 불쑥 튀어나올 테지, 이처럼, 숨바꼭질하듯 그 어디에 숨어있지 않을 거란 생각이 들었다. 다시 발을 돌려 되돌아오는데, 바리는 더욱 거세게 짖어 대었다.

"캉캉, 캉―."

김 여사는 기가 막혔다.

(저걸, 그냥 두었다간― 신경쇠약 걸릴 게, 틀림없겠어!)

이렇게 중얼거리던, 김 여사는 이튿날, 세희엄마를 불렀다.

"세희 엄마! 도대체 안되겠어. 바리를 잡아 없애야지."

"그럼, 세희아빠더러 친구들과 처치하라고 하죠."

"그래, 이따가 내가 끌어다 줄 테니―."

김 여사는 바리를 의식한 나머지 세희엄마와 속엣 말을 주고받았다. 그런 뒤, 점심식사를 마치고, 해가 한 발 기울 무렵, 김 여사는 바리에게 달려들어 개 줄을 풀려고 했다. 그런데, 어느 순간, 바리가 손등을 물어뜯는 바람에 김 여사는 개 고리를 놓쳤고, 바리는 줄을 끊고, 어디론지 달아나 버렸다.

대뜸, 손등에서 피가 흘렀다. 날카로운 바리의 이빨자국이 길게 그어진 자리였다. 김 여사는 소스라치게 놀라 손을 싸쥐었다. 그러나 싸쥔 손아귀로 피가 넘실넘실 흘러나왔다.

(미친개에 물리면, 약도 없다는데―)

김 여사는 바싹 긴장감이 감돌았다. 때마침, 세희 엄마가 왔다.

"세희 엄마! 나 바리에게 물렸어."

"어머!"

그녀는 당황한 나머지 잡고 온 세희의 손을 놓고는 김 여사에게 달려들었다. 그녀는 자신의 목에 걸렸던, 머플러를 부득부득 찢더니 김 여사의 손목을 감아 돌려 꽁꽁 매듭을 지었다.

"독이 몸에 번지면, 큰일나요."

그녀는 혼잣말처럼 중얼거리고 나서 싸잡은 손을 놓게 하고, 상처부위를 두 손으로 쥐어짜서 피를 빼냈다. 그럴 때, 김 여사는 얼굴을 잔뜩 찌푸리고, 아픔을 참느라 신음했다. 그런 뒤, 그녀는 세희를 데리고 밖으로 나가더니, 이내 자신의 차를 몰아왔다. 김 여사는 그녀의 차에 실려 병원으로 옮겨졌다.

이런 일이 있은 뒤, 김 여사는 바리를 잃어버리고 말았다. 어둑해도 집을 찾는 기척이 없었다. 몇 달 동안, 바리의 소식을 알 수가 없었다. 어디로 가서 살았는지 죽었는지 몰랐다.

자신의 손을 물어뜯고 달아나 모습을 감춰버린 바리가 죽이고 싶도록 미웠지만, 도시 어디서 어떻게 먹이를 구해 사는지 알고 싶었다. 누군가 잡아다가 키우던가. 아니면, 잡아먹기라도 했으리란 막연한 생각이 돌면서도 바리의 행방이 묘연한 건, 김 여사로 하여금 뭇 생각을 더 듣게 했다.

바리의 탈출은 기적적으로 성공한 거였다. 만일, 세희아빠를 불러다가 직접 잡게 했다면, 이런 일이 없을지 몰랐다. 그러나 바리의 난폭한 행동은 그 누구도 함부로 겨룰 수는 없을 것 같았다. 개가 본디 사람과 가까운 사이로 살아가기에 사람을 잘 따르는 것이지, 그렇지 않다면, 총을 겨누지 않고서는 어찌 그걸 이겨낼 수 있으랴.

아무튼, 바리는 암놈 생각에 미쳐 날뛰었는지 모른다. 짐승이나 사람이나 성정에 휩싸이면, 눈에 보이는 게 없이 사나워지고 거세질 게 틀림없었다. 바리를 매달은 쇠줄만 해도, 비록 바리가 발발이 같은 힘없는 개였지만, 연일 쉴새없이 물어뜯고, 잡아당겨서 언젠가 탈출기회를 노린 게 틀림없었다. 그렇듯 바리를 부자유하게 만들었던, 쇠사슬은 김 여사의 손등을 물어뜯는 순간 끊어지고 만 거였다.

그 뒤, 몇 달이 지났을까. 저녁식사를 하는데, 세희엄마의 전화가 왔다. 쇼킹한 뉴스였다.

"어쩜, 이제 보니, 바리가 우리 집에 숨어살아요."

"어머! 그래요?"

"그렇다니깐요. 바둑의 밥을 나눠먹으며 말이에요."

"어떻든 살아있다니, 반갑네요."

"그렇지만, 여간 눈에 띄지 않아요."

"세희엄만 어떻게 보았어요?"

"방금, 밥을 주고, 바둑이 밥 먹는 걸 잠깐 보는데, 어디서 나타났는지, 바리가 함께 먹잖아요."

이런 세희엄마의 수소문에도 한동안 바리의 모습은 눈에 띄지 않았다. 그렇지만, 김 여사는 바리가 누구에게 끌려가지도 죽지도 않고, 가까운 곳에 살아있다는 것만으로 마음을 가라앉혔다.

그리고, 얼마 안 가서 바리의 모습을 어둠 속에서 어렴풋 본 거였다. 바리는 이제껏, 김 여사와 줄곧 숨바꼭질을 한 셈이었다. 허름한 이웃집 헛간에 살면서 이따금 눈에 띄우던 족제비 같았다. 족제비는 언제든 생경하게 나타나는 야생동물이었다. 꼬리도 비치지 않았는데, 그걸 일부러 찾아내기란 눈 속에서 대순을 찾는 것과 같으리라. 그렇듯 바리는 더러 밤에만 하얀 털을 스쳐 보이지만, 그마저 눈에 띄기가 어려웠다.

이제 바리가 쓰던, 집과 밥그릇은 을씨년스럽게 나뒹굴고, 심술궂게도 짖을 때 짖잖던, 개소리조차 들을 수가 없었다.

(저런, 망측한 개도 있을까?)

김 여사는 숫제 들개가 되어 날쌔기가 야생동물 같은데, 빼딱하게도 눈에 띄기만 하면, 총알처럼 달아나는 게, 야생의 근성을 그대로 닮았다. 김 여사는 속이 터졌다. 고이 길러낸, 자식의 배신을 당한 심사 같아서였다. 사람은 배신을 해도 동물은 그렇지 않다는데―.

김 여사는 괜한 일로 속을 끓었다. 차라리 죽어 없어졌으면 싶었다. 그토록 눈을 피해 어릿거리며 신경을 자꾸 건드릴 바에는 숫제 안 보이는 게, 신경 쓸 일도 없거니와 그러면, 그에 대한 껄끄러운 상념도 함께 사라질 것 같았다.

어쩌면, 바리가 여느 개보다 아이큐가 높을 거란 생각도 들었다. 세희엄마와 귀엣말로 한 소리를 어떻게 알아듣고 지레 도망쳤는지 몰랐다. 영롱하게 반짝거리던 눈이 필시 뛰어난 지혜와 재치를 갖은 개임에 틀림없었다.

어느 날, 마침 집에 있던, 남편이 전화를 받았다.

"새끼를 낳았다고요? 누구네 개가요? 그런데요?"

영문을 알 수 없는 남편은 연신 묻기만 했다. 그러더니 이내 수화기를 김 여사에게 내밀었다.

"여보세요?"

김 여사는 수화기를 들자, 상대를 불렀다. 세희엄마 목소리였다.

"오호호— 난, 김 여사님인줄 알고, 무조건 말만 쏟아놨더니— 아저씬 줄 몰랐어요."

"그런데요?"

"그런데, 우리 바둑이가 새끼를 낳았어요. 틀림없이 바리의 씨일 거예요."

"…?"

김 여사는 좀 어릿해졌다.

"엄청, 다섯 마리나 낳았어요."

"쇠사슬을 끊을 정도로 악랄하고, 억센 야성적 개니까요."

"그래도 바둑에겐 참 좋은 남잔가 봐요. 어디선지 몰래 나와선 새끼들을 핥다주곤 해요."

"바리가요?"

"그래요. 바리가요."

김 여사는 그렇대도 상관할 일이 아니란 생각이었다. 바리가 자신을 모름세 하고, 거리를 둔 채로 의리를 저버렸다면, 동물이라도 끄는 정이 남아있을 리 없었다. 이제 바리는 영원히 자신의 곁을 따났다는 생각만 들었다.

또, 바리와는 인연이 없었다. 이제 바리를 단념하고 다른 개를 들여올 참이었다. 그러나 그럴 맘도 실은 내키지 않았다. 그래 김 여사는 그저 멍해졌다. 그건, 바리가 숨바꼭질을 하는데서 비롯되었다. 보고 도망칠 바에는 왜 집에 들어오는지 몰랐다. 그림자 같은 모습마저 없다면, 누가 신경을 쓰고 생각이나 하겠는가. 어차피 길러준 공이 스러진 마당에 별 투자 없이 시동생이 거저 준 것이고 보면, 돈으로 쳐도 아쉬울 까닭이 없었다. 저는 저, 나는 나일 뿐이었지, 지가 그런다고 눈 하나 꿈쩍할 사람 없으니 말이었다. 그렇다고, 바리의 2세는 거저 줘도 안 들여온다. 그 따위 씨알로 태어난 새끼가 바리를 닮을 게 뻔하였다.

정말 바리는 생긴 것과는 딴판이었다. 까만 털 하나 박히지 않은 때묻지 않은 모습과는 너무 달랐다. 눈알도 초롱초롱 영리하게 생긴 놈이 그다지 교활하고, 비굴할 수 있을까. 바리의 모두는 허위일 것 같았다. 순한 탈을 쓰고, 실로 못된 짓만 골라 하는 위선자였다. 어디까지나 개가 아니었다. 진정한 개라면, 그런 행동을 할 리 없을 것 같았다.

(위선자! 위선자!)

김 여사는 이렇게 속으로 외쳐대면서 밤늦게 몰래 들어와 잠만 자고, 쏙 빠져나가는 바리가 여간 얄미운 게 아니었다. 처음 먹은 마음대로 없애버렸어야 했는데, 공교롭게 놓치고 만 게 분하였다. 죽이고 싶도록 정말 바리가 두 다리를 쪽 뻗고 죽는 꼴을 본다면, 속이 후련히 풀릴 것만 같았다. 그러나 저렇듯 숨어 다니는 놈을 이제 잡을 길이 없지 않은가. 언제까지 저럴 것인가. 만일 개를 새로 들여온다면, 또 동아리 져서 그 놈마저 못된 버릇이 물들 것 같았다. 그러니 바리 놈을 처치하지 않고는 새로이 개를 들여올 수가 없었다. 이웃에 사는 족제비처럼 이따금 스쳐 보이면서 신경 곤두세우는 꼴을 언제까지 그냥 망연히 지켜 볼 수만은 없었다.

일요일이었다. 김 여사는 남편에게 이런 사실을 토로했다. 이야기의 알맹이는 바로 바리를 사로잡자는 거였다. 그래 세희네 집에 숫제 매두자고 했다. 어차피, 세희네 바둑이와 짝짓기를 하여 금실 좋게 지내고 있으니, 그 집에 붙들어 매놓는 편이 좋겠다는 생각이 들었다.

그런데, 남편은 의외로 김 여사의 말을 대수롭지 않게 생각했다.

"그냥 놔둡시다."

남편의 말은 정령 주제파악이 안된 대답이었다.

"생각해 보세요. 온종일 눈에 띄지 않고, 남의 집에 처박혀 있다가 밤 늦게 돌아와선─ 개의 임무가 뭐예요? 집 지키는 일 아닙니까? 그런데 도─."

"제발 관둡시다."

남편은 숫제 땅파기이었다.

"그런데, 집에 들어오면, 뭘 해요. 집에 누가 오든 가든 상관 않고, 내 버려두는 게 갭니까? 책임을 실천에 옮기지 않잖아요?"

"책임은 그깐 무슨 책임입니까? 개야, 저 생긴 대로 살아가는 것 아 뇨."

"당신은 뭐 땜에 개편을 드는 거예요?"

"개편이 아니라. 그렇잖소."

"아마도 당신은 동생이 준 개라고, 괜한 역성을 드는 모양인데, 그럴 것을 그래야죠."

김 여사가 이렇게 억지쓰면서 따지려들자, 남편은 모르겠다는 듯이 뒤로 벌렁 누워버렸다.

그런 뒤, 남편과 다시 이야기를 나눌 기회는 거의 없었다. 그런데, 김 여사는 바리를 어쩌거나 하면, 남편의 원망조차 떨어질 거라는 강박감 마저 엄습해 왔다. 차라리 바리 이야기를 눌러둔 채, 꺼내 발기지 않은 것만 못하였다. 스스로 알아서 뭉개고, 말 것을 괜히 입을 벌렸다는 자 책이 들었다.

아무튼, 바리에 대한 속태우기는 다시 않기로 마음을 다잡았다.

그리고, 이따금 세희네 집을 갈 때면, 바둑과 그의 새끼들이 따사로 운 햇살아래 오순도순 모여 귀엽게 놀았다. 세희엄마 말마따나 어디선가 바리가 뛰어나와 새끼들을 핥고 보듬는 모습은 눈을 씻고 보려해도 영 눈에 띄지 않았다.

어느덧, 지축거리며 설은 발걸음으로 어미 곁에만 붙어서 꾸물거리던, 새끼들의 행동반경은 차츰 넓어졌다. 새끼들은 좀 자란 듯싶더니, 마당가로 뿔뿔이 흩어져 돌아다녔다. 가장자리에 활짝 핀, 개나리 줄기에 달라붙은 꽃잎을 따먹기도 하고, 줄기를 물고서 매달리고 끄는 놀이도 즐겼다. 따뜻한 봄볕에 찬바람이 스치면, 몸을 부르르 떠는 새끼도 있었다.

(다섯 마리!)

김 여사는 다섯 마리의 새끼를 기억했다. 그런데, 세 마리는 얼룩얼룩한 게 어미바둑을 닮고, 하나는 어미아비를 닮지 않은 돌연변이의 새까만 털을 입은 놈이었다. 또, 한 마리는 저희 아비 바리를 닮아서 검정 털 하나 없이 하얗기만 했다.

김 여사는 지나치며, 다섯 마리의 새끼들을 볼 적마다 저희 아비를 닮은 하얀 새끼에게 눈이 가곤 했다. 그 놈을 눈에 띄우는 이유는 볼 것 없이 바리를 생각한 탓이었다. 겉모습도 그렇지만, 바리가 직접 아비에다 같은 탈을 썼으니, 자연 그리로 관심이 쓰여졌다. 어떤 때는 그 새끼마저 증오의 눈으로 바라봐졌다.

(조것도 자라면, 제 아비처럼 배신자가 되리라)

강아지새끼들은 몇 달이 지나는 동안, 토실토실 자라서 제법 중개가 되어갔다. 두 마리는 누가 재빨리 가져가서 세 마리만 남았다. 하얀 놈과 얼룩이 놈도 남은 축이었다. 이젠 남은 새끼들도 젖 떨어진지 오래여서 어미에게 빌붙지 않고, 밥을 아귀처럼 먹어치웠다. 그리고, 한 참 뒤 갔을 때, 새끼 두 마리가 한꺼번에 없어졌다. 또 누가 두 마리를 가져간 모양이었다.

이제 세희네는 바둑과 그의 하얀 새끼랑 둘이 남은 거였다. 세희엄마는 그 하얀 새끼를 흰둥이라 불렀다. 흰둥이는 이제 엄마만큼 자랐다. 어미바둑은 줄에 매어놓고, 흰둥이는 그냥 놔먹였다.

그러던, 어느 날인가. 김 여사는 또 세희네 집을 갔다. 그 때, 마당에는 이상한 광경이 벌어졌다. 흰둥이가 연신 저희 어미 뒤꽁무니에 코를 박고 씩씩거렸다. 처음, 그런 해괴한 흰둥이의 행동은 어릴 적에 젖 빨던 버릇을 재현하는 듯 보였다. 그러나 한참 보고있으려니, 그게 아니었다. 그놈의 복부에서 시뻘건 이물이 뾰족하게 솟아났다. 그게 뭔지 김 여사는 대뜸 알아차렸다. 그건 두말 할 것 없이 저희 어미바둑에게 구애하는 모습이었다. 망측한 짓을 하는 꼴이었다.

"어머! 세희엄마, 저걸 봐요."

김 여사는 너무 어이가 없어 세희엄마를 불러 세웠다.

"왜요?"

"아니? 왜요는요. 지금 저 흰둥이 하는 짓이 가당치 않잖아요."

"…?"

세희 엄마는 유심히 바둑과 흰둥이가 어울려 노는 모습을 바라보았다.

"제 아비에 제 자식이야."

김 여사가 혀를 차고 있는데, 세희엄마는 대수롭지 않다는 듯이 소리 없이 킬킬 웃음을 흘렸다.

"아이, 김 여사님! 그게 어때서요? 개는 개죠."

"그래도 원 저럴 수가 있수?"

"참! 취미도 이상해서. 오호호."

세희엄마가 배꼽을 쥐고 웃는데, 마침, 바둑과 흰둥이는 서로 사인이 맞았는지, 꼬리를 치는 축과 그리로 달려드는 축이 분위기를 차츰 고조시켜갔다. 그러더니, 어느 순간, 흰둥이가 어줍잖은 몸짓으로 바둑의 등을 타고 기어오르는 게 아닌가. 흰둥이는 볼 것 없이 그 시뻘건 불기

등을 앞세웠다. 바둑은 흰둥이가 자신의 등으로 기어오르자, 정녕 암놈답게 꼬리를 젖혀주고, 엉덩이를 낮춘다. 그러자, 흰둥이는 바둑의 등을 기어오르는데 성공했다. 흰둥이의 불기둥은 어느새 흰둥이의 꼬리 밑으로 스며들었는지 모습을 감춰 보이지 않았다. 일이 이쯤 진행되자, 흰둥이는 이상한 몸짓을 하기 시작했다. 그런 동안, 흰둥이의 불기둥은 바둑의 후미에 못 박힌 채로 꼼짝하지도 않았다. 중대한 사태가 벌어진 거였다.

"어머, 저를 어째? 난, 설마 했는데ㅡ."

김 여사는 숫제 외마디소리를 쳤다. 그 소리에 놀란 세희엄마는 느닷없이 그 쪽으로 눈길을 돌렸다.

"오호호ㅡ 재밀 보는 걸요. 뭐."

세희엄마는 재미있는지 웃기만 했다. 김 여사는 눈을 돌려 외면했다.

그런데 그 때였다. 별안간 바람소리와 함께 잰 발소리가 휙 하니 들리더니, 난데없이 바리가 나타났다.

"캉캉, 캉ㅡ."

그래 김 여사는 이상하다싶어 다시 그리로 눈을 돌렸다.

"아ㅡ 악!"

김 여사가 소리치고 몇 발을 뒷걸음질쳤다. 어디서 달려왔는지, 갑자기 바리가 눈에 띄어서였다. 바리는 머리털을 꼬나 세우고 으르렁거리며, 바둑과 흰둥이 어우러진 속으로 화살처럼 꽂혀들었다. 그런 바리는 흰둥이의 목을 한 입으로 물더니, 놓지를 않았다.

"낑낑 낑ㅡ."

순간, 바둑에게 달라붙었던 흰둥이가 이상한 소리를 내며, 거기서 떨어져 나왔다. 그런 흰둥이는 땅바닥을 한번 뒹굴더니 다시 일어나 공격 자세를 취하고, 이내 바리에게 달려들었다.

"으르릉, 으릉."

"으르릉, 으릉."

흰둥이의 공격을 받자, 분노가 치밀어 오른 바리가 다시 이를 갈며, 흰둥이와 어우러져 격투를 벌이기 시작했다. 둘은 한 동안 드넓은 마당을 천방지축 뒹굴면서 엎치락뒤치락 죽음을 무릅쓰고, 치열하게 싸웠다. 그걸 본, 김 여사는 괜히 가슴이 두근거렸다.

"낑낑, 낑."

흰둥이가 바리에게 어디를 물렸는지, 이상한 소리를 내며, 땅바닥에 몸을 한 바퀴 나뒹굴었다. 싸움은 여기서 끝날 수 있었지만, 그렇지 않았다. 몸을 한 바퀴 굴렀던 흰둥이는 되레 성이 가시는지 더욱 으르렁대며, 지려들지 않았다. 순간, 흰둥이의 눈이 붉게 충혈 된 듯싶었다. 머리털을 비롯해서 온몸의 털이 고슴도치처럼 쫑긋쫑긋 세워졌다. 그리고 주둥이를 벌려 날카로운 이빨을 온통 들어내 보였다. 당장이라도 피를 토해낼 것 같은 분위기였다. 그러더니, 무서운 기세로 바리를 향해 다시 돌진했다. 바리는 흰둥이의 기세에 몰려 잠시 뒷걸음질을 치려다 말고, 다시 맞붙었다. 그러나 그런 순간, 흰둥이의 날선 이빨이 바리의 목을 크게 문 듯하였다. 그에 바리는 주둥이를 땅에 떨궜다.

"낑낑, 낑."

이번에는 바리가 나뒹굴면서 이상한 소리를 내었다. 그러나 흰둥이는 그런 순간을 놓치지 않고, 나뒹구는 바리가 채 일어서기도 전에 그리로 달려들어 또 한 번 목을 물었다. 그 바람에 바리는 하는 수 없이 네 발을 허공에 띄우고 말았다. 이제 바리의 고통스런 소리조차 이어지지 않았다.

흰둥이는 바리의 목을 문 채로 한동안 놓지 않았다. 바리의 숨통이 끊어질 때까지 땅바닥에 구르박을 참이었다.

그 때, 세희엄마가 그리로 달려들었다.

"훠이, 훠이!"

분명히 바리를 사정없이 몰아붙이는 흰둥이를 쫓아내려 했으나, 영악한 흰둥이는 날카로운 눈으로 세희엄마를 한번 쏘아보았을 뿐, 제 몸에 손만 댔다간, 대뜸 물어뜯을 자세였다. 흰둥이는 눈깔이 뒤집혀 있었다.

"으르렁!"

흰둥이의 머리털은 하나 없이 죄다 일어선 채였다. 그걸 본, 세희엄마는 그리로 달려들려다가 멈칫했다. 함부로 접근했다간 악바리에게 물려 병원으로 직행해야한다는 공포감이 스치는 대로 입만 다물고 서 있었다.

한 동안, 바리의 목을 물고 있던, 흰둥이는 어느 순간, 슬며시 물었던 주둥이를 풀었다. 그리고는 하늘로 시선을 꽂았다.

"캉캉 캉―."

흰둥이는 괜히 하늘에 대고, 연신 짖어댔다. 뜻은 알 리 없었지만, 매우 침통한 모습이었고, 무슨 중대한 일이 벌어진 것 같은 분위기를 자아내었다. 잠시 그렇게 짖어대던, 흰둥이는 짖기를 멈추고, 주둥이를 땅에 끓었다. 바리를 죽인 자책이 일었던 모양이었다. 비록 동물이지만, 사랑으로 길러 준 어미 개를 겁탈하고, 낳아 준 아비 개를 물어 죽였다는 죄책감 말이었다.

그런데, 정말 쓰러진 채로 꼼짝 않던 바리는 잠시 경련을 일으키는 듯하더니 이내 다리를 뻗기 시작했다. 눈을 뜬 채여서 죽는시늉으로 엄살 부리는 모습만 같았다. 바리는 이미 주검이 되었는지, 가녀린 경련마저 멈춰지자, 다리를 차츰 뻗은 채, 다시는 움직이지 않았다.

김 여사는 늘 바리가 죽기를 바랐지만, 소름이 끼쳐 부르르 몸이 떨리는 바람에 그 참 뒤도 돌아보지 않고, 집으로 내뺐다.

이런 일이 있은 뒤, 김 여사는 개 한 마리를 들여왔다. 바리가 죽었으니, 이제 안심해도 된다는 생각이었다. 그렇지만, 이제 수캐는 싫었다.

또 하얀 털만 눈덩이처럼 박힌 것도 싫었다. 바리나 흰둥이 생각이 뜸 뜸이 떠올라 징그러웠다. 그래 누렁이 암캐를 골랐다. 큰 개는 다루기 힘드니 몸집이 작은 발바리로 들여왔다.

김 여사는 그 놈을 누렁이라 이름지어 주었다. 그리고 주인을, 죽자 사자 따르고, 집을 충실히 지켜 감동을 주는 개 같은 개가 되길 바랐다. 낯선 사람이 오면 기를 써서 짖고, 가족을 비롯한 낯익은 사람이 오면, 꼬리를 치며 반기는 개다운 개 말이었다.

김 여사는 누렁이를 잘 먹여 키웠다. 음식찌꺼기에 사료를 조금 곁들여 주었다. 사료를 곁들여 먹이는 건 어서 크게 자라기를 바래서가 아니었다. 요즘 개들이 즐겨먹는 사료는 영양도 풍부하고, 먹기도 좋아서 누렁이에게는 별미가 되리라 여겼다. 그래서인지 누렁이는 야무지고, 앙증맞게 자랐다. 낯선 손님이 찾아오면, 짖기도 잘하고, 한번 본 사람은 용케 알아보고 아는 척하면서 예민한 개의 기질을 그대로 지닌 듯했다. 누렁 털에 눈알조차 노릇한 게, 좀 이상하게 보이긴 하지만, 그게 문제될 게 하나도 없었다. 더욱 미더운 짓만 골라하니, 귀엽기 짝이 없었다.

그런데 얼마 뒤, 어떻게 알아차렸는지, 세희네 흰둥이가 살금살금 나타나기 시작했다. 누렁이가 밥을 먹을 때면, 그리로 살그머니 다가와서 밥을 같이 먹고, 누렁이의 꼬리냄새를 맡는 시늉도 했다. 김 여사는 흉악범 흰둥이가 접근해 오는 게, 영 못마땅하고 꺼림하였다. 그렇대도 어쩔 수는 없었다. 어떤 때, 누렁이도 흰둥이와 어우러져 집을 뛰쳐나가곤 하였지만, 흰둥이가 와서 꼬드길 때 뿐이었지, 그렇지 않으면, 본분을 잃지 않는 누렁이었다.

이따금, 흰둥이의 꼬드김에 넘어가 한 동안 밖으로 나돌곤 하여 김 여사는 생각 끝에 누렁이를 붙들어 매놓고, 흰둥이를 집안으로 못 들어오게, 대문을 꼭 닫아놓았다. 그랬더니, 흰둥이가 더러 문밖에서 서성

대다 돌아가는 모습을 볼 수 있었다.

누렁이는 몇 달이 지난 뒤, 자랄 만큼 성숙한 모습을 자아냈다. 이전 바리처럼 몸부림을 치거나 버둥거리지도 않고, 착하고 온순하기만 했다. 목이 줄에 매달려 부자유해도 그런 티를 조금도 보이지 않았고, 잘 먹고, 잠도 잘 자면서 집 지키는 일 같은 제 할 일에 빈틈이 없었다.

그런 어느 날, 아침상을 물린 뒤, 설거지를 마치고, TV앞에 앉았는데, 밖에서 이상한 소리가 들려왔다. 그래 나가보니, 어느 틈으로 들어왔는지, 흰둥이가 들어와서 숫제 누렁이와 어우러져 이상한 짓을 했다.

"낑낑— 낑."

누렁이는 흰둥이 밑에서 괴이한 소리를 냈다. 그 소리는 욕정에 겨워 내는 신음소리가 틀림없었다.

"끙끙 끙."

흰둥이도 누렁이 못지 않은 소리를 내었다.

김 여사는 이미 한 덩이가 된 꼴을 보고, 차마 떼어놓을 수가 없었다. 잠시 그런 모습을 바라보았지만, 이내 방으로 들어왔다.

"여보세요?"

"예!"

"여길 좀 와 보세요. 큰일 났어요."

"왜요?"

"흰둥이가 와서 못된 짓 해요."

"알았어요!"

세희엄마는 뭐냐고 캐물을 것 없이 전화를 끊더니, 금방 눈앞에 나타났다.

"저걸 보세요."

세희엄마는 김 여사가 가리키는 쪽으로 눈을 보냈다.

"오호호— 김 여사님도 무척 짓궂으셔요. 개들은 으레 그렇잖아요."

세희엄마는 김 여사의 속을 말끄러미 들여다보는 것 같았다.

"내가 저 꼴을 재밌어서 보자는 게 아니에요. 저 지랄 끝에 또 누렁이가 다섯 마리의 새끼를 낳고, 그 속에 흰둥이 같은 못된 수놈이 하나 나타나서는 저희 어미를 붙어먹고, 아비를 물어 죽이는 행패를 부릴까봐, 그런 거예요."

"신경 쓰실 것 없이 놔두세요. 저희 멋대로 살아가게요."

"아이 참, 세희엄마도— 아무리 동물이라도 그럴 순 없잖아요. 이제 껏 보지 못했어요? 정말 개판이잖아요."

"참! 김 여사님도 왜 절보고, 그런 말씀을 자꾸 하세요? 전 아무 죄도 없잖아요."

세희엄마는 정말 실기죽한 표정으로 내뱉었다.

"세희엄마보고 한 말은 아니고—."

김 여사는 속으로 성이 가서 내뱉은 말인데, 세희엄마에게 오해로 번진 걸 스스로도 느낀 모양이었다. 더는 뭐랄 수가 없었다. 바둑을 처음 그네에게 준 게 잘못이란 생각이 들었다. 그렇다고, 개 키우기를 포기할 수도 없고, 이대로 참아 넘길 일도 아니었다.

속으로만, 보글보글 애를 끓일 뿐인데, 좋은 방법이 없었다. 아예 개 키우기를 포기하던가. 아니면, 세희네 줬던 개들을 다시 달라고 해서 흰둥이를 없애버리던가. 무슨 수를 쓰지 않으면, 안 되겠다고 이를 갈았다.

그렇지만, 생각일 뿐으로 속타는 가운데, 어느덧, 누렁이는 못된 망나니 흰둥이의 새끼를 뱄는지 배가 불쑥 튀어나오기 시작했다.

(또, 다섯 마리겠지)

김 여사는 누렁이에게 밥을 줄 때마다 세희네 바둑이가 다섯 마리의 새끼를 낳던 일이 눈에 선했다. 정령 기분 잡치는 일이 또, 생길 것만 같아 조마조마한 긴장감마저 깃들였다. 흰둥이에게 물려 숨이 끊기고 말았던, 바리 생각이 났다. 그렇게 죽어 마땅한 바리였지만, 어째서 꼭 흰둥이에게 주검을 당해야 했는지 모른다. 정황을 몰라서가 아니라, 망나니인 흰둥이 행동이 기막혔다. 그 처절하고, 야멸찬 모습을 되살릴 적마다, 아뜩한 현기증마저 일었다. 동물은 어떤 감정을 본능대로 행동하기에 더욱 야릇한 심정이었다. 그런 흉악한 짓이라면, 풍진의 세상 뒤안길 깊숙한 곳에서도 도시 상상할 수 없는 일일뿐인데, 하물며 동물에게는 납득 못할 사태였다. 아무리 개판이라도 사람보다 더할 리 없으니 말이었다.

김 여사는 괜히 누렁이가 미웠다. 흰둥이가 추근거리며 달려들면, 죽든 살든 물어뜯고, 볼일이라고 생각했다. 그런데, 흰둥이가 꼬드긴다고 해서, 그에 말려 들어간 누렁이가 더 한심스러웠다. 이제 밥도 주기 싫어졌다.

그렇지만, 한편 생각으로 흰둥이는 바리가 저희 새끼에게 물려죽듯, 훗날 누렁이 새끼에게 개죽음을 당할 거란 생각이 들었다. 그래야 저도 마땅한 앙갚음 아닌가. 그러나 새끼를 낳기 전에 누렁이를 당장 눈앞에서 없앴으면 싶었고, 그냥 굶겨 죽이고픈 생각마저 들었다.

이 일을 놓고, 김 여사는 지난날 더러 경험했던, 두 갈래 길에서 어릿해졌다. 세희엄마 말마따나 신경 쓰지 말고, 놔둬도 될 일이지만, 자꾸 머리를 뒤숭숭하게 어지럽혔다. 실은 이런 엉뚱한 과민현상도 남편이 집에 없어 혼자 살다싶은 데서 비롯된 스트레스가 도진 탓으로 돌리려 했다.

바리가 바둑이와 짝짓기 해서 흰둥이를 낳고, 흰둥이는 어미바둑과 짝짓기를 하려다 바리의 저지를 받았으나, 발정에 미쳐 눈깔에 보이는 게 없었던 흰둥이는 아비바리를 사정없이 물어뜯어 숨통을 조였고, 기여 처참한 주검을 만들었다. 그런 망나니흰둥이가 못된 짓을 해서 어미바둑에게 새끼를 까고, 또, 남의 집까지 힐끔거리고, 들어와 순진한 누렁이마저 악랄한 씨를 뿌리려 하고.

　김 여사는 불을 끈 뒤, 잠자리에 들어 눈을 감고, 그 따위 기상천외한 일을 두고, 곰곰 생각을 거듭했다. 곱씹고 또 곱씹었다. 그럴수록 상념은 엿물처럼 끈적거리면서 머리 속을 활딱 뒤집었다. 처음, 바둑이를 괜히 세희네 줬다싶었다. 보글거리는 가운데, 시동생도 천방지축 뛰어들어왔다. 원망의 불꽃이 잠시나마 댕기는 듯했지만, 이내 지워졌다. 바로 말이지 시동생이야 무슨 책임이란 말인가.

　아무튼, 원망의 뿌리는 모두 지난 일들이었다. 그러기에 생각의 각도와 방향을 현실로 돌리는 수밖에 없었다. 현실문제, 그게 뭔가. 요즘 벌어진 흰둥이와 누렁이의 사연 말이었다. 세희네 마당의 가장자리에 줄로 매놨던 흰둥이 아니었던가. 그렇다면—.

　(아!)

　눈을 감고 자리에 누었던 김 여사는 무슨 생각이 뇌리를 스쳐지나갔다. 자리를 박차고, 얼른 몸을 일으켜 세웠다.

　(그래, 바로 그거다!)

　김 여사는 일어서는 대로 불을 켜고, 벽시계를 봤으나 이미 시간은 자정으로 치달았다. 그래 뭔가 허물어지는 모습으로 다시 불을 껐다. 아침에 일어나면, 세희엄마에게 곧바로 전화를 걸리라 했다.

　머리를 받친 베개가 어쩐지 포근해지고, 아늑한 기분을 자아내었다. 어느덧, 감은 눈길로 옅은 안개가 흐르기 시작했다. 허둥지둥 그 속으로 침몰되었다.

　밖에서 개소리가 세차게 울린다. 바리의 목소리라 믿는다. 바리는 으레 가족만 눈에 띄면, 아니 발소리만 듣고도 세차게 짖곤 하였으니까. 남편이 성큼 집안으로 들어온다. 그 때, 자신이 서있는 위치가 어딘지 모르고, 그렇듯 그도 자신을 의식하지 못한 채, 무엇을 잃은 사람처럼 어릿한 모습으로 사위를 연신 두리번거린다. 그는 볼 것 없이 괴이한 모습으로 몸을 뱅뱅 돌려 맴을 돌린다.

"바리! 바리가 어디 갔어?"

남편은 으레 그런 얼간이 짓을 했으니까, 조금도 이상할 건 없었다. 게다가 무얼 찾느냐고, 묻지도 않는데, 남편은 혼잣말로 중얼거리며, 방안을 물방개처럼 괜히 제 몸을 돈다. 김 여사는 그제야 자신이 그의 뒤를 따라다닌다고 느낀다. 그러나 그는 숫제 자신이 뒤를 따라다닌다는 의식을 조금도 느끼지 않은 듯 보인다.

"바리소리 아닌가요?"

이렇게 대꾸한 김 여사는 얼토당토않은 말로 입을 열었다는 생각이 든다. 그러나 자신도 모르게 그런 말이 흘러나온 거다.

"바리! 바리!"

남편은 자신의 말을 들었는지 어쩐지, 연신 중얼거리며, 몸을 뱅뱅 돌리기만 한다. 어느 순간 안개처럼 사라져버린다. 그런 뒤, 김 여사는 어찌된 영문인지, 몸이 허공으로 떠오르고 만다. 심한 현기증이 인다. 허공에는 뜸뜸이 아련한 구름장이 조각조각 떠도는 대로 한 번도 본일 없는 어느 여자가 모습을 나타낸다. 여자는 선뜻 세희엄마를 닮은 모습이지만, 그녀는 결코 아니었다.

여자는 악에 바친 얼굴로 대뜸 김 여사에게 달려들어 다짜고짜로 머리채를 움켜쥔다. 무서운 얼굴이다.

"넌, 요물이야! 어서 뒈져버려!"

김 여사는 여자에게 머리채를 잡힌 채, 이런 말을 들었으나, 무슨 말을 토해내지 못한다. 그에 못지 않은 욕설을 퍼붓고 싶었지만, 도시 입이 열리지 않는다. 어떤 공포감이 사슬처럼 몸을 얽어 꼼짝없이 얼어붙은 가운데, 어느 순간, 머리채를 잡은 여자의 손을 빼 트러 나온다. 그러나 그녀는 악마를 닮은 손으로 할퀴려는 시늉을 하며, 줄곧 따라와서는 다시 머리채를 잡으려 든다. 그래 허공을 둥실 뜬 채, 헤엄치듯 도망치려는데, 발걸음이 쉽게 떨어지질 않는다. 이제 여자는 완연히 마귀의 모습이다. 쫓고 쫓기는 가운데, 아슬아슬한 순간이 거듭된다. 발은 허공에서 맴돌고, 그녀의 손끝이 아슬아슬 머리칼을 잡으려 한다. 몸이 말을 듣지 않는 대로, 장애물이 연달아 진로를 막는다. 어느덧, 허공을 맴돌던 김 여사는 이제 막다른 골목으로 허둥지둥 쫓긴다. 어느 집인가 들어갔으나 복잡한 내부구조와 장애물이 자꾸 발을 잡는다. 긴장이 고조되어 숨막히는 순간이 이어진다. 가쁜 숨을 몰아쉴 틈도 없이 요리조리 장애물을 뚫고 들어가는데, 느닷없이 벽에 부딪히고 만다. 절망과 좌절감이 한꺼번에 가슴을 깊숙이 찌르는 가운데, 죽음의 공포가 물밀듯한다. 그런데 벽에서 조그만 창구멍 하나가 나타나 보여 절망에서 벗어난다. 그러나 머리위로 뚫린 창구멍은 도시 자신이 빠져나갈 만큼 크지 않다. 그렇지만, 그곳을 빠져나가지 않으면, 악마 같은 여자의 소름끼치는 손아귀에 머리끄덩이를 잡힐게 틀림없다. 그래 높다란 벽을 안간힘으로 기어오르고, 기여 창틀에 매달리는데 성공한다. 그러나 발목을 여자로부터 잡힐 듯한 섬뜩한 순간이 줄곧 이어진다. 목이 타고 숨이 막혀온다. 연신 헉헉거리며 창틀에 얼굴을 내밀어본다. 그렇지만, 창구멍을 빠져나가기는 쉽지 않을 것 같다. 창틀을 잡고 매달린 채, 버둥거리는 대로 신음한다. 그런데, 그 때, 창밖으로 아스라한 벼랑 끝이 눈 아래 아득히 내려다보인다. 아찔한 순간, 벼랑 밑에 꾸물거리는 남편의 모습이 눈에 띈다. 남편이 눈에 들어오자, 김 여사는 위험을 무릅쓰고, 창틀을 넘어 벼랑으로 떨어져 내린다.

"여보! 그년을 죽여! 그년을—."

소리는 분명 그 정체 모를 여자가 남편을 향해 외치는 소리다. 어이없게도 남의 남자에게 '여보' 라니, 여자는 대체 누구이기에 남편에게 함부로 자기남편 부르듯 하는지 알 수 없다. 그 소리에 대뜸 가슴이 걷잡을 수 없이 울렁거리고, 분한 생각에 뜨거운 눈물이 솟는다.

김 여사는 느닷없이 솟는 슬픔에 겨워 서럽게 흐느껴 울다가 그만, 가물 키듯, 꿈에서 깨어난다. 눈을 떠보니 아직 창살이 뚜렷하지 않은 어둠의 한밤이었다. 짙은 어둠에도 잠은 다시 오지 않았다. 방금 지나친 꿈이 주마등처럼 되살아났다. 하지만, 그것들은 토막토막 난도질당한 채, 어지러운 부스러기처럼 바람에 날려오듯 한꺼번에 달려들었다. 머리끄덩이를 잡혔을 때와 여자에게 한창 쫓기던 순간의 긴장감, 그리고 여자가 남편에게 여보 어쩌고 하던 소리가 기억에 남았다. 그러나 줄을 잡지 못할 만큼, 뒤얽혀 희미하게 머리를 뒤흔들었다.

하지만, 자신을 맥없이 쫓고 모략하던 여자의 모습은 왠지 생생하게 떠올라 보였다.

(대체, 어떤 년이란 말인가?)

누구이기에 자신의 남편을 보고, 여보 라면서 자신을 죽이라고 한 걸까. 이런 맹랑한 꿈결에 마음을 송두리째 사로잡히자, 이제 흰둥이나 누렁이에 신경 쓸 겨를이 없을 것 같은 자각마저 들었다. 이제 그 따위 생각들은 아예 생경한 밖으로 내쫓겨 까맣게 잊었다. 오로지 꿈속에서 나타난, 그 기억 속의 한 토막이 가슴 한가운데를 채우고, 마음을 마냥 거슬렀다. 이마에 땀이 맺혔다. 지금이라도 꿈속에서 본 여자가 되살아나 덤벼들 것만 같이 몸서리쳐졌다. 그건, 정녕 어둠이 주는 사슬 같았다. 비록 꿈이라도 헛된 일 같지 않았다. 자신에게 영적 계시를 준 게 틀림없었다. 먼동이 트고 아침이 오면, 무슨 일인가 틀림없이 생길 것 같은 불길한 예감이 일었다.

아무튼, 그런 악몽의 잔해로 하여금, 김 여사는 다시 잠이 오지 않았다. 그대로 꼭두새벽을 맞을 것 같았다.

그런데 밖에서 주르륵, 주르륵 빗소리가 끈적거리며 들려왔다. 그 소리를 들으니 갑자기 몸이 나른해지고, 가무러지는 듯 하여 자리에서 얼른 일어나기가 싫어졌다. 잠이 좀체 오지 않는다 해도, 이런 꼭두새벽에 잠자리를 차고, 일어설 이유도 없었다.

그래 눈을 멀거니 뜬 채 누었는데, 문득 전화벨소리가 울려왔다. 섬뜩한 생각이 들어 놀랐지만, 그 참, 굼뜬 몸을 일으켜 세웠다. 스위치를 올려 먼저 불을 켜고, 스쳐본 벽시계는 새벽 3시 반을 가르쳤다. 이런 첫새벽에 무슨 전화일까. 전화벨소리가 마치 아까 꿈에서 보았던, 여자의 목소리를 연상케 했다. 이런 적은 이전에 없던 일이었다.

(무슨 전화일까?)

김 여사는 연신 의구심이 일어 몸을 세워놓긴 했지만 머뭇거려졌다. 주르륵, 주르륵, 빗소리가, 아뜩할 때 곧잘 울리던, 이명 같이 귀에 걸려왔다. 마치 환청일 거란 생각을 하면서 버릇처럼 전화기 쪽으로 다가섰다. 전화벨소리는 가쁜 숨을 몰아쉬듯, 끊이지 않고 울렸다.

김 여사는 선뜻 수화기를 들었다.

"멍, 멍멍—."

느닷없이 개소리가 귀청을 울렸다.

"어쩜—?"

별꼴이었다.

"멍멍, 멍—."

김 여사는 놀란 나머지 귀에서 떼어낸, 수화기를 잠시 손에 든 채, 멍해졌다. 그런데, 개소리는 줄곧 수화기에서 울려나왔다. 구저분한 느낌이 거센 자극을 줘서인지 부르르 몸이 떨려왔다. 그와 때를 같이하여 수화기를 힘없이 내려놓았다. 어떻게 표현할 수 없는 분노와 의구심, 그리고 허탈감이 비위를 건드리는지, 속이 메스껍게 일렁거리는 대로 짧은 숨을 저절로 몰아쉬었다.

(후! 대체, 뭐야?)

머리가 복잡해졌다. 다시 자리에 와서 눕는 대로 이불깃을 머리까지 뒤집어썼다. 그러나 채워든 잡념들은 얼른 떠나지 않고, 독을 품었다.

이따금 남편의 무표정한 얼굴이 눈앞으로 어릿거리며 다가왔다. 남편과 여자, 그들 둘 사이에 펼쳐지는 어지럽고, 눅눅 축축한 광경들이 활동사진 마냥, 망막을 마구 채워들어 느슨히 꿈틀거렸다. 그런 모습은 머리를 연신 흔들면서 떨궈내려고 안간힘을 써도 도시 지워지려 들지를 않았다.

남편은 토요일 오후, 꼬박 집을 찾아왔다. 그런 남편은 자신을 쓰레기통 정도로 무관심하였다. 그건, 남편이 철저히 사무적이고, 가정적인 남자이기에 그렇다고 믿었다. 어디까지 사업과 2세 교육에 골똘 하는 남편은 그렇다 쳐도 되었다. 이 두 가지 일을 제쳐놓고, 한눈을 팔 남편이 아니었다. 집에 와서도 지극히 사무적이었다. 매우 듬직한 성격에 여간 입을 열지도 않지만, 뜸뜸이 입을 열 적마다 중대한 사업이야기나 아니면, 아이들에 얽힌 교육문제만을 골라 이야기했다. 이쯤 빈틈없는 남편에게는 바위 같은 믿음뿐이었다. 더욱 남편은 부도직전에 있던, 회사를 다시 일으켜 사원들이 IMF같은 고통을 손톱만큼도 느끼지 않게 했다는 거였다. 그런 사실을 김 여사는 TV를 통해 비로소 알았다. 언젠가 남편은 불현듯이 TV화면에 얼굴을 들어냈다. 그때의 감격은 실로 남편이 장하다는 걸, 처음 느꼈었다. 그리고 한동안 매스컴들은 으레 남편을 영웅시했다. 회사를 훌륭히 키운 위대한 사업가의 이미지로 높이 뜬 거였다.

해도, 남편이 처음부터 기업가나 사업가는 아니었다. 사십이 훌쩍 넘을 때까지도 흙에 묻혀있던, 농사꾼이었다. 뛰어난 체력과 남다른 두뇌를 가졌기에 농사를 지으면서도 많은 농투를 갖게 되었다. 어느 농사꾼 치고, 어린 시절 부유하게 살아온 사람 없듯이 그도 마찬가지로 한 때는 굶기를 밥먹듯 했던 경험도 없지 않았다. 그건, 김 여사가 시집 올 무렵, 있던 일이라 거짓이 아니었다. 곧잘 시집와서 집안이 잘되려면 으레 며느리 복으로 치는데, 김 여사도 그런 소리를 많이 들었다. 하지만, 워낙 남편의 억척에 그런 소리는 희미하게 퇴색될 정도였다. 그처럼 성실하고, 부지런한 남편은 다른 사람들에 비길 데 없이 농사일에 트인 머리를 갖고 있어서 많은 농토를 사들일 수 있었다. 그러고 보니 마을에서 으뜸가는 대농이 되었고, 음지가 양지되었다는 공론이 나돌았다. 그래 마을일도 오래 맡아했고, 새마을사업 같은 어려운 일도 척척해냈다. 그가 사업에 눈을 뜬 건, 마을공동사업을 도맡아 하면서부터였다. 이로써 농가에서는 소채류 생산에 눈을 뜨기 시작했고, 그로부터 놀랄만한 농가소득을 올리게 되어 그런 공로로 훈장까지 받는 영광을 안았다.

아무튼, 그는 마을의 영웅이었다. 가난했던 마을을 어느 날 갑자기 부자마을로 키워낸 주인공이었다. 마을에서 생산한 농산물을 저장해 두었다가 값을 맞춰 도회지로 빼냈다. 그리고 유통회사를 통하여 간단한 가공과 더불어 상품으로 포장되어 전국각처 시장으로 팔려나갔다. 이런 경로를 빠히 알던 남편은 좀 의욕적으로 유통회사를 손아귀에 쥐었다. 사업수완이 남다른 그는 농산물가공업체로써는 상상조차 못할 만큼, 놀라운 판매망을 뻗쳤다.

이런 정렬로 참된 모습을 보이는 남편에게 따로 사사로운 오해와 불신을 갖고, 탓할 수는 없었다. 그건 맥없이 남편을 모독하는 짓이었다. 더욱이 대학 졸업반의 딸과 대학1년의 아들을 데리고, 애들과 더불어 멀리 떨어져 살벌하고, 어지럽게 북적거리는 도시를 견뎌 살면서 사업과 아이들 교육을 두 어깨에 걸머지고, 쌍두마차를 달리는 남편에게 말이었다.

꿈자리가 사납더니 새벽부터 생뚱한 전화가. 어쩌면, 그건 지난밤 사나운 꿈의 연장일지 몰랐다. 차라리 그랬으면 좋으련만. 꿈과 현실을 못 가릴 만큼, 혼미에 빠진 건 아닌데, 정녕 꿈은 아니었다. 한없이 공포의 도가니로 몰아넣어 소름이 끼쳐오던, 복잡한 꿈에서 이미 벗어난 뒤, 생경한 정신으로 받은 전화 아닌가. 이게 꿈인지 굳이 살을 꼬집을 턱이 없었다.

이런 잠재의식이 들면서도 손은 자꾸 허벅지로 갔다.

"주르륵, 주르륵."

빗소리가 연신 이불깃을 떠들고 스며들었다. 잠시 악몽의 여자를 몽상에서 몰아내자, 버릇처럼 누렁이 모습이 머리 속으로 껴들었다. 누렁이를 떠올릴 적마다 으레 흰둥이와 지랄하던, 얄밉고, 밉살맞은 모습이 선했다. 이전 어릴 적 귀엽고 사랑스럽던 마음은 온데간데없이 사라졌다. 머릿속을 배회하는 것들은 이상하였다. 그런 꼴사나운 장면이 꿈틀거려 채워들면, 이내 이전 모습은 지워졌다. 바리나 바둑, 그리고 흰둥이 누렁이의 어린 시절은 모두 아름다웠다. 하지만, 그런 미쁜 영상은 길게 남아있지 않았다. 이상한 모습이 크로스 업 되면, 그냥 꼬리를 감추고 말았다. 그건 단순한 기억상실일지 몰랐다. 그러나 그런 이상한 모습은 어찌된 일인지 강한 충격이 총알처럼 달려와 박혀들 듯 하는 거였다. 그 상처는 못내 아픔으로 도졌다. 그래 다른 모습이 지워지는 대로, 기억 속에 꼭 박혀 잊혀지질 않았다.

김 여사는 방금 의식이 생경할 때와 달리 언뜻 잠 속으로 빠져들었다. 잠에서 깨어나 세희엄마에게 전화를 걸고, 또 방금 받은 개소리의 괴이한 전화의 허실을 찢어발길 참이었지만, 지금은 고즈넉이 잠들었다. 빗소리와 그런 분위기는 차분히 자장가를 불러주는 듯하였다. 공상으로 사정없이 끼어든, 개들의 행진과 그 어지러운 환영 속에서 한 차례 악몽에 시달리고, 게다가 새벽전화의 난데없는 개소리는 이래저래 속을 뒤집고 얼빠지게 하였다.

줄곧, 구질구질 내리는 비는 얼른 그칠 기미를 보이지 않았다. 김 여사가 눈을 뜬 건, 오전 11시가 가까워서였다. 그러나 칙칙한 어둠은 그대로 남은 채, 온종일 거치지 않을 것만 같았다. 누렁이 밥을 굶겼다는 생각이 먼저 솟았다. 하지만, 이참에 잘됐다 싶었다. 일부러 굶겨 죽이고 싶던 터인데. 새끼 밴 동물, 배 곯린 안쓰러움이 일긴 하지만 그랬다.

굼뜬 몸을 느슨히 일으키자, 대뜸 전화기 쪽으로 가서 세희엄마에게 전화를 걸었다. 세희네 전화번호는 손가락이 지레 알고, 숫자를 찾아다니며 눌러댔다. 그렇게 의식 없이 숫자를 누르고 나서 수화기를 귀에 댔다. 어디론지 흘러가는 신호음을 듣던 순간, 깜빡 상황판단이 흐려졌다. 지금 자신이 어디에 무슨 전화를 걸려는지, 도시 갈피를 잡지 못한 채, 착란증세를 일으켰다. 어릿한 긴장감이 잠시 얽히고 흐릿해진 정신을 가누려는데, 저쪽소리가 아련히 들려왔다. 순간, 수화기를 내려놓고 말았다.

"여보세요? 여보세요? 여보―."

소리는 수화기를 내려놓는 대로 이내 그쳤다. 죄의식이 몸을 사로잡았다. 오한이 피부로 번져 스멀거렸다. 게다가 허탈감마저 엄습하여 몸을 부르르 떨었다. 다음 동작이 어둔해져 무엇이 먼저랄지 몰랐다. 알 수 없는 무엇이 몸을 사뭇 꼼짝 못하게 얽었다.

(개 짖던, 전화는 세희엄마가―?)

김 여사는 이런 의문을 그녀에게 풀려했다. 그런 시도를 수화기를 내려놓은 뒤에야 되살렸다. 황당한 일이었다. 수화기를 내려놓은 게 잘했다싶었다. 이유 없이 오버센스를 일으킨 거였다. 행동에 앞서 상황분석이 먼저였다. 방금, 수화기에서 이쪽을 부르던 소리가 누구란 걸 깜빡 잊었든, 대꾸할 말이 생각 키우지 않았든, 그랬다. 더욱 혼미 속에서 상대를 모른 대꾸는 모순이 틀림없었다.

어쨌든, 아주 짧은 순간, 혼돈과 망각으로 헷갈림을 체험한 거였다. 정말 얼빠진 짓이었다. 어디론가 사정없이 침몰된 자신의 처참한 모습이 눈에 들어왔다.

지난 밤 꿈도 그랬다. 남편의 여자, 말도 안 되었다. 그런 꿈을 머리에 이었다는 건, 자신의 마음속에 더러운 씨앗이 싹터 있음을 깨달았다. 꿈은 어디까지 자신의 것이라고 생각했다. 그런 되잖은 꿈 이야기는 누구에게도 말할 게 못되었다. 다만, 이제 마음의 평화와 안정을 찾아야 했다. 여자는 이따금 이런 혼돈에 빠지는 얼간이 같은 동물인가 보았다. 그래서 여자들이 만들어놓은 괴이한 용어 스트레스란 게, 유행인 모양이었다. 그 스트레스란 조건반사가 아닌 자체생성이었다. 그런데도 요즘 여자의 무기는 아무래도 그거 같았다. 말도 안 되는 그따위를 업고 다니며, 별별 짓을 다하는 여편들이 그랬다. 그런데―

개 짖던 전화, 그 정체는 무엇인가. 아무튼, 그놈의 개를 되살리니 어젯밤 잠자리에서 생각 키웠던, 흰둥이를 퍼뜩 떠올렸다. 아침에 일어나면, 대뜸 세희엄마를 전화로 불러 흰둥이에 얽힌 의문을 물어 보려던 거였다. 왜, 올가미에 매놓지 않고, 풀어놨느냐고 질책하려는 것 말이었다. 그게 어젯밤 생각해낸, 기발한 아이디어였다.

기억이 이쯤 원위치로 되돌아서자, 김 여사는 다시 전화기 앞으로 달려들었다. 이제 세희네 전화번호를 속으로 외면서 숫자 판을 하나씩 눌러댔다.

"여보세요?"

저쪽소리가 귀청을 울렸다. 세희엄마 목소리가 틀림없었다. 그러나, 웬일인지 대꾸하기 싫어졌다. 갑자기 맘이 내키지 않았다. 괜히 뜨악한 생각만 들었다. 흰둥이― 개소리― 김 여사는 연신 이 두 가지를 머리에 인 채, 뱅뱅 맴을 돌렸다. ㄱ 하나쯤 잃어버렸으면 싶었다. 그러나 떠오른 삭정이 같은 영상은 귀와 입을 사정없이 틀어막고, 그저 오락가락했다.

(흰둥일 왜 풀어놨죠? 그리고, 새벽에 개소리 전화는 또, 뭐야?)

스스로 들어도 정나미 떨어지는 소리였다. 그렇게 다잡을 소리가 입안을 눈깔사탕 마냥 돌아다녔지만, 세희엄마가 무슨 범인이나 되는 것처럼 딱딱거리면서 캐물을 까닭이 하나도 없었다. 그저 만만한 게, 세희엄마여서 좀 이상한 일만 벌어지면, 거기에 기대는 성미가 얄미웠다. 흰둥이를 풀어 키우든 말든, 무슨 상관인가. 흰둥이를 어릴 적에 내주긴 했지만, 이제 그도 저도 끝난 얘기이고 보면, 원망의 갈고리를 땅길 이유가 하나도 없었고, 그야말로 개소리였다. 꼭두새벽에 섬뜩하게 왔던 전화도 그랬다. 그걸 무슨 이유로 그녀에게 물을 수 있을까.

이런 일로 괜한 전화질은 무릎맞춤이었다. 김 여사는 머리가 핑 돌았다. 그 참에 또 전화기를 내려놓았다. 아니, 내려 논 게 아니라, 놓치고 말았다. 무엇이 허물어지는 기분으로 말이었다. 그런 뒤, 좀 뒤틀리는 다리를 억지로 꼬나 세우며 방을 나왔다. 그러나 몇 번인가, 제자리에서 물매미를 돌았다. 쓰러질 듯, 어지럽진 않았지만, 무엇에 손잡을 겨를이 없었다. 맘 내키는 대로면, 그냥 자리에 누어 잠들고 싶었다. 그만큼, 졸음 끼가 남아 있기도 하였다.

하지만, 정신을 가다듬자, 시장 끼가 더했다. 시계바늘이 열두 시를 향해 모아지고 있었다. 지금 식사를 한다고 해도 점심이었다. 아침식사는 이미 건너뛰고 말았다.

김 여사는 부랴부랴 덮고 잔, 이브자리를 뚤뚤 말아다가 이불장 속에 쑤셔 박았다. 남편 있을 때는 방에서 자지만, 혼자 잘 때는 으레 거실로 나와 잤다. 그도 스트레스란 걸, 풀기 위한 한 방법일지 몰랐다.

아무튼, 김 여사는 조금 전과 달리 몸이 정상으로 돌아왔는지, 자리를 개어 두고서 욕실로 들어갔다. 얼추 거울을 스친 자신의 얼굴이 어느새 바싹 야윈 것 같았다. 수도꼭지를 틀어 쏟아지는 물을 손으로 받아 얼굴을 씻는 순간, 얼굴표피에 닿는 손의 촉감이 매우 거칠게 느껴졌다. 그건 지나친 피로가 손의 풀기를 그만큼 말린 탓이란 생각이 문득 들었다. 잠을 설치면, 몸이 축진다는 말이 헛소리가 아니란 것도 깨달았다. 세수를 했어도 도시 개운한 기분이 조금도 들지 않았다. 수건으로 얼굴의 물기를 닦아낸 뒤, 주방으로 갔다. 어제 먹다 남은 아욱국을 뚜껑도 열어보지 않고, 냄비째 가스렌즈에 올려놓았다. 국이 끓자, 가스 밸브를 끄고, 국자로 국그릇에 조금 펐다. 그리고 밥통에서 밥 한 덩이를 떠서 국에 말았다. 그걸 손에 든 채, 입으로 그러넣었다.

그렇게 아침인지 점심인지 모를, 밥 한 술로 끼니를 때우고, 커튼을 조금 제치고, 밖을 내다보았다. 누렁이는 개집 속에 들어있는지 보이지 않았고, 밖에는 비가 내렸다. 개밥을 줘야겠다는 생각을 되살렸다.

다시 주방으로 들어가 개밥 끓이는 그릇을 찾아 음식찌꺼기를 그리로 몰아넣고, 가스렌즈에 올려놓았다. 그게 끓자, 이내 그릇에 퍼들고 밖으로 나가 사료부대에서 사료 한 줌을 움켜 넣었다. 한 손에 우산을 받혀 들고, 개집 쪽으로 다가갔다. 누렁이는 그때까지도 모습을 드러내지 않았다. 별일이었다. 가까이 다가가 개집 안을 들여다보았다. 어찌된 일인지, 개집 안은 덩그러니 비어있었다. 여느 때 같으면, 현관문 여는 소리만 듣고도 어느새 알아차리고, 이리 뛰고 저리 뛸 테지만, 누렁이는 분명 보이지 않았다. 그제야 눈을 돌려보니 개 올가미가 풀린 채, 땅에 떨어져 있는 게 보였다.

(별 일이다?)

비 내린 자리에 무수히 박힌, 개발자국에 빗물만 고였다. 흰둥이가 꼬드긴 게 틀림없었다. 이전 바리 마냥 세희네 집으로 도망 친 것 같았다.

김 여사는 어이가 없었다. 바리는 수컷이기에 발정이 나서 그렇다손 쳐도 암컷이 새끼를 배서 부른 몸을 이끌고, 도망치다니.

김 여사는 아직 손에 들었던, 김이 무럭무럭 피어오르는 개밥을 아무렇게나 팽개쳐버렸다. 그 위에 빗방울이 연신 떨어져 내렸다. 그 참, 세희네 집으로 달려가서 어딘가 웅크리고 있을 누렁이의 꼬락서니를 보려했으나, 그냥 접어두고 집안으로 들어왔다. 그리고, 버릇처럼 전화기 앞으로 달려들었지만, 손을 뻗쳐 전화기를 잡고싶지 않았다. 뜨악하였다.

이다지도 사람과 동물 모두가 자신 곁을 떠나려 한다니. 심한 자폐증과 걷잡을 수 없는 피해망상증마저 일었다. 요즘 애들 지껄이는 왕따인 꼴이었다. 또 남편은 뭔가. 사업도 아이들 교육도 좋지만, 자신을 외톨로 떼어놓고, 나돌건 뭐란 말인가.

김 여사는 기어이 전화기를 잡았다. 세희네 전화번호를 눌렀다. 신호음 흐르는 소리가 연신 들렸다. 소리는 한 동안 귓속에서 스멀거렸다. 하지만, 그 소리는 끊일 줄 모르고, 줄곧 들려왔다. 전화번호를 잘못 눌렀는지 모른다는 생각이 들었다. 그래 다시 전화를 걸어보았다. 마찬가지였다. 허탈감이 온몸으로 엄습하는 대로 수화기를 내려놓았다. 그리고 돌아서 창가를 서성거렸다. 제쳐진 커튼 사이로 개집 쪽을 바라보았다. 정녕 누렁이의 모습은 보이지 않았다. 설마 이전 바리처럼 숨바꼭질하려는 건, 아닐 테지만, 모를 일이었다.

김 여사는 누렁이가 쉽사리 어디로 도망치진 않을 거라 믿었다. 그래 다시 현관으로 나가 우산을 펴들고, 개집 가까이 가보았다. 한 동안 두리번거려 보았지만, 어느 곳에도 누렁이의 모습은 보이지 않았다. 바리가 곧잘 숨던 뜰 밑에도 없었다. 허탈감이 밀려왔다. 그런데, 세희네는 왜 전화를 받지 않는 걸까. 우산을 접어두고, 부리나케 방으로 뛰어들어갔다. 또 세희네로 전화를 걸어보았다. 신호음이 잠시 들렸다. 또, 지리하게 신호음이 끊이지 않고, 연속될 것만 같아 공포감마저 일었다.

"여보세요?"

할퀴듯 하는 세희엄마의 목소리가 들려왔다.

"아니, 왜 전화를 안 받습니까?"

세희엄마의 목소리가 신경질적으로 들려오자, 자연 김 여사의 말도 부드럽지 않았다.

"언제요?"

이번 세희엄마는 좀 가라앉은 듯했지만, 숨이 턱에 차 오르는 소리였다.

"조금 전에—."

김 여사는 추궁하듯 다그쳤다.

"예, 그랬군요. 그럴 이유가 있었어요. —아니, 김 여사님! 왜 누렁일 풀어놨죠? 다른 게 아니라. 누렁이가 꼭두새벽부터 와서 우리 바둑일 마구 물어뜯는 거예요. 아직도 떼거리를 쓰면서 죽치고 앉아서 안 가는 거예요. 어쩜 좋아요?"

세희엄마는 격하게 말했다.

"그—? 아니—."

그러리라 예상했지만, 김 여사는 대꾸할 말이 숫제 생각나지 않아서 멍하니 벙어리 시늉만 했다.

"참! 기가 막혀. —지금이라도 개를 돌려달라면, 다 돌려드리겠어요. 세상에 새벽부터 뭐예요? 김 여사님, 고원 아닌 줄 알아요. 하지만, 분명 개가 풀려나간 건, 주인책임 아니겠어요?"

"아니— 무, 무슨 말을—? 아무튼 알았어요."

김 여사는 세희엄마의 공격에 하도 어이가 없어 손에 힘이 풀린 대로 수화기를 내려놓았다.

(그랬었군!)

새벽전화에 난데없는 개소리의 정체를 그제야 알았다. 누렁이는 안 그럴 줄 알았는데 그랬다. 아무튼 꿈 땜을 한 것 같았다. 난데없이 나타난 여편네 꿈은 정녕 기분 좋을 리 없을 건 뻔했다. 일단 꿈 땜으로 돌려 속을 삭히면서도 세희엄마가 그다지 거칠게 나오긴 처음이어서 속이 떨떠름했다. 그것만 봐도 새벽일이 얼마나 그녀의 성을 가시게 했는지 모를 일이었다.

(누렁이가 그런 짓 하다니—?)

김 여사는 생각수록 웃지 못할 일이었다. 일단 평상복으로 갈아입었다. 그리고 밖으로 나갔다. 그녀는 비가 오는 것도 의식하지 못한 채, 그냥 빗속으로 뛰어들었다. 빗줄기가 그녀의 몸으로 사정없이 꽂혔다. 그러자, 놀란 나머지 부리나케 다시 돌아와 출입문 앞에 놓아둔 우산을 펴들고, 대문을 나섰다. 빗방울이 우산으로 떨어지는 소리가 요란했다. 빗물이 고여 질척거리는 길을 질겅질겅 밟으면서 세희네 집 쪽으로 발길을 옮겨갔다.

세희네 대문 앞에 다다르자, 출입문 앞에 나와 서있던, 세희네 가족들은 불현듯이 나타난 김 여사를 한꺼번에 바라보았다. 그러나 그네의 표정은 하나같이 무표정하였다. 그건 무엇에 쫓기는 듯한 긴장감에 휩싸여 있었다. 대문은 열려있었다. 문을 젖히고 들어선, 김 여사는 자신의 행동이 세희엄마와 드잡이를 놓으러 온 것 같은 착각에 빠졌다. 그런 생각을 떨쳐버리려고, 머리를 살래살래 흔들어댔다. 세희네 가족들은 김 여사가 가까이 다가오는 걸, 보면서도 무표정한 모습 그대로였다. 김 여사가 어떤 착각에 빠지는 건, 바로 그런 모습 때문인 것 같았다. 그 바람에 그녀는 풀이 죽어 표정마저 얼음덩이처럼 굳었다.

김 여사는 그들이 우뚝우뚝 서있는 뜰로 올라서려다 말고, 바로 옆에서 벌어지고 있는 괴이한 광경에 눈을 주었다. 바둑이와 누렁이가 어우러졌다. 서로 목을 물어뜯으려고, 안간힘을 썼다. 그것들의 싸움은 벌써 많은 시간이 흐른 것 같아 보였다. 빗물에 흠뻑 젖은 털이 질척거리는 흙투성이가 되어 사뭇 부걱거리는 모습이 꼴사납게 보였다. 그것들은 깩 소리 한 번 토해내지 않고, 치열한 싸움으로 엎치락뒤치락했다. 매우 살 찬 모습이었다. 아마도 둘 중에 한 마리는 죽고, 말리라는 생각이 들 정도였다. 이런 갈림길에서 극단을 달리는 사생결단의 독기를 쏘대는 꼴이었다.

"어머! 왜 이래 이것들이?"

김 여사는 거의 본능적으로 놀란 빛을 띄우며 외쳤다. 그때, 언뜻 세희네 가족이 출입문 앞에 서 있다가 김 여사를 처음 의식한 듯, 돌발적으로 시선을 그녀에게 모았다. 그러나 어느 누구도 그녀에게 말을 걸거나 어떤 표정을 띄우지 않았다. 그에 김 여사는 또 한 번 놀랐다. 출입문으로 오르는 계단 위에서 얼어붙듯, 발을 멈추고, 무슨 말이든 내놓기가 무서웠다. 한 계단을 오르면, 그네와 나란히 설 수 있었지만, 마음이 내키지 않았다. 그래 접으려던 우산을 그냥 쓴 채, 우뚝우뚝 선 그네를 한번 스쳐보았다. 개싸움에 빨려든 그들은 김 여사가 스친 눈길을 개의하지 않았다. 더욱 거북해진 김 여사도 잠시 개싸움에 눈길을 주었으나, 이내 발길을 돌려버렸다. 다시 빗속으로 발을 옮겨 디뎠다.

(대체, 뭐야? 사람을 보고, 본체만체하고 말야)

김 여사는 부아가 치밀었지만, 가까스로 마음을 다스려 잡고, 마당을 질러 대문 앞까지 다가갔다. 그런데 문턱을 넘어서려는 순간, 그녀는 가슴 어디선가 뜨거운 불덩이가 목으로 치받쳤다. 그건, 이내 머리끝까지 불꽃을 피어 올렸다. 몸을 문짝처럼 돌려세웠다.

"흥! 뭐야? 누렁일 나보고, 풀어놨다고? 흰둥일 풀어놔서 우리 바리를 죽게 한 건, 누군데? 대체 내가 세희엄마에게 잘못한 게, 뭐예요?"

김 여사는 돌려세운 자리에서 한 발을 내딛고, 볼 먹은 소리를 토해냈다.

그러나 웬일인지, 세희네 가족들은 그녀를 못 본 체 했다. 그녀는 더욱 부아가 돋았다. 얼굴에 핏기가 가셨다. 분노가 그녀의 얼굴을 그렇게 만들었다. 그녀는 말없이 몇 발을 끌어가면서 반응이 없는 그들에게 좀 더 다가가 마당 한가운데 멈춰 섰다.

바둑이와 누렁이는 연신 엎치락뒤치락했다. 그 위에 빗줄기가 세차게 떨어졌다. 빗물과 누런 흙탕물에 뒤범벅이 되어 줄곧 주둥이로 상대의 목을 겨냥해서 대들었다. 악문 주둥이와 밤송이 가시 털이 섰다. 그런데, 흰둥이가 베란다 밑 어둠침침한 속에 숨어서 두 암컷이 싸우는 모습을 물끄러미 바라보고 있는 게, 눈에 띄었다.

순간 김 여사는 등줄기에 소름이 끼치고 이가 갈렸다. 바리를 죽인 개새끼 흰둥이를 보는 순간, 몸서리가 쳐졌다. 바리가 죽던 모습이 불현듯 머리에 떠올랐다. 흰둥이의 눈깔에 퍼런 불이 켜졌다. 기가 찼다.

(저놈이 누굴 또 물어뜯으려고, 저따위 눈깔을 하고 있을까?)

김 여사는 울화가 치밀어 오르던 참에 더욱 분통이 터졌다. 우산 위로 빗방울 떨어지는 소리가 요란해졌다. 세희네 가족들은 넋을 잃은 채, 흙투성이가 되어 한 덩이로 어우러져 한참 뭉개질 치고 있는 광경을 바라보고 있었고, 흰둥이가 눈깔을 부릅뜨고 노려보는 꼬락서니가 메스꺼워 발길을 돌렸다. 갑자기 비는 억수같이 퍼부었다. 문을 나서려는데, 뒤에서 씩씩거리는 소리가 들려 몸을 돌려보니, 뜻밖에도 흰둥이가 뛰어나왔다.

"캉캉, 카—앙. 캉캉, 카—앙."

기가 막힐 노릇이었다.

무슨 억하심정이 있어서 지랄하는지 도대체 이해할 수 없었다.

"캉캉. 캉캉—."

흰둥이의 독기 서린 주둥이가 발목으로 치렁한 여름치맛자락을 물어뜯으려는 듯 달려들었다. 김 여사는 그 꼴을 보고 선뜻 돌아서기가 뜨악하여 뒷걸음질쳤다. 사람을 쫓아내도 너무 한다 싶었다. 기가 찰 일이지만, 어쩔 수 없이 뒤로 물러서는 수밖에 없었다. 몇 발을 뒤로 슬금슬금 물러서다가 끌개가 벗겨졌다.

"아이고머니나—!"

김 여사는 외마디소리를 치면서 비틀비틀 뒤로 물러서는 듯하더니 기어이 벌렁 질흙바닥에 나자빠지고 말았다. 놓친 우산이 제멋대로 저만치 데굴데굴 굴러갔다. 얄따란 치마폭이 홀렁 벗겨진 채로 빗물에 종이쪽처럼 축진해지고 가랑이가 온통 드러나 보였다.

"우후후— 우후후!"

"우후후— 우후후!"

창피한 생각이 들어 몸을 냉큼 일으켜 세우는데, 웃음소리가 우박 쏟아지듯 했다. 언뜻 눈에 띈 건, 이쪽을 바라보고 있는 세희네 가족들의 광주리만큼 벌어진 입들이었다. 그런 가운데 흰둥이는 줄곧 앙칼진 목소리로 짖어대었고, 그래서 연신 뒷걸음질쳐서 우산 있는 쪽으로 다가갔다. 젖은 엉덩이랑 허벅지에 물먹은 치마폭이 휘감기고, 빗물이 종아리로 줄줄 흘러내렸다. 가까스로 우산을 집어들자, 가까이 다가서는 흰둥이를 그걸로 막아내며 뒷걸음질쳤다. 어찌된 일인지 흰둥이는 기세를 꺾지 않고, 맹렬히 달려들었다. 필시 자신을 물어뜯기라도 할 것 같았다. 우산대로 막으려하자, 더욱 기를 썼다. 억세게 퍼붓는 빗물이 온몸을 적시고, 젖은 머리털에서 물이 어깨위로 줄줄 흘러내렸다. 무슨 꼴인지 몰랐다. 뾰족한 이빨을 드러내놓은 채, 주둥이를 벌리고 짖어대는 개새끼도 그렇지만, 자신의 모습을 보고 웃음 치던 세희네가 더 미웠다.

미친 듯 짖어대면서 덤벼드는 흰둥이의 악랄한 서슬에 쫓겨 연신 벗겨지는 끌개를 꿰어 신으며, 담벼락에도 부딪치고, 길바닥에 쓰러져 가며—

김 여사는 흰둥이에게 개망신을 당하고서, 그야말로 천신만고 끝에 가까스로 집으로 돌아올 수 있었다. 비를 한껏 맞은 그녀는 우산을 아무렇게나 팽개쳐 두고, 집안으로 들어서자, 곧장 욕실로 스며들었다. 몸서리를 몇 번씩 쳐대며, 몸에 찰싹 달라붙은 옷을 벗겨내는 대로 욕조에 물을 가뒀다. 벗기를 다한 그녀는 알몸을 물에 담갔다. 빗물과 땀으로 끈적거리던 몸이 물에 잠기자 시원하고 개운한 느낌이었다. 물이 욕조를 넘실거리자, 물 무게가 몸에 실려왔다. 무엇이 하체를 짓누르는 압박감도 느꼈다. 그러나 머릿속을 떠나지 않는 건, 아까 뒤로 자빠지던 순간, 웃어대던 세희네였다. 어쩌면, 불 악귀처럼 덤벼드는 흰둥이를 떼어 놓을 생각조차 없이 웃고만 있었는지 몰랐다.

몸이 물에 부풀자, 그녀는 비누칠을 하고 씻었다. 머리도 감았다. 그런 뒤, 수건으로 물기를 깔끔히 닦아냈다. 그리고, 벌거벗은 채, 욕실문을 열고 나오는데, 전화벨소리가 요란하게 들려왔다. 좁은 몸이 나른하여 벨소리는 아련히 들렸다.

전화기 앞으로 다가간, 그녀는 무작정 수화기를 들어 귀에 대보았다.

"여보세요!"

세희엄마의 목소리였다.

"음!"

김 여사는 숨소리만 냈다.

"누렁이가 바둑일 물어 죽였어요."

세희엄마는 총알 튀는 소리를 냈다.

"…!"

김 여사는 분노를 머금은 채, 입을 꾹 다물어버렸다.

"그리고 지금 흰둥이가 누렁이를— 아, 기가 막혀서—."

세희엄마는 말끝을 못 맺고, 숨을 몰아쉬었다. 그렇게 지껄이는 소리를 들으니, 더욱 분이 끓어올라 소리를 빽 지르고 싶었다. 그러면, 날보고 어쩌란 말이냐고—. 그리고, 아까 내가 거기 갔을 때, 당신들 꼴이 뭐냐고, 들이대고 싶었으나 입을 닫고 말았다.

"김 여사 님—."

세희엄마가 뭐라고, 말을 시작하려는데, 수화기를 놓아버렸다.

김 여사는 분칠한 얼굴처럼 핏기를 잃은 채, 질려있었다.

"아—휴!"

속이 터질 듯이 울화가 치밀어 김 여사는 풀썩 몸을 방바닥에 주저 앉혔다. 빗소리는 끈끈히 들려왔다. 수화기 속에서 연신 지껄여대는 소리가 났어도 수화기를 귀에 댈 생각을 하지 않았다. 속이 터질 듯하였다. 이제, 그놈의 흰둥이에 겁이 질려 다시는 세희네를 갈 수도 없었다. 어쩌면, 좋을지 몰랐다. 흰둥이는 필시 누렁이와 바둑이의 싸움에 끼어들지 말라고, 엄포를 주는 듯싶었다. 누가 죽던 하나는 죽을 게, 분명한데 기어이 바둑이 죽다니, 그 흉악한 악질 흰둥이가 누렁이를 그냥 놔두지 않을 거였다. 누렁이는 지금 임신 중에 있지 않은가.

속이 보글보글 끓는 가운데, 며칠이 지나는 동안, 누렁이는 숫제 모습을 나타내 보이지 않았다.

(미친 년!)

김 여사는 누렁이가 사람이나 되는 듯, 이렇게 속으로 저주의 욕설을 퍼부었다. 새끼를 밴 암캐가 수놈을 따라가서는 바둑이를 죽여놓고, 수놈을 송두리째 차지했으니, 비록 동물이라도 그 비정함에 몸서리쳐졌다. 그래 세희네에 가졌던, 감정과 더불어 이런 개들이 연출한 일련의 사건들이 한데 모아져 끝내, 세희네에 증오의 날이 서기 시작했다.

그래 세희네를 발 그림자도 하지 않았다. 그리고, 다시는 개를 키우지 않으리라, 마음을 다잡고 나서 한 달쯤 지날 무렵이었다. 그동안, 세희네가 몇 번 다녀가서 쌓였던 감정이 가까스로 풀어졌으나 김 여사는 바둑이와 누렁이가 싸우던 비오던 날, 흰둥이가 문밖에까지 쫓아 나와 개지랄 떨던 일이 지워지지 않았다. 아무튼, 누렁이는 그 길로 그냥 모습을 감춘 채, 흰둥이와 더불어 살아가고 있어서 모두를 체념하고 말았다.

그런 어느 토요일, 높푸른 하늘과 청정한 공기를 뚫고, 바늘 같은 햇살이 내리 꽂혔다. 김 여사는 남편이 오면, 갈아입힐 옷가지들을 빨아서 정원 한쪽에 매둔 빨랫줄에 한창 널고 있는데, 어쩌다 대문 쪽을 바라보니, 문득 누렁이가 나타났던 거였다. 새끼 낳을 날이 가까워지는지, 배불뚝이 되어 느릿한 걸음으로 천천히 들어오고 있었다. 그러더니 제가 살던 빈집으로 들어가 다소곳이 앉아있는 게 아닌가. 별일을 다 보았다. 김 여사는 넋을 잃고, 누렁이쪽으로 시선을 꽂은 채, 눈을 뗄 줄 몰랐다. 필시 무슨 일이 생긴 것 같았다. 누렁이는 매우 한가로워 보였고, 눈을 감았다 떴다했지만, 이따금 다리를 벌려놓고, 주둥이를 그리로 가져가 무얼 연신 핥아내곤 했다.

아무튼 누렁이가 집으로 돌아왔다는 사실만으로 반가웠다. 그래 김 여사는 누렁이가 있는 개집으로 다가갔다. 그리고 누렁이의 머리를 쓰다듬어주었다. 누렁이는 쓰다듬어 주는 게 좋아서인지 아니면 다른데 신경이 써져 그걸 못 느끼는지, 순하게 받아들였다. 그때 방에서 전화 벨소리가 새나왔다.

김 여사는 벨소리에 몸을 일으켜 방으로 들어가서 수화기를 잡았다.

"세희 엄만데요."

"그래서요?"

김 여사는 섬뜩한 느낌이 드는 대로 물었다.

"누렁이가 집을 나갔어요."

"누렁인 집을 찾아왔어요."

"어머! 김 여사님 댁으로 갔다고요. 어쩌면?"

"왜요?"

김 여사는 무슨 일이 터졌을 거라는 예감이 스치는 대로 귀를 기울였다.

"누렁이ㅡ. 누렁이가요."

"누렁이가?"

세희엄마가 말을 잇지 못하자, 김 여사가 다그쳤다.

"흰둥이를—."

"뭣이? 흰둥이를?"

김 여사는 금세 얼굴이 형광불빛으로 변했다.

"—물어 죽였어요."

세희엄마는 이전에 없이 젖은 목소리를 냈다.

"—누렁이가, 그 그랬단 말요?"

김 여사는 몸이 사시나무처럼 떨려왔다. 그리고 방금 누렁이를 쓰다 듬어주었던, 손이 가녀린 경련을 일으켰다. 그러자, 수화기를 놓치고 말았다. 이은 동작으로 김 여사는 허둥지둥 밖으로 나갔다. 그리고, 아직도 제집에 무료하게 앉아있는 누렁이를 주시했다. 그러자, 누렁이는 갑자기 몸을 일으켜 세우더니, 털을 곤두세우고, 김 여사에게 달려들면서 사정없이 짖기 시작하는 게 아닌가.

김 여사는 누렁이의 기세에 몰려 그만 현관문을 나서려다말고, 주춤 몸을 세웠으나 이내 집안으로 다시 들어왔다. 가슴이 몹시 뚝딱거렸다. 누렁이가 흰둥이를 물어 죽였다는 사실은 믿어지지 않았다. 바리를 죽이고, 저희 어미를 붙어먹은 패륜아요 악질이었던 흰둥이가 끝내 누렁이에게 앙갚음을 당한 일은 춘향전을 보는 것처럼 통쾌했다. 그러나 누렁이가 수놈도 아닌 암놈으로서 더욱 임신 중이었는데도 그런 엄청난 일을 해냈다는 건, 통쾌하고 장했지만, 그보다 되레 누렁이가 무서워졌다. 소름이 끼쳐왔다. 방금 정원에서 보았던, 누렁이가 열린 문으로 들어오던, 모습조차 머릿속에 꼭 박혀 적이 가슴이 조여들었다.

(누렁이를 쫓아내야 한다)

김 여사는 이렇게 생각하면서 거실에 어정쩡하게 서서 밖을 내다보긴 했으나, 선뜻 나서지 못했다. 누렁이는 김 여사가 방으로 들어와 간히다 싶은데도 그치지 않고, 줄곧 그렇게 짖어댔다. 남편이 올 시간이 차츰 임박해 오는데, 누렁이가 저토록 끊이지 않고 짖어대면 어쩌나 싶었다.

그때, 전화벨소리가 요란하게 울렸다. 김 여사는 방으로 뛰어들어가 전화를 받았다.

"여보세요?"

"난데, 지금 읍내에 와 있거든."

남편의 목소리였다.

"그런데요?"

"당신 옷 한 벌 사주려는데, 지금 빨리 읍내로 나와요."

남편의 말에 김 여사는 나를 듯이 기분이 풀렸다.

"어머! 옷을 사준다고요. 아이 좋아라."

김 여사는 통화가 끝나자, 곧바로 세수하고, 화장한 뒤, 옷을 갈아입고 밖으로 나갔다. 밖은 어느덧, 개 짖는 소리도 그쳐서 조용했다. 그런데 언제 현관 앞에 웅크리고 있었는지, 문을 열고 나서려는데 누렁이가 갑자기 달려들어 김 여사는 화들짝 놀라는 대로 부리나케 문을 닫고 말았다. 야단났다는 생각이 들었다. 남편은 읍내에서 기다릴 텐데, 이제껏 흘려버린 시간도 40분이 넘었고, 이제 꼼짝할 수도 없으니 일이 터졌다. 남편은 회사의 사장이라도 휴대폰을 갖지 않아 전화도 안 되었다. 김 여사는 하는 수 없이 세희엄마에게 전화를 걸었다.

"여보세요. 세희엄마? 응, 나 지금 남편이 읍내에서 기다리는데, 누렁이 때문에 못나가요. 어쩜 좋죠? 응, 그렇게 좀 해줘요."

김 여사는 전화를 끊고 기다렸다. 잠잠했던 누렁이 또다시 짖기 시작했다. 창가로 다가가 밖을 내다보니, 세희엄마가 차를 몰아다가 대문 밖에 세워두고 안으로 들어오려 하자, 누렁이가 득달같이 달려나가 그녀에게 마구 덤벼들며 악을 쓰고 짖어댔다. 그러자, 세희엄마는 어쩔 줄 모르고, 뒷걸음질쳐서 차안으로 냉큼 모습을 감춰버렸다. 그러자, 누렁이는 다시 제집으로 돌아와 웅크리고 앉았다. 누렁이가 저토록 사나워졌나싶었다. 그렇대도 김 여사는 누렁이 밉지 않았다. 갖은 행패를 부렸던, 흰둥이를 물어 죽인 통쾌함이라던가. 더불어 지금 세희엄마에게 달려들어 언젠가 그네 집에서 당한 수모를 앙갚음이라도 하는 듯한 모습이 보기에 좋았다.

"흥!"

김 여사는 세희엄마가 자신을 도우려고 왔는데도, 누렁이에 쫓겨 차 속으로 숨어버리자, 괜히 기분이 들떴다. 이상한 심사라는 자책이 들면서도 속일 수 없는 심정이었다. 그런 생각을 하고 있는데, 또 전화가 왔다.

"따르릉, 따르릉."

김 여사는 웃음마저 머금은 채, 전화기 있는 쪽으로 다가갔다. 남편의 전화가 틀림없었으나 어찌된 일인지 자신을 기다릴 남편에 대한 미안한 느낌이라던가. 긴장감 같은 게, 숫제 없어졌다.

"여보세요?"

김 여사는 상대를 불러냈다.

"왜, 안나오는 거요?"

"글쎄요."

김 여사는 어리숭숭한 말로 대꾸했다.

"무슨 대답이 그렇습니까?"

남편은 알 수 없다는 듯, 사무적인 어조로 물어왔다. 그러나 남편이 자신의 대답에 이상히 여길 까닭이 없다고 생각했다.

"왜요?"

김 여사는 자꾸 어릿한 소리만 연발했다.

"그럼, 그만 두겠소."

"…."

남편의 무뚝뚝한 소리를 듣고도 김 여사는 무감각했다.

세희엄마는 누렁이가 제집으로 들어가자, 차에서 슬며시 빠져 나와 다시 안으로 들어오려고, 대문을 통과했다. 그러나 누렁이가 그걸 못 봤을 리 없었다.

"컹컹, 컹—."

또, 누렁이는 집을 나와 세희엄마를 향해 짖기 시작했다. 그런데 어찌된 일인지, 누렁이는 아까보다 훨씬 기세를 죽였다. 세희엄마는 살얼음판 위에 선 것처럼 어정쩡하게 몸을 세워놓고 소리쳤다.

"김 여사님! 개 좀 붙들어 주세요."

"흥! 뜨거운 맛 좀 봐야해."

김 여사는 세희엄마의 외치는 소리를 듣고도 창가에서 조소를 보냈다. 그런데, 세희엄마를 보고 몇 번인가. 짖어대던 누렁이가 갑자기 뒤로 물러서더니, 이내 제집으로 들어가는 게 아닌가.

"어머? 왜 그래, 누렁이가?"

김 여사는 별꼴이라 생각했다. 아무튼, 씁쓸해져서 밖으로 나간, 김 여사는 계단을 내려서서 천연덕스럽게도 다소곳이 집을 지키고 있는 누렁이를 보았지만, 눈만 깜박거릴 뿐, 입을 굳게 다물었다.

"타세요."

세희엄마가 김 여사에게 차를 가리켰다.

차가 동구에 다다를 무렵, 차 한 대가 마을로 들어오고 있었다. 서로 교차하면서 멈칫거리는데 보니, 차에 탄 남편의 모습이 스쳐 보였다.

"아차! 남편이 들어오네. 그럼 난, 나갈 필요가 없어요."

세희엄마는 차를 돌렸다.

김 여사는 집 앞에 다다르자, 차에서 내려 대문을 들어서는데, 남편은 먼저 와서 개집 앞에 쪼그리고 앉아있었다.

"누렁이가 새끼 낳는군요."

김 여사는 남편이 이렇게 말을 흘리면서 자신을 바라보자, 그제야 옷을 사주겠다고 읍내로 나오라는 남편의 말을 기억해냈다.

"옷을 사주겠다고 하더니―."

"왜, 안 나왔소? 기다리다 못해 들어왔지 뭡니까."

"글쎄 횐둥일 물어 죽이고는 다시 돌아왔는데, 아깐 어찌나 사납게 굴던지, 밖엘 얼씬도 못했어요. 새낄 낳으려고 그랬나봐요."

남편은 김 여사의 말을 듣고 있는지, 어쩐지 끙끙거리는 누렁이를 골똘하게 바라보았다. 누렁이는 왜 하필 그 시간에 누가 기다리기라도 한 듯 기어 들어와 남편과의 약속을 어그러뜨리게 만들었는지 몰랐다. 그리고 세희엄마에게 앙갚음이나 하는 줄 알았더니, 뒤 물러 제 집으로 들어가서는 또 못된 개새끼들을 까놓고, 어쩌자는 건지 모를 일이었다. 모두가 기분만 잡쳐놓았다.

그리고 그동안, 개를 개로만 보던, 남편은 왜 갑자기 누렁이 앞에 쪼그리고 앉아 청승인지. 그런데 누렁이는 연신 끙끙거리기만 했다.*

꼬댁각시를 찾아서

이암동은 열두 매기 가운데 한 마을이다. 사십 여 호의 집채가 매기내 개울가로부터 성황당 고갯마루까지 옹기종기 골짜기를 메운 산촌이다. 벙벙히 채워지는 마을 앞 봇물은, 늘 철철 넘쳐 아래턱으로 흘러내렸고, 한 줄기 물길은 물레방앗간으로 흘러들어 물레바퀴가 철거덕 철거덕 소리를 내며 돌아갔다. 봇물 내 쏟는 소리며 물레바퀴 돌아가는 소리가 한데 어울려 쏴쏴 철거덕거렸다. 사위가 높은 산으로 둘러쳐져 물소리는 더욱 거세게 산울림으로 메아리쳤다.

성황당 고개마루턱의 꼭대기집은 소복이 담은 나물바구니를 옆으로 끼듯 묘마당 옆에 있었다. 안채와 바깥채 사이에 군데군데 허물어진 돌담과 뒤로 대나무 숲이 울창한데, 돌 쪽다리를 딛고 도랑을 건너면 좁다란 마당이다.

나는 아홉 살의 어린 나이로, 이곳에서 피난살이를 했다. 가마득히 멀어져간 희미한 기억들을 더듬으며 한때 머물러 살던 곳을 찾아왔으나, 집채는 흔적도 없이 사라져 있었다. 허물어진 돌 쪽다리와 바싹 마른 도랑을 건너 마당가에 서보았다. 가마득히 멀어져간 세월 뒤에 빈터는, 한 눈으로도 황량하다. 발밑으로 밟히는 거라고는, 아무렇게나 어우러진 메마른 풀잎이 폐허를 온통 메웠다. 된서리에 시들은 모습은 마치 나의 손등처럼 물기를 잃어 까칠하다.

뒷간 길섶으로 번진 자잘한 대나무 파란 숲은 한결같이 바람결에 까불어댄다. 그때 별안간 구름 한 점 떠돌지 않는 맑고 푸른 하늘에 불살이 나타난다. 나는 어쩌다가 하늘을 보았으며, 그게 눈에 뜨일 수 있었을까. 불살의 시발은 안채 용마루 끝일 것 같았다. 꼭, 그런 것 같지는 않았으나, 창공으로 솟구치는 핏빛 불살은 그곳 말고 솟아오른 데는 없을 성싶었다.

'획! 획!'

소리가 들려오는 듯싶었고, 무게를 느끼는 게 그답지 않게 날쌘 동작이었다.

'어디로 가는 것일까.'

화두(火頭)가 끄는 불꼬리는 검붉은 핏빛이다. 마치 얼룩구렁이를 닮았다. 얼룩구렁이는 다시 검붉은 빛이다. 불꼬리는 화두를 연신 치받으며 따라가는 대로 흔적을 지운다. 불길은 무작정 고공으로 한정 없이 치솟으며 자취를 감추지 않는다. 정녕 무게를 실었다는 생각이 옳았다. 획-획 허공을 뚫고 솟구치는 소리는 실지로 들려오지 않았으나 무겁고 날쌘 것은, 기어이 포물선을 긋기 시작했다. 평행직선을 차츰 꺾는 듯하더니 이내 곡선을 그리며 하강한다. 어느덧 그건 절골 운장암 숲 속으로 곤두박질치고는 자취를 감췄다.

그런 뒤 불살이 지나간 하늘엔 털 끝만큼의 흔적도 남지 않았다. 그처럼 하늘은 깨끗하고 맑다. 더욱 괴이쩍은 건 환영조차 떠오르질 않는다. 얼룩진 핏빛 영혼인가보다. 영혼이란 으레 그런 속성을 갖고 있었고, 무지갯빛 허상과는 또 달랐다.

나는 그게 혼불이란 사실을 그 뒤 사람들의 쑤군대는 소리를 듣고서야 비로소 알았다. 그러니까, 혼불을 보았다는 축들이었다. 나는 한동안 나의 눈에만 띄었다고 생각한 나머지 의아했던 의문이 그런 뒤 풀리었다.

아무튼 해가 성태산마루에 걸리는데, 느닷없는 곡소리가 터졌다. 노파가 숨을 거뒀다는 것이다.

가슴앓이 속병을 오래 앓았던 노파는, 여느 때 어디에서 났는지 햇빛 바른 뒷마루 끝이 아니면 안방 쪽문 앞에 쪼그리고 앉아 까만 가루약을 손바닥에 모아 쥔 채 목으로 털어 넣곤 했다.

나는 처음 그게 속병을 시원히 뚫을 체증 약으로 믿었다. 그러나 얼마 뒤는 그게 캘빈이나 에무 원 총탄의 탄약가루란 사실을 알았다. 방아쇠를 당기면 뇌관을 때리고 속에 든 화약이 폭발하는 바람에 총알이 총구를 빠져나가듯이 체증이 또한 막힌 총알이 총구를 시원스레 빠져나가듯이 가슴이 뚫릴 거란 말이었다. 누군가 갖다 주면서 속 뚫리는 약이라고 먹기만 하면 가슴앓이 속병이 금세 낳는다니까 그 말을 곧이 듣고, 노파가 그걸 대놓고 줄곧 복용한 것 같았다.

그게 무시무시한 탄약인 줄 알았으면, 노파가 설마 그토록 사시상철 일구월심 끊임없이 먹지는 않았으리라.

노파의 가슴앓이는 좀처럼 차도가 없었다. 탄약을 복용하면 정녕 음식을 먹는 대로 위장에서 소화를 시켜 이른바 작고 큰창자를 거치는 동안 대소변이 시원시원 싸지를 거라는 기대에도, 노파는 음식을 맘대로 먹을 수가 없었다. 아니, 음식을 조심조심 알아서 만만한 것 골라 적게 목으로 넘겨도 용케 명치에 걸려 위통을 일으키고 말았다. 그렇듯 화약은 노파의 속병을 속 시원히 다스리지 못했다.

하지만 어디에 한 번 먹어 고질병을 고칠 특효약이 있겠느냐. 이런 상식이 노파로 하여금 그 많은 탄약을 줄 대어 먹게 했다. 노파는 그걸 때맞춰 먹는데도 뱃속은 더욱 아팠다. 그럴수록 노파는 병이 낫느라고 그럴 거라며 스스로 마음을 달래며 먹는 약에 기대를 버리지 않았다. 어떤 때 노파는 통증을 견디다 못해 소다를 곁들여 먹기도 했다.

그러나 노파는 꾸겨진 종이쪽 같은 손아귀에 탄약가루를 한 움큼 쥐고 끝내 먹고 싶은 것 한번 못 먹고 굶주리다 차디찬 돌이 되었다.

노파가 죽기 전 허공을 날아간 혼불은 그가 줄곧 먹던 탄약이 단번에 폭발한 화염일지 몰랐다.

혼불은 다른 사람들의 눈에는 띄지 않은 듯싶었다. 그러기에 어느 누구도 그런 말을 흘리는 사람은 없었다. 만일 본 사람이 있다면, 동네에 거센 바람처럼 소문이 떠돌게 틀림없었다. 떠들기 좋아하는 사람들이 입을 다물고 국으로 있지는 않으리라.

며칠이 지난 뒤, 노파의 주검은 옻칠관에 담겨지고 상여에 실려 마을을 떠났다. 상여 앙장(仰帳)이 푹 꺼져있었다. 사람들은 그걸 보고 혀를 찼다. 생전에 속병으로 굶주려 배곯아 죽었으니, 그게 부풀 리 없다고 혀를 찼다. 노파의 무덤은 우연히도 혼불이 떨어진 절골 산비탈에 지어졌다.

사흘째 되던 날, 여문 벼이삭처럼 누런 상복차림의 상주들이 삼우제를 올리고 돌아왔다.

그 뒤 이상한 소문이 마을에 퍼지기 시작했다. 믿든 말든 처음은 대수롭지 않았으나 소문은 샘물 솟듯 끈끈히 마을사람들의 입을 옮겨 다녔다.

어떤 실마리가 있다면, 나는 비록 아홉 살 철부지라도 기억을 되살릴 만하다. 하지만 일은 집착성을 품고 있었다. 혼백을 모신 상청은 안채 뒷방에 있었다. 굽이 높은 제상에다 혼백을 모셔 놓고, 상식제물과 함께 향불을 피워 놓았다. 그리고 치렁하게 드리워진 하얀 천에는 아들 삼형제의 상복과 상장대가 줄줄이 채워져 있었다. 어떤 집의 상청이던 예삿일이어서 그걸 탓할 수 없었다.

그런데 동짓달로 접어드는 해질녘, 냉랭한 바람을 타고 눈발이 날리기 시작했다. 도랑을 건너는 돌쪽다리를 딛고 울안으로 들어가 뒷간 쪽으로 대나무 숲이 눈에 뜨인 순간이었다. 짙푸른 댓잎이 사물처럼 요사하다. 바람이 일 때마다 댓잎은 파르르 떨었다. 그 떨림은 바람보다 더

했다. 마치 신이 내린 신장막대처럼 요동을 치면서 까불어 대었다.

노파의 넋은 정녕 혼불을 따라 운장암 숲으로 사라졌을 터인데, 마을 사람들은 그의 넋이 아직 그가 살던 집에 머물러 있다고 했다. 또 사람들은 죽은 노파의 귀신이 대밭 아니면 도랑가에 있을 거라 했다. 그도 저도 아니면 뒷간에 숨어 있을지 모른다고 했다. 그래서 밤에 뒷간에 가지 말라고 경고했다. 만일 밤늦게 뒷간에 가면 귀신에게 잡혀 먹히거나, 귀신들려 미치광이가 되면 헤어날 수 없다고 했다.

귀신은 또 노파가 살던 집에만 머물러 있지 않는다고 했다. 때때로 바람을 타고 어떤 집이든 닥치는 대로 침범한다는 것이었다.

그렇다고 떠들던 동네사람들은 해지기 전에 서둘러 요강을 방에 들여놓고, 가시 총총 박힌 엄나무가지를 쪄다가 처마 밑에 달아놓았다. 그리고 어디론지 떠도는 귀신의 행방을 쫓으려했다. 그 무시무시한 공포 속을 헤어나려면 귀신을 잡아다 가둬 놓기보다 더 좋은 수가 없으리라고 했다.

귀신 잡기. 그건 무작정 날선 칼과 낫으로 겁주거나, 쳐 돌리는 무모한 짓은 금물일 수밖에 없었다. 눈으로 보이지 않는 사물을 그런 무모한 짓으로 넘어갈 귀신이 어디 있겠느냐 것이었다.

귀신은 호식할 고기와 떡, 그리고 술과 밥을 장만해놓고 좋게 불러들여 배불리 먹이고 나서 순순히 떠난다면 놓아주고, 되레 악령으로 변하면 즉석에서 난도질을 치던가, 아니면 유리병 속에 우겨 넣어 꼼짝을 못하게 한 뒤는 땅속 깊이 묻던가 물에 띄워 보내는 게 상책이었다. 그렇게 하면 다시는 얼씬 범접을 못할 것이고, 사람들은 귀신이란 해괴망측한 잡것으로 하여금 공포의 도가니 속에서 벗어나 밤이라도 고샅길을 맘 놓고 다닐 수 있으리란 것이다.

동지 무렵이다. 가는 눈발이 매운바람에 실려와 살포시 쌓이는 걸 보면, 강추위가 닥쳐온 듯하다. 해가 지자 선뜩선뜩 춥기 시작하는데, 노파가 살던 집은 안팎으로 불이 환히 밝혀졌다. 커커로 팥고물을 넣어 쪄낸 떡시루에서 김이 무럭무럭 피워 올랐다. 떡이 물씬 익자 여자들은 시루째 방으로 옮겨다가 상위에 받쳐 놓았다. 이어서 푹 익힌 돼지머리와 살코기를 퇴침만큼이나 큼직큼직하게 썰어서 동동주 술항아리와 함께 들여갔다.

한창 김이 무럭무럭 피어오르는 떡시루 위에 촛불을 밝힌 뒤, 고깔 쓴 무녀가 꽹과리와 북을 손에 맞춰 놓고 신명을 내기 시작한다.

―깨갱깨갱, 깨 갱 깽깽 깨―

"불쌍허다 불쌍허다/ 굶주리다 죽었던가/ 배곯아서 죽었더냐/ 가슴앓이 십여년에/ 먹고픈걸 먹었겠냐/ 마실것을 마셨겠냐/ 살아생전 굶주린배/ 고기먹고 술도먹고/ 밥도먹고 떡도먹어/ 배부르게 배터지게/ 잔뜩잔뜩 채우거라/ 실컨실컨 처먹어라/ 배부르면 소원성취/ 다소곳이 앉았거라."

꽹과리소리가 주술을 타고 사이사이로 껴들었다.

신대는 참새할멈이 뒷간 길 대나무를 꺾어다가 창호지에 둘둘 말아 잡았다. 댓잎은 불빛을 머금고 더욱 멍빛처럼 청청해 보인다.

처음 참새할멈은 절골네가 고깔을 쓰고 가사를 걸쳐 입는 동안 뒷간 길 허물어진 돌담께로 허겁지겁 달려갔다. 괴이하게도 그녀는 이전에 느껴보지 않은 겁이 섬뜩 들어서 등골로 오한이 일기까지 했다. 그녀는 그러는 자신을 모를 일이라고 생각하면서 이를 악물고 댓잎을 쥐어뜯었다. 미풍만 스쳐도 파란 잎이 요사스레 까불어대며 놀던 생각을 하면, 정녕 잎새마다 예사롭지 않았다.

동지섣달 설한풍에 강추위까지 몰아치던 참인데, 동네사람들이 모여들어 앞뒷문 죄다 열어젖히고 기웃거렸다.

절골네는 평생을 운장암에서 불도에 선심하던 영험한 경쟁이로 소문난 보살영신이다.

"백두산 신령님, 사해용왕님, 천하영웅 관운장, 음악천군 청천지 팔이 제장—"

깨 갱 깽깽 깨 갱 깨—

주술이 실 올처럼 이어지는데, 마침 참새할멈이 잡고 있던 손이 힘이 풀리기 시작하는 모양이었다. 댓잎 끝으로 바람이 일어났다. 미풍에 한들거리는 모습과 달랐다. 그런가 하더니 기여 잎들이 꼬여들고 뒤틀리는 듯하면서 신대가 사뭇 사시나무 떨 듯했다. 대는 이제 껑충껑충 뛰기 시작하면서 광란의 춤을 추었다. 참새할멈의 손이 신장대에 이끌려 허공으로 치솟았다.

열어 젖혀진 앞뒷문을 메운 아낙네들의 눈마다 놀란 빛을 띤 채 그런 광경을 지켜보았다.

"어디 있느냐? 배곯아 죽은 귀신! 어디에 숨어 있는지 썩 나서거라. 어서 이 앞으로 나와설랑 고기 먹고 떡도 먹고 술도 마시고, 밥을 배불리 먹고 나서, 다실랑 이 집, 저 집 얼씬 말고, 멀리 멀리 극락으로 보내주마. 만일 또다시 얼씬댔다가는 장도칼로 목을 쳐서 푸른 강에 띄우리라. 그러면 뭇 고기가 뜯어먹으리라! 어서 냉큼 나오지 못할까!"

절골네가 엉덩이를 들썩이며 추상같이 호령한다.

그 때 요동하던, 신대가 몸을 사리는 듯했다.

"옳지! 네가 이제야 왔구나! 어서, 이 앞으로 다가와 앉거라. 얌전하게 다소곳이 앉아서 술도 마시고, 떡도 네 맘껏 먹고 배불리, 배불리 처먹거라. 살아생전 곯은 배를, 이제라도 아귀처럼 처먹어라. 그 동안 얼마나 배고팠더냐. 부엌에도 기웃대고 장독에도 어슬렁대더니, 네 꼴이 초췌하구나. 피골이 상접하니 네 꼴이 딱하구나. 서럽구나, 서럽구나. 불쌍허고 가련흐다."

그때 생전 시어머니를 모시던 며느리가 앞치마 한 자락을 걸어 올리며 끼억끼억 울기 시작했다.

"어머님, 어머님! 불쌍허신 우리 어머니-임! 으흐흐— 윽—."

며느리는 시어머니를 몇 번인가 목메게 부르더니, 기여 흐느끼며 울음을 터뜨렸다.

떡시루에서 모락모락 피어오르는 김이 촛불을 에워싸고 빛무리가 지더니 붉은 노을빛으로 물들었다.

참새할멈이 잡고 있던 신대가 천방지축 방안을 휘적거리고 다녔다. 떡시루랑 고깃덩어리, 동동주가 가득 채워진 술항아리를 연신 옮겨 다녔다.

"옳지! 옳거니 먹고 싶은 거, 다 먹고 나서 앞에 다소곳이 앉아 있거라. 옳지! 옳거니—"

절골네는 북 테를 뚝딱거려 소리를 내어 옹골진 장단에 맞춰 얼씨고 절씨고 어깨춤마저 절로 나오는지, 두 어깨를 요리조리 꺾어 올렸다.

어느새 참새할멈의 손에서 아기손가락마디 만한 동강난 나무토막이 쥐어졌다.

—깨 갱 깽깽, 깨갱깨갱 깽 깨—

꽹과리소리를 요란하게 울리더니 절골네가 느닷없이 몸을 일으켜 세우면서 참새할멈의 손에 쥔 동강나무를 냉큼 빼앗아 들었다. 그리고 뚜껑 열린 병 아가리에 우겨 넣었다. 그런 뒤 재빨리 참나무마개로 아가리를 틀어막는데 절골네는 어디서 그런 힘이 솟아나는지, 병마개를 북채로 콩콩 때려 박았다.

"따다닥, 따다닥."

병 속에서 이상한 소리가 났다. 촛불은 병 속을 한히 들여디보이게 했다. 괴이하게도 나무토막이 콩 볶듯 뛰었다.

"따다닥, 딱 딱."

연신 괴이한 소리를 내는 병을 참새할멈이 냉큼 왼손으로 검어 쥐었다. 또 한 손에 잡은 신대가 줄곧 잎을 떨고 있었다. 절골네가 그런 참새할멈을 앞장 세워 뒤를 따라 밖으로 뛰쳐나갔다. 그들은 단숨에 개울가로 내달았다.

"생가아마 대제신유, 원진 천준관 성주군, 천하영웅 관운장, 음악천군 정천지 팔이제장, 육정 육병 육을, 소슬제장 일별병령, 사귀응응 급급 여율령."

절골네가 독경하는 동안 참새할멈은 연신 따다닥, 따다닥 소리를 멈추지 않는 병을 물위에 힘껏 내던졌다.

"풍덩!"

소리를 내며 물위에 떨어진 병이, 물살에 실려 떠가는 모습을 어스름 달빛이 어렴풋 비춰주었다.

그 일이 있은 뒤, 노파가 쓰던 방은 동네처녀들의 놀이방이 되었다. 또 노파의 상청을 모신 뒷방은, 큰아들내외가 쓰고 바깥채는 아직 장가를 안 간 총각형제가 썼다. 해서 처녀들은 노파가 쓰던 방을 독차지하고 놀았다.

신 내리기는 옥순이 으뜸이다. 그녀야말로 다른 처녀들처럼 거짓부리로 능청을 떨며 신 솟은 척 하지 않았다. 늘 창백한 얼굴에다 황량한 눈빛을 한 그녀는, 유난히 시리게도 하얀 치아를 가졌다. 또 그녀는 야윈 볼에 웃지 않아도 쉽게 보조개가 파이고 주름살마저 잡혔다. 게다가 까만 머리채는 실로 신들린 여자 같았다. 늘 그녀는 눈빛 같은 소복차림의 치마저고리를 입었다.

놀이방에 모인 처녀들은 으레 옥순을 정통신령으로 불렀다. 그녀 말고 신 솟는 처자가 몇 있기는 했으나 수건돌리기를 하면 용케 가짜가 탄로가 났다.

옥순은 방에서든, 밖에서든 그 어디에 수건을 감춰도 영험하게 감춘 수건을 찾아내었다. 그녀의 신이야말로 으레 사람들을 깜짝깜짝 놀라게 했다. 동네처녀들은 꼬댁각시 혼신이 그녀의 몸속에 들어가 산다고 믿었다. 그러기에 그녀의 눈빛이 모래알처럼 메마르고 황량해 보인다고 했다. 또 이따금 그녀가 기침 끝에 내뱉는 객담(喀痰)은 꼬댁각시가 먹다 버린 그 무엇이라고 믿었다.

산초기름에 심지를 담그고 가녀리게 타오르는 대등불꽃은 방 한구석에 세워진 채 어둠을 힘겹게 쓸고 있었다. 어김없이 모여든 처녀들은 옥순을 가운데 두고 둘러앉았다. 그녀는 으레 숙명인양 그렇게 처녀들에 에워싸인 채로 머리를 숙였다.

"노─들 강변에 봄 버─들, 휘-휘 늘어진 가지에다가, 무─정 세월─."

옥순을 가운데 두고 둘러앉은 처녀들은 누가 시키지 않아도 저절로 입을 모아 노래를 부르기 시작했다. 손뼉도 노래에 맞춰 쳤다. 그런데 웬일인지 노래 소리는 구슬프게만 흘러나왔다.

옥순은 처녀들의 노래를 같이 따라 부르지 않았으나, 굳이 꼬드기는 사람이 없어도 손을 모아 얼굴 앞에 세워 놓고 기도하는 사람처럼 가늘게 눈을 감고 있었다.

처녀들은 노들강변 노래 뒤에도 끊이지 않고 다른 노래를 이어 불렀다. 타향살이, 도라지 타령, 청춘가 같은 노래들을 연신 뽑아냈다.

노래가 여러 곡 흐르는 동안에도 옥순은 돌처럼 움직일 줄 몰랐다. 그렇지만 가늘게 뜬 실눈 사이 눈자위로 차츰 희끄무레한 빛이 서리기 시작했다. 숙인 고개는 조금 치켜든 모습으로 변해 갔다. 그러나 반듯한 자세는 흐뜨리지 않았다.

대등불꽃은 빨갛게 익은 구기자 열매 같은 모습으로 꼿꼿이 타올랐다. 그녀는 불꽃을 바라보는지, 그리로 시선을 꽂고 있었다. 불빛은 빨갛게 달아올랐으나 그녀의 얼굴빛은 여전히 차돌처럼 희었다.

"춘향아, 춘향아, 나이는 십팔 세, 생일은 사월 초파일, 놀기 좋고 신명나니, 오늘밤 이 가정에 펄펄 한번 놀아나 보세"

처녀들은 입을 모아 주문을 외우고 나서 또 노래를 불렀다. 이번에는 창부타령, 범벅타령, 번지 없는 주막 같은 노래가 이어졌다.

창호지 방문에 붙은 쪽유리로 한 처녀가 밖을 내다보니, 가는 눈발이 소리 없이 날리는 깊은 겨울밤이다.

실타래 풀리듯이 이어지던 노래가 멎자, 한 처녀가 꼬댁각시타령을 시작했다. 그 처녀가 바로 기순이었다. 그녀가 살던 집은 말할 것 없고, 부모랑 자매들이 누구였는지, 또 그녀가 동네 어디쯤 살았는지조차 알 수 없으나, 그녀의 이름이 기순이란 것과 꼬댁각시타령을 청승맞게 잘 불렀다는 두 가지 사실만 기억 속에 살아있었다. 그녀의 이름을 이제껏 잊지 않고 기억하는 이유는 바로 그 타령 때문일 것 같았다.

나는 그날 밤 그녀의 타령을 처음 들었을 때, 어린 맘에도 이산의 뼈저린 상처와 현실의 아픔이 도져 전율처럼 가슴을 적시는 바람에 슬픔을 머금고 소리 없이 울었다. 그녀의 애절한 타령은 사람들의 슬픈 영혼을 끌어내기에 마땅했다. 그래서 사람들은 그녀의 꼬댁각시타령을 듣고서 스스로 눈물을 짜곤 했다. 그만큼 그녀의 타령은 청승맞고 서글펐다.

기순은 잠시 목을 가다듬더니, 꼬댁각시타령을 서슴없이 끌어냈다.

"꼬댁꼬댁 꼬댁각시/ 불쌍허네 불쌍허네/ 한살먹어 어멈죽구/ 두살먹어 아범죽구/ 세살먹어 걸음배야/ 네살먹어 말을배야/ 다섯살이 되었을때/ 삼촌집이 찾아가니/ 삼촌숙모 밥허다가/ 부숫갱이로 움켜대네/ 삼촌한테 찾아가니/ 안방이서 글을읽다/ 천둥같이 호령하네/ 밥이라고 주는것은/ 삼년묵은 보리찬밥/ 굽이굽이 사발굽이/ 붙여주네/ 반찬이라 주는것은/ 된장찌개 접시굽이 붙여주네/ 수제라고 주는 것은/ 무슨수제냐 통수제라/ 천리밖이 던져주네/ 그수제를 주워다가/ 먹을라니 눈물맥혀 못먹겠네/ 아이구담담 내설움.

우리엄니 나슬적에/ 가지너물 잡쉈던가/ 가지가지 슬프네요/ 우리어머니 나슬적에/ 고추너물 잡쉈던가/ 꼬치꼬치 슬프도다/ 우리어머니

나슬적에/ 드릅너물 잡쉈던가/ 두루두루 슬프네요/ 그렁저렁 살구보니 / 십오세가 당도해서/ 중신애비 들락날랑/ 앞문차고 들어오면/ 뒷문차 구 나아가구/ 뒷문차구 들어오면/ 앞문차구 나아가구/ 그래저래 시집 이라 가구보니/ 시아버지 안팎곱새/ 시어머니 앉은뱅이/ 서방이라 허 는짓은 고재낭군이라/ 아이구담담 설운지고/ 연방죽이나 빠져죽 지……"

옥순은 이렇게 이어져 가는, 기순의 타령을 듣고서야, 모았던 두 손 이 가녀린 경련과 함께 차츰 떨어지기 시작했다. 손과 손이 서로 사이 를 트는데, 갑자기 은가락지 하나가 방바닥으로 떨어지더니, 하필 기순 앞으로 굴러갔다.

타령을 하던 기순이 느닷없이 놀라면서 입을 벌리고, 다물 줄을 몰랐 다. 그런 그녀는 뒤에 감춰둔 손수건을 얼른 앞으로 내놓았다. 둘러앉 아 있던 처녀들도 모두 입을 다물고 눈을 크게 떴다.

옥순의 모습이 정녕 사람 같지 않던 것이다. 무서웠다. 경외롭고 두 려웠다. 몰래 뒤로 돌린 손수건이 기순의 뒤에 있는 것을 어떻게 알아 맞출 수 있겠는가. 그러고 있는데 문득 옥순의 두 손이 허공으로 치솟 더니 깜박 깜박 어린아이 유희하듯 했다. 좌중의 눈길은 모두 옥순에게 로 모아졌다.

신떨음을 눈치 챈 처녀들이 자리에서 불끈 불끈 일어섰다. 그리고 앉 아 있는 옥순을 부추겨 세웠다. 몸을 세운 옥순은 머리가 서까래에 닿 을 듯, 치렁한 몸매이다. 그런 옥순은 허수아비 같다. 두루미나 황새가 나래를 펴고 비상하는 모습 같기도 하고, 사람들이 이따금 보았다던, 처녀귀신을 연상케 했다.

두려운 신령, 미쳐 날뛰는 무녀가 된, 그녀는 또 다시 신명을 냈다. 처녀들은 모두 손뼉을 쳐, 그녀의 신명을 더욱 돋구면서 꼬드긴다. 그 리고, 입을 모아 아까 불렀던, 노래를 합창하기 시작했다.

옥순의 신풀이 춤은 노래 가락에 맞춰, 덩실덩실 원을 그리며 돌아갔다. 시간이 흐르자, 그녀의 창백한 얼굴에 송알송알 땀방울이 맺히기 시작했다. 그런 모습은 더더욱 신물(神物)이다.

처녀들은 겉으로 즐거웠지만, 섬뜩한 소름이 끼쳤다. 그런 공포의 짜릿한 맛 때문에 처녀들은 놀아나고 있는지도 모른다.

이제 옥순의 얼굴에 맺혀진 땀방울은 양쪽 볼을 타고 줄줄이 흘렀다. 그런 그녀의 얼굴로 푸르고 찬 냉기의 달빛이 서렸다.

그 순간, 한 처녀가 잽싼 동작으로 몸을 일으켜 세우더니, 다짜고짜로 빙글빙글 돌아가는 옥순에게로 덤벼든다. 그리고, 왼다리를 그녀의 가랑이 속 깊이에 걸어 넣고, 외어 방등이로 업어치기 해서, 옥순의 기다란 몸을 방바닥에 쓰러뜨려 눕혔다. 쓰러진 옥순은 주검 같다. 희다 못해 새파랗게 질린 얼굴 그대로다. 그와 때를 같이하여 처녀 하나가 부리나케 밖으로 뛰쳐나가 사발에 찬물 한 그릇을 잘랑잘랑 떠왔다. 상체를 부추겨 가까스로 일센 옥순은 마치 형장으로 끌려가는 수인(囚人)과 같이 핏기 잃은 봉두난발의 처참한 모습이다. 물그릇을 그녀의 입에 대고 부었으나, 물은 목으로 넘어가지 않고, 그녀의 턱밑으로만 흘렀다.

옥순의 입은 굳게 다문 채였다. 다른 때 같으면 찬물을 한 모금이라도 들이키고, 정신 들어 깨어날 테지만 이상한 일이다. 모두들 겁에 질려 있던 순간, 누군가의 외마디소리가 한밤의 정적을 찢었다.

"어머나! 으— 악"

그 소리는 방안에 찬물을 끼얹듯 했다. 놀란 처녀들은 물그릇을 뒤엎고, 부축을 받던, 옥순마저 버려 둔 채, 죄다 달아나 버렸다.

나는 그날 밤 그녀가 그 참 죽었는지, 아니면 정신을 되살려 깨어났는지 알 길이 없다. 다만, 그녀가 그때 죽었다면, 이튿날 동네가 들썩했겠지만, 그런 게 기억 속에 남아 있지 않는 걸 보면, 그녀가 그 참 죽진 않았으리란 막연한 생각뿐이다.

아무튼 옥순과 기순, 둘이는 꼬댁각시 놀이의 주인공들이다. 내가 어릴 적 보았던, 놀이의 모습은 마치 꿈결 속 같아서 걷히지 않는 안개가 끼어 있다. 그런 의문을 두고, 나는 무던히도 속절없이 세월을 떠나 보냈다. 그런 혼미 속에서도 끈끈히 달라붙던, 옥순에 대한 의문은 많은 시차의 공간을 두고, 망각을 거듭했다. 세월은 그런 의문의 늪을 짓밟고, 무심코 흘러간 것이다.

이제, 나는 이미 이전의 자취를 감춘 폐허 속에서, 그 때의 흔적을 찾기 위해 황량한 빈터를 뒤척이는 꼴이다. 그러나 아무 것도 존재하는 게 없다. 기억 속의 옥순과 기순도 그랬지만, 그들과 어울려 놀던, 그 누구도 지금은 찾을 길이 없는 것이다.

마을은 을씨년스럽게도 텅 비어 있다. 신물처럼 바람결에 나부끼고 까불러대던, 새파랬던 대나무 숲조차 한낱 빨갛게 타죽은 황폐의 몰골로 남아 있다.

도랑에 놓여 있던, 돌 쪽다리도 도랑 깊이에 거꾸로 처박힌 채, 아무렇게나 뒹굴러 있고, 노파가 죽은 뒤, 그의 아들들이 지키고 살리라 믿었던, 안팎의 집채들마저도 흔적 없이 사라졌다. 썩은 기둥 주춧돌 하나 눈에 띄지 않는 빈터에 스산한 바람이 스쳐갔다.

왜 이 곳을 찾아 왔던가싶게 심한 허탈감을 가누며, 나는 발을 돌렸다. 울퉁불퉁 돌부리로 앙상하던 이전의 고샅길을 조심조심 밟으며 발을 옮겼다.

이전 술래잡기를 하던, 해묵은 대추나무가 삭정이 진 채, 그대로 서 있으나 추한 몰골이다. 그리고 성황당 쪽에서 물이 바싹 마른 개울까지 연신 훑어보았어도 남아 있는 집채라곤 하나도 눈에 띄지 않는다. 오직 키 큰 가죽나무와 살구나무 같은 몇 그루 나무들이 우뚝우뚝 서서 빈터

를 지킬 뿐이다

예의 대추나무는 잎을 떨군 채, 앙상한 모습이다. 가지 끝으로 몇 개의 열매가 아직 매달려 있다.

헛된 눈길이 그리로 미쳤을 때이다. 파란 깃털에다 밤색머리를 한, 산새 두 마리가 대추나무 가지로 날아와 앉으며 열매를 쫀다. 그러나 열매는 새가 쪼는 대로 하나같이 땅으로 떨어져 내린다.

먹이를 잃자, 두 마리 새는 잠시 두리번거리더니, 이내 땅으로 내려 앉는다. 사람이 옆에 서 있어도 그것들은 아랑곳없이 낙과를 찾고 있다. 나는 괜히 새를 주시했다. 새들은 낙과를 얼른 찾지 못했으나 무언가를 연신 쪼아먹고 있다. 그건 미세한 먹이 같다. 그러나 새들은 이내 그곳을 떠나, 방금 내가 걸어 내려온 길가 살구나무 가지로 옮겨가 앉는다.

"후—획, 후우—획"

허공을 가르던 새들의 날갯짓소리가 여운으로 남았다. 산 까치 같다. 어찌된 일인지, 산 까치는 사람을 보고도 소리내어 울지 않는다. 두 마리의 새는 자웅인가 보다. 만일 소리를 내면, 당산의 모든 산 까치들이 떼지어 날아와 그들의 밀회가 헛일로 돌아갈지 모른다고 생각하는 것 같다. 새들은 살구나무에 앉아서도 허둥지둥 몸둘 바를 몰라 했다. 둘만의 아늑하고, 호젓한 곳을 찾는 듯 싶다. 또 어디로 날아갈 것인가. 괜한 호기심이 생겨, 나는 몇 발을 새들이 있는 살구나무께로 옮겨 놓고 마냥 바라보았다.

새들은 내가 바라보고 있는 것도 개의치 않고, 앙상한 나뭇가지 위에서 어디론지 나르려는 눈치다. 나는 새들의 그런 몸짓을 주시하면서 유심히 관찰했다. 순간 새들은 앉았던 나뭇가지를 차고, 허공으로 떠올랐다. 어디로 가는 걸까. 의문에 찬, 나의 눈은 한창 날아가는 새들을 쫓았다.

"아—"

나의 예측은 맞았다. 정녕 새들은 노파가 살았던, 빈터의 대나무 숲으로 모습을 감췄다. 그러자, 나는 그리로 허겁지겁 잽싼 발걸음을 옮기기 시작했다. 갑자기 생명체에 대한 애착심이 일었다. 이런 무인지경에서 만난 새들은 하찮은 새라고만 생각하기엔 너무 주위가 고적했다. 그리고 내가 지금 찾으려는 꼬댁각시를 어떤 미물의 계시에 따라 흔적이나마 눈에 띄울 수 있을지 모른다는 생각에 휩싸였다. 게다가, 일단 새들의 괴이쩍은 짓이 호기심마저 생겼다.

나는 아까 걸어 내려 왔던, 울퉁불퉁한 돌부리 길을 다시 밟아 올라갔다. 허물어진 돌 쪽다리 근처에서 발을 멈추고, 대숲 속을 살펴보았다. 새들은 대나무등치가 총총 박힌 대밭 속에 있는 게 엿보였다. 새들은 그 속에서 서로 쫓고, 쫓기는 장난을 벌였다. 그런 모습은 긴장감마저 감돌았다.

설핏 보기에도 쫓기는 새는 암놈, 쫓는 새는 수놈 같다. 수놈은 줄기차게 암놈을 쫓고 있다. 한동안을 살금살금 기면서, 요리 조리 수놈에게 쫓기던 암놈이 지친 모양으로 허둥댔다. 어느 순간, 쫓기던 암놈이 기어이 다리를 꺾고 풀썩 주저앉아 버렸다. 그러자 수놈이 냉큼 암놈의 등으로 올라갔다. 꼬리 깃을 사렸다. 교미가 한창 이뤄지는지 수놈이 깍, 깍 하며, 이상한 괴성을 질렀다. 그러면서 수놈은 눈을 끔벅대는 품이 연신 풀무질을 하는 모양이다. 한참을 그러더니, 수놈이 불현듯, 암놈의 등에서 내려온다.

이제 새들은 아무 일 없었던 것처럼 대숲을 삐져 나와 묘 마당으로 가서 먹이를 쫀다. 새들은 이따금 파란 날개를 펴서 나르는 시늉을 보이면서도 그곳을 떠나진 않는다.

산 까치는 산 속에서만 산다. 자신이 위협을 느끼던가, 해칠 듯한 무엇이 나타나면, 메아리 쳐 울어 쌌다. 울음마저 댓가지 쪼개지는 요란한 소리를 냈다.

그런데 저것들은 나를 보고도 왜 그런 소리를 내지 않을까. 나를 보지 못했단 말인가. 그건 말도 안 된다. 그럴 리 없다.

나는 한줄기 오한이 등골을 타고, 하향하는 느낌을 받았다. 다리가 미동으로 떨려 왔다. 그냥 서 있기조차 거북할 정도이다.

발을 옮겨 묘 마당 가까이 걸어가 보았다. 한 쌍의 새들은 내가 가까이 가도 못 본 척 저희끼리만 놀았다.

"푸득, 푸드득"

새들의 날갯짓소리가 적막을 깨뜨렸다. 이전 여울지던 소리와 철거덕거리던 물레방아 돌아가는 소리는 이제 사라졌다. 개울물조차 말라 있고, 풀벌레소리는 더욱 제철이 지났다.

"푸득, 푸드득"

새들이 날개를 펼 때마다 파란빛이 기운 햇살에 비쳐 찬연하게 서기했다. 날고 뛰며 노는 새들은 예사롭게 보이지 않는다. 미쳤거나 옥순처럼 신들린 것 같다. 그렇지 않고서 지척의 사람을 두고서 저렇지는 않을 것이다.

그런 생각이 들자, 나는 정수리가 땅해 오는 통증이 일만큼, 섬뜩한 공포감에 휩싸였다. 저 날짐승들이 미치지 않았다면, 아니 새가 미쳤다는 이야길 들은 적 있던가. 지금 새들은 나를 볼 수가 없단 말인가. 그러기에 저렇듯 태연한 것일까.

(그렇다면, 나는? 나는?)

덜덜 떨리는 가운데 괜한 생각을 곱씹고 있는데, 문득 성황당 고갯길에 눈이 멈춰졌다.

"앗!"

고갯마루에 하얀 머리채가 동산에 떠오르는 달덩이처럼 나타나 있다. 어느 노파의 얼굴이 완연히 드러나 보인다. 노파는 흰 옷차림으로 고갯마루에 서있다. 화약가루를 먹고, 죽었던 노파 같지는 않다. 첫눈에 고갯마루 노파의 얼굴은 낯설어 보였다. 그러나 눈여겨보니 창백한 얼굴에 모래알처럼 메마른 눈빛이 옥순을 어렴풋 닮은 것 같다.

"아! 옥순 누나!"

나는 한껏 데워진 목소리로 노파를 옥순 누나라고 외쳐 불렀다. 그러나 노파는 대답하지 않았다. 그의 하얀 머리칼이 미풍에 날려 하늘거릴 뿐이다.

"옥순 누나! 난 당신의 모습이 못내 그리웠습니다. 속절없는 일이지만, 보고 싶었습니다. 그 날밤 당신이 세상을 떠난 줄만 알았던 내가 잘못이었나 봅니다."

성황당 고갯마루에 올라 노파를 만났을 때, 나는 속에 맺힌 말을 토해 냈다. 노파는 나의 말을 듣는 둥, 마는 둥, 발길을 돌렸다.

나는 그가 발길을 옮기는 대로 따라갔다. 그 때, 나는 어디선가 들려오는 이야기에 귀를 기울였다. 그게 앞장서가는 노파의 목소리란 걸 어렴풋이 느낄 수 있다.

"옥순은 그때 죽었는걸요. 병이 들었지요. 허파에 쉬 슬었단거. 벌레가 허파를 갉아먹었다던가. 아무려나 걔는 외여 방등이로 쓰러질 적에 피를 토하고 말았지요. 걔는 그 며칠 후, 뻐드러진 걸. 내가 그 애 무덤을 보여 주리다."

나는 노파의 뒤를 따라 가면서 귀에 걸리는 대로 이야기를 들었다.

(죽었구나! 옥순이가)

나는 옥순의 마지막 신풀이를 본 셈이다.

"어디에 묻혔습니까?"

"글쎄 따라 오래두요."

노파는 이렇게 내뱉고 풀풀 거리며 앞서 갔다.

나는 그를 따라 비탈길을 내려갔다. 산밑에 다다르자 낡은 집 한 채가 눈으로 들어왔다. 의아한 생각이 드는데 노파가 걸으면서 말했다.

"저 집 있지요. 내가 살고 있지만, 신을 모신 신당(神堂)이라오. 시집도 못 간 가엾은 옥순이 혼신…. 하기는, 그 무렵 영혼결혼식을 올려 머리 풀게 했단말요."

나는 옥순의 손에서 떨어져 방바닥을 굴러가던 은가락지의 모습이 선히 떠올랐다. 그게 떨어지면 시집 못 간다더니 그랬나 보다. 그렇지만, 반지는 분명히 기순에게로 굴러갔다.

노파는 집 앞 꺾어 지른 굽을텅, 밭두둑 길을 타고 갔다. 그 때, 칡, 으름 같은 게, 한껏 어우러진 넝쿨 숲이 나타나 보였다.

노파는 그리로 질주했다. 가까이 갔을 때, 놀랍게도 넝쿨 숲 속에는 아까 보았던, 산 까치 한 쌍이 돌 틈 사이에 대가리를 처박고, 무엇을 쪼아먹고 있다.

"여기야."

노파는 넝쿨 숲 속, 돌무더기를 가리켰다. 잎을 떨군 넝쿨 속은 밖에서도 환히 들여다보였다. 게다가 기운 햇살이 그리로 붉은 빛을 쏘댔다. 가까이 들여다 보니, 새들은 돌 틈에서 스멀스멀 기어 나오는 벌레를 잡아먹었다. 돌무덤은 푸르뎅뎅한 바위 옷을 한껏 입고 있다.

문득, 노파는 발을 돌렸다. 나도 돌무덤을 뒤로하고, 노파를 따라 나섰다.

"푸득, 푸드득"

뒤에서 산 까치의 날갯짓소리가 귓속으로 스며든다. 노파는 갈림길에서 발을 멈추고, 나를 물끄러미 바라보고 서 있다. 아무리 뜯어 보아도 노파의 얼굴은 옥순의 옛 모습을 닮았다.

"꼬댁각시는 벌레 밥이 되었군요."

"누군 죽으면, 벌레 밥이 안 된다오?"

산 그림자에 까맣게 묻혀 가는 신당을 향해 풀풀 걸어가는 노파의 뒷

모습을 나는 넋 나간 사람처럼 물끄러미 바라보았다. 그리고 무거운 발길을 돌리려는데 아뜩한 느낌과 더불어 머리 속을 헤집는 생경한 모습에 놀랐다. 방금 헤어진 노파가 기순이란 걸 알았다.

"기순 누나! 기순 누나!"

나는 몸을 돌려 아직 뒷모습을 지우지 않은 노파를 향하여 신당 쪽으로 달려 나갔다.

나 먼저 가네

　찬바람이 종이쪽처럼 땅바닥에 깔린 햇빛을 줄곧 쓸고 다녔다. 빗긴 햇살은 거침없이 내리꽂히지만 냉랭하고 스산한 바람결은 그 위를 스멀거리면서 사람들을 한껏 움츠러들게 한다.

　오일장을 보러 나왔다가 해가 기웃해지자 장바닥을 꾸물꾸물 빠져나온 사람들이 해거름으로 집에 돌아가려고 버스승강장에 모여들기 시작한다.

　모두들 두툼한 옷차림인데도 몸을 한껏 꾸부리고 찬바람을 피하는 모습들이다. 더욱이 승강장에 나온 늙은이들은 무엇이든 깔개 삼아 몰아치는 바람을 피하려고 사람들 틈을 비집고 파고들어가서는 몸을 한껏 웅크리고 앉은 채 늑장을 부린다. 비만에 걸린 듯이 몸집이 퉁퉁 부어오른 젊은 부녀자들은 인도를 온통 채운 좁다란 승강장의 비좁은 공간을 어정대며 서성거린다.

　차가 오기를 기다리는 사람들은 하나같이 한기가 돈은 모습으로 서서 줄곧 차가 달려오는 왼쪽에 시선을 꽂고 있다.

　그들은 저마다 장터에서 산 물건들을 장바구니나 비닐봉지 따위에 메지게 채운 꾸러미를 시린 손으로 들었으나 해동 무렵, 해질녘의 싸늘한 바람 탓인지 차를 기다리는 사람들의 눈망울이 저마다 까칠하고 황량하기만 하다.

　"요즘, 어떤가?"

바가지를 뒤집어 쓴 듯한 대머리 늙은이가 바싹 야윈 얼굴에 삐딱한 안경을 끼운 늙은이에게 묻는다.

"어떻기는 존 세월 다갔네."

삐딱한 안경이 한숨처럼 대꾸한다.

"인생은 일장춘몽 아니던가."

대머리가 맞장구를 친다.

"자넨 부인이 살아있으니 주방 드나들 일은 없겠네."

"웬걸, 골다공증인가 뭐에다가 당뇨병까지 겹쳐서 허구헌날 약국이랑 병원신셀세. 허니 식구라곤 단 둘인데 주방 안 들어가고 배기나."

"내 집사람도 그 병으로 결국 죽었지마는 고약한 병일세."

"그건 오래 적 얘기 아닌가?"

"그렇지! 그 때 난 두봉면장으로 현직에 있었지."

"그 적에 난 마티면장으로 있었네."

"그럴 거여."

두 늙은이가 이야기를 주고받는데 마침 버스 한 대가 소리 없이 와서 멈춰 선다. 그러자 사람들은 그리로 몰려들어 앞을 다투면서 차에 오른다.

"어디 가는 차여?"

대머리가 혼잣말처럼 중얼거린다. 앞에 붙은 동네이름을 미처 보지 못한 모양이다. 그러자 삐딱한 안경이 사람들 틈을 비집고 차의 앞쪽으로 서툰 발걸음을 옮기면서 흐릿한 눈을 치뜬다. 몇 발, 안 되는 거리인데도 그는 비척거리며 걸어가더니 버스의 앞턱으로 바싹 다가서면서 얼굴을 돌려 눈을 치뜨고 윈도우를 올려다본다. 손을 이마에 얹고 눈을 사뭇 끔벅거려 보았으나 주먹만큼이나 커다란 글자라도 어릿하여 알아보기에 뜸을 들인다.

잠시 후 그는 거기에 주던 눈을 천천히 떼어내더니 괜히 손사래를 치면서 대머리가 있는 쪽으로 돌아온다.

"자네 차도— 내차도 아닐세."

그는 헛걸음질을 쳤다는 허탈감에서인지 못내 눈길을 어줍지 않게 허공으로 보내고서는 지푸라기라도 날리듯이 말을 흘린다.

"어딜 가는 차던가?"

"그 깐 알아서 뭘 하게. 마틴가로 가는 차더군."

"그러면, 우리게 갈 차가 앞질러 갔는지 모르겠네. 만일 먼저 갔으면, 차가 오기는 아직 먼데여."

"몇 시 찬데 그러나?"

"뭘, 몇 신? 으례 우리게 차와 앞서거니 뒤서거니 다투면서 다니드먼서두. 마티 차가 가는 걸 보니 바로 앞에 떠난 거 같네."

"그럼, 또 언젠가?"

"금방 갔으면, 이제 삼십 분은 족히 지나야 오겠네."

"그럼, 잘 됐군 그려. 나도 이십 분은 기다려야 차가 올 것 같으니 어디 들어앉아서 차 한 잔 하세."

삐딱한 안경은 야위고 노쇠한 살가죽에 거뭇거뭇 수반이 번진 채 찬 바람이 그리로 스치자 질린 듯한 소름기가 쫘악 번진다.

"아녀, 시내버스는 종잡을 수 없네. 늦게도 오고 빠르게도 오니, 무조건 서서 기다리는 수밖에—."

"그렇긴 헌데. 어쩐지 썰렁허네. 날씨가—."

한 올의 찬바람이 또 바스러진 모습의 그들을 두고 연신 스쳐지나간다. 월급 타먹던 시절에는 누가 누굴 가자고 하기 전에 벌써 어디론가 스며들어 한 잔 꺾을 테지만, 날씨가 이렇게 써늘하고 어설프면 생각나느니 집뿐이다. 사람이 없어서 텅 비어있는 집일망정 집에 돌아가서 보일러를 틀어놓으면 춥지는 않으니 말이다.

참 우스운 일이었다. 아내가 만삭이 되면 여자생각에 안달을 떨면서 밖으로만 나돌던 소시적 일 말이었다. 아내의 산고에도 남의 일처럼 여겨지던 젊은 시절이 이제 와서는 왜 그리도 뉘우쳐지는지 모른다. 덧없이 지나쳐버린 세월을 다시 한번 살 수만 있다면, 그런 철부지 부랑아 같은 짓으로 살지는 않을 거라고 뉘우친다.

삐딱한 안경은 찻길 건너편 커다란 러브호텔의 건물에 눈을 보내다 문득 아내 생각이 났던 거였다. 자그마치 여섯 아이를 낳아 키우고, 천방지축 밖으로만 나돌던 남편인데도 쩍 말없이 가정을 꾸려나간 아내이다. 뿐이랴. 아버지와 어머니가 세상을 뜰 무렵은 몇 수년씩 골골거리면서 방안에만 몸 져서 누웠던 시부모의 똥오줌을 죄다 가려내고, 온갖 병 수발을 다 들면서 그런 일이 추호라도 자신에게 지워진 운명인양 살아가던 아내이다.

아버지도 어머니도 그런 아내의 정성어린 손길 앞에서 편안하게 세상을 뜰 수 있었지만, 그런 저런 뒤에 아내는 아이들마저 모두 키워내고, 남편도 평생 밖으로만 동동거리면서 일에만 쫓겨 다니던, 참으로 길고 긴 공직생활을 마친 뒤는 명예롭게도 정년퇴임을 하였으니 젊어서 못 다한 부부사랑을 늙게나마 아기자기하고 호젓하게 사랑을 꾸미면서 모처럼 행복을 느껴보려니 하던 참이었다.

그런데 아내는 육십 고개를 갓 넘기자 그다지 건강하고 부지런한 데다 억척스러워서 남들도 모두 대추방망이를 닮았다고 부러워하던 몸이 차츰 물거품 꺼지듯이 중심을 잃기 시작하더니 그토록 단단하던 몸이 졸지에 바싹바싹 쪼그라들었다. 다리는 힘이 빠졌는지 지팡이에 몸을 의지하고, 위장에도 이상이 생겼는지 늘 딸딸 꺽꺼리면서 소화제를 대량으로 달아다 먹었다.

그래도 듣지 않아서 평생 병원문턱을 너머본 적이 없던 아내를 이끌고 병원을 찾아갔는데, 골다공중이니 신경성 위장병이니 하는 말들이 마구 쏟아져 나왔을 때에야 비로소 그렇구나 싶었다. 여섯이나 되는 아이를 낳아서 키우고, 지루하고 기나긴 시부모의 병 수발 들기에 속이 텅 빈 채 꺼풀만 남았을 터이니 그럴 만하다는 생각이 들었다.

아내는 한마디로 몸속의 진기를 죄다 말려놓고서 껍데기만 남은 사람이었으나 행여 그런 허약한 병으로 쉽사리 죽지는 않을 거라고 나름대로 다부진 생각만 했었다. 그러나 아내는 끝내 병상에서 몸을 뉘었고, 그런 아내는 병든 자신을 위해 갖은 애를 태우며 이리 닫고 저리 닫으며 온갖 정성을 다하여 간병하는 남편에게 되레 마음을 쏠아주기에 바쁜 눈치였다.

"난, 절대 죽지 않어유. 젊어서 못 다한 행복을 이제야 맛볼 수 있는 좋은 시절이 돌아왔다고 생각하거든유."

"아—암, 그려야지. 어서 당신 병 나을 생각만 하라고—."

그러나 아내는 날이 갈수록 가물어지고 파리해져서 걷잡을 수 없이 아득한 벼랑으로 떨어지듯이 영육이 모두 혼돈을 거듭하기만 하였다. 두어 달 동안, 병원살이하면서도 아내의 착한 심덕으로 보아서나 평생에 공덕으로 보아서도 설마 죽지야 않겠지 하였는데, 병은 날로 더치면 더쳤지 바늘 끝만큼도 깨성하지 않았다.

끝내는 담당의사도 여러 날을 두고 봐도 좀체 차도가 없어지자 심드렁하게 말하기를 집으로 돌아가서 마음을 안정시키고 조용히 맑은 공기나 마시게 하고 요양하는 게 제일 좋은 방법이라고 좋게 타이르고 있었다.

병원 있을 적에 저희 어머니 아프다니까, 동서남북에서 아들딸들이 달려와 울고불고 걱정스런 표정으로 병상에 누운 저희 어머니를 돌보는 척은 하였지만, 병원살이가 길어지자 이내 하나 둘 그림자도 찾아낼 수 없었고, 결국 코 다치는 건 어디까지 늙은 남편과 아내일 뿐이었다.

"또, 차가 오는군."

대머리가 왼쪽에서 달려오는 차를 보고 말한다. 삐딱한 안경이 그 소리를 듣고 상념에서 냉큼 뛰어나와 그쪽으로 눈알을 희번덕거리며 돌아본다.

"아니군!"

아까부터 골똘해서 시선을 꽂은 채 지켜보던 대머리가 뭐가 갑자기 허물어지듯이 어깨에서 힘을 푼다. 거무내 가는 차였다. 거기 가는 차가 오리라는 생각은 생경한 일이다.

사람들은 차가 달려와 멈출 적마다 무리를 지어 무작정 버스 승강구로 몰려들었다. 그렇게 한 떼거리가 차에 실려 떠나가면, 승강장을 메웠던 사람들은 훨씬 줄어들곤 한다. 그렇지만 해가 훨씬 기울자 파장이 되어 더 많은 사람들이 연신 승강장을 메운다.

어느새, 농사철이 시작되었는지 흙투성이 장화를 신은 채 어수선한 농기계의 얼개들을 손에 거머쥐고 있는 사람에다 농업용 비닐 한 마름을 사든 사람, 종이가방을 든 사람들 하여 빈손으로 차를 기다리는 사람은 거의 눈에 띄지 않는다.

또, 꼬부랑 할머니들 몇 명은 어딜 가려는지, 늑장부리로 깔개에 질펀히 주저앉아 시름없이 옆에 사람과 길고 긴 이야기를 나누고 있기도 한다.

"좀, 앉아있세."

문득 대머리가 슈퍼 집 앞의 들마루로 다가가서는 그리로 걸터앉으며 말한다. 들마루에는 조금 전까지만 해도 진열해놨던 물건들이 쌓여 있었지만, 파장에 그것들을 상점 안으로 옮겨가자, 들마루는 자리가 비어있던 거였다.

"썰렁헌디. 앉으면 더 떨려. 그냥 서 있는 게 낫지."

삐딱한 안경이 들고 있던, 반찬거리가 든 비닐봉지를 가까스로 들마루 위에 올려놓고, 시린 손을 바지주머니에 끼워 넣는다.

"식사는 자네가 해먹는가?"

"마누라가 몸져 누웠으니 어쩌나."

"살았을 때, 잘 하게나. 죽은 뒤는 다 후회가 오데."

"죽으면 그만이겠지. 죽은 사람이 알 턱이 있겠나."

"물론, 둘이 다 한날한시에 죽는다면야 무엇이 있겠나? 하지만, 하나는 우선 살아남을 테니 그런 생각 않겠나."

"먼저 가고 늦게 갈 뿐일 테지. 자네나 나나 살면 얼마나 살겠나. 장수가 오복 중에 으뜸이라지만 이전에 슬하의 자식들 버글버글할 때 얘기지."

"하긴 그려. 낸들 나 하나 죽으면 살던 집이 흉가가 되고 말텐데ㅡ. 이다지 목숨 붙어 갖고, 나홀로 집을 지키는 것일 뿐이지."

"정말이지 갈 곳이 없더군. 마을에 노인회관도 있지만 거긴 숫제 안 가네. 명색이 면장을 지낸 사람이 곰시레기들 속에서 온종일 고스톱에 담배연기에 막걸리 찌들어 살긴 싫고ㅡ."

"왜 아닌가. 하지만 난, 노인회장을 몇 해나 했었네. 작년에 누구한테 떠맡겨놓고 그만 탈퇴는 하고 말았지마는 늙은이들 갖은 풍악 다 갖추데ㅡ."

"…?"

대머리는 입을 다물고 있다.

"세상, 별꼴일세."

"…?"

대머리는 입을 닫은 채 연신 삐딱한 안경의 표정을 읽는다.

그 때, 차 한 대가 또 달려온다. 대머리가 그걸 보고 몸을 선뜻 일으켜 세우고 어줍지 않은 몸짓을 하면서 그리로 달려가 본다.

"아니네!"

그는 몸을 돌려 이내 앉았던 자리로 돌아온다.

"어디 가는 차던가?"

삐딱한 안경이 멀뚱한 눈으로 묻는다.

"아녀. 자네게 가는 차도—."

"…!"

바람 한 줄기가 인도에 흩어진 종이쪽을 저만큼 끌고 간다. 어깨에 찬바람이 스며든다. 버스를 타기만 하면 후끈후끈한 게 이다지 몸을 떨게 하지는 않을 테지만, 속에서부터 떨이가 저절로 솟구친다. 깨진 창문으로 찬바람이 획획 불어들던 옛날 차에 빗대본다면, 지금 차들은 얼마나 편하고 고급스러운가 싶었다. 추위가 정녕 안팎으로 의지할 곳이 없던 옛날을 되살리면 지금은 아주 좋은 세상이다. 옷을 아무리 껴입어도 몸에 한기가 일면 주체할 수 없을 만큼 몸이 사시나무 떨리듯 하던 옛날이었다.

줄곧 노인회장을 맡아서 하라고 마을노인들이 꼬드기는 걸 부회장으로 있던 사람에게 넘겨주었다. 나라에서 날짜를 정하여 보내주는 몇 푼의 돈과 회비나 찬조금 같은 것으로 한겨울에도 지글지글 끓는 방에서 추위를 모르고 지낼 수 있으니, 노인회관은 늙은이들 복덕방이 아닐 수 없었다.

하지만, 늙은이들 하는 꼬락서니가 어린 초등생 소갈머리만도 못하여 철부지 짓들만 하고 있었다. 숫제 여자늙은이들이 남자늙은이 방을 넘나들면서 죽치고 앉아 고스톱을 치는 것까지는 그렇다손 치더라도 소주에, 막걸리에 찌들어 곤드레만드레로 취기를 못 이겨 홀아비를 힐끔거리기가 다반사이니, 노인회관에 함부로 얼굴을 디밀기가 민망스럽고 뜨악하기만 하였다.

게다가 남자늙은이들까지 그에 휩쓸려들어 덩달아서 갖은 지랄들을 해 싸니까 술집이나 카페는 저리 가라는 거였다. 그것도 도를 넘어서 누가 보던 말든 여자늙은이들 ×무덤이나 더듬고 다니면서 물덤벙술덤벙 서로들 끌어안고 죽자 사자 난장판이니 늙은이들 꼬락서니가 영 보기에 좋지를 않았다.

차도에는 오가는 차량들이 연신 달린다. 기운 햇살을 받고 차에서 비치는 반사광이 이따금 눈을 부시게 한다. 한 무리의 사람들이 떠나가자 다른 사람들이 또 승강장을 꾸역꾸역 메워든다.

곧 버스가 올 것 같다. 이번에는 어디로 가는 차가 올는지 모른다. 삐딱한 안경은 노인회관 이야기를 일단 멈추고서 다음 올 차에 신경이 써진다.

"난, 노인회관 한 번도 안 가보았네. 몇 번인가 동네늙은이들이 노인회에 들어오라고 애걸하다싶은 걸 굳이 마다했네."

"들어갈 것 없데."

"퇴직을 앞두고 책이나 읽으면서 세월을 보내려고, 삼국지 한 질을 사다가 놨었지만, 벌써 십여 년이 흐른 뒤에도 별로 못 읽었네. 그즈막은 아내가 건강했을 때라 예서제서 주례 서달라고 부탁이 많이 들어오더니만, 아내가 저렇게 병들어 눕자, 그것도 끊기고 없데."

"주례애기가 나왔으니 말이지만 나도 엔간히 예식장 불려 다니던 시절이 있었지. 그런데 아내가 죽은 뒤론 숫제 없더군."

"팔자자랑일랑 무덤가서 하라지 않나. 우리가 자식이 없겠나, 며느리가 없겠나. 그런데 왜 이다지 쓸쓸한 말년인가 모르겠데."

"그야 자식들 부모 모신답시고 저희 할일을 못하면, 그도 저희에게는 일생을 망칠 수도 있는 중대한 희생 아닌가. 저희 잘 살면 되는 거지. 그런 건 추호도 바라지 않네."

"그렇지만 부모는 저희들 키우느라 희생을 안 했간? 그걸, 강요할 순 없겠지만 근본은 있지 않나."

"그러니 나 하나 죽으면 끝장이란 생각만 자꾸 드는 것 아닌가."

"그렇다니까. 아비가 그래도 면장벼슬 했노라고 자랑할만한 자식이 없잖은가."

"흥! 면장? 그것도 다 나랏일 맡은 윗대가리들이 훌륭한 정치를 해야 대우받데. 썩어빠진 정치시절에 면장한 건 자랑이 아니라 되레 치욕이더군. 그 모리배 정치인들 땜에 도매금으로 넘어가데."

"난, 추호도 그런 일 없었지만 면장자리 하나 차지하는데 인사권자가 얼마를 먹었나? 생각이나 해보게."

"…?"

둘이 이야기를 주고받는 틈에 차 한 대가 정거장에 와서 서있다.

"어허? 차가 왔잖나!"

삐딱한 안경이 또 사람들 틈을 비집고 차 앞으로 다가가 본다. 대머리는 그냥 그런 그를 바라보기만 한다.

"어디 가는 찬가?"

삐딱한 안경이 몸을 돌리자 대머리가 그를 향해 묻는다.

"…."

그는 말없이 손사래만 치면서 다가온다.

"이러다간, 차 놓치겠네."

대머리가 자리를 차고 일어서서 사람들 속을 파고들어 왼쪽으로 시선을 꽂는다. 삐딱한 안경도 들마루에 놔두었던 비닐봉지를 들고서 사람들 속으로 껴들어간다. 차를 기다리는 사람들은 하나같이 길 왼쪽을 바라본다. 새 새끼들이 먹이를 물고 온 어미 새를 향하듯이.

(간다. 집으로 간다)

여기는 많은 사람들이 들끓지만 집에는 누가 있으랴. 혼자 먹고, 혼자 자고, 혼자 움직여서 가까스로 자신이 살아있다는 걸 겨우 깨달으며 살아가는 고적이 깃든 집이다. 이따금 자신이 살았는지 아니면, 죽어있는지조차 분간할 수 없고 의식할 수도 없는 순간들이 팍팍하게 흐르고 있었다.

그런 적막과 고적 속에 묻혀 지겹게 사느니보다 차라리 이 순간이 얼마나 좋은가. 버스가 영원히 오지 않았으면 좋겠다. 차가 오면 여기에 모여 있던 많은 사람들이 차에 실려 어디론지 가버린다. 그러면 텅 빈 승강장에 홀로 남을 수는 없었다. 홀로 남지 않으려고 버스를 기다리는지 모른다. 밤이 깊어지면 이곳도 사람의 그림자를 찾아볼 수 없기에 그 무서운 고적이 어둠 속에 깃들일 거였다. 차표를 파는 사람도, 깔개를 깔고 앉은 노파들도 이 자리에는 분명히 아무 것도 없을 거였다.

삐딱한 안경은 아내 생각으로 이어지는 고독의 응어리가, 자꾸 아뜩아뜩한 현혼의 통증을 일궈내어 머리가 마냥 들쑤셨다. 그는 자신의 지금 처지보다 훨씬 나을 것 같았다. 병든 아내나마 살아 있을 때가 얼마나 행복한 것인가. 죽음은 아무 것도 남은 게 없었다.

그러고 보면, 세상살이 근심걱정이 모두는 살아있다는 증거이며 환희의 순간이기도 하였다. 비록 소름끼치게 골치를 패서 짜증스럽기만 하던, 모든 세상살이가 문득 그리움으로 변해간다. 그것이 바로 사는 재미인가 보았다. 남자가 주방에서 밥을 지을망정 아내만 살아있다면, 주방 일이 그다지 마음 쓰게 하지는 않을 터이다.

버스 한 대가 멀리서 달려온다. 사람들의 어깨너머로 차창에 써 붙인 행선지를 눈여겨보지만 도시 흐릿한 게 버스의 커다란 덩치만 보일 뿐이다. 차츰 가까이 다가오자 앞에 행선지 글자가 윤곽을 드러내기 시작한다. 푸릇한 글씨는 낯선 모습이다. 김면장이 탈 차도 아닌 듯싶었다. 그는 어느 틈에 끼어있는지도 보이지 않는다.

또 사람들이 그리로 우르르 몰려가 차에 오른다. 그렇게 한 무리가 차에 오르자 승강장은 또 텅 빈 듯하다. 그제야 김 면장이 이쪽을 바라보며 몸을 돌리는 게 눈에 띈다.

"시간 맞춰 와야지, 버스는 못 기다릴 것여."

대머리가 지겨운지 히죽 웃으며 말한다.

"빨리 가야 뭘 하나?"

"이렇게 떨고 섰기보다 낫지."

"그래도 읍내 나오면 좋데."

"뭐가 존가?"

"사람 여럿 있어 사는 것 안 같은가."

"병든 아내가 있으니 빨리 가서 저녁이라도 해줘야지."

"자녠, 그래도 행복이여."

둘은 바스러진 얼굴에 난데없는 웃음을 흘린다. 허탈한 끝이다.

"자녠 장정일세. 다리 안 아픈가?"

대머리가 아까 앉던 들마루로 다시 가서 걸터앉으며 말한다.

"차디찬 마루바닥에 앉으면 몸에 한기가 이네."

삐딱한 안경이 연신 서성거린다. 장날은 그래도 읍내 나와서 장구경도 하고, 어쩌다 재수좋은 날은 아는 사람 만나 정겹게 술이라도 한 잔 꺾는데, 무싯날은 갈 곳이 마땅치 않다. 퇴직자들 모임도 어느덧 젊은 이들 잔치판이고, 이전 공무원 동기들은 하나 둘 세상을 뜨고 말았으니 모임에 참석하기도 계면쩍고 부끄러운 생각마저 앞선다. 이제 설 땅이 없을 것 같기도 하다. 뭔가 조마조마하여 초조하고 불안한 생각이 온몸을 조여들기만 한다.

아내의 죽음은 이미 오래 적 일이지만, 직장에 있을 때는 느껴보지 못하던 고독이 엄습해왔다. 굶을망정 거저 배가 불렀던 직장이었다. 아침에 출근하면 한 솥밥 먹던 여러 직원들이 일에 묻혀 꾸물거리는 일터에서 하루를 보낼 수 있었으니 세월 가는 줄을 몰랐다. 하지만 이제 뭔가 온종일 홀로 집에 갇혀 오갈 데가 없으니, 삶이 곧 무덤과 다름없었다. 아들딸 멀리 떨어져 살고, 저희 어머니 살았을 때는 곧잘 찾아와 웃음꽃을 피우더니 이제는 명절이나 되어야 큰아들 며느리가 의례적으로 찾아올 뿐이었다.

비록, 혼자 살아도 집안일은 남자 할일, 여자 할일이 따로 있는 법이었다. 주방일은 그렇다 쳐도 자잘한 일들이 얼마나 많은가. 더욱 나이를 먹어 방안일 조차 꿈지럭거리기가 싫었다. 이따금 신문에 노인이 자살하였다는 기사를 눈에 띠울 때가 많았다. 그 늙은 자살자의 속을 떠보지 못하고 왜 늙은이가 그답지 못 하게시리 제 목숨을 스스로 끊을까 의문을 품던 시절이 있었지만, 지금 자신을 돌이켜 보면 그런 죽음이야말로 무던히 슬기롭고 현명한 현실도피의 지혜라고 찬사를 보내고 싶었다. 다만, 그 끔찍스런 죽음에 이르는 일이 뜨악할 뿐이었다. 그래서 세상에 일어나는 모든 소름끼치는 일들은 놀라울 게 하나도 없었고, 모든 세상만사는 겪어봐야 비로소 알아차릴 수 있다는 깨달음이 머릿속에서 불쑥거렸다.

그러고 보면, 세상사에 괜한 남의 일을 가지고 찧고 까불며 책망할 일이 좀치도 없었다.

그는 담배 한 개비를 뽑아서 입으로 가져간다. 이전부터 지나치게 피우는 담배는 아니었지만, 어떤 때 속이 울적하고 격한 감정이 복받치면 버릇처럼 궐련을 빼물었다. 불을 붙이자 하얀 담배연기가 허공으로 흩어지면서 자취 없이 사라져간다.

대머리도 무슨 생각을 하고 있는지 찻길 건너에 초점 잃은 시선을 버려둔 채 입을 닫고 조용히 앉아있다. 아마도 아내의 병에 대한 상념이 머리를 찜찜하게 채워들었는지 모른다. 골다공중에다 당뇨병까지 겹쳤다니 여간 고질병이 아닌가싶었다. 골다공중이란 듣기도 생경한 병이지만 시골에서 고생을 거듭하면서 시래기 된장국에 일만 꿍꿍하면 그런저런 병은 걸릴 턱이 없을 터이다.

어찌, 요즘 사람들은 아귀에 걸렸는지 모른다. 이제껏 경험으로도 잘 먹고 안락하게 살아온 사람들이 되레 수명을 짧게 살았다. 천지조화 속이 다 지나치면 병이 되는 법이니, 그도 저도 마다하고 욕심을 버리면 그만인데, 사람 뱃속에 무슨 사악한 해충이 꿈실꿈실 채워져 못된 고통을 오게 하는지 모른다.

　시골에서 면장을 지냈으니 어느 가난뱅이 집보다야 잘 먹고 잘 지냈으리란 엉뚱한 생각이 들었다. 짧고 긴 것은 고통과 편함이 다 이유가 있겠다싶었다.

　삐딱한 안경이 이런 생각을 하고 있는데, 대머리가 굼뜬 몸을 벌떡 일으켰다. 차가 또 오는 모양이다. 그는 사람들 틈을 헤쳐 가며 달려온 차로 가까이 다가가 본다. 그러더니 그는 이내 헛걸음질로 또 돌아선다. 씁쓸한 웃음기를 얼굴에 담는다. 정말 왜 그런지 모른다. 이제 마티 차를 앞질러 간 게 틀림없다는 생각이 들었고, 그러면 다음 차가 올 시간을 기다리는 수밖에 없겠다.

　그러면 삐딱한 안경의 차가 먼저 오고 그 다음에 대머리 차가 올 거였다.

　"자넨, 용케 혼자 사네."

　"그렇지 않으면 어쩌겠나?"

　"난, 못살 것 같데."

　"닥치면 할 수 없네."

　"쌔버린 게 여잔 걸 하나 들여오게."

　"미친 소리! 어디에 여자가 쌔버렸단 말인가?"

　"천지가 다 여자 아닌가."

　"그도 다 돈을 줘야 온다네."

　"그 깐, 죽으면 뭘 하나. 한쪽 떼 주고 여생을 편히 살면 되는 거지."

　"그렇게 재산 축내고도 여전히 혼자 사는 늙은이가 한 둘인 줄 아는가."

　"본래 ××란 남자 껍데기 벗겨먹고 사는 사나운 짐승인가 벼."

　"근데, 뭐?"

　"관리를 잘하면 된다는 야기지."

"지가 알아서 해야지 관리한다고 될 일인가?"

이렇게 이야기를 나누고 서있는데, 갑자기 삐딱한 안경의 어깨를 툭 치고는 무심코 지나치는 사람이 있었다. 그는 본능적으로 지나치는 사람의 얼굴을 언뜻 본 순간, 분명히 눈이 마주치던 사실을 되살렸다. 그는 너무도 잘 아는 면장시절 때 회계담당이던 직원이었다. 그 무렵, 그는 가끔 집을 찾아와 간교하게도 승진 같은 걸 부탁했던 사람이었다. 어떻게 흐릿한 눈으로 그를 재빨리 의식했는지 모른다.

삐딱한 안경은 몇 번이고 머리를 갸웃거렸는데, 그가 자신을 그다지 못 봐서 모르는 척하고 지나쳐갈 이유가 하나도 없었다. 더욱이 젊은이가 늙은이의 어깨를 부딪치고 지나쳤으면 사과 한마디라도 하고서 지나쳐야 할 것인즉, 사람을 숫제 몰라본다는 건 말이 안 된다. 어쩌다가 귀동냥으로 들은 대로면 그가 도청 어딘가에 발탁되어 갔다는 말도 있었다.

이렇게 머릿속이 깔끔거리는데 바가지 대머리가 생경한 표정을 지으며 물어온다.

"여게 이 면장! 방금 지나친 놈이 그 김영상이란 놈 아닌가?"

"그래! 자네도 보았군!"

"본체만체하고 지나치는 걸 보소."

"그놈 면에서 차석으로 있을 때에 계장 시켜달라고 얼마나 쫓아다니며 졸라대던 놈인 줄 아나?"

"거 보게. 다 소용없데."

"좀 멈춰 서서 인사 한 마디면 될 것을 고렇게 쌩똥하게 지나칠 건 뭔가. 더구나 어른 어깨를 툭 치고서 무심코 지나치다니 괘씸한 놈이로군!"

"다 현직에 있을 때 야기지 않나? 옷 벗으면 어느 누가 알아줄 사람 없데."

"옛말에 사람 구젠 말라데."

"그려, 그 말이 맞네."

이야기를 한창 주고받는데 언제 와서 멈춰 섰는지, 차 한 대가 승강장을 막 떠나려고 한다.

"어! 저 차가 언제 왔었지? 어디로 가는 찬가?"

대머리가 중얼거리며 몸을 일으키더니, 떠나려고 슬슬 움직이기 시작하는 차를 향해 지척거리는 발걸음으로 달려 나가 본다. 하지만 차는 멈칫멈칫하는 듯하면서도 이미 차도로 껴들어간다. 그는 안간힘을 다해 차의 뒤꽁무니를 따라가 보았으나 차츰 속력을 내기 시작한 차는 뒤따르는 그에게 시커먼 배기가스를 한껏 내뿜고 횡하니 달아나 버린다.

삐딱한 안경은 그가 비틀비틀 달려가 차를 쫓아가는 모습만 가슴조이며 물끄러미 바라본다. 그는 숨이 목으로 차오르는지 칵칵 밭은기침을 해대며 한 손으로 허리를 잡는다.

"자네 차가 떠난 게 아니라 내 차가 떠났네."

그가 가까이 다가오자 삐딱한 안경이 외친다.

"그럼 자네는 그게 어디 가는 찬지 알았단 말인가?"

대머리가 숨을 헐떡거리며 묻는다.

"나도 보진 못 했지만 짐작이 그려."

"그런데 왜 안 탔나?"

"버스 지난 뒤 손들면 무슨 소용인가?"

해질녘에 조금 남아 빗긴 햇살마저 자취를 감추고 대지는 옅은 어둠이 깔리기 시작한다. 그러자 썰렁한 바람이 더욱 시려온다.

"아니? 면장님들이 여기서 버스를 기다리시는군요. 제가 미처 알아보질 못하고 그냥 지나치다가 되짚어왔습니다. 정말 죄송합니다."

발길을 돌려온 젊은이가 두 늙은이 앞에 머리를 조아리며 몰라보고 지나쳐 죄송하다는 말을 깎듯이 늘어놓는다.

그네는 잠시 생각에서 멀어져간 젊은이가 느닷없이 나타나자 어릿한 시선을 그에게 보낸다.

"으응! 자네가 김영상 아닌가?"

"지금은 어디 근무하나?"

두 늙은이는 연달아 젊은이에게 물어본다.

"예! 저는 지금 D시청 행정과에 있습니다."

"직책이 뭔가?"

삐딱한 안경이 묻는다.

"계장입니다."

"으ㅡ음, 잘되었군. 아직 나이도 젊고 하니 한창 크겠구먼."

대머리가 머리를 끄덕인다.

"추우신데 저기 가서서 차 한 잔 드시지요."

젊은이는 두 늙은이가 꺼칠한 게 딱해 보였는지 대뜸 이렇게 말한다.

"아녀 괜찮네. 바쁠 텐데 어서 가서 일이나 보게."

그네는 한입 같이 손사래를 치며 사양한다. 방금 괘씸하다고 생각했는데 늦게라도 다시 찾아와 인사하는 품이 여간 고마운 게 아니다.

"아닙니다. 오늘 일요일이고 해서 전 조금도 바쁘지 않아요. 오늘 마침 이렇게 우연히 뵙게 되었으니 얼마나 다행한 일인지 모릅니다. 일부러도 뵙길 바랬는데요."

"아니네. 집에 볼일이 있어서 얼른 가봐야는데 버스가 안 와서 이러고 있네."

대머리는 굳이 사양하지만, 삐딱한 안경은 젊은이의 청에 응할 눈치를 보인다.

"제 차로 두 분 다 모셔다 들릴 테니 집에 가시는 건 조금도 걱정 마시고 절 따라오세요."

"…!"

그제야 대머리가 입을 닫고 망설이는데, 마침 버스 한 대가 정거장으로 달려와 멈춰 선다.

"아하! 이제야 내차가 왔군."

대머리가 감탄사를 연발하며 멈춰선 차 쪽으로 예의 지척거리는 발걸음으로 부리나케 달려간다. 그러더니 그는 차에 오르기 전에 몸을 한 번 돌려세우고는 큰소리로 외친다.

"나 먼저 가네!"

그는 손마저 높이 치켜들고서 의기에 찬 모습으로 버스에 오른다. 삐딱한 안경은 짚북데기가 바람에 날리는 듯한 그의 모습을 망연히 바라보고 서있다.

(나 먼저 가네?)

방금 그가 쉰 목소리로 외치던 말이 귀에서 되살아난다. 먼저 간다. 어디로 간단 말인가. 네모 반듯한 얼굴에 대머리가 훌렁 벗겨져 유들유들하던 그는 현직면장시절 으뜸가는 끼끗한 인물이었다.

그런 그가 이제 볼품없이 초췌하고 윤기 잃은 바가지를 뒤어쓴 듯한 대머리에 살점 하나 없이 움푹 파인 볼에 칙칙한 어둠이 고이고 있다. 게다가 몇 가닥 안 남은 성깃한 잿빛 머리털이 바스러진 마른 풀잎처럼 찬바람을 이고 있는 게 아닌가.

"그럼 이 면장님이나 어서 가시죠."

젊은이가 안타까운 시선으로 대머리에게 보내던 시선을 거두면서 삐딱한 안경을 부드러운 손으로 이끈다.

그러자 그는 대머리가 탄 시내버스에 던져놓은 시선을 끝내 놓지 않은 채 젊은이의 손에 이끌려 무심코 따라가고 있다.

빈터에서

서울에서 태어나 줄곧 서울 물만 먹고 자란, 슬하의 자식들에게 그들의 뿌리를 일깨주는 일은 급하다면 급한 일이라는 생각이 들었다.

그러니까, 고등학교 재학중인, 아들 형제와 중학교 졸업반인 딸아이 하나, 해서 삼 남매로 구성된 아이들의 아버지로서, 온갖 사랑이 꽃을 피우고 있지만, 한편 생각하면 어정버정하다가 아이들을 숫제 무기력한 철부지로 키워 왔다는 자책도 일었다.

예컨대, 학교에서 할아버지 할머니, 그리고 아버지 어머니 인적사항을 조사해 오라는 조사표를 받아올라치면, 어른에게 물어서라도 저희들이 기록할 생각은 않고, 신문 나르듯이 어른 앞에 휙 던져버리는 아이들이었다.

"이 정도는 저희가 알아서 쓸 것이지 원. 초등학생도 아닌, 중고생들인데—."

답답해서 말할라치면.

"아무소리 말고, 써주세요. 걔들도 바쁘대요. 독서실 학원 오락실 티브이- 말도 못해요."

아내가 걷잡을 수 없는 말로 대꾸한다.

"여보! 도대체 당신 정신 있소? 공부의 목적이 뭡니까. 그리고 오락실 티브이가 공부란 말요!"

아내의 말에 열 받쳐서 이렇게 대들면,

"참, 당신도 답답하네요. 지금이 어느 세상이라고? 말 잘 탄다고 자동차 운전 잘하라는 법 있어요? 지금은 정보화시대예요. 복잡한 시대란 말이에요. 그래서 애들도 고생하는 거 아니에요? 당신도 주제파악을 좀 하세요. 제발."

아내는 숫제 논리적으로 따지고 덤빈다.

"정보화시대라면서 왜, 할아버지할머니 이름조차 모르는 거야?"

"그러니까, 적어주면, 컴퓨터에 입력하겠죠."

이렇게 아내와 말씨름을 해봤자 시간낭비에다 본전 추리기가 어렵다는 생각 끝에 가족들을 이끌고, 옛 고향을 찾아가기로 마음을 다잡았다. 그 감동 어릴 현장에 가서 아이들에게 옛것을 깨우쳐주고, 그들의 존재가치가 뭔지 일깨워 줌으로서 자신을 돌아볼 수 있는 낌새를 만들고 싶었다.

그러나 마음 같지 않게 몇 달을 흘려보낸 뒤, 여름휴가를 빌미로 승용차에 아내를 비롯해서 삼 남매를 태운 채, 머나먼 남쪽 고향을 향해 달릴 수 있었다.

아버지는 내가 고향을 뜬지 얼마 안돼서 세상을 뜨셨고, 어머니는 그 뒤, 아내와 결혼하던 해, 아버지를 따라가고 말았다. 고향에 묘 터가 마땅치 않아서 자주 성묘하기도 어려울 듯싶어 돌아가신 부모님들의 백골을 모두 서울근교의 공원묘지에 안장한 뒤, 고향의 논밭과 집조차 말끔히 정리했다.

그리고 보면, 지금 고향을 간다는 건, 허탈감만 안겨줄 일이었다. 사촌형님 한 분이 아직 고향마을을 지키고 살고 있으니 망정이지, 그 분마저 없다면, 결코 발길이 내키지 않는 고향길이었다.

세 시간을 넘게 고속도로를 달렸고, 국도로 접어들어서도 한 시간이 소요되었을 때는 뒷좌석에 탄 아이들이 모두 잠에 빠져들었다.

드디어 하얀 시멘트 포장도로를 따라 마을로 깊숙이 들어가 마을회관 앞에 차를 세웠다. 잠든 아이들을 깨워 아내와 함께 먼저 사촌형님 댁을 찾아 들어갔다. 어디선가 돼지 똥 구린내가 물씬거리는 가운데, 집은 을씨년스럽게도 텅 비어 있었다. 내외분이 읍내 장보러 갔을 거라고, 마을사람 하나가 일러주었다.

그래, 예의 감동 어릴 산 교육현장인, 이전 살던 집을 먼저 다녀오기로 하고 가족들을 이끌어 고샅길로 접어들었다.

비교적 높게 자리했던 초가삼간의 안채와 낡고 비뚜름했던 사랑채, 그리고 밤나무 울타리에다 대가지 사립문까지 옛집 모습이 한 폭의 그림처럼 뇌리를 스쳤다. 검게 그은 비좁은 부엌과 사뭇 틀어지고 갈라진 투박한 통나무 툇마루와 가파르게 허물어진 토방, 뒤란에 번진 잡초와 이끼에다 썩어 들어가는 기둥뿌리들이 다음 순간, 한꺼번에 머릿속을 껴들었다.

"지금 가서 보여줄 집은, 옛날 내가 태어났고, 증조할아버지 할아버지 아버지의 대를 이어 살던 집이야. 너희들 기억 속에 한번쯤 담아두면, 이 아버지를 이해하는데 도움이 될 거야."

고샅길을 가면서 아이들에게 방금 보여줄 현장을 설명했다.

"그럼, 아버지. 오늘은 견학 온 거예요?"

고이 녀석이 생경한 듯 묻는다.

"그럼, 너희들에게는 정말 깊은 감동의 견학이 될 거다."

고샅길을 지나는 동안에도 빈집이 여러 채 눈에 띄었고, 집조차 깔끔하게 헐어내어 소채밭으로 변한 곳도 한두 군데가 아니었다. 오십 호가 넘던 아담하고 정겹기만 하였던 마을이, 이젠 길 찬 고샅길을 다 지나가도 사람의 그림자조차 눈에 띌 수 없었다.

한데, 옛집 앞에 다다르자, 팽 돌아가는 현기증마저 느껴졌다. 방금 오면서 그려보던 모습은, 온데간데없이 사라지고, 오직 그 자리에 비닐하우스를 지었던, 앙상한 철대만 을씨년스럽게 꽂힌 채로 빈터를 온통 채웠다. 그리고 잎을 뜯긴 채, 길로 자란 상추가 한창 꽃을 피웠다.

"헐렸구나!"

이 한마디가 한숨처럼 저절로 입 밖으로 흘러나왔다.

"아버지! 어떻게 된 거예요?"

고이 녀석이 시선을 따갑게 쏘대면서 묻는다.

이대로 그냥 돌아갈 수는 없는 일이었다. 다른 빈집이라도 찾아가 교육을 시켜야 하지만, 산 교육현장을 찾아와서 거짓되면 안될 것 같았다. 그래도 어쩔 수 없는 일이었다. 꼭 이전 살던 집이 아니라도, 교육효과는 날 테니-. 하지만, 안 될 말이었다. 너희 증조할아버지가 어떻고, 할아버지가 어떻다고 해야할 텐데 실지가 아닌 곳에서 거짓으로 말할 수는 없을 것 같았다.

(어찌 한담?)

"자, 너희들 이리 와봐! 저쪽에 안채가 있었고 이쪽엔 사랑채가 있었다."

망설이던 끝에 이렇게 설명을 시작하는데, 아내의 말이 불쑥 튀어나와 입을 영영 막고 말았다.

"걔들이 있었는지 없었는지, 어떻게 알겠어요? 그런 교육은 집에서도 충분하잖아요." *

순이 사슬

그는 유난히 '순이'를 마음속 표상으로 삼는 노총각이다. 그의 '순이' 관념은 대략 이렇다. 몸매가 가녀리고 연약해 보여도 몸놀림이 유연한 데다, 마음 씀씀이 곱고 알차서 인정이 많고 정신이 올곧다. 걸을 때도 조심조심 발소리를 함부로 내지 않고, 누구와 이야기를 나눠도 핏대를 세우거나 분노하지 않으며 목소리 돋구는 일은 없어도 어물어물하지 않고 말씨가 또렷하다. 시체여자들처럼 유행에 놀아나지 않고, 그런 무리에 끼여들지 않으며, 그 축에 눈도 돌리지 않는다. 요즘 여자들을 매료한다는 무스탕이니 모피니 핑크 또는 부츠 따위의 사치품은 되레 여자의 순수성을 깬다며 질색한다. 겉보기에 거슬리거나 튀우지 않는 색상에다, 낙낙하고 할랑한 밤색 스커트나 하얀 블라우스 정도의 검소하고 질박한 옷차림이다. 또 젖무덤과 엉덩이를 비롯해서 몸의 어떤 부위도 옷에 부풀려 불거지는 것을 아예 싫어하는 타입이다.

마흔 살 턱을 걸어 논 노총각은 이런 사슬에 걸려, 예의 순이를 애타게 찾지만, 번번이 실패다. 하여 이렇듯 나이테를 쌓아올린 것이다.

그런 어느 날, 그가 시간 맞춰 타고 다니는 버스 안에서다. 처음 보는 아가씨 하나가 차에 오르더니, 그가 자리잡고 앉은 옆에 다가와 선다. 마침 옆자리가 비어있어 앉으려니 하였으나, 그녀는 앉지 않고 서서 차를 탄다. 그는 앉으라고 했으면 좋겠으나, 어쩐지 말 걸기가 쑥스러워 입을 떼지 않는다. 멈췄던 차가 달리기 시작하자, 차가 기우뚱거릴 적마다 그녀는 쓰레해지는 몸을 겨우 가누면서도 끝내 옆자리에 앉지 않고 먼길을 견뎌간다.

그녀는 다음날부터 줄곧 같은 시간차를 탔는데, 그는 그때마다 마주쳐오는 그녀와 얼굴을 익혔고, 차츰 눈인사를 나누기도 하였다. 그런데 그녀는 왠지 차에 오를 적마다 그가 앉은 옆에만 다가와 서서 탄다. 그걸 보면, 그녀의 마음이 올곧고 외곬이란 느낌을 자아낸다. 딴은 그녀의 속을 알 턱이 없었으나, 그녀가 줄곧 옆에 서서 타는데, 혼자만 앉아가기 미안하여 더는 그냥 둘 수 없었다.

"아가씨! 자리가 비었는데— 왜 서갑니까?"

그는 방금 자신이 뱉어낸 말이 듣기에 꺼끄러기가 돋쳤을지 모른다는 자책이 인다.

"그래도— 어려워서—요."

그녀는 수줍은 듯 말을 콸콸 잇지 못한다. 그는 그녀야말로 마음속에 오래 넣어두었던 순이가 틀림없을 거라 믿는다.

순간, 어떤 용기가 솟았는지, 그는 대뜸 손을 주어 그녀의 옷소매를 잡아당긴다.

"아—이"

그녀는 별일이란 듯 갑자기 얼굴이 붉어지면서도 가녀린 숨결처럼 소리를 낸다. 좀 시뜻한 몸짓이었지만, 그녀는 그가 당기는 대로 이끌려 자리에 앉는다.

그리고 긴 시간을 차가 달리는데도, 그녀는 어떤 여자들처럼 제멋대로 시트를 뒤로 제쳐놓고, 몸을 발딱 뉜 채, 잠에 빠져들거나 옆 사람에게 머리를 떨궈놓고, 세상모르게 잠들지 않는다. 그서 또렷한 눈빛을 시종 잃지 않은 채, 행여 옆 사람의 옷깃이라도 스칠까봐 두려워 몸을 사뭇 사려놓고, 곧은 자세를 흩뜨리지 않는다.

그런데, 어찌된 일인지, 그녀는 그 뒤부터 버릇처럼 그가 앉은 옆자리를 찾아와 자연스레 앉곤 한다. 그래 차를 타고 가면서 간단한 대화를 주고받기도 하던 가운데, 한 해가 훌쩍 지났다. 그녀의 이름이 이미 순이란 것도 알게 되었고, 그녀의 아버지가 지어주었다는 사실도 알아 내었다.

"쌀 미(米)자에 순할 순(順)자예요!"

"아니? 하필―"

그는 그녀의 말에 의문을 품으면서도 그녀가 바로 마음속에 간직된 표상의 순이일 거라는 믿음이 돌처럼 굳어진다.

"아버지는 제가 태어나자, 쌀 빛처럼 희고 해맑은 미인으로 순한 양이 되길 바라셨던 모양이에요."

정말, 그녀는 아름다운 미모의 딸이 되기를 바라던 아버지의 사랑이 아로새겨진 이름을 갖고 있었다.

그 뒤, 그는 그녀만 보면 '쌀 빛'을 생각한다. 무진 희고 뽀얀 쌀 빛! 그녀는 정녕 쌀 빛을 닮아서인지, 좀체 화장한 흔적을 찾아볼 수 없으면서도 목화송이처럼 복슬복슬하고 해맑은 얼굴이다.

그런 어느 날, 그는 여느 때처럼 또 그녀와 차에서 만나 자연스레 나란히 앉아 차를 같이 탔다. 그런데, 그녀는 생경한 말을 꺼낸다.

"내일부턴 이 찰 타지 않게 되었어요."

"예?"

그는 놀란 표정을 짓고, 그녀를 똑바로 바라본다.

"딴 곳으로 전근했거든요."

"…!"

그는 말이 나오지 않는다. 적어도 1년 남짓한 동안, 차를 함께 타고 출퇴근하면서 정(?)들여 놓은 최초의 이성관계, 그는 갑자기 가슴에 커다란 구멍이 뚫리는 기분이다. 솔직히 말하면, 그는 그 동안 그녀와 결혼이라도 한 것 같은 착각에 빠질 때가 많았었다.

게다가 그녀는 덮치기로 말한다.

"그리고― 전, 이미 아기엄마예요."

(아!)

그녀는 묻지도 않는 말을 불쑥 꺼냈는데, 이 말을 듣는 대로 그는 깊은 벼랑으로 떨어지는 느낌을 받았고, 얼굴에 핏기를 잃고 만다. 미처 알지 못한 그녀의 가장 중요한 말이 그녀의 입으로 토해지는 순간, 그는 심한 어질병이 일었다.

이제 마흔 살을 넘긴 그는 다시 그녀에게 할말을 찾지 못한다. 그녀는 마치 푸른 하늘높이 가마득한 곳으로 날아가는 새와 같았다. 한번 날아간 새는 다시 돌아오지 않는다는 사실을 그는 어렴풋 깨우친다.

이제 또 하나의 순이를 찾아 영원히 몸을 얽맬지 모를 일이다. 꽃구름처럼 피어나는 사랑과 그 영혼은 어쩌면 꿈일 것만 같았다. 처음 만난 순이! 이제 순이는 이 세상 어디에도 다시 없을 것 같았다.

그는 늘 짧게만 느껴지던 종점이 한없이 멀기만 하고, 행복! 사랑! 그런 둥지는 꿈일지라도 순이는 또 어디에 있을까. *

아이의 눈물

　지글지글 끓는 듯한 찜통더위가 기승을 부리는 가운데, 해수욕장은 피서객으로 붐볐다. 길 찬 모래밭으로 연신 넘실대는 하얀 파도가 물거품을 싣고 달려들었다. 찌는 불볕 태양아래 반라의 피서객들은 밀려오는 파도를 끌안고, 저마다 즐거움에 겨워 북적댔다.

　그런 모습이 한 눈에 보이는, 이른바 원두막거리에서, 나는 오랜만에 여류소설가 이수인 선생을 만났다. 본래 그는 다변가였기에 나를 보자, 쉴새없이 요모조모 근황을 묻는 대로, 대뜸 원두막 벤치에 주저앉았다. 반백의 머리를 뒤로 쪽 졌고, 웃으면 어금니 자리가 휑한걸 보면, 촌티와 고풍이 함께 물씬거리는 시골의 한 노파를 연상케 했다.

　"아! 김 선생님, 우리 둘째 딸입니다. 애, 인사해. 소설 쓰시는 김유환 선생이셔."

　그의 뒤를 따라 다섯 살쯤 되어 보이는 아이 손을 잡은 채 온, 젊은 여자였다. 나는 얼른 몸을 일으켜, 그녀에게 고개 숙여 정중히 인사했다. 사위가 미국 캘리포니아대학 교수로 있는데, 딸이 미국에서 귀국한 지는 20여 일쯤 된다고 했다. 그리고 아이는 외손자이고, 다섯 살 박이며, 지금 한국에서 유치원을 다닌다고 설명했다.

　그녀는 나와 인사를 하고 나서, 아이와 함께, 내가 앉은 긴 의자에 자리를 같이했다. 나는 마주앉은 이수인 선생의 이야기에 귀를 팔았다. 그는 미국 화가들의 검소한 생태에 대하여 이야기했다. 그들은 새하얀 종이에 그림을 그리지 않는다고 했다. 지나치게는 새 종이를 습한 창고에 오래 쑤셔 박아 두었다가 누리게 된 뒤, 캔버스에 올린다고 했다. 옷차림도, 생활습관도 모두 꾸밈새 없이 소박하단다.

그의 이야기를 듣던 나는, 문득 옆에서 부스럭거리는 소리에 눈을 돌려보았다. 어느새 그녀는 폭넓은 치마 속에서 꿈틀거리고 있었다. 나는 그게 무슨 짓인지 몰랐다. 그래 관심 밖으로 몬 뒤, 별로 라는 생각으로 시선을 원위치 시켰다.

그런데, 그는 또 화제를 돌려, 남편이 운영하던 병원을 폐업하고, 건물을 허문 터에 매머드 풀장을 만들었단다. 가본 일은 없었지만, 그네 병원은 서울에서 먼 교외에 있다는 말을 들었다.

"사업을 바꾸셨군요?"

나의 물음에 그는 펄쩍뛰었다. 동네아이들에게 무료개방 한단다. 아이들은 저희 엄마, 아빠가 야외 가자 해도, 안 따라간단다. 그 참에 아이들 떼 놓고, 부부 쌍쌍이 호젓한 나들이 기회를 준다고 했다.

나는 그의 기질을 좀 알긴 했지만, 여자로써 무척 개방적이고, 호탕한 성격의 소유자여서 가능한 일이란 생각이 들었다.

"엄마! 어때?"

이제껏 치마를 뒤집어쓰고 부스럭대던, 그녀가 몸을 우뚝 세운 채, 물었다. 나는 거의 본능적으로 그녀를 보았다. 어느새 그녀는 벌거벗은 마네킹 같았다.

"여긴, 비키니가 없잖니?"

이수인 선생이 해수욕장을 내려다보며, 푸념처럼 말했다. 나도 그의 시선을 따라 북적대는 해수욕장을 훑어보았다. 그러나 비키니 차림은 눈에 띄지 않았다.

"엊그제, 와이키키는 죄다 비키니던데."

이 수인 선생은 딸과 나를 번갈아 보며 말했다.

"엄마, 배꼽."

그 때, 그녀에게 매달렸던, 아이가 손가락을 세워 노출된 저희 엄마 배꼽을 꼭꼭 찌르며, 배시시 웃었다.

"김 선생님! 더우시면, 옷 벗으시고, 쟤와 같이 수영하시죠?"

이수인 선생은 뜻밖에도, 나에게 생뚱맞은 소리를 제의했다.

"아, 아닙니다."

나는 애당초 생각 밖이었지만, 설핏 눈에 띈, 가녀린 끈이 그녀의 골반을 지나, 나무 잎새 하나로 샅을 가린 게, 아찔한 현기증이 날만했다.

아무튼, 그녀는 아이를 이끌고, 바닷가로 나갔다. 그녀가 곁을 떠난 뒤, 나는 그녀가 많은 피서객이 굼실거리는 바닷물로 빠져들어 인어가 될 거라고 상상했다.

"사위는 미국인입니까?"

"아뇨. 한국인이에요. 보통 두 달에 한 번쯤 오죠. 그 사이사이로 딸애가 그리 가기도 하고."

"굉장히 멀리 떨어져 사는 부부네요."

"그럼요. 말할 거 있겠어요. 이전 우린, 부부간에 하루만 떨어져도 큰일 나는 줄 알았는데, 그러니깐, 자연 생활패턴이 다를 수밖에 없죠."

"어떻게 다른가요?"

그가 나의 물음에 대답도 하기 전에, 어디서 왔는지 아이가 혼자 칭얼거리면서 저희 할머니에게 다가왔다.

"왜 우니?"

"이—잉. 엄마가 없—어."

아이는 엄마가 없다면서 울기만 했다.

"사람들 속에서 엄마를 잃었나 봅니다."

나는 그렇다고 생각했다.

"선생님! 애 좀 보세요. 저희 엄말 질투해요. 얘가 아무래도 저희 엄마 미국에서 돌아온 지, 한 달이 가깝다는 사실을. 넌 모를 거야. 너희 엄마 속사정을 말이야. 오호호."

그는 이렇게 수달 떨고, 한 동안 웃어대었다.

(질투를?)

나는 그가 아이에게 내뱉은 질투란 말이 어울리지 않을 것 같았지만 덮어두었다.

"그럼, 풀장 운영비는 어떻게 감당하십니까?"

"그야, 기본재산이 있으니까요."

"좋은 일 하십니다. 한국인들 너나 없이 돈벌이에 급급한데."

"요즘 예술도 마찬가지잖아요. 예술이 어디 밥 주머닌가요? 그러니까, 권위주의 내세우고, 나랏돈만 축내려는 거죠. 그래선 진정한 예술 멀었어요."

그는 소설가였으나 미술, 음악 등 다양한 예술평론에도 열을 올렸다. 지금, 여자나이 고희(古稀)를 넘기고도 전국에서 벌어지는 전시회, 음악회 등을 빈틈없이 뛰어다니며, 평론을 쓰는 정력적인 작가였다.

"할머니! 엄마 저기 있다."

한창 이야기를 주고받는데, 아이가 해수욕장 쪽으로 손가락질을 했다. 이수인 선생과 나는 아이가 가리키는 쪽으로 시선을 보냈다. 비키니는 그녀뿐이었다. 그래서 많은 피서객들 속에서 까만 브래지어와 팬티가 더욱 선명히 나타나 보였는지 몰랐다.

"어!"

나는 그녀가 눈에 띄자, 외마디소리를 쳤다. 그녀는 어느 남자와 뜨거운 모션을 보이고 있었다. 서로 손을 마주잡고, 뭍로 뛰어드는가 하더니, 한데 어우러져 물위로 솟아올랐다. 나란히 물위에 떠서 한 동안 헤엄을 치고, 서로 마주서 물장구를 치기도 했다. 그야, 어느 선남선녀의 아름다운 물놀이 광경이지만, 좀은 충격적이었다.

나는 그들의 모습에서 눈을 떼지 않았다. 다음은 수영을 가르쳐 주려는지 여자의 다리를 남자가 쟁기 손처럼 잡았다. 여자는 잠시 물살을 가르는 듯 했으나, 이내 물로 잠겨들었다. 순간, 남자는 부리나케 물로 뛰어들더니 모습을 감춘 여자를 송두리째 끌안고 나왔다.

이수인 선생도 그런 광경을 잠시 넋을 잃고 바라보았다. 그의 모습은 마치 명화를 감상하는 듯 했다. 그러더니 그는 좀 우수에 깃든 표정을 지으며, 거기서 시선을 꺾어 들였다.

"얼마나 아름다운 풍경이에요. 김 선생님, 나도 젊었을 땐, 저만큼 멋진 로맨스도 꾸몄고, 글라이딩도 연출할 수 있었댔는데 말이야."

그는 적이 아쉬움이 덮치는지 이렇게 말하고 나서 수줍은 듯, 소리 없는 웃음을 흘렸다.

"……!"

나는 입을 굳게 다물고, 어떤 상념에 빠져들었다. 언젠가 이맘때 아직 나 어린 소녀, 후배작가와 둘이 해변세미나에 참석했던 일이 있었다. 문학행사에는 첫걸음이던 그녀여서, 나는 그녀의 부모로부터 부탁 전화까지 받고 떠났다. 그런데 언제 준비해 왔는지, 산뜻한 수영복으로 갈아입은 그녀는, 마치 야생마처럼 피서객들 속으로 모습을 감추더니, 어느 낯모를 남자와 어울려, 방금 비키니의 장면을 그대로 보여주었다. 나는 그 때, 그녀에 대해 괜한 증오심이 일렁거렸었다.

"할머니! 저거 봐. 키스하잖아. 이—잉."

아이가 또 소리치며 울부짖었다. 이수인 선생과 나는 소스라치게 놀란 나머지 또 그리로 시선을 모았다.

"얜, 질투 그만 해. 너희 엄마 생각을 해봐."

그러나 아이는 이제 큰소리로 울기 시작했다.

"앙- 아앙, 앙아 -앙."

아이의 눈에서 왕방울 같은 눈물이 볼을 타고 흘러내렸다.*

안개꽃 지다

나는 고층아파트 하늘 층에 찌꺼기모양으로 남아있다. 핏빛으로 물든 영혼마저 어디로든 훌훌 날아갈 것만 같았고, 그런 나를 누구도 따라붙을 리 없는 허공에 뜬 풍선 같았다.

이런 하늘 층 높이에 아스라한 외로운 방으로 꾸겨진 옷가지들을 한껏 채워들고 집시처럼 찾아들었던 지난 가을, 덩그러니 비어있던 방안에는 을씨년스럽게도 하나의 안개꽃 화분이 놓여있었다.

또 제철로 돌아섰는지, 스산한 바람이 창가에 머물러 있었다. 모름지기 사진처럼 박혀있는 창밖의 아파트들- 그 가파른 군상들 속으로 오로지 갇혀든 떳떳치 못한 고요, 그리고 마냥 접들인 영혼의 날개는 어쩌면, 나의 미묘한 삶을 그대로 보여주고 있었다.

여자에게는 도시 민감해질 수 없는 어떤 고독의 분쇄작용과 궤멸의 바람으로 하늘 층에 올라 높다랗게 홀로 남은 괴이한 현실은, 그 어떤 의미도 자아낼 수 없는 절망뿐이었다.

그처럼 나는 현실적이며 구차하게 빌붙지 않는 고독의 바다로 스스로 뛰어든 맹랑한 모습이었다. 나는 적어도 모험 속으로 빠져들 만큼 철부지가 아니었으며 그런 자의식을 부정하리만치 멍추도 더욱이 아니었다.

자멸이랄까.

사계절은 꿈결처럼 흘렀다. 추잡한 몰골과 멈춰진 몸 안의 핏줄로 하여금 허공으로 떠돌던 고독한 영혼에 대하여 나는 손가락을 있는 그대로 거머쥐었다.

좁다란 발코니에 안개구름이 채워들던 날, 불빛도시에는 는개가 내리었다. 모두들 살아있는 숨결 속으로 오로지 나만의 죽음을 열띠게 따라붙던 허무의 그림자는 깔린 어둠으로 무심코 실려 나갔다.

어둠은 헤아릴 수 없이 수많은 그림자의 주검이 한껏 쌓인 짙은 밤이었다. 나는 홀로 있고 싶었다. 그건 나의 그늘이었다. 아무런 탓도 없는 굴레에서 몸을 빼트려 어디로든 멀리 떠나고 싶었던 거였다.

성곽처럼 둘러싸인 가장자리의 저택은 하나의 씨알과 피로 태어난 나의 집이었다. 자본주의 절대치로 군림하는 아버지의 삶과 나의 삶은 등식에 가까웠다. 나의 성숙은 아버지의 뜨거운 입김에서 비롯되었다.

대학을 나온 뒤, 결혼에 이르기까지 나는 풍만한 육체와 맵시 있는 몸매를 가지고도 아버지에게는 늘 어린 딸이었다.

아버지는 이제껏 실패를 모르는 무서운 정력과 패기에 넘치는 사업가로서 끊임없는 야망의 소유자였다.

나는 뜨거운 정열이 넘치는 아버지의 따뜻한 포옹과 사랑을 받을 때마다 코코아의 그윽한 향기와 바나나의 감미로움에 흠뻑 젖어들었다.

그만큼 아버지의 사랑은 꿈결 같은 환상과 달콤한 매혹 바로 그거였다. 나의 집에는 한 사람의 이방인도 없었다. 집은 더더구나 한국 땅에 있었다. 그러나 집을 찾아드는 방문객들 가운데에는 한국인보다 외국 사람들이 훨씬 많았다. 때문에 나는 이따금 자신이 이국땅에 살고 있다는 착각에 빠져들었다. 적어도 나는 여고시절부터 가족파티에 끼어들어 칵테일로 빚어진 술을 마시기 시작하였다. 어머니는 으레 한 방울의 술도 못하였으니까. 늘 뒷바라지에만 열을 올리었지만, 그밖에 가족들은 곤드레만드레로 마셔대었다.

그럴 적마다 무골충이 되는 나는 으레 아버지의 품에 안겨 침대로 옮겨지었다. 아버지는 술에 취한 나에 대하여 깊은 배려를 아끼지 않았다. 나를 침대 위에 반듯이 눕힌 뒤에도 아버지는 손수 나의 재킷과 스커트를 벗겨 잠옷으로 갈아입히기까지 하였다. 모를 일이긴 하였으나 어떤 때 나는 그런 아버지의 목을 두 팔로 감아 돌리었을 게 틀림없었다.

"떵동 떵동"
초인종이 울리었다. 문 쪽으로 시선을 돌리려는데, 이은소리는 또 파초 밭의 소낙비이었다.
"딩동딩동 —딩동-딩동"
몸을 세우려는데, 별안간 다리 옹두리뼈가 시근거리었다.
(순애, 그 년이 또?)
나는 순간 순애의 살천스런 모습이 머릿속으로 떠올랐다. 시근거리는 다리를 이끌고 문 쪽으로 다가가서 걸쇠를 풀었다.
으레 그렇듯 순애는 열린 문틈으로 창백한 얼굴을 디밀어 보이었다.
"몸뚱아리를 안 풀문 말이시."
그녀는 사뭇 엉클어지어 불꽃처럼 피어오른 머리칼에다 심술궂은 눈자위를 희번덕거리며 지껄여대었다.
"시끄러워— 시끄럽다니까."
문을 당기려 하였으나 그녀는 문틈에 끼어들었다.
"스트레스가 쌔여서 쉽게 죽는다지라."
그녀는 마귀이었다. 정녕 그녀의 말대로 스트레스란 게 나를 거꾸러뜨리면 그런 주검 앞에서 그녀는 흡혈귀가 될 것 같았다.

나는 자본주의의 절대적 능력자인 아버지와 맞먹는 프랑스의 한 재벌 2세와 결혼하였다. 젊은 경제학자는 신혼 초부터 지구표면을 샅샅이 뒤적거리고 다니었다. 물론 한국에도 몇 달씩 체류하고 돌아왔다.

그리고 나는 아버지 또래의 시아버지에게도 친가버릇을 그대로 보여 주었다. 시족들이 모여든 칵테일파티에는 으레 무희의 옷차림이었다. 나는 또 칵테일 술을 미친 듯이 거푸거푸 목으로 부어넣었다. 그리고 무골충이 되어 응석부리로 시아버지에게 달려들어 침실로 옮겨달라고 졸라대었다. 파티는 으레 엉망으로 끝났지만, 어느 누구도 나의 주벽과 추태에 대하여 증오와 경멸의 빛을 보이는 사람은 없었다.

콧수염을 기른 시아버지는 하는 수 없이 나를 두 팔로 안아 들여 3층 침실로 옮겨다 주곤 하였다. 그런 가운데에도 나는 젊은 경제학자의 삼투압작용으로 생식기를 통해 기어오르는 미물이 몸속 깊이 어디에선가 생명체로 자라나서 실로 나답지 못하게시리 임신과 분만을 경험할 수 있었다.

날카로운 코에다가 동그랗고 파란 눈동자의 아이를 낳은 뒤, 임신중 절은 순전히 나의 자유로 이뤄졌고, 어느 한 사람도 딸을 낳았다는 허탈감에 빠지거나 또 가문을 이어나갈 2세의 어처구니없는 군소리는 들어볼 수가 없었다.

게다가 나는 하체에서 풀리어나간 수축력을 키우기 위해 초능력 이쁜이 바느질꾼들을 불러들여 갈래 샅을 온통 헤벌리었다. 높은 촉수의 뭇 전구들이 시린 불빛을 저마다 토악질하는 가운데 한 송이 축복의 꽃 무리들이 하얀 병실을 온통 메워놓았다.

그런 축복의 꽃들은 나의 자유와 본능에 대하여 아무런 향기와 찬미 조차 없는 듯싶었다. 사업이었다. 까닭이 없었다.

찢고 꿰매는 일들이 산뜻하게 아물어든 뒤, 나는 또 저택의 3층 거실 의 폭신한 융단을 밟고 다니었다. 아니면, 마로니에의 드넓은 숲길을 거닐면서 생경한 멧새소리를 들었다.

나는 이제 사람들의 눈길에도 미치지 않는 하찮은 금붕어일 수밖에

없었다. 유리어항에 갇히어진 부자유한 물고기로서 자유를 갈망할 수
밖에 없는─.

　연구실에서 밤늦게 돌아온 젊은 경제학자는 말짱한 의식으로 식탁
위의 수프와 햄 스테이크를 아귀처럼 비워놓고는 욕실로 스며들어 샤
워 따위가 끝나면, 곧장 잠자리에 들었다. 그런 그는 거의 반듯한 자세
로 잠들고, 이튿날 아침 일찍 잠에서 깨어나 식사를 마치는 대로 시계
바늘처럼 집을 뛰쳐나갔다.

　뿐인가. 해외로 떠날 때는 공항대합실에서 히쭉 흘려놓은 웃음 한 입
으로 구름하늘을 타고 무진장 떠올랐다.

　공항을 뒤로하는 나는 언제나 까맣게 그은 독신녀가 되고 말았다.

　연갈색 커튼이 치렁하게 드리워진 3층 거실에는 늘 상데리아 불빛이
찬연한 빛을 뿌리었다. 빛을 머금은 빨간 융단 표면으로 떠다니는 고적
의 얼룩무늬를 밟아가면서 나는 발끝으로 저며 오는 아픔을 참아 넘기
기에는 너무도 허약한 의지이었다.

　파멸의 꼬투리는 지난 가을.

　젊은 경제학자가 또 히쭉 웃음을 흘리어놓고, 공항의 드넓은 하늘로
솟구치어 오르던, 그 이튿날 아침이었다.

　숨결처럼 스며들었던 멧새소리와 커튼자락으로 젖어들던 아침빛으
로 하여금 나는 새벽잠에서 깨어날 수 있었다. 바스락거리는 마로니에
의 낙엽 지는 소리도 들리어왔다.

　나는 고독한 밤에 지치었다. 방안 가득히 채워진 냉각의 입김을 호흡
하였을 때 오는 현기증 같은 게 앞머리를 세차게 때리곤 하였다. 지끈
거리는 통증은 술 때문만은 아닌 것 같았다. 나는 상체를 일으키어 세
우려다 말고, 몸을 다시 침대에 부리었다. 순간, 나는 애꿎게도 머릿속
으로 파고드는 어떤 환영을 보았다.

　별안간 나는 환각 속으로 빠져들 때처럼 생경한 동작으로 와다닥 침

대를 내려서는 대로 도어 쪽으로 다가가 손잡이를 잡아 틀었다. 언제인지 모르게 나는 비키니 위에 할랑한 천을 걸친 채이었다. 천은 유리처럼 투명한 대로 속살이 훤히 들여다보이었다.

도어를 여닫고 방을 뛰쳐나온 건 짧은 순간이었다. 맨발로 밟아 내려가는 융단의 층계는 소리가 없었다. 불이 붙었다. 방금 느끼던 통증은 이런 전초일 것 같았다. 활활 타오르듯 불꽃이 일었다. 색불이었다. 이제 몸에 걸친 가운과 비키니 따위는 거추장스러운 허울에 지나지 않았다.

마지막 층계를 딛고 내리어선 나는, 자신의 몸에 매달려 세차게 나부끼는 하얀 옷자락을 보았다. 그건 불길과 같았다. 그런 불길 속에서 나는 환희의 순간을 맛보았다.

순애는 쉽게 눈에 띄었다.

나는 타들어 가는 목구멍으로 불을 삼키었다. 그녀는 애꿎은 곤충이나 파충류가 아니었다. 나와 함께 한국을 떠난 나와 인종이 같은 한 인간이었다.

순애의 엄지를 빼앗는 거다. 눈앞으로 안개구름이 짙게 흐르고 있었다. 나는 안개 속의 혼미한 자의식으로 소리치었다.

"순애야! 네 엄지 있지? 내방으로 빨리 보내!"

나는 나의 입에서 토해진 목소리가 날카로운 작은 칼날이 되어 그녀의 둥실한 얼굴로 마구 날아가 꽂혀들고 있음을 보았다. 그런 모습은 몸을 돌리어 층계를 다시 밟아 올라갈 때에 비로소 머릿속으로 나타나 보이었다.

방안으로 잽싸게 스며든 나는 젖무덤과 갈래 샅을 가린 손바닥만 한 천들을 몸에서 떼어내었다. 순간을 비집고 끼어드는 파멸과 이반의 끝과 벼랑의 추락이 환영처럼 나타나 보이었다.

나는 아직 손에 든 조각 천들을 던져버리듯이 그런 환영들을 얼른 떨쳐버리었다. 그리고 나의 알몸 앞에 체온의 노크소리를 들었다. 순애의 엄지 르블랭은 나의 대답을 듣지 않고도 문을 밀치고 들어왔다. 그는 나의 알몸이 눈에 띄자 흠칫 놀라는 표정을 지었다.

그러나 르블랭은 주인 앞에서 충직한 사나이이었다. 그 몸짓들은 거의 명령에 따라 움직이었다. 그는 무척 쓸모 있는 노예이었다.

르블랭은 온종일 집 주위와 정원을 돌아다니며 일을 스스로 찾아내어 하는 부지런하고 착한 남자이었다.

탄탄하고도 우람찬 체구의 그는 남자의 자존심도 잊은 채 내가 시키는 일에 열중하였다. 커튼으로 스며드는 햇살이 그의 거친 근육의 명암을 또렷이 비추어주고 있었다.

"내 엄지를 내놓으라니까!"
문틈으로 물러서 있던 순애가 울부짖었다.
"어서 꺼져버렷! 눈앞에서."
나는 이제껏 시근거리는 다리 옹두리를 손으로 짚어 누른 채 소리치었다.
"탕!"
이를 악물어 보이던 그녀가 이내 얼굴을 감춘 채로 문을 힘껏 밀어붙이었다.
나는 닫히어진 문을 걸쇠로 잠갔다. 그리고 몸을 돌려 앉아있던 자리로 다시 돌아왔다.

"솜씨가 아주 좋군요."
"아따 이런 일쯤이야. 필요하시면 언제든―."
그가 나서는 문밖에는 순애와 더불어 노랑머리 시어머니, 그리고 콧수염의 시아버지까지 우뚝우뚝 버티고 서있었다.

나는 문을 닫아버리었다. 그러나 밖에서 지껄여대는 소리는 바람처럼 날아들었다.

"남으집 하인노릇을 혀두. 남자가 체통머리를 지켜야지, 먼저번이 점쟁이 허는 말을 고놈이 귓구멍이다 쑤셔 박아 준 게로. 한 구멍을 파라고 말여!"

순애가 엄지를 나무라는 소리이었다. 그녀의 목소리가 멀어져 가는 듯이 하더니 콧수염의 굵직한 목소리가 이어졌다.

"애가 난 숙년 줄만 알았지 뭐야. 이제 보니 창녀였어!"

이 말을 받아 노랑머리가 맞장구를 쳤다.

"그렇군요. 정말이에요. 창녀가 아니고서야 이런 망측한 짓을 어떻게ㅡ."

"그런데 이 일을?"

콧수염이 망설이듯 중얼거리었다.

"이 일을?"

노랑머리가 되씹었다.

"이번만은 없던 일로 해두는 게 좋겠소. 그 애에게는 비밀로 붙이고 말요."

콧수염의 결단이었다. 그리고 덧붙이었다.

"이걸 탓하다가는 닭도 소도 다 놓칠 판요."

"그렇게 하면 좋겠어요. 기왕지사 저질러진 일이니ㅡ."

그네는 장단이 맞아떨어지었다.

그리고 며칠이 지난 뒤, 경제학자의 귀국소식을 전화로 알리어왔다.

나는 전화를 받고 나서 나목이 들어 차인 정원을 거닐었다. 스산한 바람이 나목들 사이로 번진 금빛 잔디 위를 스치어갔다. 나의 영혼은 악령으로 변해가고 있었다. 몸에 아무렇게나 걸치어 놓은 투명의 옷깃이 바람에 날리어 나뭇가지에 할퀴고 찢기어도 나는 아랑곳없이 미친

개가 되어있었다.

드디어 나는 무화과나무가 드문드문 서있는 햇살 바로 잔디언덕 위에서 르블랭을 찾아내었다. 사나이는 마침 황금빛 잔디 잎을 손질하고 있었다.

악령의 눈은 빗겨진 햇살 아래서 물결처럼 빛나는 그의 눈빛을 보았다.

그는 일손을 멈추고 달리어왔다. 언덕 위로 스치는 바람결과 드넓게 펼치어진 지평선의 대지 위에 햇살이 번지었다.

결혼식을 마친 뒤, 나는 순애와 함께 프랑스로 갔었다. 순애는 쉽게 르블랭과 사귀게 되었고 처음 그녀가 엄지 르블랭을 만난 곳이 바로 이 언덕배기이었다고 하였다.

하얀 갈대꽃이 번지어간 잔디언덕은 꿈속처럼 아늑한 곳이었다. 정말 순애의 엄지는 어영부영 살아가는 남자이었다. 순애가 이 집에 오기 전에는 쁘띠라는 하녀의 엄지가 되어 살아갔었다.

사나이는 잽싼 동작으로 나를 잔디 위에 쓰러뜨리었다. 그리고 사정없이 덮쳐왔다.

나는 그때 처음 송알송알 맺혀 하늘거리던 안개꽃을 머릿속에 떠어보았다. 그 꽃은 대지 위에서 하얗게 번지어갔고 기어이 는개를 뿌리었다. 무지개가 섰다.

사나이는 빈틈없이 하체에 무게를 실었다.

눈을 떴을 때는 지평선 끝 하늘가에 빨간 노을이 불타고 있었다. 나는 옆의 르블랭이 눈을 뜬 채 누어있는 걸 보고 자리에서 일어섰다. 악령의 그늘처럼 찢기고 꾸겨진 너울을 몸에 걸친 채 엉클어진 머리채를 매만지기도 전에 한 발을 내딛는 순간이었다.

붉게 물든 얼굴, 얼굴들―

잔디언덕 위에는 이 성곽 안에 살고 있는 인간들이 죄다 모여 있었다. 나는 더 발을 내디딜 수가 없었다. 그렇다고 입을 벌리어 뭐라고 지껄일 수도 없었다. 파멸이었다. 안개꽃무리는 바싹 마른 채로 바스러지어 불꽃을 일었다. 목이 타들어 갔다.

"사진 찍었나? 이만하면 이혼사유에 걸맞아. 당사자와 증인들이 목격한 이상 사실을 부인할 수는 없을 거야. 이미 태어난 아이도 혈액형과 세포 같은 정밀검사를 거칠 필요가 있단 말이야. 할 수 없군. 닭도 소도 다 놓치고 말았어. 너도 당분간 수프와 햄 스테이크를 너희 어머니에게 부탁하는 수밖에 없겠어."

콧수염은 연신 지껄여대었다.

나는 그들이 둘러 서있는 한 가운데를 뚫고 정원을 빠져나왔다. 그리고 곧장 3층 방으로 기어 올라가 닥치는 대로 옷가지들을 가방에 우겨넣고 성곽을 빠져 나왔다.

"딩동, 딩동 딩동딩동―."

초인종이 또 소리를 내었다. 공책 한 권쯤 발코니의 햇빛은 바닥에 깔린 먼지를 힘겹게 할짝거리고 있었다. 방안은 온통 그렇게 깎여나간 빛 조각들의 주검으로 이어진 어둠뿐이었다. 순애는 옆방에서 죽어있을 것만 같았다. 그녀는 정녕 몸 밖으로 빠져나간 핏기를 다시 채워들게 죽어있어야만 하였다. 그녀의 목마름은 아귀와 같았다. 이따금 그녀는 창가에 놓인 선인장을 베어 물었다. 심한 갈증이었다.

"딩동, 딩동딩동―."

두 번째 초인종소리가 방안을 떠다니었다. 일어섰다. 이제 다리의 통증은 멈춘 듯하였다. 걸쇠를 풀었다.

"철거덕!"

문이 열리었다. 그리고 나타난 검은 얼굴, 돌아서서 형광등을 키었다. 찢기고 깎이어나간 빛들이 한데 모여들어 번뜩이더니 하얀 불빛이 방안으로 채워들었다. 그러자 검은 얼굴은 꺼풀을 벗겨내었다.

"아버지!"

나는 외치었다.

"넌, 경제학자를 싫어하는군."

아버지는 너그러운 말씨로 내뱉었다.

"지긋지긋해요."

나는 정말 몸서리가 쳐지었다.

"너도 경제학을 전공했잖아."

아버지는 질책하고 있었다.

"지겨웠어요. 경제학이라기보다 살생학이었어요. 갈퀴질에다 고객 죽이기죠."

나는 미열이 올랐다.

"헛공부했군."

아버지는 단호하게 말하였다.

"마케팅 전략이론 따위 보세요. 고객과의 살벌한 힘겨루기— 누가 죽든 말든 말이에요."

나는 목청을 돋우었다. 구토증마저 일었다.

"그건 그렇다 치고, 내가 이번 네게 우리 계열사 하나를 맡기기로 마음먹었다."

아버지는 무게를 실어 말하였다.

"뭘 하는 회산데요?"

"대단위 꽃농장이지. 외국 꽃만을 취급하고 있어. 네덜란드와 기술 제휴까지 마쳤단 말야."

"싫어요! 외국 꽃은, 봉선화 분꽃 채송화 — 얼마나 좋은 꽃들이에요."

"대갈통이 안 돌아가는군. 외국 꽃이 되었든 엽전 꽃이 되었든 경영 수입만 올리면 되는 거지. 무슨 뚱딴지야. 틀렸군. 틀렸어."

탕, 문이 닫히었다. 나는 닫쳐진 문에 걸쇠를 걸어놓았다.

공책만큼 남아있던 빛 자국은 형광불빛으로 이미 지워져 있었다.

버릇처럼 구석자리로 돌아서는데 문득 뇌리를 스치는 그 무엇이 몸을 멈칫하게 하였다.

그건 뇌리를 스치었다기보다 아까 느끼던 옹두리 뼈다귀의 통증과 닮아서 전율같이 온몸으로 번지어갔다.

뿐 아니라, 가슴께로 치미는 뭉클함과 아득한 현기증으로 눈시울에 솟아오르는 뜨거운 물기마저 느끼어졌다.

(아! 이 아이가?)

꾸겨진 옷가지들을 채워 넣은 가방을 들고 땅거미를 나설 때 순애의 철사 줄 같은 목소리를 나는 이제야 기억해 내었다.

"이국땅에까지 날 이끌고 와설랑은 엄지를 빼앗아간 도둑고양이한티 꼭 앙갚음을 하고야 말그여."

택시를 타고 파리시로 스며들었다가 이튿날 공항에 나가보니 그녀가 뒤를 따랐다. 귀국한 뒤에도 그녀는 줄곧 죽자 사자로 나를 따라다니었다.

이 고층아파트의 꼭대기 층까지도 서슴없이 기어올랐다.

나는 하는 수 없이 그녀와 벽 하나를 사이에 두고 떨떠름하게 살아가는 수밖에 없었다.

눈시울에 뜨거운 물기가 보글보글 끓어오르자 귀 울림이 윙윙거리었다.

"엄마! 엄마! 난 무서워. 날 낳은 엄만 멀리 도망쳤다는 거야. 창녀였다는 거야. 창녀는 사람이 아니래. 동물이란 거야. 나는 어쩜 좋아. 갈 곳이 없잖아. 난 아버지도 누군지 모른다는 거야. 이—잉 이잉."

아이는 끊임없이 울부짖었다. 윙윙거리는 귀 울림 속에서 환청은 또 렷하게 들리어왔다.

여보세요. 프랑스 파리죠. 르블랭 씨 좀 바꿔주세요. 아! 르블랭 씨 군요. 나, 알겠어요? 네! 그래요. 맞아요. 그런데 부탁이 하나 있어요. 내가 낳은 아이 있죠. 그 아이는 르블랭 씨도 잘 아시겠지만 내가 낳은 아이잖아요. 네! 네! 그 아일 한국으로 보내주세요. 어떻게 보내느냐구요? 왜 그— 사람 보내는 화물은 없나요? 아, 그 앤 사람이 아니고 아이 이니까요. 요람에 싸서 비행기편으로 보내면 내가 공항에 가서 받아오면 간단하죠. 말도 안 되는 소리 말라구요. 그게 왜 말이 안 됩니까!

나는 미쳐오는 생각 끝으로 부여잡을 그 무엇도 없었다.

잽싸게 문을 열고 밖으로 내달았다. 엘리베이터를 탔다. 불이 사윈 색불의 숯검정을 박스를 하강시키었다.

나의 존재는 아무 것도 없는 꺼풀이었다. 그 속에서 스러지어갈 영혼만이 겨우 허울을 물고 다니었다.

아스팔트 위에서 내리었다. 나는 굳게 잠긴 철문 틈 사이로 안을 주뼛거리어보았다. 어둠에 쌓인 건물은 희미한 불빛이 새나왔다.

비극이었어. 마로니에의 앙상한 실가지가 밤하늘의 여명 위에 떠있었고 차게 식은 대기가 나의 살갗에 스카치테이프처럼 달라붙었다.

그때이었다. 마침 건물의 현관문이 열리면서 외등이 켜지었다. 누군가 문 쪽으로 나오고 있었다. 그러더니 불빛을 앞세운 승용차 한 대가 문 앞으로 달리어들었다.

나는 철문이 열리는 순간, 정지된 차 앞을 가로막고 서있었다.

"빠—앙!"

딱 한번 클랙슨이 울리더니 차 문이 열리었다.

"무슨 좋은 생각이라도—?"

아버지는 내가 서있는 곳으로 몇 발을 내딛고 물었다.

"꽃 회사를 르블랭에게 주세요."

나는 이런 나의 요구가 생떼거리라는 생각이 조금도 들지 않았다.

"그게 누군데?"

아버지의 묻는 말투는 '노' 라는 말의 대명사만 같았다.

"파리, 그 집의 관리인인데 대단한 능력가예요."

"환락에 젖어있군."

아버지는 빙긋이 웃고 있었다.

"아니에요. 꼼꼼하고 섬세한 솜씨로 꽃을 미치게 잘 다뤄요."

"무슨 개나발이야."

아버지의 웃음 띤 얼굴이 하얗게 질리었다.

"그러면 르블랭은 오뚝한 코에 둥글고 푸른 눈의 아이를 데려다 줄 거예요."

나는 나의 생각에 취해 있었다.

"한심하군. 그 아인 벌써 그런 무리들만 득실거리는 집으로 가서 살고 있는 거야. 오직 분명한 사실은 프랑스의 하늘아래 어떤 파충류의 새끼모양 구물구물 살아있다는 것뿐으로, 자본주의는 이윤을 추구하지만 인간을 추구하지는 않는다."

아버지는 잔인하였다.

"안돼요! 안돼요!"

나의 영혼은 허울마저 벗기어 내버린 벌거숭이이었다.

"비켜서지 못하겠어!"

순간 아버지는 차안으로 모습을 감추었다.

나는 한 올의 찬바람이 스치는 길을 미친 듯이 뛰었다. 그리고 아파트 하늘 층으로 다시 돌아왔다.

문을 열고 들어선 방안은 형광불빛이 을씨년스럽게도 가득 채워지어 있었다.

나는 거실 한 켠에 있던 물주전자를 들어 올려 꼭지를 빨아들이었다.

그런 뒤 천천히 창가로 다가가 밖을 내다보았다.

우뚝우뚝 솟아오른 아파트건물에는 헤아릴 수 없이 수많은 불꽃들이 꼬마장미처럼 피어있었다. 어느덧 나는 그런 불꽃들이 둥글게 아롱지어 허공으로 연신 떠오르는 모습을 보고 있었다. 그리고 그것들은 톡톡 물거품처럼 터져 자취를 감추었다.

영혼이었다. 그건 줄곧 검게 그은 밤하늘에서 허무로 사라졌다. 이제 나에게는 찌꺼기와 허울조차 없는 뿌연 불빛 속에서 무형으로 남아 있었다.

단 한 번의 가을이 회전하였을 때 나는 나의 모두를 어디론가 떠나보낸 꼴이었다. 또 안개구름은 는개를 뿌리지 않고 있었다. 그래서 발코니에 놓인 한 떨기 안개꽃은 사뭇 제 빛을 잃고 말았다.

누렇게 퇴색된 꽃들은 꺾이고 시들어 저마다 추한 몰골을 드러내 보였다.

다리 옹두리뼈의 아픔은 도진 듯이 다시 시작되었고 몸을 세워 놓을 기운조차 이슬처럼 사라져갔다. 현기증을 자아내고 있는 하얀 불빛은 무기력을 더 높여 주었다. 그런 까닭으로 나는 비참하게 몸을 허물어뜨리고 말았다.

안개구름이 방안으로 채워들었다. 가물가물 보이는 건 아무 것도 없었다. 걸쇠를 채우지 않은 문이 갑자기 덜컹 열리었다.

불꽃 머리채를 흩날리며 송곳니를 온통 드러낸 짐승 같은 순애가 막무가내로 달려들었다.

나는 이미 쓰러진 나무토막이었다. 그녀는 나무토막 같은 나를 선인장 베어 물듯이 마구 물어뜯어 짓씹고 있었다. *

오래된 빚 갚기

　지난해부터 기후는 뚜렷이 정상으로 돌아선 듯 싶었다. 하늘에 뭉실 뭉실 피어오르는 구름과 습한 기류가 대기를 한껏 채워들어 비구름을 몰아와서는 이따금 눅눅한 는개를 온 누리에 뿌려주곤 한다. 일년 내내 흐린 날씨가 많아졌고, 물찬 공기는 늘 습기를 머금은 채, 대지를 속속 들이 적셔서 나뭇가지와 풀잎들에 윤기가 흐르고, 생기를 되찾았다. 모래밭 마냥, 메마르던 산골짜기도 다시 도랑물이 번졌고, 무성하게 번진 잡초들이 파릇파릇 싱그러움을 더한다. 이제, 지하수도 걱정 없었다. 극심한 탈수현상을 빚던, 땅속에 물이 한껏 채워졌으니, 이전에는 달리던 관정펌프에서 물이 펑펑 솟구친다.

　덧 없이 흐른 이십여 년, 이처럼 땅에 생기가 돌던 적은 좀처럼 못 본 기억뿐이다. 어느 날, 갑자기 열대로 변한 듯, 연일 용광로 속처럼 부글 부글 끓는 무더위가 무진장 이어졌다. 아예, 계절감각이 없어지고, 겨울철에도 그답지 않게 따뜻하여, 어쩌다 두어 차례 눈발을 날리는가 하고는 어물쩍 지나치고 말았다. 그래, 젊은 층은 겨울에도 아이스크림을 즐겨먹었고, 웬만한 성인들도 냉면 집을 찾아다녔다.

•　정작, 여름의 우기 때도 그랬다. 늘 구름 한 점 찾아볼 수 없는 짙푸 른 하늘에다 언제나 건조한 채, 찜통날씨로 물 한 방울 떨어질 기미를 보이지 않고, 으레 우기를 잃었다. 그러다 군데군데 우발성 폭풍우를 몰아쳐서 사람들을 적이 괴롭혔고, 철이 바뀌는 줄을 어느 누구도 실감

치 못할 만큼, 하늘은 무심코, 구름을 몰아오지 않았다.

이런, 이변현상이 해를 거듭하며 줄곧 되자, 사람들은 한결같이 따뜻한 겨울이란 말을 입에 올렸다. 있는 사람들이 즐기는 무스탕과 부츠 따위는 겨울보다 여름에 잘 팔린다고 했다. 춥던 말던, 겨울 옷값이 형편없이 싼 여름에 겨울옷을 사들이는 괴이한 현상이었다. 가난에 찌든 서민이야 어찌 그런 장난을 치겠냐만, 따뜻한 겨울은 서민들의 삶에 여간 보탬이 아니었다.

게다가 마이카시대는 뭐니 해도, 쾌청한 날씨일수록 어딜 가든 마음 내키는 대로 쾌속을 놓을텐데, 악천후로 사나운 날씨라면, 자연 사고위험이 뒤따르고, 마음조차 초조하고 불안해서 저절로 신경이 날카로워질 게 뻔하다. 그러니 비를 내려달라고, 안달로 비는 축은 농사꾼일 밖에.

오랜 가뭄으로 땅이 한정 없이 메말라서 끝내 사막이 될지언정, 맑은 날씨가 이어지는 한해현상은 되레 추세에 맞는 천혜의 복을 점지해준 거라 떠들어댔다. 비록 농사를 짓는 사람들도 눈비가 내리지 않아 제아무리 땅덩이가 바싹 마르는 악랄하고 극심한 가뭄이 닥친다 해도, 지심 깊숙이 뚫은 지하수를 펑펑 뽑아 올리기에 땅이 갈라져 농사를 죄다 죽치게 하지 않을 테니, 농가소득에 별로 차질을 빚지 않는다는 거였다.

그렇듯, 기후의 이변현상에도 어영부영 살아가는 사람에게는 좋은 게, 좋을 수밖에 없었는데, 그로 하여금, 땅덩이가 속속들이 물기를 빼앗기고, 산골짜기에 철철 흐르던 물조차 바슬바슬 말라서 메마른 모래 더미만 군데군데 쌓이니 별꼴이었다.

그러면, 산에 있는 나무는 생기를 잃고, 잎과 가지가 한여름 무성할 무렵에도 푸른빛을 잃고 말았다. 만일, 그쯤에 불이 붙는 날이면, 엄청난 화염이 재앙을 몰아와서 광활한 산야를 온통 휩쓸어서 한 순간 잿더미로 만들 거였다.

그처럼 사계절이 건조하기만 한 날씨로 하여금, 계절 흐름도 뚜렷치 못한 채, 오랜 동안 사람들 속을 무던히 태우며 무거운 침묵으로 끌어왔는데, 근래 와서 갑자기 이변이 이변을 낳은 건, 되레 이상기후가 정상으로 돌아선 거였다.

한 세기가 바뀐다는 1999년이 저물어갈 무렵, 지구촌에 천지개벽이라도 날듯이 큰 재앙과 불길한 사태가 터질 걸, 미리 발설했던 예언자의 말을 곧이듣던 사람들은 말세를 주장하며, 호들갑을 떨었는데, 지구촌 사람들은 그 동안, 살기에 찬 기후변동이라던가, 지구촌 어딘가에 땅덩이가 마구 뒤흔들리는 강도 높은 지진으로 수십만이 사는 대도시의 건물들을 모래더미처럼 무너뜨려, 많은 인간의 생명을 앗아갔고, 또 어디선가 엄청난 산불이 일어나 몇 며칠을 두고 꺼질 줄 모른 채, 거대한 산맥을 화염으로 휩쓰는 바람에 생태계를 모질게 파괴시켜, 도시 회생할 길이 없다며 혀를 찼다.

지구촌 사람들은 이런 쇼킹하고 놀라운 뉴스를 접할 적마다 과연 때가 왔다고, 몸을 바싹 움츠리며, 긴장과 초조로 가슴을 조였는데, 정령 여기저기서 예언자의 말과 맞아떨어지는 그럴 사한 괴이한 일들이 거듭 숨막히게 터졌다. 그때마다 사람들은 공포에 시달리면서도 예언자에게 찬사를 보냈고, 그 적중함에 스스로 놀랐다. 게다가 한쪽에선 덩달아서 빙하가 녹아내려 바닷물이 엄청 불면, 해일이 일어나서 그로 말미암아 땅이 바닷물로 덮치게 되어 땅위의 모든 생명체가 한꺼번에 주검을 당할 게 뻔하고, 그러면, 끝내 지구는 멸망하고 말 거란 말을 퍼뜨렸다.

정규 씨는 이런 황당한 말에 곧잘 신경을 곤두세우는 사람 중의 한 사람이었다. 세상인심 돌아가는 꼬락서니를 보면, 그럴 법하다는 생각도 들었고, 그래야 마땅하다는 생각도 해봤다. 그런데, 요즘 들어 이전한 겨울에도 좀처럼 흐뭇하게 내리지 않던 눈이 겨우내 흠씬 내리고서도 음력 이월 하순, 양지쪽에 봄기운이 짙어질 무렵인데, 소담스런 눈송이가 찬바람과 함께 세차게 날렸다.

이건 필시 이변이 아니라, 기후가 정상으로 돌아선 거란 생각이었다. 또 그는 이전부터 이월에 김치 독 깨진다는 말을 기억했다. 그건, 시체 말로 꽃샘추위 말인데, 지난 이십 년 동안, 그저도 없던 일이어서 겨우내 한두 번쯤, 서설이 흩날리는 게 보통이었고, 설날을 지나면, 그 참 한여름으로 치달아 무더위를 맞곤 했다.

그는 창가에 서서 그 동안, 기후이변을 생각하며, 밖으로 어지러이 흩날리는 눈송이를 내다보고 있었다. 이제 사계절이 분명해졌다 싶은데, 사업을 뒤엎고, 귀향했던 이십 년 전, 그 해 가뭄은 이만저만 대지를 태운 게 아니었다. 지금처럼 지하수를 뽑아 올릴 장비도 없었고, 먼 데 있는 강물을 끌어들일 시설도 갖춰 논 게 없어서 벼 포기가 천 갈래, 만 갈래로 거북이등 마냥 갈라진 논바닥을 견디다 못해 비비꼬여 말라 죽어 갔다. 이미 깊숙이 말라버린 개천에 웅덩이를 파고, 자작자작 조금씩 고이는 물을 논배미로 퍼 올려 안간힘을 다했지만, 그마저 물이 턱없이 달리던 터라, 끝내는 손을 맺고 말았다. 한창 무성하게 자라날 벼 포기가 숫제 그루터기째, 찢기고 갈려 불에 타듯, 참혹한 꼴을 두 눈깔 말간이 뜨고, 애간장 태우며 바라봤던, 그때 심정은 지금도 이가 갈린다.

그러던 참에 마을에 이농한 집이 한 채 나왔다. 지은 지는 오래되었어도 뼈대가 아직 튼튼한 쪽이어서 얼마동안 살기에는 어려움 없이 견뎌나갈 듯 싶었다.

그는 집을 사고 싶었다. 그러나 십 년만에 고향을 찾아든 그는 볼 것 없이 빈털터리지만, 기왕지사 비워 놓고 떠난 집이었으니 먼저 차지해 살면서 갚아도 될 것 같았다. 그 동안, 대를 이어 살아온 자신의 집은 증조할아버지 적부터 소작농이나 지어먹으며, 근근히 살아왔던, 가난뱅이 소농가여서 집채조차 서까래와 기둥이 약한데다 지붕개량 때, 웬, 기와를 이어놔서 서까래는 한정 없이 휘어지고, 기둥뿌리는 썩어문드러져 한껏 기울었으니 언제 일가족이 그 흉물에 치어 개죽음을 당할지 모르니 뜯지도 짓지도 못하고, 쩔쩔 매던 판이었다. 그래 계약금조차 융자한 농사자금에서 떼어 주었을 뿐 아니라, 나머지 잔금은 가을에 주기로 미뤘었다.

이렇게 외상 집을 사들었는데, 정작 추수철을 맞았을 때는 가뭄피해로 벼 한 톨 건지지 못하고, 농사자금만 깡그리 들어먹은 터에, 집 값은 제쳐놓고라도 빚더미에 눌릴 판이었다. 그런데, 집주인은 집 값을 내놓으라고, 득달같이 달려와서 채근했으니 그는 선뜻 귀향하기 전, 서울에서 사업할 때, 쪼들렸던 암울한 고통이 다시 되살아나는가 싶어, 지레 겁을 먹기도 했다. 그럴 적마다, 그는 가슴이 답답해지고, 머리가 무거워 심한 현기증을 일으켰다. 그는 쪼들리다 못해 집을 도로 주인에게 돌려줘야겠다는 결심을 하기에 이르렀으나, 그도 안될 일이었다. 계약금을 뗄게 분명하고, 그조차 빚이어서 이래저래 손해가 겹칠 건, 말할 것 없고, 당장 오갈 데가 없으니 어쩌질 못했다.

그는 고향 땅을 찾아와서 이처럼 집 없는 설움마저 당하는 게, 무던히 서럽고 원통했다. 추수해서 갚겠다고, 무작정 가을로 미뤄둔 채, 집을 차고 든 뒤, 한여름을 겨우 살았지만, 약속이 이처럼 물거품이 될 줄은 몰랐었다. 그는 풀리지 않는 이 일을 가지고, 아무리 밤을 새워 궁리를 해봐도 돈은 돈으로 막아낼 수밖에 없는 노릇이어서 생각대로 차라리 집을 물려주고, 이전 살던 집으로 다시 돌아갈 수만 있다면, 그래도 문제 풀이가 될 터였다. 하지만, 지은 지 백년이나 된, 낡은 집채가 객지생활 십여 년에 다시 고향집을 찾아왔을 때, 집채는 이미 형편없이 기울어 어디 한군데 손써서 버틸만한 곳을 못 찾은 채, 부랴부랴 집을 비워두고 빠져 나왔었다. 그러자, 집은 저절로 쓰러졌으니 사람이 억지로 헐었다고 말할 수 없었다.

그렇다면, 집을 물려준다 해도, 아내와 자식들을 거리로 이끌 수밖에 없었으니, 노천에서 어찌 한서를 견딜 수 있으랴. 그렇다면, 당장 대책 마련 없이 집을 돌려줄 수 없으니, 어쩌질 못하고, 몸이 꽁꽁 묶인 꼴이었다. 농협대출도 이미 한도를 넘어서 바닥난 터이고, 대출을 받는다 해도 빚이 크면, 자연 이자도 클 테니, 그 엄청난 짐을 어떻게 견딜지 실로 아찔했다.

그때, 그는 코너에 몰린 자신을 도와줄 주변사람들을 낱낱이 떠올려 보았으나 누구 하나 기댈만한 곳이 걸려들지 않았다. 정녕, 그는 사면 초가에 몰려, 몹시 궁박한 일에 부딪치면서 많은 걸, 깨달았다. 다 쓰러져 가는 오막살이가 비록 위험부담을 느낄지언정, 분수에 맞고, 그게 숙명처럼 자신에게 주어진 안식처였으므로 국으로 버팀목이 되어 그렁 저렁 살아갔어야 했다. 그런 걸, 턱없는 잘못생각으로 일을 저질러 놓고, 괜한 시련을 겪는다고 뉘우쳤다. 그토록 궁박할 때, 자신을 도와줄 이는 세상에 하나도 없을 거라는 절망과 좌절이 한꺼번에 가슴을 마구 저며왔다. 비록, 시골구석에서 소농의 가장으로 뿌리깊게 살아온, 고향 땅에서 매사에 성실히 살아가는 자부심도 뿌듯했다.

하지만, 한동안 고향을 뛰쳐나가 사업을 한답시고, 객지 밥을 먹다가 어느 날, 갑자기 빈털터리로 돌아온 자신에게 그만큼, 불신의 씨가 도 사렸는지 몰랐다. 아무튼, 그는 금전문제로 일이 한정 없이 꼬이고 보니, 누가 뭐라지 않는데, 자신감보다 자책이 먼저 앞을 막아서 대뜸 몸 과 마음이 움츠러들었었다.

그는 창 밖으로 보냈던 시선을 꺾어들이고, 옷장 문을 열었다. 큰 녀석 장가갈 때, 청첩장 보낸 주소록을 꺼내어 속에 감춰둔 통장을 펴봤다. 얼갈이 판돈이 든든히 숫자로 길게 박혀있다. 그러나 지금은 든든한 돈이지만, 그걸로 농사지을 밑천을 대고, 아내와 먹고살 생활비이

니, 이제 겨우 빚을 벗고, 산다는 기쁨으로 아직 이쯤으로 넉넉함을 찾
진 못한다.

그렇지만, 삼순이 동정심을 불러일으킬 만큼, 어렵던 시절에 비하면,
어느 모로 보든, 졸부가 되었다는 뿌듯함을 생각지 않을 수 없었다. 그
리고 그 때, 그녀의 도움으로 샀던, 집조차 얼마 전, 허물고 새집을 지
었으니 비록 그녀가 줬던 돈이 빚은 아니라고 하지만, 의리만은 지켜야
한다는 생각이 들었다. 그때, 천 만원을 이십 년 뒤, 액면 그대로 돌려
준다면, 또 이상한 일이었다. 그때와 지금, 화폐가치와 이자를 따진다
면 어림잡아 일억은 얼추 웃돌거라는 추산이었다. 그러나 이제 와서 그
런 걸, 옴리좀리 따져서 빚 갚듯 한다면, 그녀가 베푼 진정한 동정심에
되레 먹칠할지 몰랐다. 그렇다면, 그때의 천 만원을 그대로 돌려준다는
건, 우스운 일일지 몰라서 정녕 언니를 봐서도 그냥 도와준 걸, 선뜻 받
지 않을지 모른다는 생각도 들었는데, 그건 그녀 나름의 괜한 허탈감만
심어줄지 몰랐다.

하지만, 일머리는 그가 아내와 입맞춘 대로 먼저 액면 그대로를 고마
운 은공을 갚는 쪽으로 기울였고, 빚은 사그리 남은 셈이니 돈 벌면 진
정한 빚을 갚겠노라고, 해야 옳다는 생각이 들었다. 하여 그녀가 형부
나 언니를 도와준 따뜻한 옛정을 무심코 저버려선 안될 거였다. 어려울
때 도와준 그녀가 뭐라 하기는커녕, 되레 그저 형부네가 잘 살기만 바
랄 뿐, 어떤 사심도 속에 넣고 있지 않을 것이니 말이었다. 허나 정히
그런 처제에게 형부가 의리 없는 짓을 저지른다면, 아무리 마음씨 착한
그녀라도 적이 배신감에서 분노를 일으켜 마냥 마음을 언짢아 할 수 있
었다.

어젯밤, 그는 이 문제를 가지고 아내와 얼굴을 맞대고, 깊은 대화를
나눴다.

"처제가 도와준 돈을 그냥 말 순 없으니, 이제라도 인사치레를 해야

지 않소?"

그녀가 어렵던 때, 자신을 도와줬던 고마움을 정녕 잊지 않고, 이따금 아내에게 그녀로부터 도움 받은 일을 되살려준 적은 있었으나 이처럼, 적극적으로 나서서 말한 적은 거의 없었다. 그만큼, 그네는 어려운 살림을 꾸려가기에 숨가쁜 나날을 보냈던 거였다.

"…!"

아내는 무표정한 모습으로 말없이 남편을 바라보기만 했다. 지금 좀 여유가 생겼다고 해도, 일 천 만원을 가계에서 빼낸다면, 아마도 살림에 흉터를 남길지 모른다는 걱정이 앞선 듯 싶었다. 친정동생의 고마움을 어느 누구보다 진하게 느낄 테지만, 어렵사리 살아온 사연을 돌이켜 보면, 가난이란 참으로 못 견딜 천형이란 생각을 하는 것 같았다.

"처제가 우리에게 빚으로 준 건, 아닐 테지만, 우리도 이젠 좀 여유가 생겼으니, 그때 도와줬던, 고마움을 생각해서라도 본전만은 돌려주고, 인사를 닦아야 할텐데, 당신 생각은 어떻소?"

그는 대답 없는 아내에게 갖춘 말을 건네 보았다. 그러나 아내는 남편의 말이 왠지 신통치 않은 듯이 대꾸했다.

"당신은 그 일을 뭘 새삼스레 꺼내세요. 걔가 우리 어려울 때, 도와줬으면, 우리도 저 어려울 때, 그만 도와주면 될 거 아니에요?"

그는 아내의 말이 그럴 듯하다는 생각을 했다. 이제껏, 아무소리 없이 긴 세월을 흘려보낸 지난 일을 가지고, 괜히 생경하게 꺼내어 일삼을 게 실은 없을 법도 싶었다. 더욱 처제가 그걸 갚아달라는 것도 아니었고, 그때, 도와준 일을 되살려 입에 자주 올리면서 그 일을 상기시켜 듣기에 거북한 자기자랑을 늘어놓는 것도 아니니 말이었다. 아마도 그녀는 그 일을 까맣게 잊었을지도 모르는데, 그걸 생경하게 꺼내서 자꾸 입에 올리는 자신이 어쩌면, 이상할 수 있다는 착각마저 들었다.

그러나 그는 좀 더 넉넉해지면 갚으라고 미루는 아내에게 그럴 수는 없다는 뜻을 밝히면서 이즘에 본전이라도 갚아야 속이 후련할 것 같다고 끈끈히 설득시켰었다.

그는 통장을 냉큼 빼들고, 집을 나서기 전에, 하얀 봉투 겉봉에다 굵은 볼펜으로 이렇게 썼다.

(김삼순 처제 님! 참, 고마웠습니다. 길이 잊지 않겠습니다. 형부 나종규, 언니 김일순)

그는 이렇게 쓴 봉투를 속주머니에 찔러 넣고 집을 나섰다. 방금 집에 있을 때는 온갖 잡념이 머리를 복잡하게 뒤흔들었는데, 집을 나와 농협으로 발길을 옮기자, 이상한 흥분이 가슴을 마냥 부풀렸다.

그는 줄곧 한겨울처럼 펄펄 날리는 눈발을 맞으며, 엉뚱하게 올 풍년을 지레 생각했다. 그는 본래 그런 버릇이 있었다. 요즘은 극심한 가뭄이 닥쳐도 모터펌프로 끌어올린 지하수를 벼논과 비닐하우스에 철철이 물대기도 좋았다. 그렇듯 언제나 전천후로 농작물에 물대줄 시설을 갖췄으니, 폭풍우만 몰아치지 않는다면, 굳이 날씨 탓으로 애태울 건 없지만, 겨울에 눈이 흠씬 내리면, 풍년이 들 거란 생각이 못 박혔다.

그래, 비닐하우스재배 농사가 제값을 받고, 벼농사가 풍년만 들면, 올 가을엔 몇천은 거뜬히 잡을 수 있다는 자신감에 사로잡혔다. 이제 얼갈이를 팔아 넘겼으니, 서둘러 수박 묘를 붓고, 초여름 수박이 끝나면, 모내기를 하여 벼농사를 시작해야했다. 그리고 밭에는 여름 수박을 한번 더 뺀 다음, 가을채소로 이어지는 농사일정은 해마다 변함이 없었다. 이전처럼 농협에 큰 빚이 잠겨 허덕이지도 않았고, 아이들조차 모두 학교를 마친 터에, 속속 직장을 잡아들었으니, 나갈 돈도 그리 많지 않았다. 이밖에 돈 나갈 데가 있다면, 전기세, 전화세가 고작이었고, 아내와 함께 살아가는 생활비 정도였다. 의료보험료도 큰 녀석 직장에 아내와 함께 올라있으니 언제든 카드만 들고, 병원을 찾아가면 되었다.

그러니 내년 농사자금을 넉넉히 비축해 두고, 머지않아 일손 놓게되면, 손발 맺고 들어앉을지 모르니, 그때를 대비해서 노년기대책이나 세울 뿐이었다. 또 별로 뒤적거려 보진 않지만, 정기적으로 날아드는 농사정보지가 우편으로 오는데, 그도 농협에서 거저 보내주었고, 남들처럼 휴대폰도 쓰지 않아서 생활비는 야물었다.

그는 농협을 찾아가서 백 만원 수표, 열 장을 통장에서 인출했다. 그리고, 그걸, 갖고 온 봉투에 꼼꼼히 세어 넣은 뒤, 속주머니에 다시 찔러 넣었다. 그리고 공중전화 앞에서 동네 택시를 불러놓고, 삼순에게 전화를 걸었다.

"큰형부가 어쩐 일이셔요?"

그녀는 느닷없는 그의 전화에 놀란 모양이었다.

"동서가 나가 있으니, 자연 자주 안 가지더군요. 요즘 동서는 자주 옵니까?"

그는 속으로 처제가 안타깝다는 생각이 들었다. 돈이 뭐기에 먹고살기도 아쉬움 없는 넉넉한 집안에서 부부가 떨어져 살면서까지 저러나 싶었다. 게다가 동서 일이 기한을 둔 것도 아니어서 무작정 그대로 산다는 건, 정녕 막연한 느낌이었다.

"예에! 자주 오는 편이어요."

그녀의 대답이 좀 어색하게 들리는 걸 보면, 좋게 꾸며댄 말 같이 들렸다.

"오늘 모처럼 처제의 집을 방문할까 해서요."

그는 속을 내비치지 않고 말했으나, 아내와 함께 그녀를 만나야 한다는 생각이 울컥거렸다. 그러나 어젯밤 아내는 함께 가자는 그의 말에 다른데 약속이 있다며 거절했었다.

"언니와 함께 오세요?"

"아뇨! 나만 가요."

"왜요?"

그녀는 큰 형부가 혼자 온다는데 예사롭게 느껴지지 않는 듯 싶었다. 그러나 형부가 볼일로 처제를 만난다는데, 대수롭지 않은 일임에 틀림 없었다. 그런데, 그녀가 이유를 묻는 건, 찾아올 목적은 알아야 한다는 여자의 상투어 같았다. 그러나 독신녀의 어떤 경계심에서 나온 말 같았고, 뭔가 형부의 낌새를 미리 알아차린 것 같기도 했다. 아무튼, 그는 끝내 자신의 속을 드러내지 않고 말했다.

"별일은 아닌데ㅡ."

그는 이렇게 대꾸했다.

"여기 오신 지도 오랜만인데, 저, 집에서 기다릴 테니 오실 테면, 오셔요. 큰 형부!"

그녀는 용무가 뭐든 오겠다는 형부를 만류할 이유는 없다고 생각했던 모양이었다.

그는 여느 때, 택시를 별로 타지 않았지만, 오늘만은 택시를 이용하고 싶었다. 공중전화부스에 수화기를 내려놓은 그는 현관에 나와 택시를 탔다. 밖은 더욱 거세게 눈발이 날렸다. 차는 큰길로 나서더니 길 찬다리를 지나 강을 건넜다. 그리고 들길을 한참을 달린 뒤에야 그녀가 사는 마을 앞, 정자나무 밑에 다다랐다.

삼순은 미혼 때, 서울의 둘째 언니네 집에 일년쯤 눌러있던 적이 있었다. 운전면허를 따려고, 학원을 다녔다. 그걸 딴 뒤에는 생뚱맞게도 택시운전을 한다고 별렀다. 여자 운전자가 별로 없었고, 택시를 모는 여자운전기사는 좀처럼 보기도 힘들었던 때여서, 셋째 딸 하는 짓이 기가 막혔던, 장인장모는 자연 막내딸에게 신경이 곤두세워졌다. 어쨌든, 그녀는 둘째 언니 집에 일년 동안을 빌붙어 살면서 운전을 열심히 배웠는데, 필기시험을 거쳐, 실기의 마지막과정인 주행코스마저 합격하여 기어이 면허증을 따냈다. 늘 그녀에게 신경을 곤두세웠던, 장인내외도 그녀가 자동차운전면허를 땄다는 소리를 듣고, 적이 놀랐다. 남자도 어렵다는 운전을 여자가 하다니, 그 놀라움에 혀를 찼다.

운전면허를 딴 그녀는 둘째 형부의 차를 몰고, 서울 시내를 곧잘 나다녔다. 그런지, 얼마 안된 어느 날, 그녀는 광화문 네거리에 차를 몰아갔었다. 마침, 빨강 신호등이 켜져 차를 멈춰 세웠는데, 잠시 뒤, 파란불이 들어와 출발하려던 참인데, 웬일인지 시동이 꺼진 채, 살아나질 않았다. 물결처럼 넘실거리는 수많은 차들이 파란 불이 켜지자, 어느새 떼를 지어 네거리를 모두 달려갔으나 그녀의 차는 네거리 한가운데 덩그러니 버티고 선 채 움직일 줄을 몰랐다. 차선을 막아선 그녀의 차는 뒤따라 달려온, 뭇 차량들의 장애물이 되었고, 그로 하여금, 전도가 막혀 앞으로 달려가질 못해서 몇 백 미터를 줄줄이 멈춰선 뭇 차량들이 이를 갈았다. 그녀는 어쩔 줄 모르고 허둥댔으나, 차는 끝내 꼼짝 하질 않았다. 길게 멈춰 섰던, 차량운전자들이 밖으로 튀어나와 아우성을 치는 가운데, 기어이 교통경찰이 긴급출동해서 사고차량을 밖으로 빼냈고, 원인을 조사한 결과 초보운전자의 실수로 빚어진 사건이었다.

그러나 경찰은 초보운전자가 단순히 꺼진 시동을 살리지 못해 일어난 사건으로 보지 않았다. 차량의 전도방해를 일으켜 서울도심의 중요 도로에서 극심한 교통체증을 빚었으므로, 면허증 취득과정의 진위를 캐려 들었고, 운전자의 신분과 건강상태, 또는 불순사상 같은 걸, 면밀히 조사할 목적으로 불구속 입건되고 말았다. 그런 뒤, 그녀가 일년 가까이 다녔던, 운전학원과 면허시험과정을 조사 받은 건, 말할 것도 없고, 그녀의 주민등록이 있는 관할경찰서로 조회가 떨어져, 온 가족의 호적, 주민등록부 같은 걸, 대상으로 신상조사가 펼쳐졌다. 뿐만 아니라, 그녀의 건강진단서까지 떼어 오라는 지시가 떨어지는 바람에 집안은 한때, 벌집처럼 들썩거렸다. 그러나 조사결과 신분, 건강, 사상, 그리고 가족관계들이 모두 이상 없다는 판정을 받게 되어 둘째 형부가 벌금을 물고서 사건은 무사히 마무리졌다.

그러나 그녀에게는 그 일단의 사건이 지울 수 없는 수치와 자괴감을 심어주었다. 얼마나 뜨건 맛을 봤는지, 그녀는 그 뒤, 아예 운전대에 오를 생각을 하지 않았고, 그러기가 죽기보다 싫어져서 차만 봐도 몸서리를 쳤다. 괜히 마음이 뜨악해져서 겁이 덜컥 나는 바람에 가슴마저 뛰고 떨려왔다. 그녀는 차와는 인연이 없다는 생각을 굳혔고, 일 년 동안 애써 따낸, 운전면허증을 아예 찢어버리고 말았다.

택시기사의 꿈을 이렇게 물거품으로 만든 그녀는 입을 굳게 다문 채, 서울을 떠나 시골집으로 돌아왔다. 다시는 서울도 가지 않기로 마음을 굳혔다.

고향으로 돌아온 그녀는 한동안, 시무룩하여 자학에 빠졌고, 꿈을 못 이룬 분노가 생리적으로 머리를 마구 쥐어박았다. 그런 모습을 본, 부모는 가까스로 그녀를 강 마을 농사꾼에게 시집보낼 수 있었다. 그건, 어디까지나 그녀의 의사를 따른 거였다.

그렇게 출가한 그녀는 아예 서울 같은 도시를 나돌지 않았고, 농사꾼인 남편과 함께 오로지 흙에만 묻혀 살았다. 그들 내외는 유산으로 받은 광활하고, 기름진 옥토를 억척스럽게 갈고, 가꾸면서 농사에 온갖 정성을 다 쏟았다. 그러면서 이웃의 농가들과 잘 어울려 삶으로서 대대로 이어받은 거룩한 농토를 사랑하고, 아끼면서 내외의 두터운 정 나누며, 누구보다 뜨겁고 정겹게 살아갔다.

그래 가난하고, 곤궁하게만 살았던, 큰언니와 형부에게도 기꺼운 동정심을 잃지 않았던 모양이었다.

그는 동구 밖의 정자나무 아래서 택시를 세운 뒤, 차에서 내리자, 속주머니에 손을 찔러 봉투를 한번 만져 보았다. 낯이 갑자기 뜨거워짐을 느끼면서 고샅길을 접어들었다. 지금 그녀는 집을 혼자 지킬 거란, 생각을 머리에 떠올렸다. 벌써 오랜 세월이 흘렀지만, 타고 난대로 그다지 한없는 사랑을 흙에 쏟던 남편은, 끝내 서울로 떠나고 말았다. 무척 다부진 체격에 건강하고, 힘이 세었던 그는, 형과 동생이 일찍 서울로 떠난 뒤, 엄청난 돈을 벌었다는 사실에 연연했다. 그런 그는 차츰 힘든 농사일에 소외감과 허탈감마저 느꼈고, 서울 사는 형제들에 동경심이 커갔다. 그러자, 그는 하루도 농촌에 머물고 싶은 생각이 가셨다.

언제부턴가, 그는 농사일을 하면, 몸에 두드러기가 생긴다는 핑계 같은 말을 입에 곧잘 올렸다. 그의 말이 진정인지 어쩐지, 형제들이 서울서 큰돈을 벌었다는데, 뼈다귀 휘청거리며, 힘들여 농사짓는 일이 아무래도 짜증난 듯 싶었다. 어느 날, 그는 형이 노래방을 사준다는 말에 기어이 서울로 떠났다.

그는 그렇게 고향을 떠났는데, 삼순은 농사일과 결별하고, 집을 나간 남편을 따라나서지 않았다. 그녀는 어디까지 문전옥답이 즐비한 시집의 유산과 시전지물을 꼿꼿이 지켜 살겠다는 올곧은 생각이 좀치도 흔들리지 않았다. 차라리 별거하면 했지, 남편을 따라가지 않았고, 그 동안 남편이 휘어잡아 짓던, 농사일도 이젠 사그리 그녀가 맡아하려니 했다.

그녀는 어느새 농사꾼들이 즐겨 타는 오토바이를 몰고서 동네고샅으로, 논밭 길로 총알처럼 돌아다니기 시작했다. 비록 여자의 몸이지만, 이젠 별 수 없이 농사에 묻힌 몸을 흙 속에 굴릴 수밖에 없었다. 그런 그녀는 농사철이면, 이전보다 훨씬 바빠졌는데, 서울로 떠난 남편은 한 달에 한두 번, 올 듯 말 듯 했다. 그러나 그녀는 남편이 뜸들여오든 말든 개의치 않고, 동네사람들과 어울려 농사짓는 즐거움으로 살아갔다.

본래, 대농이었던 시집이어서 비록 고택이지만, 집채가 덩그러니 컸다. 고교를 다니던, 아이들마저 이내 대학에 진학하여 모두 도시로 나가고 보니, 그녀 혼자 남은 집채는 말할 수 없이 고적이 깃들이고 말았다. 그녀는 농사철이든, 농한기든 동네사람들과 엄벙덤벙 어울려 사는 게, 재미 같았다. 그런 그녀는 마음 내키면 찾아드는 남편의 아내가 이미 아닐 건만 같았다.

그는 눈이 펄펄 날리는 고샅길을 따라 발을 옮겨갔다. 삼순이 살고 있는 집은 마을 깊숙이 안쪽에 자리잡고 있었다. 미리 전화를 걸었을 때, 집에서 기다리겠다니, 그녀가 있을 줄 알고 바깥마당으로 성큼 들어섰을 때, 그는 흩날리는 눈을 맞으며 대문 밖까지 나와 선, 그녀를 눈에 띄울 수 있었다. 그런데, 선뜻 스쳐본 그녀의 표정은 웬일인지 나무토막처럼 굳어있었다. 꾸밈새 없이 소박하고 지순했던 그녀는 무던히도 정겹게 자신을 따랐었다. 그런 그녀가 이쯤 오랜만이면, 반가움에 엉너리치며 반색할 텐데, 가까이 다가서는 자신을 눈도 깜박거리지 않고 말간이 바라보고만 있는 게, 마치 산사의 수도승을 연상케 했다.

그는 그런 무표정한 모습을 보니, 좀은 떨떠름한 생각에 사로잡혔다. 그러나 실로 오랜만에 그녀에게 고맙다는 말을 떳떳이 할 수 있는 기회가 왔다는 뿌듯함이 그녀의 굳은 표정을 개의치 않고 마주볼 수 있었다.

"처제! 그 동안, 어떻게 지냈습니까?"

그는 멍하니 서있는 그녀에게 활짝 웃음을 띄어 보이면서 인사말을 건넸다.

"저야, 그저 그렇죠. 큰 형부! 안으로 들어가서요."

그녀는 줄곧 굳어진 얼굴로 담담하게 대꾸했는데, 방으로 들어가 그녀와 얼굴을 마주했을 때는 무슨 말을 먼저 꺼내야할지 몰랐다. 그저 자신의 얼굴만 잠시 바라보던 그녀는, 소리 없이 몸을 일으켜 주방으로 가더니 커피를 끓여왔다. 그런 동안, 그는 또 속주머니에 손을 찌르고, 봉투를 손가락으로 확인했는데, 봉투를 먼저 내놓으면 안 된다는 생각을 되살렸다. 말도 안 된다는 생각이 들었고, 되레 떳떳치 못한 짓을 하려고 여기를 온 느낌이었다. 그래 차츰 몸과 마음이 한껏 움츠려들어 미리 준비된 이야기조차 줄거리가 흐릿해지고, 생각의 갈피를 잡기 어려울 만큼 가슴이 들끓었다. 차라리 그녀가 속으로 뭐라든지 아내의 말대로 그냥 놔두는 게 옳았을지 몰랐다. 오래된 빚을 새삼스레 갚으려는 사람을 보지 못했고, 듣지도 못한 듯 싶었다. 그건 갚는 사람도 예상 못한 부담이었고, 받는 사람도 만족하거나 흐뭇해 할 일이 못될 테니, 긴 세월의 덫으로 삼고, 고마운 줄 알면, 서로의 이해를 퇴색케 할지 몰랐다. 그러나 그는 그럴 수 없다는 생각으로 뒤집었다. 내킨 김에 달려왔으니 봉투를 주고 가야했다.

아무튼, 그는 따끈한 커피 잔을 한 손으로 들어올렸다.

"동서는 서울이 그렇게 좋답디까?"

그는 이런 식으로 동서의 근황을 물었으나 좀은 동서 하는 일을 비아냥거린 투라는 자책이 일었다. 하지만, 현실은 현실이니 만큼, 사업이 잘 된들, 무슨 소용일까 싶었다. 바로 앞에 마주 앉은 그녀의 개운치 않은 생활이 못내 아쉽다는 뜻에서 불은 거였다. 그런데, 그녀는 남편의 별거에 불만을 토로하진 않았다.

"예! 잘되는가 봐요. 한 달, 이 백 만원 수입은 되니까요."

그는 그녀의 말에 또, 한번 놀랐다. 이전 같으면, 한 달 수입이 어떻다는 말은 그녀에게 어울리지 않았는데, 그런 말을 서슴없이 하는 걸 보면, 그녀도 세상물정에 많이 젖었구나 싶었다. 그렇다면, 그녀가 아직 입을 뗀 적은 없지만, 오래 적에 자신에게 베풀었던 일을 이제껏, 기억 밖으로 몰진 않았으리란 생각도 들었다.

그러면, 자신이 지금 가져 온, 본전을 그녀에게 건넨다면, 대뜸 이자는 어디 가고, 화폐가치는 뭐냐고 따질 것만 같았다. 그렇다면, 할말이야 있지만, 입을 못 뗄 것 같고, 그 엄청난 빚을 어떻게 갚을 수 있단 말인가. 차츰 가슴이 답답해 왔다. 어디서든 돈에는 인사불성이 통했기에 더욱 그랬다. 이 시대에 삶과 죽음이 오로지 돈에 달렸으니, 그럴 수밖에 없다는 생각도 들었다. 게다가 그녀의 낯빛은 처음 보았던 그대로여서 도시 다음 말을 잇지 못했다. 입이 메말라 붙듯, 하여 그는 따끈한 커피를 순식간에 목으로 꺾어 부었다. 차라리 얼마쯤 갚으라고 말했으면, 마음이라도 편할 듯 싶었다.

더욱, 그녀에게 죄의식을 갖는 건, 자신이 집을 새로 지었다는 사실이었다. 집은 좀 늦게 짓더라도 기왕지사 얼마를 건네줄 바엔, 그녀의 빚부터 닦고서 몇 년 뒤, 여유를 찾아 초근초근 집을 지었어야 걸맞다는 생각이 번뜩 들었다. 자기 볼일 다 마치고, 뒤늦게 찾아와 겨우 본전 떼기인가. 그는 갑자기 자신의 소갈머리가 스스로 훤히 들여다보였다.

하지만, 이야기 못할 건 없었다.

"아니, 동서가 그 깐, 한달 이 백 만원에 밤잠 설치면서 고달픈 일을 사서한답디까?"

"그나마, 형님이 마련해준 건데요."

그녀가 이렇게 대꾸하자, 또 할 말을 잊었다. 무작정 남편에게 갖는 불만을 속으로 삭히고, 배차기로 두둔하기만 하는 줄 알았는데, 끝내 말꼬리는 한 푼 벌이라도 해야 살아남겠다는 살천스러운 속내였다. 변해도 많이 변했다는 쓸쓸한 생각이 머릿속을 마구 휘적거렸다.

"씀씀이가 큰 것도 아닐 텐데—?"

"왜요? 애들이 한창 대학에 다니는 걸요."

그녀는 줄곧 냉기에 찬 표정을 벗지 못했다. 그러나 아이들이 대학에 다닌다면, 시전지물을 팔지 않고는 해마다 적자를 고수해야하는 농사라면, 남편의 노래방 벌이에 기댈 법도 되었다. 그러면 처음 생각대로 봉투를 건네주고, 고맙다는 인사치례 한마디 남긴 뒤, 얼른 집으로 돌아가는 게, 좋을 성싶었다.

"처제!"

그는 정녕 그녀의 고마웠던 일을 되살리며 정색을 한 뒤, 이렇게 불러보았다.

"왜요? 형부."

"나는 늘 처제가 어려웠던 시절, 도와줬던 일을 잊지 않고 있소. 지금도 어렵기는 마찬가지지만─."

"형분, 집도 새로 짓고, 옛말하면서 사시잖아요."

"옛말이라니?"

그녀가 옛말 어쩌고 하는 바람에 그는 화들짝 놀랐다. 그만큼, 자신이 지금 옛말할 정도로 잘살지는 못하는데 말이었다.

"그러니까, 살림이 넉넉해져도 마찬가지로 죽는소릴 치더군요."

그녀는 점점 모를 소리만 했다. 자신을 비아냥거리는 듯 싶었고, 이전보다 낳아졌다는 사실을 그대로 이야기하는 듯도 싶었는데, 이렇게 그녀가 말한 적은 이전에 없었다. 언제든, 형부내외가 더욱 잘 살기를 바랐고, 얼마든지 잘 살기를 기도하듯 했던 그녀가 형부의 속내도 잘 모르면서 혼자 생각으로 찧고 까부는 게 아닌가. 기가 막힌다는 생각이 들어 입이 떼어지지 않았다.

"…!"

그리고, 처제의 말을 가만히 듣고 보니, 안 되겠다는 생각만 번뜩 번뜩 들었다. 그녀는 내가 여기를 왜 왔는지, 그 용무를 지레 아는 듯 싶었다. 그녀는 금방이라도 이 십 년이나 흐른 뒤, 겨우 본전을 달랑달랑 들고 와서 무슨 얘기냐며 따질건만 같았다.

(이를 어쩐담?)

그는 참으로 난감했다. 속주머니에 넣어둔 봉투를 내놓는다면, 적어도 오, 천 만원이라도 채워달랄지 몰랐다. 아내의 말이 천 번 맞았다. 국으로 가만히 있기라도 할 걸, 괜히 여길 와서 마음을 끓인다는 뉘우침이 일었다. 하지만, 아직 그녀에게 용무를 밝히지 않은 바에 그녀가 자신의 속을 알아차릴 까닭이 없었다. 그러니 이제라도 오지 않은 셈치고, 홀홀 털고 일어선다면 될 것 같았다. 그리고 그녀가 이전 마음으로

돌아설 때까지 집에 놔뒀다가 나중에 줘야 그녀가 나의 속을 헤아려 고
마운 줄 알 것 같았다.

　그는 그렇게 하는 게, 차라리 낫겠다고 생각했다. 지금 분위기로는
도시 속주머니에 넣어둔 돈을 내놓을 용기가 나지 않았다. 그래 몸을
일으키려는데, 처제가 이상한 코웃음을 쳤다.

　"흥!"

　그는 또, 이 소리를 듣고 들먹거리던, 엉덩이를 도로 주저앉혔다. 정
녕, 그녀는 자신과 드잡이로 싸우기라도 할양이었다.

　그때, 창호지문풍지가 드르릉거렸다. 밖에서 찬바람이 문틈을 비집
고, 거센소리를 내며, 방으로 스며들었다. 한겨울처럼 눈이 날리긴 했
어도, 공기가 그다지 차지 않았는데, 문틈으로 새든 찬바람이 할랑한
앞가슴을 파고들어 온몸으로 한기가 번졌다.

　그는 부르르 떨리는 몸을 가누면서 그녀를 스쳐보았다. 그녀의 눈길
은 천장을 치켜보고 있었다. 빚쟁이가 빚을 못 받자, 죽치고 앉아있는
꼴 같았다. 그렇지만, 그녀에게 빚을 제대로 갚으려면, 앞으로 십 년도
더 걸릴지 몰랐다. 이제 그녀의 빚을 갚기는 글렀다는 생각도 했다. 그
녀가 이십 년 전, 자신에게 베풀어준 값싼 동정은 고맙기보다 한낱 못
된 술수에 지나지 않았다. 그건, 어쩌면, 시기심일지 몰랐다. 그럴 만
큼, 잘살지 못하면서 그녀로 하여금, 그런 시기심을 돋궈냈다는 건, 자
신의 잘못일지 몰랐다.

　그는 자리를 박차고 일어서고 싶었으나, 얼어붙듯 붙박인 몸은 도시
말을 듣지 않았다. 그런데, 그는 이대로 그냥 돌아갈 수 없다는 자각이
차츰 맴돌았다. 그리고 그녀의 분명한 말을 들으려면, 준비해온 봉투를
떳떳이 꺼내놓고, 인사치레로 한마디를 건넨 뒤, 그녀의 말을 듣고서
떠나야 할 것 같았다.

　그래, 그의 생각은 본래의 위치로 되돌아섰다. 하지만, 적이 굳어진

그녀의 얼굴을 보면, 무슨 말이든 입을 떼기가 싫었다.

그러나 그는 마른침을 삼키며, 입을 열지 않으면 안되었다.

"내가 오늘 이렇게 갑자기 온 건, 처제도 기억나겠지만, 그때, 엄청 큰돈을 내게 도와줘서 고마움을 만 분의 일도 갚진 못해도, 그때, 도와줬던 돈은 돌려주는 게, 도릴 성싶어서요. 내가 그때에 비하면, 살림이 좀 낳아졌다고는 하지만, 아직 넉넉지 못합니다. 더는 미룰 수 없다는 생각에서 액면 그대로라도 은혜에 보답하러 온 거요."

그는 준비했던 말을 겨우 털어놓았다. 그리고 속주머니에 손을 찔러 기여 봉투를 꺼내어 그녀 앞에 선뜻 내놓았다. 그러자, 그녀는 줄곧 무표정한 얼굴인 채, 말없이 그를 바라보았다.

"...?"

"─그쯤 알고, 이걸 받아주오. 미안하오. 처제!"

그는 방바다에 놓인 봉투를 한번 스쳐보며, 선뜻 몸을 일으켜 세웠다. 더는 그녀와 마주보기가 계면쩍어서였다.

"천 만원은 그전도 컸지만, 지금도 큰돈이에요."

그가 방문을 열고 나서는데, 봉투를 두 손으로 보듬은 그녀가 이렇게 말했으나 그게 무슨 뜻인지 얼른 알아들을 수가 없었다.

밖에는 앞을 볼 수 없을 만큼, 엄청 많은 눈발이 어지러이 흩날렸다. 이상한 날씨였다. 해도 너무 한다 싶었다. 지난겨울에도 이렇듯 많은 눈이 내린 적은 없었는데, 철이 곤두박질 친 듯 싶었다. 이른 아침부터 줄곧 내린 눈은 그칠 기미도 없었다.

그런 속을 그는 허겁지겁 뜀박질로 달려나갔다. *

유왕산아!

　구름 한 점 없이 맑고 높은 하늘이 깊은 물처럼 푸르다. 바늘 끝으로 찌르듯이 따가운 햇살아래에 스치는 바람결이 시원하다. 짙푸르던 나뭇잎이 어느새 울긋불긋 단풍이 들어 채색되었고 풀벌레소리가 사위에서 바람처럼 일렁인다. 앙증맞은 고추잠자리가 비행기처럼 허공을 떠다닌다.

　추석이 바싹 다가오자, 새울 댁은 손놀림이 바빠진다. 먼저 익은 빨간 고추를 따서 지붕에 널고, 논밭두렁 길을 타고 다니면서 지레 여문 콩을 따다가 콩고물을 장만하여 햅쌀로 송편을 빚으려한다.

　햇것으로 조상 님 제상 차려서 명절을 쉰 뒤에는 못내 그리던 꼬막을 행여 만날까 유왕산을 찾아 가려한다. 거기를 가면 천지신명 유왕님께 두 손을 모아 빌고 빌어 소원을 풀려한다.

　그녀는 옆에 낀 바구니에 고추를 잽싸게 따서 담는다. 딸의 얼굴이 불현듯이 머리 속으로 떠올라 어릿거리곤 한다. 그 애가 마지막 떠난 지는 어느덧 물 흐르듯 적이 십 년이 흘렀다.

　해마다 이맘때만 되면 그 애를 만나려고 유왕산을 찾아가지만, 거기에 나온 많은 여인들 속에서 그 애 모습을 찾지 못한다. 모습은커녕 소식조차 들을 수 없으니 늘 속이 굴뚝 속처럼 깜깜하다. 거기 갈 때는 지레 그 애의 얼굴이 선연하게 떠올라서 행여 만남의 기쁨과 환희로 들뜨지만, 으레 헛걸음질만 치고 돌아오곤 한다.

무소식이 희소식이려니 자위를 해봐도 별수 없이 애가 탄다.

당나라에 끌려간 임금님처럼 한 번 떠나면 영영 얼굴 보기가 그다지 어려울까 싶었다.

올해도 거기 가서 밤새도록 그 애를 기여 찾고 말리라 한다. 그래 이틀 이을 끼니를 반합에 챙겨 갖고 가려한다.

그녀는 고추를 따면서 문득 강물위로 떠도는 유왕산 달빛을 머리 속으로 그린다.

망국의 한을 품고서 슬픔 맺혀 떠나신 임금께서 천년이 지난 이제껏 돌아오지 않으니, 나라를 다시 찾을 수 없다. 그렇듯이 꼬막도 영영 돌아오지 않는가 보았다.

이런 생각을 하면 그녀는 스스로 섬뜩한 느낌을 자아내지만 가슴이 터질 듯 한다.

(거무개에서 온 사람? 거무개 사람?)

남들이 그녀를 미쳐서 실성했다고 할지 모르지만, 낯선 사람들 마주치는 대로 옷소매를 부여잡고 애타게 물어 쌌다. 그렇지만 거기에 모인 사람들 속에는 공교롭게도 만날 수가 없었다. 하기는 그녀가 미치기는 커녕, 거기 나온 사람들 모두가 나름대로 소원풀이를 빌 터이니 누가 누구를 저주하고 조소한단 말인가.

(꼬막아!)

그녀는 이따금 일손을 멈추고 딸의 이름을 속으로 외쳐 부른다. 한숨을 내쉰다. 자신도 여자의 몸으로 태어났지만, 여자는 왜 남의 집에 시집가서 매어 사는지 몰랐다. 딸이라고는 그것 하나 길러 제 길로 자라니 어미의 잔일을 샅샅이 도와주고 늘 그림자처럼 곁에서 뱅뱅 돌면서 앙증맞은 찔레꽃 같은 아기자기한 웃음꽃을 피우다가 훌쩍 떠났다.

딸자식을 평생 품속에 끌고 살아갈 수는 없지만, 그런걸 되살리면 가슴이 찢어질듯 아파 온다. 뒷간과 사돈집은 멀수록 좋다나—. 아무튼 남편 발 닿는 대로 멀리 전라도 땅인 거무개란 곳으로 시집보냈다. 대체 거무개가 어느 쪽 어느 뫼에 붙은 아련한 곳인지 알 턱이 없다.

그 애가 시집 간 뒤에 신랑과 더불어 세 번째쯤 왔을 때 일인가 보다. 매정스럽고 인정머리 없던 남편이 괜히 하얗게 질린 얼굴을 하고서 딸 사위에게 핀잔을 주었다. 그게 새울 댁의 마음을 두고두고 꺼림케 만든 시초였다.

"오죽 못난 놈이 처갓집 자주 드나들까."

남편은 같은 남자라서인지 사위를 겨냥하여 독촉을 당겼으나 그게 실은 딸에게 족쇄를 채운 꼴이 되었다. 말속에 뼈가 들었다. 남편의 뚝배기 깨지는 소리에 사뭇 납작코로 짓눌린 채로 그들은 눈물을 머금고 떠났다. 그 참 소식이 끊긴 건 말할 것도 없고 긴 긴 세월이 천년같이 흘러온 것이었다.

이제 희미해진 기억 속에서 모습조차 떠올 수 없으니 그 아픔이 자꾸 도져온다. 모르겠지만, 시집살이 고달프긴 어느 집이든 마찬가지 아닌가. 더욱 사위야 백년 객이라는데 말솜씨 없는(새울 댁 생각이다) 장인의 핀잔을 맞았으니 부부금실 좋으리란 기대는 짐작도 못할 게 뻔하다.

새울 댁은 몰인정한 남편이 몸서리치게 미워졌다. 딸 사위도 분명히 자식일 터인데, 신혼기분이 정겹고 우쭐해서 스스로 찾아오는 걸 가지고. 그녀는 그네가 발 그림자도 않자 볼 것 없이 남편을 두고 원망의 포화를 쉴새없이 터뜨렸다. 저희 나름대로 신혼의 아기자기한 정과 사랑을 즐기고 싶은 터에 의기를 죽인 꼴이었다. 신부가 사랑스러우면 처갓집 말뚝에 절한다는데 그런 걸 헤아리지 못하고 문전박대냐고 따졌다.

그러면 남편 왈 그 애들이 미워서가 아니라는 거였다. 출가한 뒤에 친정에 미련을 두면 시집살이 어렵다는 핑계였다. 하지만 어떤 이유였든 산짐승도 사람 집에 찾아들면 잡아먹지 않는 법인데 세상에 자식을 두고 그럴 수 있냐고 대들었다.

어쨌든 남편이 한 번 쏟아 부은 물은 주어 담을 수가 없었다.

그녀는 그 일로 남편과 길게 다툼을 이어갔으나 아무 것도 얻은 게 없었다. 그저 마냥 후회가 들고 민망할 뿐이었다. 그럴수록 그녀는 딸에 대한 연민의 정이 울컥거려서 더욱 더 꼬막이 사무치게 보고 싶었다.

소식조차 없으니 지금도 그때 말하던 거무개라는 곳에서 줄곧 살고 있는지 아니면, 어디로 떠나 살고있는지 모른다. 보진 못했어도 고래실 문전옥답에 섬지기로 즐비한 전장(田庄)은 이전 그대로인지— 그리고 뜬소문으로 살림이 탄탄한 졸부라는 말도 사실인지 아닌지 몰랐다.

아무튼 잘 살고 못살기보다 얼굴이나 한 번 보고싶은 게 소원이었고, 모처럼 마주 앉아 살아온 이야기나 실컷 나누고 싶었다.

(꼬막은 어디서 무얼 할까?)

새울 댁은 딸이 한없이 그립고 보고싶었다. 마지막 모습을 남기고 떠났던 동구 밖을 넋을 잃고 바라볼 때가 많았다. 그러면 아쉬움에 뒤돌아보고 눈물 짓던 모습이 환상처럼 떠올라 사정없이 달려든다. 남편이 그렇게만 하지 않았어도 이토록 발을 끊진 않으리란 생각이었다.

하지만, 한편 그 애들 탓도 않는 건 아니었다. 아무리 처가에 서운하고 섭섭한 일이 있더라도 적이 한 두 해에 한 번은 다녀가야 옳지 않을까. 그러면 이다지 애 닳게 보고프진 않을 터이고 그리움도 훨씬 삭혀질게 틀림없었다. 그런걸 배차기로 십 년이 넘게 속으로 난 자식의 얼굴을 한 번도 눈에 띄울 수 없으니 그럴만하였다.

명절 쇠고 이튿날 새벽밥을 지어먹은 새울 댁은 어젯밤 미리 챙겨두었던 반합에 밥을 퍼 담고 반찬을 곁들여 넣는다. 그리고 보에 싸서 머리에 인 채로 집을 나선다.

어느새 동구 밖에는 유왕산을 가는 여인들로 장사진을 쳐서 길게 이어졌다. 그들도 저마다 새울 댁처럼 음식을 보에 싸서 이고 든 사람들이었다.

거기로 끼어든 그녀는 참실 댁을 만났다. 작년에도 함께 갔다가 친정 어머니를 만났다. 팔십을 넘보는 친정어머니는 맏며느리와 함께 유왕산에 나왔다가 그네들은 모처럼 딸과 서로 만날 수 있었던 거였다. 비록 남의 일이지만 언제 세상을 뜰지 모를 고령의 친정어머니를 두고 마냥 안타까워하던 그때 참실 댁의 습기에 찬 모습이 지금도 눈에 선하다.

한나절을 걸어서야 한산고개를 넘었다. 고개를 넘어선 그녀는 아직 유왕산이 선뜻 눈에 띄진 않았으나, 가마득한 들 끝으로 아득히 작은 산들이 옹기종기 모여있는 게 멀리나마 한 눈으로 들어온다. 그녀는 유왕산이 눈에 들어오자, 또 꼬막의 칙칙한 모습이 머리 속에 찐득거린다. 이번만은 꼭 만나리라는 신념이 솟음 친다. 그 애를 만나면 눈물이 펑펑 쏟아질 것만 같았고 그 동안 나누지 못한 아쉬운 정이 쌓인 가슴에 아픔이 마구 저며들 것만 같았다.

남들이야 이상하게 보든 말든 울음이 솟구치면 실컷 울리라고 별렀다. 아기는 몇이나 낳았고 먹고사는 형편은 어떤지 또 시집살이는 심하지 않은지 사위는 진정 장인의 말을 노엽게 여겨서 이토록 발길을 끊었는지 알고 싶은 게 한두 가지가 아니었다.

하지만 그녀는 작년에도 이런 꼬막과의 만남의 꿈을 부풀리면서 마냥 설레는 가슴을 끌 안고 갔었다. 딸을 만나면 그 참에 집으로 이끌고 와서 하룻밤을 재우면서, 밤새껏 회포 서린 정담을 나누려고 별렀었다. 그러나 돌아올 때는 그런 꿈이 물거품 터지듯이 허탈감과 아쉬움만 남았다. 그러면 텅 빈 가슴만 끌어안고 터벅거리는 발걸음으로 되돌아올 수밖에 없었다. 그리고 일년은 열두 달에 삼 백 육십 오일을 까맣게 기다려야 한다.

오늘도 만일 그 애를 만나지 못하면 가마득한 내년 이맘때를 허우적거리면서 기다려야 한다. 속아 사는 게 세상살이라 하지만, 그녀는 생각만 해도 아찔한 현기증이 일곤 하였다.

그래도 아득히 보이던 작은 산들이 차츰 가까이 키워지기 시작하자, 들길을 걷던 그녀의 몸과 마음은 한결 가벼워진다.

"설마 올해야 만나겠쥬."

참실 댁이 원뎅이에 다다르자, 딸을 그리워하는 새울 댁이 안타깝게 보이던지 한마디를 불쑥 내민다. 그리고 목축골로 넘는 성황당고개에서 그녀는 발을 멈춘다.

"새울 댁! 여기서 빌어유. 작년에도 난 성황님께 간절허기 빌고 지나갔유. 부디 친정어머닐 만나게 해달라고— 말유."

참실 댁은 같이 빌자고 하였다. 새울 댁은 그녀가 하자는 대로 성황당 앞에서 손을 모으고 마음깊이 꼬막을 만나게 해달라고 빌었다. 그리고 길에 굴러 떨어진 돌을 주어다 단위에 연신 올려놓았다. 그리고 또 빌었다.

"성황 님! 소원성취를 비나이다. 거무개로 출가한 여식은 저의 둘도 없는 딸자식 꼬막입니다. 출가외인도 분수가 있쥬. 시집간 지 십여 년을 넘기고도 얼굴 한 번 못 보니 핏줄이 켕기고 천륜이 맺혀서 모정인들 어찌 보고 싶지 않겠어유? 부디 굽어 살피시사 이번만은 꼬막을 꼭 만나게 해 주시길 천만 축수하나이다."

이렇게 두 손을 모아 빈 뒤에 그녀는 밥보자기에 싼 반합을 머리에 이고, 참실 댁과 함께 고개를 넘었다. 가야구 마을을 지나 젖무덤처럼 강가로 솟아오른 유왕산에 닿을 무렵은 해 걸음이었다.

어느덧 많은 여인들이 모여들어 산정을 온통 덮다싶었다. 둘이는 강쪽으로 발을 옮겼다. 기운 햇살이 떠도는 강물은 금싸라기 같은 빛 무리를 동동 띄우며 가녀린 빛으로 반짝거렸다. 강가로 길게 어우러진 갈대꽃이 살랑 바람에 흐느적거린다. 멀리 제석나루와 웅포나루에서 배들이 이쪽을 향해 줄줄이 떠온다. 갓개나루에 정박되어 있는 배들도 나루터를 꼭 채웠다.

그네는 물가 산자락을 돌아 약수터 앞에 머물렀다. 정오가 훨씬 지난 때여서 시장기가 느껴진다. 그네는 약수터에 놓인 표주박으로 물을 떠서 한 모금씩 마셨다. 물이 목을 흘러들자 속이 시릿하였다.

그런 뒤, 그네는 한창 산을 오르는 여인들을 눈여겨보면서 반합을 쌌던 보를 풀었다. 샘터에서 밥을 먹으면 곁에 물이 있어 좋을 것 같았다. 이 물을 먹으면 옻을 타지 않는다니 약수가 틀림없었다. 사람이 옻을 타는 건 기운이 탈진한 탓이라는데 그만한 원기를 돋군다는 말이 아닌가싶었다.

이런 생각을 하며 그네는 물 한 모금으로 목을 추긴 뒤에 밥숟가락을 놀렸다. 연신 밥을 떠서 목으로 넘기며 지나치는 사람들을 쉴 새 없이 살펴보았다.

여기에 올 기약도 없는 딸을 기다린다. 설핏 이런 생각이 들자, 그녀는 가슴이 철렁 내려앉는 느낌이었다. 그렇지만, 그건 괜한 생각이라 여겼다. 조선천지 여자들이 죄다 이곳으로 모여드는데 꼬막이라고 안 올 리가 없었다. 반드시 온다. 꼭 올 거였다. 여기 모인 사람이 만 명, 십만 명, 아니 백만 명은 될 거였다. 산을 전부 덮고도 뱃길과 논 밭길을 더듬어오는 여인들이 저렇듯 끊임없이 줄을 이었는데 꼬막이라고 못 올 리 없었다. 찾아야한다. 열엿새 달이 서산에 질망정 사람들 틈을 비집고 다니며 기어이 꼬막을 찾고 말리라. 그 애도 이 곳에 와서 친정 어머니를 애타게 찾아 헤맬지 모른다.

이런 생각이 들자, 마음이 또 뜨겁게 달아오르고 들떠지기 시작한다. 먹다 남긴 반합 뚜껑을 덮어놓고, 다시 보에 싼 뒤는 얼른 몸을 일으켜 세웠다. 그리고 산자락으로 트인 도랑 길을 따라 산정으로 거슬러 올라갔다. 산길 초입부터 사람들로 붐볐다. 그녀는 사람들 틈을 비집고, 산 꼭대기로 올라가면서도 한 사람도 놓치지 않고 뭇 얼굴들을 눈여겨보왔다.

산등성이에 올라갔을 때는 마침 가설극장에서 콩쥐팥쥐를 공연하였다. 그렇지만, 그걸 보고 있을 때가 아니었다. 산정으로 올라가서 산등성이를 채운 사람들의 얼굴을 한꺼번에 볼 수 있는 전망이 훤히 트인 자리를 골라 앉았다. 많은 사람들의 얼굴이 마주쳐왔다. 한꺼번에 마주쳐오는 시선들이 따갑게 느껴지지만, 그런 눈길과 마주하며 연신 얼굴들을 훑어보았다. 그러나 꼬막의 모습은 눈에 띄지 않는다. 그래도 눈을 팔지 않고 사람들의 얼굴이 총총 박힌 무리 속을 줄곧 살펴보았다. 그런데 그녀는 문득 꼬막의 얼굴을 되살리면서 의아해 하였다.

(그 애 얼굴이 변했을까. 사람은 열 두 번이나 모습이 변한다는데 아기를 낳으면 살이 지고, 처녀 때의 얼굴과는 생판 달라질지 모르는데 어쩌나?)

아무리 눈살 굽게 훑이보아도 꼬막이 눈에 띄지 않자, 그녀는 이린 엉뚱한 생각이 든다.

그런 동안 해는 무심히 서산으로 진다. 붉은 노을이 서녘하늘을 채워 놓는다. 해가 지자, 어둠이 성큼 다가온다. 횃불을 밝혀든 사람들이 오방신장기(五方神將旗)를 여럿이 들고 산정으로 올라온다. 대열에는 제물을 짊어진 사람도 끼어있고 굴건제복한 사람들도 있다.

그때 마침 동녘하늘로 둥근 달이 떠오른다. 달빛이 강물 위에서 출렁거린다. 고기가 노니는지 첨벙거리는 물소리가 차갑게 들려온다. 간헐적으로 생경한 바람이 불어온다. 불빛을 길게 앞세운 배들이 티없이 맑은 수면 위에 불빛을 흘리면서 멀리 가까이 강물을 따라 몰려든다. 하얀 달빛이 여인들의 얼굴을 환히 비쳐준다.

산정에 제상이 차려졌다. 생것만을 배설한 제상이다. 초헌관, 아헌관이 굴건제복을 하고서 제상 앞에 무릎을 꿇고 앉는다. 이어 축문을 읽는 소리가 산정으로 은은히 울려 퍼진다.

천년사직이 홀연히 무너지고 망국의 비통함을 끌어안은 채로 적군에게 포로되어 볼모로 잡혀간 임금님을 향한 일편단심이 우러나는 축문이다. 나라를 잃은 백성들의 충정이 그대로 아로새겨진 제상에는 향연이 붉게 피어오른다. 그런 모습을 열 엿새 밤의 달빛이 조용히 비춰준다.

잠시 새울 댁은 꼬막이 찾을 생각을 까맣게 잊은 채로 넋을 잃고서 바라본다. 제주들은 독축이 끝나자, 제상을 향하여 몇 번이고 몸을 꾸부려 정성어린 절을 올린다.

추모 제향은 곧 끝나 제상을 거둔 뒤는 이내 모닥불을 지핀다. 사람들은 모닥불을 돌기 시작한다. 저마다 소원성취를 두 손 모아 빈다. 대개 소원망당(所願亡唐: 당나라 망하기를 원한다)을 빌었다. 오죽하면 그네나라가 망하기를 바랄까. 적병에 끌려가신 임금님은 편안히 계신지 어떤지, 소식조차 없으니 백성들은 임금님의 안부가 걱정된다.

지금은 슬픈 한을 품으신 임금님도 돌아가시고, 그때 임금님과 더불어 함께 볼모로 끌려갔던 귀하신 왕자를 비롯한 대신들과 백제유민들이 모두 세상을 떴겠지만, 후예들은 줄곧 그들의 무궁한 안녕과 만수무강을 빌었다.

여인들은 손을 마주하고 모닥불을 빙빙 돌면서 한 목소리로 그렇게 빌어 쌌다. 그런 동안 둥근 달은 밤하늘 높이 중천에 떠올랐다. 달빛이 온 산을 휘영청 밝혀준다. 사람들의 얼굴이 대낮처럼 환히 보인다.

그러자 새울 댁은 그제야 소스라치게 꼬막이의 생각이 났다. 그래 그녀는 생경하게 주위를 둘러본다. 그런데 십 년 전의 꼬막이 이제 어떻게 변했는지 모른다. 처녀 때와 출가한 뒤에 아기를 낳으면 모습조차 달라진다는데.

그녀는 이전 꼬막의 얼굴을 아련히 머리 속으로 그려보며 아무리 달라져도 설마하니 그 애를 몰라보겠느냐는 자신감을 앞세우고 눈을 연신 돌려본다. 그러나 좀처럼 꼬막은 눈에 띄질 않는다.

　이슥한 밤에 찬이슬이 내렸는지 옷이 차갑게 흠뻑 젖었다. 밤이 깊어지자 사람들은 산을 내려가 뱃길로 떠나기도 하고 논밭 길을 타고 어디론지 걸어가기도 한다. 그렇지만 산정에 그대로 남아 있는 사람이 더 많았다.

　그들은 무슨 소원이 그리 많은지 사위어 가는 모닥불을 줄곧 돌면서 무언가를 빌어쌌다. 새울 댁도 그 속에서 사람들에 끼어 함께 모닥불을 돌면서 꼬막을 만나게 해달라고 빌었다.

　어느덧 삼경이 지난 듯싶었다. 이제 천지신명도 잠이 들었을지 몰랐다. 교교한 달빛이 밝기를 더하고, 풀벌레소리가 그윽한 가을밤의 정적을 깬다. 천지신명께서 잠드시면 아무리 빌어도 소용이 없을 성싶었다.

　그래 새울 댁은 참실 댁과 함께 사람들을 따라 가설무대 쪽으로 다가서서 그리로 의지하여 잠자리를 잡았다. 잠자리라곤 해도 세워 놓은 나무기둥에 몸을 기댔을 뿐이다. 자식이 부모마음의 반만 가져도 효자일 거였다. 하기는 저도 오랫동안 보지 못한 친정어미를 그리워 할 테지만, 새울 댁도 그랬다. 시집간 지 이태가 지나서야 첫아이를 낳았고, 그 갓난아이를 엎고서 모처럼 친정을 갔었다. 사립을 열고 마당으로 들어서려는데, 언제 보았는지 친정어머니가 버선발로 뛰어나와 반겼다. 지금은 세상을 뜨셨지만 그때 어머니의 두 뺨으로 습하게 번지던 눈물, 그 모습이 이제껏 지워질 줄을 모른다. 어머니가 살아 계신다면, 지금쯤 저 달을 함께 볼지도 모르련만.

　이런 생각을 하면서 까만 밤하늘 높이 둥실 떠오른 달덩이를 바라본다. 잠이 올 리가 없었다. 내일은 더 많은 사람들이 이곳으로 몰려 올 거란 생각만 한다. 그러면 이른 아침부터 산정으로 오르는 초입에 나가서서 줄지어 오는 사람들을 하나도 빼놓지 않고 훑어봐야 한다.

　그녀는 몸을 기둥나무에 부린 채로 찬이슬을 맞으며 비몽사몽으로 밤을 지새운다.

새벽녘 달이 지면서 먼동이 튼다. 보라 빛으로 물든 동녘하늘에 붉은 노을이 번지기 시작한다. 강물도 아침노을을 닮아서 붉게 탄다. 잠에서 깨어난 물떼새들이 강 메아리로 우짖으며 허공을 날아다닌다.

"째—액 쩩—."

해가 불끈 솟자, 차게 식은 대지에 열기를 품기 시작한다. 새울 댁은 해가 솟아오르자, 불현듯이 몸을 일으켜 세우고는 눈부신 태양을 향하여 몸을 꼿꼿이 세운 채로 손을 모은다.

"세상에 기쁜 빛 주시는 고마우신 햇님이시여! 이 미천한 년의 소원을 부디 풀어주시오. 진자리 마른자리 가려 뉘면서 고이 길러 시집보낸 내 딸 꼬막의 얼굴이 지금 당신의 모습처럼 홀연히 나타나게 해주시오. 밝은 빛을 주소서."

그녀는 그저 생각나는 대로 빌었다. 구름 한 점 없이 맑은 동녘하늘로 불끈 솟은 오늘의 태양은, 그리도 애타게 그리던 꼬막을 만나게 해줄 것만 같았다. 새울 댁은 마음이 한없이 설렌다. 만남, 오직 하나 만남으로 트인 외길뿐이었다. 그녀는 추호도 꼬막을 못 만나고, 쓸쓸히 돌아설 때의 허탈감을 상상해 볼 겨를이 없었다.

아직, 사람들은 산에 오르지 않았다. 어서 찬밥이나마 끼니를 잇고, 산기슭으로 내려가려 한다. 새울 댁은 참실 댁과 마주앉아 싸온 반합을 열었다. 그리고 급히 밥을 떠서 목으로 넘겼다. 시릿한 밥덩이가 목을 거쳐 뱃속으로 넘어가면서 선뜩한 자극을 준다. 몇 술을 더 목으로 넘기자, 몸이 부르르 떨리기까지 한다.

순간 이상한 예감이 든다. 떨이가 나는 듯하다. 그러더니 이내 오목가슴이 막혀온다. 숨을 쉴 적마다 속에서 답답한 통증이 인다.

그녀는 밥을 먹다말고 얼른 숟갈을 놓은 채로 반합뚜껑을 닫고 보로 싼다. 정신마저 흐릿해진다. 그리고 어찌할까 몰랐다. 그대로 괜찮을 것 같기도 하고, 무슨 변고가 생길 것도 같아서 마음이 놓이지 않는다.

"참실 댁! 내가 목이 막혔나봐요."

새울 댁은 참실 댁을 두고 겨우 이렇게 말을 흘린다.

참실 댁이 새울 댁의 말을 듣고 생경한 듯이 깜짝 놀란다.

"어머나! 그럼 싸기 약수터로 내려가야쥬. 목이 메여서 그런가뷰."

그네는 잽싸게 자리를 털고 일어서 허겁지겁 비탈길을 내려와서 약수터를 찾아간다. 가슴이 콱콱 막히곤 하였는데 그럴 적마다 명치에 무엇이 걸린 듯이 속이 답답하다. 어느 순간인가 숨통마저 막혀버릴 것만 같았다.

새울 댁은 약수터에 다다르자, 서둘러 표주박으로 물을 떠서 벌컥벌컥 들이킨다. 물을 마시자, 답답하던 가슴이 좀 트이는 듯하다. 그녀는 연신 물을 목으로 넘겼다. 배속이 가랑가랑할 만큼 들이키고 나서 길섶에 몸을 부린 채로 주서앉는다.

그런데 좀 앉아있으려니 끄르륵 끄르륵 게트림이 끓어오르기 시작한다. 오목가슴에 얹혔던 음식물이 차츰 아래로 내려가는 듯싶었다. 그러더니 한참 뒤에는 답답한 증세가 싹 가셨다.

이른 아침부터 여인들이 하나 둘 산으로 오르기 시작한다. 그녀는 길섶에 앉아서 지나치는 여인들을 하나도 빼놓지 않고 꼼꼼히 살펴본다. 그러나 시간이 갈수록 많은 여인들이 줄지어 모여들더니 길이 막히자, 길이 따로 없이 예서제서 산비탈을 거슬러 올라간다. 그러니 그녀는 사람들을 일일이 살펴보기 어렵게 되었다.

그렇지만, 그 애가 배를 타고 여기를 오면, 큰길을 따라 오를 거라고 믿는다. 그래 길을 버리고 흩어져서 산비탈로 기어오르는 사람들을 개의치 않고 한자리를 줄곧 지키면서 지나치는 사람들을 유심히 살펴본다.

참실 댁도 친정어머니를 만나려고 사람들을 유심히 훑어본다. 그런데 갑자기 여인들의 통곡소리가 산정으로부터 들려온다. 천 사백 년 전에 나라가 멸망하고 그래서 당나라로 끌려가신 임금님과 유민들의 애절한 그리움이 복받치는 울부짖음이다. 그네의 안부를 알고 싶고 어서 돌아와 나라를 찾지 못하면, 차라리 만수무강하시기를 빌 뿐이다.

여인들의 곡성과 외마디소리가 연신 강 메아리치는 가운데, 더욱 많은 사람들이 산정으로 몰려든다. 비록 총칼은 들지 않았어도 온 산을 빈틈없이 뒤덮은 여인들은 상감마마가 돌아와 잃어버린 옛 나라를 다시 찾아서, 내 나라 내 땅에서 태평성대를 누리기를 기원하는 하나의 부흥운동이다.

나당연합군으로부터 무참히 짓밟힌 나라는 그 마지막 슬픔을 금강하류에서 애절하고 피맺힌 모습으로 망실의 끝을 보았다. 패망한 나라의 처절함과 아쉬움을 담뿍 안고 끌려가는 임금님과 유민들이 마지막으로 떠난 이별의 길을 피눈물로 보내야만 하였다.

육로와 수로를 따라 거슬러 올라온 연합군은 그 양면에서 나라를 쳤다. 무슨 서릿발 같은 원한이 그토록 서렸기에 궁궐터조차 흔적 없이 불에 타서 재가 되고 주춧돌마저 제자리를 잃고 나뒹굴어 흩어져있을까. 쑥대밭처럼 폐허가 된 왕도는 그 해 여름의 비열했던 전쟁에서 아무런 상처도 패망의 흔적도 남김없이 허무하게 끝나버린 찬바람의 벌판이었다. 그로부터 나라는 없었다. 불에 타고 칼부림에 참혹한 주검을 당한 망국의 나라는 없었다. 오직 강 안개로 피어오른 혼과 넋이 남아 떠돌 뿐이었다.

이런, 뼈저린 슬픈 역사 속에서 나라를 잃고 임금님마저 잃었다. 이제 남은 것은 원한으로 맺힌 산유화가의 애달픈 노랫소리만 후예들의 흥얼거리는 콧노래로 남았다. 그리고 민초들의 애절한 기원만 가슴속에 새겨져 있다. 기원은 가장 연약한 자에게 주어진 마지막 수단인가 보았다. 오로지 하늘과 땅의 영험을 빌었고, 그로부터 전지전능한 힘을

얻어 좌절과 허무의 슬픔을 끈질긴 생명력으로 버티려는 자위의 혼만
남았다.

으레 그렇듯이 아무리 극한상황의 피맺힌 슬픔일지라도, 곧잘 즐거
움으로 탈바꿈하는 습성이 있었다. 사람들은 그렇게 삶의 의미를 찾았
고, 하나의 슬픔을 생존방법으로 승화하려고 피맺힌 갈구의 세월을 보
냈던 거였다.

새울 댁은 산에 오르는 사람들이 뜸해지고 산정의 아우성이 고조될
무렵에야 자리를 뜬다. 절망감이 소롯이 가슴으로 스며들어 마주 보이
는 구멍 난 언짢은 생각을 안고 발길을 산정으로 돌린다.

산에는 그야말로 치마저고리의 여인들 일색으로 백철치다 싶었다.
그런 속에서 말시바위를 비롯해서 야바위꾼들의 놀음판 같은 구경거리
가 예서제서 펼쳐졌고 나뭇가지마다 종이쪽지가 매달려 나풀대었다.

새울 댁은 그세야 생각난 듯이 나뭇가지에 매달린 종이쪽지들을 보
기 시작한다. 만수무강·풍어기원·소원망당 같은 글이 쓰여있다. 만수
무강은 말할 것도 없이 당나라에 끌려간 임금과 신하들 그리고 백제유
민에게 비는 말이었다.

그런데 그런 쪽지에는 사람 찾는 말도 적혀있다.

(임순이 찾음·옥자상봉기원·금례상봉기원)

새울 댁은 솔밭의 나무들 사이사이를 빈틈없이 채운 사람들 속을 비
집고 다니며, 나뭇가지에 매달린 글씨를 읽어본다. 너무나 많아서 다
훑어보기 어려웠으나, 해질녘까지 한 쪽부터 모조리 차근차근 보리라
한다. 그녀는 이제 이런 방법밖에 더는 없었다.

(꼬막상봉기원)

새울 댁은 벌써 이런 글씨가 눈앞에서 어른거린다. 그런데 그녀는 어
느 순간, 아뜩아뜩한 현기증을 느꼈다. 갑자기 다리에서 힘이 풀리고
떨려왔다. 몸이 비틀거려질 적마다 그녀는 겨우 중심을 잡으려고 몸을

가눠보았으나 어질병은 차츰 더해만 간다.

어제부터 먹은 게 별로 없고 속이 텅 빈데다 아침에 속앓이마저 일어 허기가 도진 것 같았다. 기운이 없어지고 다리가 푸들푸들 떨려와서 몸이 마구 까라졌다. 서있는 나무들을 지팡이 삼아 붙잡고 사람들 틈을 비집어 겨우 발을 옮겨놓았으나, 어느 순간 그녀는 갑자기 머리를 싸쥐더니 털썩 땅바닥에 쓰러진다. 그런 그녀는 몸을 땅에 아무렇게나 뒹굴고 만다.

"아이고머니나! 사람 살려! 사람 살려유!"

뒤따르던 참실 댁이 하얗게 질린 채로 놀라면서 소리지른다. 그러자 짧은 순간 사람들의 시선이 그리로 몰린다.

"침을 맞아야 혀유!"

누군가 외마디소리를 치자, 가까이 있던 어느 야바위 꾼 하나가 총알처럼 달려오더니 옷 주머니에 손을 찌르고는 침통을 꺼내려한다.

"엄니! 엄니! 엄니가 워쩐 일이래유? 엄니! 꼬막이 왔유. 꼬막이ㅡ."

그때 젊은 여자 하나가 느닷없이 사람들 틈을 헤치고 달려들더니, 냉큼 땅에 널브러진 새울 댁을 끌어안고 울부짖는다.

"뉘기여? 뉘기라고ㅡ."

새울 댁은 버둥거리면서도 생경한 듯이 눈을 크게 뜬 채로 누구냐고 되뇐다.

"꼬막이란 게유. 꼬막!"

젊은 여자는 숫제 울먹인다.

"네가 어디서 왔냐?"

새울 댁은 헉헉거리면서 묻는다.

"거무개서 엄니 만나러 왔제."

"네가 정말 꼬막이란 말이냐?"

"그렇단 게, 엄니는ㅡ?"

새울 댁은 언제 쓸어졌느냐는 듯이 몸을 사뿐히 일으켜 세우더니 마치 실성한 사람처럼 여자에게 할퀴듯이 달려든다.

(유왕산아! 유왕산아!)

어디선가 메아리소리가 들려오고 있었다. *

이름 이야기

영복(全永福)씨는 해방되기 삼 년 전에 태어났다. 말하자면, 일제말기에 출생하여 세 살 적에 광복을 맞았다. 그가 태어나자 지어진 이름은 홍룡(紅龍)이었다. 굳이 이름풀이를 하자면, 붉을 홍(紅)자에다 용룡(龍)자를 써서 '붉은 용'이란 뜻을 담았다. 이 같은 이름은 그의 할아버지가 해산달이 다가오자 미리 지어 놓은 것이었다.

이 홍룡이란 이름은 그가 열 살이 넘어설 무렵까지 불려졌으나, 창씨개명 때에 자신도 모르게 지금 이름으로 바뀌었다.

그는 어린 시절, 이 별난 이름 때문에 아이들의 놀림을 받기도 했다.

"빨강 용"

"빨갱이 용"

하면서 말이었다.

하지만, 그보다는 늘 애칭으로 불려지는 바람에 사랑을 듬뿍 받으며 자랐을 뿐이었다. 비록 철부지 유년시절이긴 했지만, 할아버지가 지어준 이름이란 사실을 알면서부터 적이 믿음과 용기를 솟게 하는 이름이 되었다.

게다가 그의 할아버지 할머니에게는 첫 손자여서 갖은 사랑과 귀여움에 겨워 애지중지 자랐다. 해서 홍룡이란 이름도 많이 불려졌는데, 비록 어릴 적에 잠시 썼던 이름이었지만, 가족들은 말할 것 없고, 일가친척 사이에도 널리 알려졌다. 그러니 그가 태어난 마을근처까지도 홍룡이란 이름을 모르는 이가 없었다.

그의 아버지가 일찍 장가들어 어른이 된 뒤에 첫 아들을 낳았으니 사람들은 그를 부르지 않아도 그네 집을 홍룡이네 집이라 불렀다. 할아버지 할머니, 또는 아버지 어머니, 그리고 삼촌이며 친척들까지도 말머리에 꼭 붙어 다니는 그의 이름은 상투적이랄 수 있었다. 그래서 모두들 그의 이름을 앞세워 홍룡이 아무개로 불렀다. 심지어는 그의 뒤를 이어 태어난 동생들조차 이름이 따로 있는데도 꼭 '홍룡이 큰 동생'이니 '둘째 동생'이란 식이었다.

정말, 그의 어릴 적 이름은 상상조차 못할 만큼 널리 퍼져 모르는 사람이 없을 정도였다.

지금은 그가 이순(耳順)을 바라보는 나이인데도 이때껏 그를 가리켜 옛 이름을 부르는 사람이 있으니, 한 번 지어 불렀던 이름은 좀체 지워질 줄을 몰랐다. 다만, 그의 옛 이름을 이제껏 입에 올리는 사람들은 볼 것 없이 곰삭은 늙은이들이나 가마득히 기억에서 멀어져간 소꿉동무들이었다.

그런데 영복씨는 어떤 때 누군가 그런 옛 이름을 써서 부르는 소리를 들으면, 새삼 덧없이 흘러간 세월을 뒤돌아보는 버릇이 생겼다. 기억 속에서 이미 가마득히 멀어져 간 어린 시절이 느닷없이 전광석화처럼 되살아나기도 하고, 더욱 홍룡이라고 늘 불러 쌌던 할아버지 할머니의 모습마저 불현듯이 나타나 보이곤 했다.

출가한 여동생들을 빼고도 남자동생이 둘이나 있는데, 사람들은 유난히 그의 이름만 기억하고 있는 것 같았다. 그네들은 지금도 그의 동생들을 가리켜 '홍룡이 큰 아우'니 '홍룡이 작은 아우'로 불렀다. 이처럼 그의 아명은 놀랍게도 여러 사람들의 기억 속에 붙박여 떠날 줄을 몰랐다. 어쩌면, 홍룡이라 부르는 그네들에게도 흘러간 지난날의 추억에 얽매 있는지도 모른다는 의구심마저 들었다.

영복씨의 할아버지는 그가 아홉 살 적에 여든 살을 갓 넘긴 고령의 나이에 세상을 떴지만, 할머니는 그가 마흔 살이 넘도록 살았다. 그건 할아버지와 할머니의 연령차이가 많은데서 비롯되었지만, 아흔 살을 훨씬 넘겨 살다가 세상을 떠난 그의 할머니는 그가 장년이 되었어도 줄곧 홍룡이라고만 불렀다. 생전에 새로 지어 부르는 이름이 영복이라고 번번이 귀띔해 주었지만, 그의 할머니는 고집스럽게도 새로운 이름을 기억해 두려하지 않았다.

그래서 그는 단 한 번도 할머니가 지금 쓰고있는 새 이름으로 자신을 불렀다는 기억이 숫제 없었다. 그저 '우리 홍룡이 우리 홍룡이'를 생전 되뇌다가 세상을 떴을 뿐이었다.

홍룡이란 이름은 순전히 그의 아버지와 어머니의 태몽을 바탕으로 그의 할아버지가 지은 것인데, 태기가 있을 무렵, 어머니는 빨갛게 무르익은 앵두를 앞치마에 한아름 담아들고 집으로 돌아온 태몽을 꾸었다는 것이었고, 아버지는 하늘높이 한창 솟구쳐 오르는 용트림을 보았다는 것이었다. 모두 길조를 알리는 꿈이라면서 그의 할아버지는 그가 어머니 뱃속에서 태아로 자랄 무렵, 그런 이름을 미리 지어놓고 태어나기를 기다렸다는 것이었다. 빨갛게 무르익은 앵두열매야 말로 누가 보더라도 예쁘고 탐스럽기 짝이 없을 테니, 아들을 낳든 딸을 낳든 상관없이 홍룡이란 이름으로 지어 부르겠다며 별렀다는 것이었다.

세상 사람들은 흔히 청룡(靑龍)과 황룡(黃龍)을 한 쌍의 용으로 일컬었지만, 홍룡(붉은 용)이란 듣기도 생경했다. 게다가 용의 비늘은 사뭇 둥글둥글한 게 무르익은 앵두 알 같다고 했다. 그래 아비어미의 태몽을 놓고 아무리 곱씹어도 예삿일은 아니라면서, 그런 생각 끝으로 그의 할아버지는 아들며느리가 꾸었다는 태몽을 고스란히 한데 묶어서 이름에 담았던 것이었다.

앵두처럼 귀엽고 탐스러우면 누구에게나 인기가 높을 것이니, 하늘로 올라가는 용의 기운을 거기다 곁들인다면, 훌륭하고 위대한 의학박사가 될게 틀림없다고 나름대로 풀었다. 그렇듯 그의 할아버지는 늘 집안에 명의(名醫)가 나올 거라며 마음을 설 띄고 있었다. 그럴만한 주장과 의도는 뒷받침할만한 충분한 이유가 갖춰진 것은 아니었지만, 이제나저제나 인간의 건강과 생명을 지켜주는 명의야말로 귀한 존재였던 까닭에, 희귀하기 그지없는 '붉은 용' 홍룡이란 이름은 세계만방에 이름을 떨칠만해서 기필코 유명한 의사가 나올 거라고 장담했다. 인류 역사상 찾아 볼 수 없는 희귀한 인물이 바로 홍룡일 거라 믿었다.

영복씨는 이런 가족들의 입의 성찬 속에서 늘 희망이 넘실거렸고 기대에 찬 어린 시절을 보냈다.

이처럼 집안 어른들의 신화 같은 이야기는 날개에 날개를 달고 일가친척들은 말할 것 없고 마을사람들의 입을 건너다니며 널리널리 퍼졌다. 그야말로 그는 어린 시절 여러 사람들로 하여금 선망의 대상이 되었다.

은방초등학교를 다니는 동안에도 같은 반 아이들조차 그를 무던히 우러러보며 마치 귀공자라도 되는 듯이 사랑과 귀염을 독차지했다. 그는 그에 힘입었는지, 학교성적도 늘 웃돌아서 일반학과성적도 그랬지만, 그림 그리기나 노래솜씨는 말할 것도 없고 글짓기나 웅변 같은 특별예능활동에도 단연 우수한 성적을 올렸다. 이렇듯 무어든 척척 잘해서 그에게는 천재란 간판도 따로 붙어 다녔다. 그런 바람에 어떤 때는 선생님이 다른 아이에게 일 등을 주려고 하면, 아이들이 마구 생떼를 써가며 반기를 들고 나서기도 했다.

"홍룡이가 잘했어요. 홍룡이가 일등이에요."

이러는 것이었다. 그러면 선생님도 그냥 아이들한테 지고 말았다.

그는 이런 분위기에서도 조금도 우쭐대거나 들뜨지 않았다. 더욱 다른 아이들을 깔보거나 내리쳐보지도 않았다.

그러니 더욱 귀염둥이가 되었는데, 어느 날 야외에서 사생대회가 열리던 날이었다. 으레 그렇듯이 그 날도 아이들이 사생대회에서 그린 그림을 교실 벽에 죄다 붙여 놓고 심사를 했다. 심사를 맡은 선생님이 여러 그림을 살펴보다가 선뜻 그림 하나를 떼어내어 뽑았다. 최우수작을 뽑은 것이었는데 뽑힌 그림은 그가 보더라도 자신의 그림보다 훨씬 잘 그렸다고 느껴졌다. 그런데 아이들은 대뜸 홍룡의 그림이 아닌 줄을 지레 알아차리고, 여느 때처럼 또 홍룡의 그림이 아니라면서 생떼를 썼다.

　그러자, 선생님도 놀란 표정을 지었다.

　"아! 이게 홍룡의 그림이 아닌가?"

　이러면서 머리를 한 번 갸웃해 보이더니, 뽑았던 그림을 다시 벽에 붙여 놓고서는 나붙은 그림들 가운데 아이들이 손가락으로 가리키는 대로 홍룡의 그림을 찾아 최우수작품으로 뽑는 게 아닌가.

　순간, 그는 겉으로는 어떻게 나타낼 수 없는 이상야릇한 감정에 휩싸였다. 말하자면, 어처구니없는 괴이한 사실을 두고 경멸조차 느껴져서 속이 메스껍고 구토증마저 일렁거렸다. 그래 그는 속으로 마구 도리질을 쳐댔다. 저렇게 하면 안 된다는 올곧은 생각이 울컥거리더니 대뜸 분노로 변했다.

　여느 때는 별로 말이 없었던 그였지만, 도시 참아 넘길 수 없는 중대한 사건으로 판단되었는지 느닷없이 선생님을 소리쳐 불렀다.

　"선생님!"

　그가 부르는 소리에 선생님은 선뜻 시선을 돌리면서 의아한 표정을 지었다.

　"처음 뽑았던 그림이 잘 그렸어요. 선생님!"

　그가 외쳤으나 선생님은 알았다면서 대수롭지 않게 여기는 것 같았다.

　"이건 네가 상관할 일이 아니다."

"아니에요. 먼저 뽑았던 그림을 일등 주세요."

그의 이런 주장에도 심사를 맡은 선생님은 기어 홍룡의 그림을 최우수작품으로 결정하는 게 아닌가. 그건, 필시 선생님의 주관이 아이들의 성화에 못 견뎌 그 참 묵살된 게 틀림없었다. 그런데 선생님은 자신의 실수를 사과하면서 그에게 상 받기를 재촉했다.

하지만, 그는 끝내 상을 받지 않았다.

은방초등학교 4학년 2학기가 끝날 무렵, 그네가 먼 곳으로 이사하는 바람에, 그는 다른 학교로 전학하게 됐다. 전학하여 처음 등교하던 날이었다. 선생님이 출석을 부르기 시작했다. 선생님은 아이들 이름을 하나하나 부르면서 대답하는 걸 보고 출석부를 일일이 체크했다. 어느덧 출석 부르기가 끝났는데, 조금 전 호명할 때, 대답이 없었던 전영복이란 아이가 결석한 셈이었다. 그런데, 출석을 모두 부른 뒤에도 전홍룡이란 이름은 부르지 않았다. 새로 전학해 왔기에 아직 출석부에 올라가지 않았을지 모른다는 생각이 들어 그는 가만히 있었는데, 선생님은 이상한 생각이 들었는지 출석부 체크를 마친 뒤에도, 출석부를 덮어두지 않고 연신 뒤적거리고 있었다.

그러더니 선생님은 빠진 아이의 이름을 다시 불렀다.

"전영복! 전영복!"

이렇게 두 번을 연달아 불렀다. 그러나 대답하는 아이가 없게되자, 선생님은 출석부를 덮어놓고서 아이들을 유심히 훑어보았다.

"지금 이름 안 부른 사람, 손들어 봐."

선생님은 적이 짜증스런 표정이었다. 그제야 그는 손을 들었다. 그가 손을 들자, 아이들의 웃음소리가 거센 바람처럼 몰려왔다. 그는 아이들의 웃음소리가 자신의 뺨을 세차게 갈기는 듯싶어서 갑자기 얼굴이 화끈 달아올랐다. 영문을 모르는 그는 선생님의 날카로운 시선을 피해 고개를 숙였을 따름이었다.

"넌, 네 이름도 모른단 말인가?"

선생님은 기여 그에게 질책을 던졌다. 그는 자리에서 일어섰다.

"제 이름은 전홍룡이에요!"

그는 이렇게 대답했으나, 선생님은 개의치 않고 그를 똑바로 바라보기만 했다. 아이들은 또 한바탕 웃어댔다.

"네가 이번 전학 왔지?"

선생님은 줄곧 냉랭한 표정을 지으며 정색한 채 물었다.

"예!"

그는 목으로 기어드는 소리로 겨우 대답했으나 아이들의 웃음소리가 자꾸 가슴을 조여들게 했던 것이었다. 선생님은 잠시 그를 바라보더니, 걱정스럽다는 표정을 지으며 획 교실을 나가버렸다.

선생님이 교실을 빠져나가자, 아이들이 그를 둘러쌌다. 그러나 그는 어떻게 된 영문인지 알 수 없었다. 그저 호적상 그렇다는 사실을 그제야 알았을 뿐이었다. 어떻든, 그는 자신의 이름이 전영복이란 사실을 잊지 말아야했다.

영복(永福)이란 새 이름은 설핏 보아도 정감이 가지 않았지만, 어렴풋하게나마 오래오래 복 받으라는 뜻이므로 나쁘지 않은 것 같았다. 그렇지만, 누가 남의 이름을 자기네들 멋대로 고쳤단 말인가. 그게 의문으로 남았으나, 그는 원인을 캐보려는 생각은 하지 않았다.

초등학교를 나온 그는 중학교를 겨우 졸업한 뒤, 농사일에 묻혔다가 군대생활을 마치고 나서 다시 흙을 벗삼아 농사일에 묻혀 살았다. 그리고 긴긴 세월 동안, 홍룡이란 이름은 퇴색되어 지워졌으므로, 세월의 깊은 늪에 빠져 흔적을 감춰버렸다. 이젠 기억해 줄 사람도 없으려니와 그렇게 불러줄 사람도 다시는 없을 성싶었다. 얼마 전에 세상을 뜬 그의 유일한 외삼촌 한 분이 억세게도 그를 홍룡이라 불러 쌌더니 그마저도 지금 없는 터에, 또 누가 그를 홍룡이란 이름을 부를까 싶지 않았다. 빨갛게 무르익은 앵두 알 같은 비늘의 신비한 홍룡, 한창 용이 하늘로 솟구쳐 올라갔다던 아버지의 꿈은 필시 홍룡이 의학박사가 될 거라 믿었다. 하지만, 그는 의과를 전공하기는커녕, 대학교의 문전조차 가본 적이 없었으니 무심하기 짝이 없었다. 생전 그의 할아버지의 기대에 찼던 호언장담과는 어느 모로 보든 정반으로 비비꾀어서 뒤틀린 인생역정을 살았다. 모르지만, 의학박사가 될 홍룡이란 이름을 고이 간직하지 못한 혹독한 대가일지 모른다는 생각도 들었다.

하지만, 그는 새로운 이름에 불평을 갖거나, 아니면 누가 남의 이름을 함부로 고쳤는지 따지려들지도 않고 지순하게 살았다. 오직 운명처럼 할아버지가 지어준 귀중한 이름 대신 새로운 이름을 아끼면서 다소곳이 국으로 살아왔다.

그런데 언젠가 마을일을 맡아 하던 때에 면사무소 호적담당에게 사실을 털어놓고 물어본 적이 있었다. 마침 젊은이라서 내용을 잘 모르는 듯했으나 호적담당을 오랫동안 맡아봤던, 사람에게 물어보았다면서 그에게 설명해주었다. 해방 전에 태어난 사람들은 일본이름으로 창씨(創氏)되어서 호적상 일본식 이름인 것을 정부에서 우리 이름으로 죄다 고쳤다고 했다. 그걸 꼭 캐낼 목적이 아니었으므로 그쯤 알고 지나치는 수밖에 없었다.

그런데 그때 보았던 호적부에 오른 그의 일본식 이름은 왕본홍룡(王本紅龍)이었다. 거기에 빨간 가위질을 쳐놓고 전영복(全永福)으로 고쳐놓은 게 아닌가. 그는 허탈감과 더불어 소름마저 끼쳤다. 개명한 이름에 이의가 있으면 사유를 적어 개명요구서를 법원에 제출해보란 말도 덧붙였지만, 법원은 가본 적도 없었던 곳이어서 뜨악한 생각이 앞을 막아서 일단 단념했다.

기왕지사 세월이 다 지나갔으니 이제 와서 하릴없는 짓이란 생각이 들어 쉽게 체념했다. 이제야 옛 이름을 찾은들 무슨 소용이겠는가. 그래 그는 영복이란 이름을 운명처럼 달게 받아들일 수밖에 없었다. 그러면서도 그는 할아버지가 지어준 이름을 끝내 갖지 못한 아쉬움이 앙금처럼 가슴속에 깔렸다.

하지만, 너무 긴긴 세월이 뒤로 흘러갔다. 그럴수록 이름에 대한 미련도 차츰 스러져 갔는데, 다만 그는 지금이라도 행여 옛 이름을 불러주는 사람만 나타나도 잊었던 지난날을 되살리는 것으로 만족할 수 있었다.

홍룡이란 이름만 들어도 바늘에 꿴 실 마냥 옛일이 함께 따라붙어서였다.

그런 어느 날, 비닐하우스 일을 마치고 늦게 집으로 돌아와 전등불을 밝혀놓고 늦은 저녁을 한창 먹던 참이었다. 전화 벨소리가 요란하게 울려서 받아 보았다.

"여보쇼?"

그는 입에 든 음식을 우물거리며 말을 걸었다.

"아, 자네가 홍룡인가!"

그는 갑자기 홍룡이란 이름을 부르는 사람이 누군지 알 수가 없었다.

"대관절 누구쇼?"

그는 다그쳐 물었다.

"아, 나 훈군데ㅡ, 어째 자네가 시골에 있나?"

이 말을 들은 그는 무엇보다 훈구가 누군가 먼저 되살려야 했다. 자신의 옛 이름을 부르는 걸 보면, 요즘 잦게 만나는 친구는 틀림없이 아닌 것 같아서 생각을 멀리 끌어가 보았다. 그러나 도시 생각이 쉽게 떠오르지 않아서 다시 한 번 다그쳐 물어보았다.

"훈구라니?"

"그래, 나 훈구야. 기억 안 나나? 은방학교 말이야. 은방학교!"

그는 그제야 은방초등학교 시절 동창인 줄을 알아냈다.

"야! 니가 어떻기 내 전화번홀 알았냐? 야, 오랜만이다."

"시청에 있는 자네 동생 있지?"

"그래 그래, 서울."

"동생이 업무상 소송관계로 날 찾아 왔더군. 어딘가 자넬 많이 닮았다싶어서 물었더니 영락없더군. 그런데— 왜?"

훈구는 갑자기 의아한 듯 물었으나 그는 반가움에 겨워있었다.

"말 헐 수 없이 반간디—."

"그런데, 왜 시골 있나?"

훈구는 이상한 생각이 드는지 또 물었다.

"말 말게, 내 꼴이 꼴 아니네."

"자네 은방학교시절에 공부 잘 했잖아? 의학박사가 된다고 하더니만. 난, 이때까지 자네가 어느 병원이나 대학교에서 의과교수로 있을 줄만 알았네."

"골 때리는 소리 작작허게. 아무려나 고맙네. 내 이름 기억혀 준 게."

"무슨 소린가, 자네와 나 사이에 아무리 오래됐대도 이름조차 잊겠나. 한번 서울 올라오게."

"어디 있는디 그려?"

"법원장으로 있다가 재작년 변호사 개업했네."

"아—니, 자네 지금 뭐라고 했나? 법원장? 아니 변호사?"

그는 갑자기 머리가 흔들거리고 정신이 어득한 느낌이 들었다.

"아하, 놀랄 것 없네. 농사짓고 사는 자네가 제일 뱃속이 편한 걸세.'

"이렇게 높은 분이 나헌티 전활 다 허다니—, 정말 황송허요."

그는 수화기를 든 채 손에서 가벼운 경련을 일으켰다.

"괜히 전화했다싶네. 아무튼, 서울 와서 전화하게. 전화번호 불러 줄

테니, 적게.'

"그류, 잠깐 기다리는 겨!"

그는 수화기를 잠시 내려놓고, 볼펜과 종이쪽을 찾아 가지고, 다시 수화기를 들었다.

"어서 불러 보쇼."

"아하, 이 사람 말투가 뭔가? 그런 식으로 나오면, 전화번호고 뭐고 안 불러 주겠네."

훈구가 으름장을 놓았다.

"너무 자네가 높은 사람인 게, 내가 막 떨리는 겨."

"그러지 말고 적기나 하게. 자, 부르겠네. 02 다시 555국에 1000번일세."

"아이구매! 전화번호도 요로크롬 좋다야?"

"꼭 한번 찾아 주게."

"그려야지 암!"

통화가 끝난 뒤에도 그는 한동안 밥숟갈을 잡지 못했다. 옛 친구가 법원장을 지냈고, 지금은 변호사라니 마음이 마구 들떠서 흐뭇하기 짝이 없었다. 그는 괜히 가슴이 부풀어 올랐고 마음이 설레기까지 해서 뭔가 좋은 일이 생길 것 같기만 했다. 생각할수록 훈구가 고마웠다. 서울에 한번 오라고 했으니, 직접 가서 고맙다는 인사라도 나누고 싶었다. 또 그는 이런 사실을 혼자만 알고 있기가 아쉬워서 마을사람들을 만나는 대로 훈구이야기를 자랑삼아 들려주곤 했다. 더욱 훈구는 그와 은방초등학교 시절, 무척 가까이 지냈던 사이였다. 홍룡이가 잘했다고 추켜세우고 홍룡이가 어떻다면, 선생님 앞에서도 서슴없이 반기를 들고 나섰던 일에도 늘 앞장을 섰던 아이였다.

그는 지난 날 자신과 친하게 지냈던 사람이 사회의 큰 인물이 되었다는데 마냥 자랑스럽고 보람을 느꼈다.

그런 그는 훈구를 찾아가 오랜만에 친구도 만나고 무모하게 잃은 자신의 이름을 다시 찾을 길도 알아보려고 마음을 다잡았다.

그는 겨울이 지나고 따뜻한 봄날을 맞아 면사무소에 가서 왕본홍룡에 붉은 가위질을 쳐서 전영복으로 이름을 고친 호적등본을 한 통 떼어 가지고, 대뜸 서울을 올라갔다.

훈구의 사무실은 여의도에 있었다. 말만 들은 국회의사당과 KBS방송국을 비롯한 중요기관들이 즐비한 곳이었다.

하늘높이 가마득히 올려다 보이는 큰 건물 앞에 다다르자, 전화를 받은 대로 엘리베이터를 타고 고층으로 올라갔다. 훈구의 사무실은 10층 꼭대기에 있었다. 얼굴도 곱고 말씨도 상냥한 여직원이 안내하는 대로 깊숙이 자리한 변호사 집무실을 찾아들었는데 무던히 아늑한 분위기를 자아냈다. 그는 커다란 책상머리에 앉아있던 훈구를 만났다. 그와 만남은 적어도 까마득한 반세기만이었다.

그가 처음 그의 얼굴을 맞댔을 때는 도시 어렸을 적에 훈구의 모습은 조금도 찾아 볼 수 없었다. 오직 법원장이요 변호사의 틀만 갖췄을 뿐이었다. 사람이 이렇게 변할 수 있을까. 그러나 그와 손을 맞잡고 그가 안내하는 대로 폭신한 소파에 앉아 몇 마디 이야기를 주고받고서야, 기억에 남은 그의 모습이 조금 씩 드러나기 시작했다.

훈구는 그와 마주앉자마자 쫓기는 사람처럼 대뜸 은방학교 동창생들 이야기를 꺼내놓기 시작했다. 소식조차 까맣게 모르던 동창생들의 근황을 듣다보니 옛 일이 새삼 되살아났다.

그런 동안 여직원이 차를 끓여왔고, 훈구는 차를 마시는 동안에도 애들 이야기를 계속 이어나갔다. 그는 훈구의 이야기를 흥미진진하게 듣고 있었다. 변호사라니 말도 잘한다싶었고, 이야기를 듣는 순간순간에도 이 사람이 바로 왕년의 법원장이었다는 사실을 문득문득 되살렸다. 그래서 그는 머리통을 마구 쥐어 박히는 기분으로 마냥 두렵기만 했다.

그러나 서슬 파란 어마어마한 인물과 얼굴을 마주하고 있다는 엄연한 현실이 가슴을 괜히 부풀게도 했다.

그가 이야기를 계속하는 사이에도 어디에서 걸려오는 전화인지 여직원이 뻔질나게 전화를 돌려주곤 했다. 그럴 때마다 훈구는 수화기를 받아들고 통화했는데, 한창 이야기에 열을 올리던 그는, 또 어느 전화를 받더니 벌떡 자리를 박차고 몸을 일으켜 세웠다.

"나 좀 만날 사람이 있어서 잠깐 나갔다 올 테니, 여기 조금만 앉아서 기다리게."

그는 웃옷을 부랴부랴 팔에 꿰어 입더니 바람처럼 사무실을 빠져 나가버렸다.

"그려 바쁜 게, 빨리 다녀와 나 여기 있을 텐게."

그가 훈구의 뒤에 대고 말했으나, 그는 뒤를 돌아볼 틈도 없이 고개만 건성으로 끄덕이며 자취를 감췄다. 그러나 훈구는 한 시간 두 시간이 흐른 뒤에도 돌아올 줄을 몰랐다.

어느덧 퇴근시간이 다됐는지, 여직원이 책상을 치우고 서랍을 잠그고 있었다. 그는 무료해서 참다못해 피운 담배연기가 사무실의 공간을 채우며 맴돌았다. 여직원이 김 여사 옷을 갈아입고 핸드백을 어깨에 걸면서 잠시 스친 눈매에 가시가 돋쳐있었다.

그는 여직원이 퇴근해도 그냥 기다리면, 훈구가 곧 올 거라 믿었다. 설마 서울에 한번 올라오라고 해놓고서 무심코 떠나보내지는 않을 거라 건너짚었다.

그러나 그의 생각과는 상황이 달랐다.

"지금, 누굴 기다리시는 거예요?"

그냥 나갈 줄만 알았던, 여직원이 핸드백을 어깨에 걸어놓은 채, 자신을 멀뚱히 내려다볼 줄은 몰랐다. 어서 나가기를 바라는 표정이었다.

"아가씬, 먼저 퇴근혀. 조금 있으믄 온단 게ㅡ."

그는 자신을 내려다보는 여직원아가씨에게 이렇게 말했다. 하지만, 아가씨는 냉소를 머금고 있었다.

"지금, 변호사 선생님을 기다리세요?"

여직원은 기가 막힌다는 듯이 물었다.

"아까 나갈 때 기다리라고 혔은 게."

"그건, 하시는 말씀이죠. 지금 어디 가신 줄이나 아세요?"

"어디 가셨길레?"

"부산 가셨어요."

여직원의 말에 그는 번뜩 놀랐다.

"뭐, 뭐라야?"

순간 그는 벌떡 자리에서 몸을 일으켰다.

"어서 나가세요. 저도 퇴근해야죠."

그 참, 집으로 돌아온 그는, 설마 이튿날 전화라도 해줄 줄 알았다. 그러나 그의 전화는 오지 않았다. 정녕 무심한 사람이란 생각도 들었지만, 한편 부산까지 갔다면 당일치기하기도 어려울 거라고 나름대로 풀이했다. 그러면 돌아오는 대로 전화해주겠지 했다. 하지만, 몇 며칠이 지나도록 소식이 없기에 그는 전화를 걸어보았다.

"여보쇼? 거기 훈구 변호사 님 좀 바꿔주쇼."

그 때, 보았던 여직원이 받는 것 같았는데. 잠깐 기다리라고 했다. 잠시 뒤에 훈구의 목소리가 들렸다.

"나, 영복인디. 어찌 고로코롬 무심허다냐?"

"영복 씨?"

"나, 영복이란 게. 시방 날 몰라서 묻는 겨?"

그쪽에서 잠시 뜸을 들이더니 말했다.

"그런데, 용건이 뭡니까?"

그의 말투가 사뭇 사무적으로 달라졌다.

"—어?"

그는 머리를 갸웃거리다가 전화를 끊고 말았다. 사람이 변해도—. 아니, 변할 이유가 뭐란 말인가. 똥 뀐 놈은 분명 그쪽인데 일부러 전화도 걸어줄지언정, 되레 이쪽에서 전화를 걸었는데도 모른 체하다니, 노여운 생각이 오락가락 했다.

그는 서울 훈구를 만나고 온 일을 아무리 꼼꼼히 되살려봐도, 제가 자신을 얕잡아 볼 꼬투리가 없었다. 그런데, 갑자기 모름세 할 까닭은 대체 뭐란 말인가. 그는 이상한 생각이 자꾸 껴들었다.

며칠이 지나는 동안, 그는 이 일이 머릿속에서 송곳질을 해댔다.

그런데 그는 그 일이 있은 뒤, 며칠이 지나서야 자신의 이름을 홍룡이라 대주지 않고 영복이라고 말해서 훈구가 어리둥절했을 거란 사실을 뒤늦게에야 깨달았다.

그러나 그는 다시 훈구에게 전화하지 않았다.

그런데 몇 달이 지난 어느 날, 훈구에게서 전화가 왔다.

"지난 번 너무 미안했네. 이야기가 길어져서 좀 늦게 발을 재촉해서 사무실에 돌아와 보니, 문이 잠겼더군. 내가 깜빡 잊고 직원에게 부탁을 못했던 걸세. 이튿날 전화하려고 보니, 전화번호 메모지마저 없어졌던 거야. 114로 물어보고 전국전화책도 다 뒤져봤지만 자네 이름을 못 찾고 말았던 걸세. 그리고 한참 뒤에야 자네동생 생각이 나서— 동생에게 물어 전화하는 걸세. 정말 미안하네. 이해하게."

영복씨는 수화기를 귀에 대고 잠자코 훈구의 말을 들으니, 얽힌 매듭이 풀어지는 듯했다. 그리고 그는 쓴웃음을 감추지 못하고 이름 탓으로 돌렸다.

하지만, 나라 잃은 서러움과 아픈 상처가 이제껏 아물지 않은 현실 앞에서 그는 할아버지의 핏기 없는 얼굴을 머릿속으로 떠올려보고 있었다*

아버지의 나라

그는 남들보다 일찍 결혼하여 직장을 잡아나가기 전 이미 아들딸을 다섯이나 낳은 오남매의 아버지였다. 그런 그는 직장을 나가면서 동료들의 가족관계를 알게 되었는데, 다들 하나 아니면 둘 정도의 단란한 자녀를 두었다는 사실을 알았다. 더욱 그가 오남매의 자녀가 있다는 이야기가 직장동료들에게 알려지자 다들 기가 막힌다는 표정들이었다. 저마다 입을 딱딱 벌리고 다물 줄 모르는 그들은 두 말할 것 없이 놀라고 있었다. 지금 어느 시대인데 원시인처럼 자식을 주렁주렁 낳은 사람을 부러워할 리 없었다. 그러니 하나 둘로 고정관념이 박힌 그들에겐 기가 찰 노릇이었다.

하지만 그는 남들이 뭐라든지 시야비야 따지러들거나, 남들에 빗대어 자식이 많다고 불평불만을 늘어놓고 투덜댄 적이 없었다. 그만큼 다섯 명의 자식이 실지 숫자로도 많다고 생각한 적도 없었다. 그리고 그런 자식들을 키워내느라 속을 태운 적도 별로 없다는 생각이어서 그저 마음만은 늘 뿌듯하게 여길 뿐이었다.

그렇지만, 한 살 터울로 올망졸망하던 시절 다섯 아이를 키우는데 어찌 어렵고 고달픈 일이 없었겠는가. 다만 아이들을 낳고 키우는 일을 큰 보람으로 삼았기에 모든 시름을 잊을 수 있었다는 말이었다.

그런데 자식들을 다 키워놓은 뒤는 이전 어린것들이 무럭무럭 자라날 무렵 뿌듯하던 재미와 보람 같은 게 물거품 꺼지듯 하나씩 잃어간다는 자의식에 빠지었다.

(저희를 어떻게 키웠는데—)

아이들이 성장하는 동안 이십 년이란 세월이 덧없이 흐른 자리는, 마치 제비가 나르던 허공처럼 아무런 흔적도 남아있지 않았다. 차라리 지나온 세월의 숫한 굴곡이 어디든 형상화하여 두루마리처럼 줄줄 보인다면, 그런 저런 푸념도 없을 것이었고, 지난날의 고통도 되레 얼마쯤은 스러질지도 몰랐다. 느닷없이 한밤에 경기(驚氣)를 일으켜 파랗게 죽어가는 젖먹이를 부둥켜안고 허둥지둥 냉기에 찬 밤거리를 헤매며 불 꺼진 병원 문을 두드리던 일과, 사글세방에서 연탄가스가 스며들어 일곱 식구가 떼죽음을 당할 뻔하던 일, 오래도록 저축하여 모은 돈으로 겨우 전세방을 얻어 들자, 전세금을 빼돌려 거리로 쫓겨난 가족이 집시처럼 떠돌던 일, 그러다 머물러야 하였던 좁다란 단칸방에서 눕지도 못하고 오금으로 밤을 지새우던 일, 이루 헤아릴 수 없는 수난과 고통이 잠시도 멈추지 않고 이어지던 지난날의 칙칙하고 어두운 일들이 이제 흔적도 없이 지워져 보이지 않았다. 그런 뒤는 오남매의 자식조차 모습을 감추어 얼굴보기조차 어려워졌다.

그러고 보면 남아있는 건 아무 것도 없었다. 그런 공허하고 허탈한 속으로 오로지 나타나 보이는 건 눈가에 깊게 파인 주름살의 아내와, 큰아들 내외가 낳아서 떠맡겨진 젖먹이에 매달려 휘둘리는 모습뿐이었다.

그는 아내와 함께 볼 것 없이 젖먹이의 할아버지이고 할머니이일 터이지만, 한 뼘 뒤 두 뼘이라던가. 아무튼 내 속으로 낳은 자식을 키울 때처럼 즐거운 보람 따위는 도시 느껴지지 않았다. 그것도 자식들과 한 집살림에 함께 어울려 살아간다면, 저희 아비어미가 있는 앞에서 손자라는 의식도 새로워지고 그렁저렁 살맛도 느낄지 몰랐다. 그러나 이건 순전히 탁아소가 분명하고 할아버지와 할머니에게는 혈육의 정감을 걸어놓고 무작정 떠맡겨진 멍에와도 같은 피해망상증에 시달리게 하였다.

갓난아이는 대뜸 아내에게 안겨지고, 그런 아내는 인간의 정감을 담뿍 쏟아내면서 아무런 괴로움을 느끼지 않은 채 좋아라고 아이를 어르고 우유도 데워 먹이고 자장자장 잠도 재워주면서 키웠다. 사람의 새끼를 우유를 먹여 키우는 꼴락서니도 가관이려니와 모유를 먹여야한다고 강하게 내세우던 그의 앞에서 젖먹이는 아내가 물려준 우유젖통을 입에 물고서 기어다니며 재롱을 떨었다. 아이가 자라남에 있어서는 어디까지나 저희 어미의 희생 없이는 별 뾰족한 의미가 없고, 생리적으로 몸에서 용솟음치는 젖을 먹여 키우는 게 천만번 마땅하다는 생각만 부여안고 속을 끓이었다.

헌데도 냉랭한 우유젖통을 물고서 자란 아이는, 모르지만 나중에 커서 짐승이 될 게 뻔하였다. 어떤 야생동물을 사로잡아다가 어렵사리 키워내면 그 악랄한 본성을 그대로 드러내고 급기야는 짐승우리를 뛰쳐나가 막무가내로 약한 것을 잡아먹고 또 강한 것으로부터 먹히지 않으려고 발악의 소용돌이에 휘말리며 살아갈 것이었다.

그는 이런 악몽에 시달리면서도 한쪽으로는 아이가 우유를 먹고 무럭무럭 자라나는 모습이 신기하고도 괴이하다는 느낌마저 들었다.

그의 아내는 아이가 돌이 지날 무렵까지 텅 빈 집안에서 그렇듯 갓난아이를 키우는데 열정을 쏟았다. 그렇지만 그는 아내와 함께 천진난만한 아이에 대하여 조금 치도 불평을 늘어놓거나 귀찮다고 인상을 찌푸린 적은 없었다. 어찌 보면, 이 갓난아이는 그네에게는 커다란 희망일 수도 있어서 먼 훗날을 내다본다면 보람찬 즐거움이 넘실거릴 수밖에 없었다.

그런 동안 아이는 돌이 지나면서 아내의 부축을 받아 조금씩 걸음마를 시작하더니 곧바로 아장아장 걸어 다니기에 이르렀다. 그런데 그 무렵 아이는 놀랍게도 그토록 애지중지하면서 사랑의 손길로 키워온 저희 할머니를 등 돌리는 짓을 보이기 시작하였다. 말하면 직장에 나가는 저희어미는 주말이 되면 어김없이 아이를 찾아들었는데, 그래서 토요일과 일요일은 저희어미 품에서 놀아날 기회가 되었다. 그러나 아직 걸음마도 서툴고 말도 못하는 철부지 어린것이 일주일마다 뜸하게 찾아드는 저희어미를 알아보다니ㅡ.

뿐인가.

아이는 요람에 있던 갓난이 적에도 그러하였다. 저희어미가 올라치면 여느 때 여간해서 웃어 보이지 않다가도 방싯방싯 웃음을 띠어 보이곤 하였다. 그런 아이에게 요즘 그런다고 생경하게 놀랄 일은 아니지만, 어디까지나 그의 생각은 아이의 영특함을 말하기보다 이제껏 저를 애지중지 키워온 인간 이상의 정감을, 비록 철부지 갓난이라도 매정스레 짓밟을 수 있느냐는 생각을 해보았다. 금요일 밤부터 월요일 이른 아침까지 저희어미가 머무르는 동안 이제껏 저를 도맡아 진자리마른자리 키워낸 할머니를 숫제 떠밀 듯해놓고는 저희어미 품에서만 안겨 놀아나는 게 미워 보이기까지 하였다. 하지만 아무 것도 모르는 철부지 아이라도 저를 낳아준 모체에 대한 본능적인 정과 천륜이 끼쳐지는 모양이었다.

그의 아내는 그런 매정스런 아이에게서 어떤 소외감이나 배신감을 느끼지 않는 듯 보였다. 되레 아이가 저희엄마를 잘 따르는 게 대견스럽기만 한 듯한 표정이었다.

그런데 아이에게 모유를 먹여 키워야한다는 그의 지론은 많은 사람들이 지키지 않아 반대급부로 무서운 강제법이 되어 그의 생각을 여지없이 구속시키고 시대적으로 그런 논리를 주장할 아무런 조건과 이유를 달 수 없게 되었다. 그러기에 앞서 그는 세상 돌아가는 상황판단과 주제파악에 힘써야할 것을 스스로 깨우쳐야했다. 어떤 중심선상에 종

적으로 고정되어 굳어진 사고방식에서 융통성 있고 유동성 있는 동적
원리와 다분히 객관적이고도 변화가 있는 횡적인 사고방식을 포용하여
새롭고 참신한 생각으로 탈바꿈할 필요가 있는데, 그의 고정관념은 깨
질 줄 모르고 있었다.

"탁아소를 보내든, 당신은 개들을 맡지 말아요."

그는 이런 말을 아내에게 던지면서도 스스로 뜨악하게 생각하지는
않았다. 실로 바른 말을 토해내었다는 생각이었다. 그는 자식이 낳은
자식도 자신의 자식임에 틀림없으며 혈육의 정과 사랑 때문에 토해낸
말은 조리가 분명치 않을 거라는 생각도 들었다. 속으로는 애틋하여 별
생각을 다 한다 하더라도 말이었다. 하지만 그는 어디까지나 할말을 했
다싶었다. 이때껏 저희들 키워내기도 갖은 고생을 다 견디고 가시밭길
같은 거친 숲을 헤쳐 왔는데 저희 속으로 낳은 자식마저 부모에게 떠맡
겨야 하는지 의문이 들었다. 그도 큰아들 하나라면 모르겠으나 아들 셋
에다 딸이 둘이고 보면, 아내는 자칫하면 노년기의 여생마저 갓난이 키
우는데 기꺼이 몸 바쳐야 할 게 뻔하였다.

꼭 그렇다고 보지 않지만, 울며 겨자 먹기로 아이들을 맡아 키워주면
고마움을 느끼고, 한 올이라도 부모에게 미안함과 공경심 같은 의지를
보여주어야 할 게 아니던가. 명분도 없이, 보람도 없이 자칫 잘못되면
원망의 소리마저 눈덩이처럼 떨어질 게 분명하였다.

어찌 되었든 저희가 낳은 자식은 저희가 맡아 키울 일이라고 그는 냉
철하게 생각하였다.

봄내 여름내 비 한 방울 떨어진 적 없이 가뭄이 연이어져서 온 누리
가 바삭바삭 종이때기처럼 메마르더니 구름장이 하늘을 채워들기 시작
하였다. TV화면에 비치는 기상도만 보더라도 뿌연 구름층이 한반도를
온통 덮어놓은 모습이었다. 게다가 태풍이 불어오고 호우가 쏟아질 거
라는 겁주는 예보까지 덧붙였다. 그러더니 예보에 나온 말마따나 하

늘에 비구름이 두텁게 채워들면서 빗방울을 떨구기 시작하고 거센 바람에 줄곧 실려 오던 비구름은 끝없이 동쪽 하늘을 채워들었다.

사람들은 그걸 보고서 비를 장만하느라 저런다며 큰비가 내릴 거라고 내다보았다. 몇 년 전 수해 때도 마을사람들은 강물이 넘실거리자 죄다 마을을 뛰쳐나가 면소재지에 있는 학교로 대피하였다. 여느 때 강물 수위보다도 훨씬 낮게 자리한 마을은 큰물이 질 적마다 둑이 무너질 위험을 안고 있었다. 드넓은 들녘에서 농가소득을 올리기엔 적지이고 읍내가 가까워서 농산물 판매와 출하가 손쉬워서인지 농촌인구가 바싹 줄어드는 판국에 가호수가 부쩍 늘어나 이백여 호를 헤아릴 만큼 큰 마을이 되었지만, 오래 적부터 수해위험에 시달리고 있는 저지대의 강마을이었다.

마을사람들은 이번 큰비 예보를 걱정하였다. 드넓게 펼쳐진 비닐하우스단지는 마치 끝없는 바다와도 같았다. 만일 큰물이 범람하여 강둑이 무너지는 날에는 돈으로는 칠 수도 없는 큰 피해가 예상되고, 이백여 호가 살고 있는 집채와 터전은 싹쓸이가 될 게 번하였다. 그렇대도 강물이 둑을 넘실거리면 생명이 더해서 농사일손을 멈추고 집을 등진 채 모두들 어디론가 마을을 떠나지 않으면 안 되었다.

그가 이 마을로 들어와 살기까지는 우연으로 보기에는 너무나 비참한 일이 아닐 수 없었다. 직장을 따라 읍내로 나가 살게 된 그는 적이 7년여 동안 지겨운 사글세방을 옮겨 다니다가 가까스로 허름한 전세방을 들었다. 그동안 꾸준히 저축해온 많지 않은 돈과 당장 생활비를 통틀어 보태서 전세금을 치러주었다. 그러니 다음달 월급을 타야 생활비를 보텔 형편인 만큼 주머니 돈마저 털어낸 거였다. 그래도 사글세를 살다가 전셋집을 장만하였으니 내 집이나 진배없어서 마음만은 홀가분하고 느긋해지었다.

그런데 어느 날 퇴근하여 집에 돌아왔을 때 아내는 생경한 말을 흘리고 있었다.

"시동생이 빛 독촉에 못 견딘다고, 어머님이 찾아오셨어요."

"그래 어떻게 했단말요?"

그는 아내의 표정이 이상하여 물어보았다.

"오죽하면 어머님이 찾아오시겠어요?"

아내는 여줄가리는 뒤에 두고 상황설명만 앞세우고 있었다.

"그래서 어떻게 했느냐고 묻지 않아요?"

"그러니 어쩌겠어요? 형제일신이라는데―."

그러나 아내는 끝내 그의 물음에는 고의로 아랑곳하지 않았다. 그는 넥타이를 풀어 걸고 와이셔츠 단추를 하나씩 풀다가 아내 쪽을 물끄러미 바라보았다. 가진 거라곤 전세금뿐인데, 그걸 어떻게 한 것 같아서 속이 마냥 타들어 가지만, 아내는 말을 실실 돌려 그 쪽으로 유도하는 걸 보면 필시 전세금을 빼준 게 틀림없었다.

"지금 전세금을 빼줬다는 거요, 뭐요?"

"…."

그가 이렇게 아내의 심중을 찌르며 묻자, 그의 아내는 갑자기 얼굴에 핏기를 잃은 채 숫제 입을 닫아버리었다. 그는 하도 어이가 없어 와이셔츠의 단추를 열다말고 아내의 앞에 풀썩 주저앉았다.

"정말, 전세금을 빼줬단 말요?"

"어떻게 해요. 어머니 말씀에 곧 갚아 준대요."

"전세금을 뺐으면 집주인은 아무소리 안 합디까?"

"왜요. 계속 살려면 일년 분 사글셀 당장 내라는데요."

"그럼 그걸 어떻게 합니까?"

"…!"

아내는 말이 없었다.

아무리 빛 독촉이 심하더라도 일곱 식구가 살아가는 전세금을 빼주면, 당장 집을 비워야하는데 어디로 가려고.

그는 아내의 단순한 생각이 원망스럽기만 하였다. 지금 상황으로 봐서도 전세금 뺐다는 사실은 청천벽력과 같은 소리이었다. 그게 인정인지, 동정인지 이해할 수 없지만 당장 집주인의 사글세 독촉을 받고 있으니, 큰일이 아닐 수 없었다.

그러나 아내의 말대로 형제는 한 몸이어서 동생의 고통을 형이 알고 덜어주어야 할 건 마땅한데다 아내가 형제의 의리를 생각하여 다급한 빚더미에 시달리는 시동생을 위해 선뜻 전세금을 뺐줬다는 건 어찌 보면 훌륭한 아내일 수도 있었다. 남편인 그도 이런 상황에서 전세금을 동생에게 선뜻 빼줄 배짱과 의리를 갖추지는 못한 듯싶었다.

그러나 남편을 어렵게 만들어 막다른 골목으로 몰아넣은 격이어서 할 말은 많지만 현실이 너무 심각하고 답답하여 아내를 질책할 용기와 마음의 여유조차 없었으므로 문제풀이가 더욱 심각하고 다급하였다.

그래 그는 아내 앞에 주저앉아 뭔가 따지려고 얼굴을 마주하였으나 정작 할 말은 입 밖으로 나오지를 않았다. 그러니 일은 터지고 사글세도 전세금의 반에 가까워 그런 큰돈을 금방 어디서 마련할 재간이 없고 보면, 막막하기만 하였다.

이튿날 그는 하는 수 없이 아내와 어린 오남매를 이끌고 무작정 거리로 나서는 수밖에 없었다. 그러면서도 그는 아내를 원망하지는 않았다. 되레 그는 속으로 아내를 칭찬하였다. 형제의 우애는 여자들이 지킨다고 생각한 나머지 형이라도 해낼 수 없는 일을 아내가 했다고 보았다. 당장은 집세가 크고 남편의 말도 들어보지 않고 멋대로 일을 저질러놓은 괘씸죄가 있기는 하였지만 형제의 우애는 영원하리라 믿었다.

그는 이렇게 자위하면서도 막막한 현실을 어떻게 비껴갈지 몰랐다. 집주인은 집을 비워달라고 재촉할 것이고 정히 갈 곳은 없으니 답답한 일이었다. 그는 생각다 못해 부스러기 같은 살림살이를 빈터에 쌓아놓고 비닐로 덮어두었다.

그런 뒤 가족과 함께 읍내를 빠져나가 강을 건너 둑길을 무작정 걸어가 보았다. 한참 걷는 동안 아내는 말없이 따랐으나 어린것들은 다리가 아픈지 찡얼거리기 시작하였다. 그는 아이들의 찡얼거리는 소리를 들을 때 가슴이 찢어질 듯 아파왔다. 그건 아이들 때문만 아니라 이렇게 목적지도, 행선지도 없이 무작정 걸으면 무얼 어떻게 하려는 것일까 스스로 묻는 물음에 답이 없기에 앞이 캄캄해서였다.

그는 기여 걸음을 멈추고 둑성이에 몸을 주저앉혔다. 그가 몸을 부리고 주저앉자, 아내와 자식들도 따라서 나란히 풀밭에 앉아 둑 아래 펼쳐진 마을을 물끄러미 내려다보았다. 크고 작은 집들이 한눈에 들어왔다. 그는 깔끔한 양옥집보다 허름한 집들에 눈이 끌리었다. 방 한 칸에 부엌 한 칸만이라도, 날이 저물면 눈을 붙일 수 있는 좁다란 공간만이라도 있다면, 이렇게 마음이 조이지는 않을 것 같았다. 집을 가진 사람들이 부러워 보이긴 처음이었다. 지금 살고 있는 마을이지만, 발이 닿는 대로 걸어왔으니 운명이 아닐 수 없었다.

궁하면 통한다던가.

아무튼 해가 지고 어둠이 오자, 둑을 내려가 마침 비어있는 집을 차고 들어가 살림을 차리던 게 바로 이 집이었다. 그 무렵만 해도 삼십 호쯤 되던 마을이 이농현상이 극심하여 빈집이 더러 있었던 게 그를 마을로 끌어들인 동기가 되었다.

하지만, 지금은 빈집은 그만두고, 새로 지은 양옥집들이 즐비하여 가호수가 기하수로 늘어나 살기 좋은 마을로 모습이 바뀌었다. 그러나 해마다 장마철만 되면 언제 범람할지 모르는 강물의 위협을 받는 건 예나 지금이나 다름이 없었다.

그런데 올 여름은 괴이쩍게도 밤에만 큰비가 기습적으로 내리곤 하였다. 낮에는 멀쩡하던 날씨가 해질녘만 되면 차츰 구름이 끼어들고 빗방울을 하나 둘 떨구기 시작하였다. 그리고 잠든 사이에 천둥번개가 우르릉거리고 희번뜩거리면서 후드득후드득 세찬 빗줄기를 밤새껏 뿌리었다. 그런 바람에 잠을 설치고 먼동이 부옇게 트는 꼭두새벽이면 사람들은 어스름에 빗줄기를 뚫고 강둑으로 올라가 물세를 살펴보곤 하였다.

강물은 새벽녘부터 붉은 흙탕물이 사뭇 강둑을 기어 올라와 벙벙하게 흘렀다. 그날은 온종일 비바람을 치었고 또 밤이 되자 지난밤처럼 으레 천둥번개에 밤을 지새우며 폭우를 쏟아 부었다. 볼 것 없이 강물은 위험수위로 치달았고 둑을 넘실거릴 게 틀림없으며, 그러면 사람들은 또 마을을 떠나야만 하였다.

그런데 수해경보가 떨어진 건 이튿날 해질녘이었다. 정말 강물은 지난 수해 때보다 훨씬 더 둑 높이와 맞물려 넘실거렸다. 기여 강물이 범람할 위기상황까지 몰아가자, 마을사람들은 버릇처럼 저마다 집을 비워둔 채 근처의 학교로 몰려가 대피하였다.

그도 큰아들이 먼저 저희 아내와 젖먹이를 차에 태워다가 마을사람들이 대피하고 있는 학교교실로 데려다둔 뒤 다시 돌아와 그의 내외를 차에 태웠다. 그렇게 집을 비워둔 채 거센 빗줄기 속을 뚫고 차가 마을 고샅을 빠져나갔다. 빗방울이 연신 차창에 부딪치고 흐르는 빗물 때문에 앞이 어릿거려 분간하기가 어려웠다.

"조심해서 잘 보고 차를 몰아라."

그는 앞의 시야가 흐려보이자 혹시 운전에 실수라도 저지를까봐서 차가 찻길로 진입하자 핸들을 잡은 아들을 두고 넌지시 일깨었다.

그런데 아들은 아버지가 방금 일깬 말을 들었을 터인데도 입을 굳게 다문 채 되레 얼굴이 굳어 있었다. 알아서 가겠다는 속셈인지, 아니면 아버지의 말을 거부하고 아무렇게나 운전을 하려는 건지 말을 하지 않으니 도시 그 속을 알 수 없는데, 그가 힐끗 본 아들의 표정은 돌멩이처럼 굳어 냉기마저 이는 듯 보였다.

(녀석이 무엇 때문일까?)

그는 아들의 눈치에 의문을 품기 시작하면서 머릿속으로 어지러운 생각들이 떠돌았다. 그러다가 이내 꼬리를 물고 달려드는 하나가 있긴 하였다. 그가 여느 때부터 갖는 주관이지만 세상을 살아가면서 어느 누구와도 돈 문제에 있어 주거니 받거니 하거나 꿈질은 하지 않기로 별렀다. 있으면 먹고 없으면 굶는다는 식이었다. 그게 뱃속 편한 일이라는 생각을 굳히고 살아온 이상 그는 그런 방식을 꿋꿋이 지켜왔다. 그래 남들이 다들 다퉈가며 선호하는 내 차(車) 갖기에도 휩쓸리지 않았다. 요즘 사람들이 무작정 유행에 휩쓸리는 꼴을 되레 이상한 눈으로 보았고, 그런데는 작은 신경도 끄고 철저히 배척하면서 무차주의를 부르짖곤 하였다.

차도를 윙윙대며 달리는 차들만 보아도 웬일인지 멀미가 나고 지겨워서 마음이 무거워지고 머리를 사뭇 짓눌러대었다. 도시나 시골을 가리지 않고 찻길마다 골목마다 즐비하게 채워진 자동차들의 무리를 볼 적마다 못된 놈의 세상타령이 절로 나오고 욕지거리를 토해내기도 하였다. 좁다랗게 트인 골목길마저도 보행이 자유롭지 못하여 앞뒤에서 차들이 경적을 울리고 달리는 바람에 발 한번 옮겨놓기가 두려우니 걷는 것조차 부자유스러워 그는 이런 놈의 세상이 어디에 있느냐고 속으로 투덜대었다.

그런 그에게 결혼식을 마친 큰아들이 어느 날 돌연히 승용차를 새로 빼온 뒤 할부금보증을 해달라고 요구해왔으니 당치 않은 일이었다. 그는 볼 것 없이 무차주의자이고 무보증주의자여서 얼굴을 돌리었다. 그렇지만 자식이 일을 저질러놓고 보증해 달라는 데는 거절의 절차를 생각해봐야 할일이었다. 할부로 새 차를 뺀다면 마땅히 아버지에게 귀띔이라도 해야 하고 제 스스로 책임질 일이라도 그랬어야 마땅할 터인데 무모한 짓을 제멋대로 저질러놓고 이제 와서 보증을 해달라니 기막힐 노릇이었다.

하기는 일을 바꿔 녀석의 입장에서 보면 대꼬챙이 성질에 고지식하기 그지없는 아버지에게 귀띔해보았자 고개를 끄덕일 리 없으니 먼저 일판을 펴놓고 따지자는 속셈을 이해할 수는 있었다. 그러나 외상 차를 타고 다니며 수입도 없이 비생산적으로 노라리 장난감차를 아직 근무도 하지 않은 내일을 걸어놓고 봉급보증을 하라니 말도 안 되는 소리가 아닐 수 없었다. 편편히 놀아나는 녀석이 차 없이는 살아갈 수 없단 말인가. 대중교통을 이용해도 차가 흔전만전하여 조금도 불편 없이 살아갈 수 있었다. 확실한 수입원이 있고 직장을 차고든 뒤 정작 필요하다면 월급으로 갚아줄 셈치고 구입할 수 있을 터인데도 말이었다. 그건 사치에다 낭비이고 목적도, 명분도 없는 허무맹랑한 짓이 틀림없었다.

그는 이렇게 속으로 부르짖으며 자식의 내일을 위해서라도 저희가 저지른 일은 저희 스스로 책임을 짓고 해결할 수 있게 만들려면 고분고분 들어줘서는 안 된다는 생각을 다잡아먹었다.

"나는 네가 생각하듯 보증능력이 있지 않아."

이런 아버지의 한마디에 큰아들은 눈물을 머금고 그의 앞을 떠난 거였다. 그런 뒤 그는 아들의 할부 차에 신경을 아예 꺼버리었다. 어렴풋 알고 있는 사실이지만 저희 둘째 이모가 보증을 해주었다는 것만 알 뿐인데, 그는 되레 보증해주었다는 처제가 괜히 미워지었다.

정녕 녀석은 그걸 속으로 꽁하니 담아놓았다가 그가 제 차를 타자 불만스런 낯을 보이는 게 틀림없었다. 어떤 아비가 자식을 잘못되는 쪽으로 끌어가려고 하지 않는다면, 그가 무차주의를 부르짖는 까닭이 바로 자식들의 안전을 꾀할 게 뻔하였고, 그토록 큰돈 들여 사는 거라면 마땅히 아버지와 먼저 얼굴 마주하면서 터놓고 말해야 할 거였다. 그런데도 저희 꿍꿍이로 우물쭈물 버무려놓은 일을 가지고 오냐로 자의든 타

의든 자식들 편에서 무슨 죄라도 진 것처럼 반기며 뒤치다꺼리를 꼭 할
건 없다는 생각이었다.

"아버진, 왜 이런 데서 사세요?"

냉하게 얼어붙었던 표정이 한동안 입을 굳게 다물고 뜸을 들이더니
아들의 입에서 불쑥 튀어나온 불만의 말이었다. 녀석이 불만을 토로하
며 묻는 의도는 분명히 아버지의 속을 사뭇 뒤집고 쑤석거리자는 효과
음밖에 안 되었다. 그렇지만 그건 어릴 적에 저희가 직접 체험하며 겪
었듯이 온 가족이 오갈 데 없이 겨우 찾아든 곳이 여기인데. 비록 어릴
적이라도 저희 발로 걸어와 가슴 조이며 겨우 자리를 잡아 살게 된 마
을인 줄 빤히 알면서 그런 걸 묻는 건 엉뚱하게도 아버지의 무능력을
저항하듯 느껴졌다.

"쓸데없는 건 묻지마!"

그는 열기가 머리끝까지 치솟아 더는 말하기조차 싫어서 이렇게 아들
의 입을 틀어막으려 하였으나, 아들은 또 되잖은 소리를 지껄여댔다.

"지난번 자동차회사에서 전화 온 것 받으셨지요. 할부금 잔액이 이
백오십 만원이라고 확인 전화한 건데 아버지는 나하고 상관없는 일이
라고 하셨다면서요? 아버지 정말 너무하십니다. 자식과 관계된 일인데,
그렇게 모른 척 해두시면 되겠어요?"

아들은 불쑥 꺼내 놓은 말을 짓씹듯 말끝마다 원망의 불씨를 달았다.

그는 잠시 기억을 더듬어 아들이 말하는 자동차회사에서 왔다는 전
화를 되살리었다. 처음엔 이기석이라고 아들 이름을 대면서 아버지 되
시느냐고 묻기에 그렇다고 하니, 대뜸 할부금잔액이 이백오십 만원인
데 입금을 않고 있다는 소리였다. 그래 내용을 모르는 일이니 뭐라고
말할 수 없다고 대답하였을 뿐이었다. 그런 일을 가지고 아들이 지금
꼬투리를 잡고 탓하면서 불만의 멍에를 그에게 씌우려는 것 같았다.

"네가 언제 할부금 얘기를 아비에게 말한 적 있더냐? 모르는 거 모른

다고 했을 뿐이다."

그는 이렇게 말하면서도 미열이 머리끝으로 솟구치었다.

"어떻게 모른다고 하세요, 아버지! 자식인데요."

"입 닥치지 못 하겠어! 그럴 때는 아버지 자식이고, 저런 때는 남이고 ― 아무소리도 듣기 싫다."

그는 목소리를 드높이었다. 그러고도 분함이 목으로 치밀어 올랐다. 아버지에게 말 한마디 없던 일을 괜한 트집으로 원망의 소리를 지껄여 대는 녀석이 미웠던 거였다. 밉다기보다 자식을 현명하게 못 가르치었 다는 자책이 일어서 혀라도 깨물어버리고 싶은 충동이 일었다.

"당장 차를 세워! 안 세우면 그냥 문을 박차고 뛰어내리겠다!"

그는 외마디소리를 외쳐대었다. 그렇지만 아들은 아무 말 없이 차를 몰아가고 있었다.

"어서!"

그는 또 한 번 소리치었다. 그러자 아들은 속력을 줄이더니 차를 천 천히 길가로 몰아세웠다. 그는 차가 서자마자 대뜸 문을 열고 차에서 뛰어내리었다. 굵은 빗줄기가 사정없이 뿌려왔다. 분노에 찬 그는 거센 빗줄기를 조근이 맞으며 느린 발걸음으로 방향감각도 없이 어디론가 무작정 걸어갔다. 실로 비참한 노릇이었다. 자식을 낳아 키워놓으면 그 것들로부터 늙게 따뜻한 밥 한술이라도 마음 편케 얻어먹을 터이고, 아 버지가 생전에 미처 못 이룬 일까지도 해낼 거라는 희망과 기대가, 한 순간에 깨어지는 유리창처럼 산산이 부서져 내리었다. 아무리 새끼는 어미아비를 먹고 산다 해도 바른 길이 아니었다.

직장에 다니느라 자식들을 뇌먹인 게 이렇듯 본데없이 제멋대로 자 라 아비 앞에서 터무니없는 원망의 소리나 지껄여대는 자식이 도시 미 덥지 않았다.

그는 아내에게도 원망의 화살을 쏘아대었다. 일곱 식구가 살아가던 방세를 말도 없이 빼서 내돌린 아내 말이었다. 시동생의 빚이 아무리 급한들 일곱 식구가 살고 있는 집보다 더 급하겠는가. 그 때문에 읍내를 떠나 강을 건너 멀리 떨어진 낯선 물가에 흘러와 살게 되지 않았던가. 그건 순전히 아내의 값싼 동정에서 비롯된 잘못이 아닐 수 없었다. 헌데도 아들은 속도 모르고 아버지를 탓하면서 원망의 소리를 드높이는 게 아닌가.

줄곧 내리는 빗줄기를 흠씬 맞아서 빗물에 젖은 양복이 중량감마저 느껴지지만, 그는 걸음을 재촉하지 않았다. 이런 빗속에서 아무렇게나 쓰러져 마구 뒹굴고만 싶을 뿐이었다. 그러나 한참을 버릇처럼 무작정 발걸음을 옮겨놓았으나, 정작 갈 곳은 없을 것 같았다. 그는 무심코 걷던 발길을 돌려 방향을 바꾸었다. 강둑이 터져 물에 떠내려가든 말든 이제 덩그러니 비어있을 집으로 돌아가는 수밖에 없었다. 아무도 없는 집에 홀로 있으면 지글거리던 분노도 한결 가라앉을 것 같았다. 해서 오던 길을 되짚어 가는데 어디선가 구급차의 경적이 요란하게 들렸다.

(에라! 이놈의 세상 뒤집어지기라도 해라)

그는 구급차소리를 듣자 되레 신바람이 솟는 기분이었다. 천지개벽을 하든 말든 거세게 퍼붓는 장대비를 고스란히 맞으며, 그는 집으로 돌아올 수가 있었다.

대문을 들어서는데 드넓은 마당은 온통 빗물이 고여 들어 흥건하게 물이 채워져 있었다. 그는 정강이까지 빠지는 물을 첨벙거리며 마당을 들어서 현관으로 올라 출입문을 열자 대뜸 안에서 전화벨소리가 울리었다. 그 소리는 전화벨소리라기보다 무슨 괴물이 괴상한 소리로 우짖는 느낌이 들어 섬뜩하기만 하였다. 어느 누구와 말을 주고받기도 싫어서인지, 징글맞게 몸서리쳐지는 벨소리가 청신경을 무던히도 거슬리게 하였다. 그래 그는 신경질적으로 전화기 쪽으로 다가가서는 수화기를 할퀴듯 번쩍 들었다가 '털컥' 소리가 나게 떨구었다.

그러자 방안은 고적이 흐르고, 그는 혼돈에 빠져 머리를 벅벅 긁어대었다. 아무튼 물이 줄줄 흐를 만큼 흠뻑 젖은 양복과 와이셔츠 넥타이를 하나씩 벗어 옷걸이에 걸고 운동복으로 갈아입었다.

　그런데 또 전화벨소리가 울리기 시작하였다. 그는 또 수화기를 한번 들었다가 '딱' 소리가 나게 내려놓았다. 아까 차안에 탔을 때처럼 머리끝으로 미열이 마구 치솟았다. 그건 그의 신경질 때문인 것 같았다.

　그때 마을회관에서 확성기소리가 크게 울려 퍼지었다. 아직도 마을에 남아있는 사람이 있으면 지금 즉시 마을을 빠져나가라고 소리소리 지르는 경고방송이었다.

　그는 확성기에서 떠들어대는 소리를 비아냥거리듯 속으로 코웃음을 치면서 목이 타들어 가는 갈증을 느끼자 주방으로 가서 물을 컵에 따라 마시었다. 그리고 돌아서는데 또 전화벨소리가 울리었다. 그러자 그는 숫제 전화기를 떼다가 물이 벙벙하게 채워진 마당에다 내동댕이치고 싶은 충동이 일었다. 하지만 그는 그런 울화통을 가까스로 삭히고 수화기를 들다가 귀에 대보았다.

　"여보세요? 여보세요?"

　아내는 사뭇 갈리는 목소리로 외마디소리를 쳐대며 부르짖었다.

　"왜, 그러는 거요?"

　그는 퉁명스럽게 대꾸하였다.

　"아니, 이이가 지금 정신이 있어요? 온 동네사람들이 다 나와 있는데 — 당신만 거기서 뭐하는 거예요? 어서 나와욧! 그리고 사고가 났어요. 지금 병원에 와있단 말이에요. 알았어요? 알았으면 빨리 나오세요."

　아내는 줄곧 떨리는 목소리로 억양을 높여 외쳐대지만, 그는 대꾸하지 않았다. 무엇이 기여 터진 모양이었다. 듣기에도 껄끄러운 아내의 목소리이었다. 이 모두가 아내의 탓일 수 있었다. 기왕지사 강마을로 나와 살게 되었으면 그러려니 운명이나 탓하고 살아갈 일이지, 자식들에게 죄도 없는 남편을 들먹이며 원망의 소리를 퍼붓고 생트집 해 싸니까 자식들도 따라서 그런 거라는 생각이 들었다.

그래 방금 통화한 아내는 목소리조차 엉겅퀴처럼 까슬까슬하니 쏘아대지만 어떤 일이 벌어지든 그는 모르겠다는 생각으로 자포자기해버렸다.

그러나 아들은 어떻게 된 것일까. 사고라면 교통사고일 게 뻔하고, 병원은 누가 다친 것일까. 또 어떤 상황일까. 아무튼 옷이나 챙겨 입고 있다가 긴급한 일이 떨어지면 뛰쳐나갈 생각으로 옷장을 열어보니 옷가지는 싹쓸이 2층으로 옮겨져서 아무 것도 없이 비어있었다. 해서 2층으로 올라가려고 현관문을 열려는데 전화벨소리가 또 울리었다.

그는 아내의 전화일 거라는 선입감에서 수화기를 들어보았다.

"여보쇼! 당신 지금 뭘 하고 있어? 물귀신이 되자는 거요?"

귀청을 울리는 남자의 큰 목소리에 그는 섬뜩하였다. 순간 온몸의 신경이 끊어진 고무줄 튀는 듯한 느낌이 들어 그는 막연히 수화기를 들고 멍해지었다.

"지금 곧 회관 앞으로 나와요! 차를 보낼 테니ㅡ."

그는 이 소리를 듣고서 2층으로 올라가려다가 멈칫하고는 운동복차림인 채 흥건한 물을 철벅거리며 마당을 질러 대문을 빠져나갔다. 그리고 마을회관 쪽으로 스적스적 발을 끌어가 보니 앰뷸런스와 경찰차가 회전등을 잽싸게 돌리면서 멈춰서 있었다.

순간 전경 두 명이 그를 발견하고 재빨리 달려들었다. 그러더니 그를 대뜸 들것에 옮기고 열어젖뜨린 앰뷸런스 뒤에 밀어붙이더니 경적을 울리면서 신나게 달려 마을을 빠져나가고 있었다.

그는 양쪽에서 전경들이 지켜보는 가운데 어디론지 실려 가고 있었다.*

찔레꽃

이전 오십 호가 넘는 집들이 정다운 모습으로 옹기종기 모여 살던 고부실은, 이제 두 집이 달랑 남았다. 이 두 집마저도 한 집은 여든 살을 넘긴 신노인이 얼마 전 아내를 저 세상으로 떠나보낸 채, 홀로 되어 살았고, 또 한 집도 칠십대 허리를 잡고 숨가쁜 나이에 이른 용골 댁이 혼자 외롭게 살았다.

이쯤 되면, 얼마 뒤는 두 노인마저 세상을 뜰 것이고 그러면, 고부실은 사람이 살지 않는 흉측한 폐허의 마을로 변할 게 틀림없었다.

마을은 고샅길마다 잡초에 묻혔고, 여러 채의 빈집들이 풀숲과 엉겅퀴넝쿨에 뒤덮여 집채를 알아볼 수 없게 되었다. 게다가 드높이 솟아오른 해묵은 가죽나무가 그런 사이사이로 우뚝 우뚝 서서 무슨 넝쿨 숲인가 뒤여 쓴 꼴은 볼 것 없이 흉물이었다.

지난해 이맘때만 해도, 신노인에게는 두 살 위의 아내가 살아있었다. 그러나 그런 아내가 갑자기 세상을 뜨고 보니, 신노인의 신세가 이처럼 마주 기댈 데 없이 쓸쓸하고 가련한 말년의 삶이 되었다.

신노인은 아내가 마지막 숨을 거두자, 곧바로 서울에 사는 아들에게 전화를 걸어 알려주었다. 하지만, 아들은 아내가 숨을 거둔지, 이틀이 지나서야 처자식들을 승용차에 태우고, 달랑달랑 찾아들었다. 그러고서 하는 말이 서울로 올라오시랄 때에 올라오셨으면, 이다지 막히는 찻길을 시간 걸려가면서 먼 길을 달려올 리 없으니, 역겨운 불편을 겪지 않을 거라며 투덜대었다.

그때, 신노인은 저희 어머니의 주검을 눈앞에 뉘어놓은 마당에, 자식이 괜한 트집을 부린다는 생각을 버리려하였다. 그러나 숨겨서 다리를 뻗쳐놓은 아내는 말이 없었다.

늙은 내외가 저희가 오라고 할 때, 가지 않은 것은 아니었다. 보름동안인가, 아무튼 한 달을 채우지 못한 동안, 낯선 곳에서 국으로 버텨가며 살아보려 안간힘을 썼으나, 아내는 도시 못 견디겠다는 듯이 어서 빨리 시골로 돌아가자고, 옆구리를 꾹꾹 찌르면서 연신 신노인을 꼬드겼다.

여느 때, 웬만한 일을 가지고는 경거망동하게 막대하고 참견 드는 성격도 아니었고, 행여 속이 뒤틀리는 일이 있다해도 잘 참아 넘길 줄 아는 아내이고 보면, 나름대로 속태우는 뚜렷한 속내가 있을 테지만, 끝내 어떤 눈치도 내색하지 않은 채, 벙어리 냉가슴 앓듯이 신노인의 옆구리만 꾹꾹 찔러대면서 어서 빨리 떠나자고 재촉했던 것이었다.

신노인은 나름대로 아내의 얼굴에서 며느리 눈치보기가 죽기보다 싫다는 게, 역력히 드러나 보였고, 자신 또한 며느리의 비위 거슬리고, 속 뒤틀려지는 꼴 사난 실마리가 숫제 잡히지 않는 것도 아니었다.

하지만, 기왕지사 자식의 그늘에서 나머지 인생을 마치려고, 정든 고향 땅을 떠나 멀리 와서 이렇듯 자식에게 얹혀 사는 마당에, 사소한 일을 가지고, 요모조모로 탓잡아서 다시 고향으로 내려간다면, 이것을 기화로 자식과는 숫제 거리가 생겨 다시 만나지 못할 것 같았고, 어쩌면 부자 사이에 영영 이별을 고할지도 모른다는 걱정이 앞섰다.

그래, 신노인은 아내에게 은근하고 끈기 있게 참고 견뎌가면서 어렵사리 살아갈 수밖에 없다고 달래보기도 하고, 다그쳐보기도 하면서 동병상련의 애환을 함께 나눴었다.

아무튼 장사준비를 추스르려해도 마을에 사람이 없으니, 매사에 쩔

쩔 매는 수밖에 없었고, 부고를 돌려 친척들과 친지들에게 알리는 일이
무엇보다 큰일이란 생각도 하였지만, 그런 중대한 일조차 아예 접어두
고, 가까운 친척이나 이웃마을 몇몇 친지들에게 전화를 걸어 알려주는
정도로 그쳤다.

그리고 가까스로 상포 집에 연락하여 수의를 마련하고, 상여를 맞췄
다. 화톳불은 연탄을 사들여 불을 지폈으나, 조객이라고는 이웃마을 몇
사람이 뜸뜸이 찾아와서 꾸벅꾸벅 조문하고 나서는 부리나케 상가를
떠났고, 아들 직장동료들이나 친구들도 먼 길을 달려와 인사치레를 하
였지만, 초상마당은 여전히 쓸쓸하고 고즈넉할 뿐이었다.

그런데 큰 걱정은 상여꾼과 산역꾼이었다. 초상집에 젊은이라고는
조문객으로 드나드는 사람 말고는 상가에 머물러 있으면서 일을 추스
를만한 사람이 한 사람도 눈에 띄지 않으니 앞이 캄캄하였다. 이웃마을
조차 늙은이들만 몇몇 남았으니 뻔한 일이 아닐 수 없었다.

하는 수 없이 신노인은 중기회사에 연락하여 포크레인 한 대를 맞추
고, 일꾼 열 명쯤 딸리게 해서 상여 운구와 산역일을 도맡아달라고 맡
겼다. 일꾼 열 명의 하루 품삯이 무려 백만원이라는데도 어쩔 수 없는
일이었다.

이렇듯 어렵사리 아내의 장사를 치렀는데, 아들녀석은 삼우제가 끝
나자 부리나케 저희 딸린 식구들을 차에 태우고서 머리를 까딱해 보이
더니 그 참 모습을 감춰버리고 말았다.

신노인은 다시 찾아든 적막의 집에 덩그러니 홀로 남아 죽은 아내의
투박한 흑백사진만 황량한 눈길로 바라보고 있었다.

(혼자 계시기 불편하시면, 언제라도 올라오세요. 아버지!)

신노인 앞에 이런 말 한 마디만 떨궈놨어도, 아내의 사진이 그토록
애처롭지는 아니할 것이었다. 하지만, 저희 어머니 장사를 마치고는 삼
우제날까지 늙은 아버지와 말 한마디 건네지 않은 채, 깊은 잠에 묻혔

다가 훌훌 털고 부랴부랴 서둘러 떠난 하나밖에 없는 외아들이 안타깝기만 하였다.

아내마저 잃고 나서 황량하기 그지없는 고향 땅에 늙은 아버지를 홀로 남겨놓고, 한 올의 걱정근심도 내보이지 않은 채, 벌쏀 놈처럼 홀쩍 떠난 건, 야속한 싹이 돋지 않을 수 없는 일이었다. 또 그렇더라도 돌아가서 전화 한 통화라도 걸어줬으면, 그런 야속한 마음이 아침이슬처럼 금세 스러질지 몰랐다.

그렇지만, 신노인은 이런 아들에게 야속함이나 원망의 마음만 담아놓고, 가슴을 끓이는 것은 아니었다. 그만한 아들마저 없었던들, 아내의 주검을 어떻게 치울 수 있었을까. 더욱이 따뜻한 이웃마저 손길이 닿지 않는 적막한 땅에서 모자의 혈육이 아니었더라면, 녀석이 여기를 찾아올 리 없으니, 그만만 해도 다행스런 일이었다.

게다가 장례비용은 얼마이던가. 손가락을 꼽쳐서 얼추 따져 봐도 큰 놈 한 장은 생으로 썼을 게 분명하였다. 그렇다고 생각해보면, 아들에게 더는 꺼끄러기를 일으킬 이유가 없었다.

이제 아내마저 곁에 없는 신노인은, 사위가 어둠에 휩싸이는 캄캄한 밤이 돌아오면, 눈을 감고 잠들었다. 그러면 가까스로 잡념을 잃어버리지만, 어둠이 스러지고 새날이 밝아오면, 눈을 뜨게 되고, 갖은 상념이 떠올라 신경이 몹시 곤두세워지고 자극을 받기가 일쑤였다.

어릴 적에 애지중지 부모의 사랑을 받고 자라나던 일들과 소싯적에 아내와 처음 만나 결혼하여 살아오면서 때로는 기쁘고, 때로는 슬펐던 온갖 지난날들이 주마등처럼 떠올라서 어느 순간은 황홀경에 빠질 때도 있지만, 어떤 때는 후회와 허탈감에 빠져 자괴감마저 일었다.

하지만, 그렇든 저렇든 이제 와서는 모두가 허무한 지난날의 꿈이었다. 현실이 외롭고 비참하면, 아무리 아름답고 기뻤던 지난 일을 되살려 봐도 지금은 아무 소용없는 일이었다.

그래 신노인은 언제부터인가. 이런 쓸데없는 상념을 멀리 떨쳐버리려고, 버릇처럼 시내버스를 타고 읍내로 나가 그곳에 있는 노인회관에서 친구들과 어울려 술도 마시고 옛이야기도 나누면서 시간을 보내곤 하였다.

신노인은 으레 집 앞을 뜸뜸이 오가는 시내버스를 이용하여, 아침 차를 타고 나간 뒤에는 저녁차로 집에 돌아와서 잠만 자고 이튿날 다시 나가곤 하였다.

그런, 어느 날, 읍내노인회관에는 마침 지역유지들이 찾아와서 노인들을 위안한다며 잔치를 벌였는데, 신노인은 그 자리에서 여느 때보다 거나하게 술을 마시고, 집으로 돌아올 수 있었다.

취기가 마구 솟구쳐 올라 미처 밝혀놓은 전등불을 끌 생각도 못한 채, 밖에서 풀벌레소리가 바람처럼 몰려드는 가운데, 신 노인은 그 참 몸을 쓰러뜨려 잠에 빠져들고 말았다.

꿈결인지, 생시인지, 분간하기 어려운 전화벨소리가 풀벌레소리와 함께 울려 퍼졌다. 신노인은 얼결에 수화기를 들어 귀에 갖다 대었다.

생경하게도 용골댁의 목소리가 귓속을 파고들었다.

"아! 용골댁 할멈이구려. 이 밤에 웬 전화요?"

신노인은 이상하다는 생각이 뒤로 깔려들었지만, 예삿일처럼 목소리를 가다듬어 물었다.

"웬, 전화는? 뭣인가. 우리 동네 이웃이라곤 신 영감뿐인걸."

용골댁의 말을 듣고 보니, 그럴법하다는 생각이 들어 신노인은 적이 고개를 끄덕였다.

"적적혀서 전화혔다는 소리군."

신노인은 이렇게 대꾸하면서도 스스로 용골댁의 심중을 찔렀다고 여겼다.

"그도 그렇지만, 가만 생각혀 보니, 기왕지사 이런 꼴에 한 집에 살믄 어떨까 혀서유?"

용골댁은 한술 더 뜨는 소리를 쏟아놓았다.

"그게, 무슨 소리?"

신노인은 적이 놀라면서 용골댁의 말에 의문을 품지 않을 수 없었다. 하지만, 그렇게만 되는 날이면 굳이 시내버스를 타고 매일장천 읍내노인회관에 나가 늙은이들과 어울려 지내지 않아도 되었다. 집에 용골댁만 있어준다면, 마주앉아 말벗이라도 될 것이고, 그러면, 여생을 외롭지 않게 보낼 수도 있을 거라는 꿈이 지레 부풀어 올랐다.

"그럼, 서로가 생활비도 줄일 수 있고—."

용골댁은 되레 신노인을 설득하려들었다.

"하긴, 나도 그런 생각 안 해본 건, 아니지만—."

신노인은 용골댁이 쏟아놓은 말이 무리라는 생각은 들었지만, 하자는 대로 들어주고 싶은 충동이 일었던 것이었다.

"신영감님도 그런 생각을 해보셨유?"

"…!"

"그럼, 내 말을 애당초 순순히 받아주질 않고서—."

용골댁은 신노인도 자신의 생각과 다를 게 없다고 여겼던 모양이었다.

"그런데, 말이오."

그런데 신노인은 문득 꺼림한 생각이 달려들었다.

"그런데, 뭐유?"

용골댁은 신노인이 무슨 말을 꺼내려는지 몰라서 물었다.

"내 아내 죽은지, 삼 년도 못되잖소?"

신노인은 억양을 높여 격하게 말하였다.

"아이고! 할아범도 지킬게 따로 있쥬. 원."

"…"

신노인은 용골댁의 다음 말이 어떻게 나올지 몰라서 수화기를 귓바퀴에 가까이 대었다.

"우리가 오늘 죽을지, 내일 죽을지 모르는 늙은이끼린데─ 그런 걸 다 앞세우다니─."

용골댁의 말을 들은 신노인은 그 말이 그럴듯하다는 생각을 하였다.

"나도 싫진 않소. 하루 점심 한 끼 노인회관에서 때우고 산다오."

"나하고 함께 살면, 설마하니 할아범 밥 굶기겠어요."

"그러게 말요."

"오호호─, 이제야 내 말을 알아듣는군요. 오호호─."

용골댁은 아주 신나는 듯이 연신 웃어대었다.

신노인은 전화를 한창 받다가 눈이 떠졌다. 전등불이 환히 밝혀진 채였다. 용골댁이 이리로 온다는 소리를 끝으로 전화가 끊어진 것 같아서 몸을 일으켜 앉히고, 오기를 기다려야 하였다. 두 집이 서로 마을 첫머리와 끝머리에 있어서 동네 고샅을 질러오기도 시간이 걸릴 것 같았다. 그렇지만, 그가 스스로 오겠다는 데야, 집에 가만히 앉아 기다릴 수밖에 없었다.

그러나 한편 뜨악하고 꺼림한 데가 없지 않았고, 지금 자신을 빤히 내려다보고 있는 아내의 박힌 얼굴이 되살아나는 듯도 싶었다.

(내가 이 꼴로 땅속에 묻혔다고, 당신이 멋대로 놀아나는군요. 질투는 무덤에서도 한다는 말 못 들었소? 용골댁이 이리 오기만 해봐라! 내가 당장 당신부터 잡아먹겠소)

아내의 눈이 갑자기 화등잔만큼이나 부릅뜬 모습으로 보였다. 그러자, 신노인은 온몸에 소름이 끼치고, 그런 섬뜩한 기운이 등골을 타고 냉랭하게 번지는 바람에 잠시 떨이가 일어났다.

조금 빠른 벽시계는 기다란 분침을 열 한시 정각에 꼿꼿이 세워놓았다. 비록 잡초와 엉겅퀴풀덤불이 한데 어우러져 어두운 고샅길이기는 하였지만, 평생동안 발을 딛고 살아온 터라, 눈감고도 길눈을 밝혀 찾아오리라 믿었다.

신노인은 아내의 사진을 스쳐 볼 때마다, 아내의 동공이 커지면서 사뭇 부릅뜬 눈이 당장이라도 사진틀을 벗어나 자신에게 달려들어 날카로운 손톱으로 마구 쥐어뜯고 할퀼 것만 같았지만, 한편 죽은 아내가 자신을 어쩌지는 못할 거란 생각도 들었다.

이런 생각을 몇 번이고 곱씹으면서 스스로가 요리조리 자위를 해보는데, 갑자기 목이 타들어 가는 갈증이 느껴졌다. 그래 무릎을 짚고, 무거운 몸을 일으켜 윗목에 있는 냉장고 쪽으로 서툰 발을 옮겨갔다. 그리고 냉장고 문을 열고 안에 넣어둔 물이 담긴 플라스틱 병을 꺼내어 목으로 넘기려는데 느닷없이 전등불이 꺼졌다. 순간, 방안은 먹물이 빈틈없이 채워둔 것처럼 짙은 어둠이어서 아무 것도 분간할 수가 없었다.

신노인은 잘 됐다 싶었다. 마시던 물을 어둠 속에서 마저 마신 뒤에 아랫목으로 다시 돌아와 잠을 청하려 했으나, 잠은 이미 멀리로 도망쳐 버렸다. 그런 가운데 눈을 감았으나 용골댁에 신경이 써졌다. 아무리 새침데기 용골댁이라도 스스로 온다고 전화까지 해놓고, 이제껏 오지 않는 건, 필시 오다가 무슨 변고를 당했을 게, 틀림없을 듯싶었다. 전화를 걸어볼까 하는 생각도 하였으나, 이쯤에는 이미 집을 나와 길을 나섰을 테니, 전화를 받을 리 없다는 생각이 들어 그만두었다.

그렇다면, 가까이 올지도 모르니 나가봐야겠다는 생각이 번뜩 들었다. 하지만, 곧 인기척을 내면서 집안으로 찾아들지 모르는데, 굳이 나가볼 필요가 없다는 생각도 들어 안절부절 주춤거렸다.

또 전화를 주고받던 때가 언젠가 싶어지자, 여기를 찾아오다가 중간에서 무슨 일이 벌어진 게 틀림없다는 생각으로 되돌아섰다.

신노인은 용골댁이 일을 저지르려고, 그런 노망기 있는 전화를 하게 된 거라는 생각도 들었다. 그렇듯이 신노인의 머릿속에 차츰 불길한 예감이 헤집고 들어오자, 그냥 누워있기만 할 수도 없는 노릇이었다. 몸을 다시 일으켜 앉혀놓고, 눈을 돌려보아도 어둠 속에 묻힌 아내의 사진은 보이질 않았다.

그런데, 뒷문 창호지문으로 하얀 달빛처럼 환한 빛이 어두운 방안으로 거세게 스며들고 있었다. 별일이란 생각이 들었지만, 용골댁 일을 되살렸다.

신노인은 기여 몸을 일으켜 밖으로 나가보았다. 어차피 잠들기도 틀렸고, 용골댁이 오다가 어디선가 넘어져 낙성했을지도 모르니, 그러면, 얼른 몸을 부추겨서 집으로 데려와야 할 일이었다. 그래, 어두운 길을 더듬더듬 한 걸음씩 발을 떼어놓으면서 눈을 키우고, 앞을 두리번거려 어둠을 헤쳐갔다.

마당을 벗어나 집 뒤란 울타리 밖으로 트인 오르막길을 거슬러 올라가는데, 설핏한 눈으로 보아도 길섶에는 하얀 옷차림의 한 사람이 정말 풀숲에 쓰러져 있는 모습이 눈에 띄었다. 여느 때 흰옷을 잘 입었던 것을 되살린다면, 용골댁이 틀림없다는 생각을 굳혔다.

게다가 더는 움직이지도 않고 소리치지도 않으니, 큰일이 터진 게, 분명하였다.

신노인은 조급한 생각이 앞서 발을 잽싸게 떼어놓으면서 그리로 다가가 넌지시 용골댁을 불러보았다.

"용골댁! 용골댁!"

"…"

그러나 용골댁은 대답이 없었다. 풀숲에 쓰러진 흰옷차림은 이미 숨을 거두고 죽어있을지도 모른다는 생각이 선뜻 들자, 신노인은 섬뜩해서 더욱 가까이 다가갔다. 그리고 용골댁을 일으켜 세우려고, 황급히 손을 그리로 가져가 하얀 옷자락을 대뜸 움켜쥔 순간이었다. 웬일인지 손바닥에 여러 개의 예리한 가시가 박혀들더니, 따끔따끔한 아픔이 전율처럼 느껴져 왔다.

"아이쿠! 아이쿠."

짧은 순간, 신노인은 옷자락에 웬 가시인가 하는 의문에 휩싸였지만, 더는 의구심을 헤쳐 볼 겨를 없이 아릿하고 따끔한 아픔에 얼얼한 두 손을 맞잡고 외마디소리를 쳤으나, 주위에서 누구 하나 달려와서 보듬어줄 사람이 없다는 자각증세가 가슴속으로 쓰리게 일었다.

그런데, 손에 잡힌 거라고는 여러 개의 하얀 꽃잎뿐이었지만, 억센 가시가 손바닥 여러 곳에 사정없이 박혀들었던 모양이었다.

아픔을 참느라고 두 손을 감싸쥔 신노인은, 연신 따끔거리면서 얼얼하게 번져오는 아픔을 참아 넘길 수밖에 없었다. 실수를 저질렀다는 자책이 일었다. 흔히 늙으면 죽어야 한다는 말이 머릿속에 떠올랐다. 이다지도 허상을 잘못 볼 수 있을까. 몇 개의 가시가 살 속을 파고들었는지, 줄곧 아릿한 아픔이 가시지 않았지만, 살에 박힌 가시를 누구에게 빼달라고, 애원할 사람도 없으니, 늙게 혼자서 아픔을 견뎌내야 하는 쓸쓸하고 각박한 현실이 더욱 서러워서 신 노인은 문득 가시 박힌 아픔보다 더한 외로움에 온몸이 서릿발 꽂히듯 하여 눈시울마저 화끈거렸다.

아무튼, 용골댁은 어찌되었단 말인가. 신노인은 얼얼하게 아픈 손을 감싸 쥐고서, 그 자리에 선 채로 생각의 실마리를 잡지 못하였다.

그래 잠시 어정쩡하게 서 있었으나, 하는 수 없이 집으로 돌아가 용골댁에게 전화를 걸기로 마음먹고 발길을 돌려놓았다.

꺼졌던 전깃불은 신노인이 마당에 들어서자, 다시 켜졌다. 방으로 들어서자, 그는 머리맡에 놔뒀던 돋보기를 집어다가 콧등에 건 뒤, 전화기 밑에 깔아놓았던 전화번호부를 빼내어 책갈피를 펼쳐서 용골댁네 전화번호를 겨우 찾아내었다.

"이놈! 내가 죽어서 꼼짝 못한다고, 내 마누라를 어찌하려드느냐? 이

엉큼한 놈!"

갑자기 오랜 적에 죽은 발가숭이 친구이던, 용골댁의 남편 달순이란 놈이 불현듯 눈앞에 나타나 신노인을 마구 질책하는 게 아닌가.

신노인은 또 한 번 찔끔 놀랐으나, 개의치 않고 전화기를 끌어안고 커다랗게 박힌 전화기의 숫자판에서 전화번호를 하나하나 눌러대었다.

전화번호를 모두 누른 뒤, 신노인은 수화기를 귀에 갖다대고, 아련히 들리는 신호음을 귀에 담으면서 벽시계를 힐끔 보았다. 어느덧, 새벽 한 시가 지났다. 그런데 신호음은 연신 흘러가지만, 그쪽에서는 끝내 전화를 받지 않았다. 어찌된 일인지 몰랐다.

신노인은 일단 수화기를 내려놓았다. 그리고 잠시 뒤, 뜸을 들여 다시 걸리라 다짐하였다.

그때 가서도, 또 전화를 받지 않는다면, 정녕, 무슨 일이 터지고 만 것이 틀림없다는 조바심이 거세게 일었다.

잠시 뒤, 신노인은 다시 전화를 걸어보았다. 이번에는 전화번호를 더욱 또렷하게 또박또박 찍어 눌렀다. 그랬더니, 신호음이 또다시 어디론 지 흘러가고 있었다.

그런데, 정말 어느 순간, 신호음이 멈춰졌다. 그러나 상대는 아무런 대꾸를 하지 않았다. 그러자, 신노인은 먼저 말을 걸어보았다.

"아! 여보시오?"

신노인은 생경한 목소리로 상대를 불러냈다.

"누— 누구신데—?"

용골댁의 목소리였다.

"아니? 나요. 나!"

신노인은 아까 전화 받은 적이 있어서 모르겠냐는 듯이 이렇게 외쳐 대었다.

"누구라고— 얘길 혀야 알지. 대꾸 나라고만 허믄, 누군지 내가 어떻게 알겠유?"

용골댁은 숫제 신노인을 몰라라 하였다.

"왜, 아까 나한티 전화로 우리 집에 온다고 해놓고선—."

신노인은 좀 짜증스레 내뱉었다.

"무슨 말인지, 난, 통—."

용골댁은 영문을 알 턱이 없었다.

"나, 신노인인데—. 아까 용골댁이 나한테 전화하기를, 생활비 절약하고 내 밥 시중도 들어주기 좋으니, 합치자고 한 것을—?"

신노인은 아까 들었던, 용골댁의 말을 되뇌었다.

"어머나! 망측도 하네. 내가 언제 그런 말을 하다니? 신영감이 시방 망령 든 거 아뉴? 그런 얘기라믄 더 말하기 싫어유. 만일, 우리 애들이 그런 소릴 들으믄, 이 어밀 업신여길 거유. 젊어서 혼자되어 이제껏, 애들 뒷바라지하느라, 온 정성 다 쏟으면서 평생을 꿋꿋이 살아온 나한테 기가 막혀! 애들한티 절대 실망을 안겨줄 순 없유. 다신, 그런 말 입에 담지도 말어유."

용골댁은 뜻밖에도 이렇게 생뚱한 말을 쏘대더니 얼른 전화를 끊어 버렸다.

신노인은 이게 어찌 된 일인지 갈피를 잡을 수 없어서 어릿한 가운데, 제풀로 귀에 대었던 수화기를 힘없이 내려놓았다. 얼굴에 미열이 솟구쳐 오르더니 낯이 화끈거리면서 머리통이 후끈 달아올랐다.

개망신을 당했다 싶었다.

그제야, 신노인은 아까 집에 돌아왔을 때, 술김에 잠들어 꿈을 꾸었다는 사실을 어렴풋이 깨달았다. 어찌되었던지, 이제 얼굴을 들고, 용골댁을 대할 수 없을 것만 같았다.

신노인은 버릇처럼 몸을 일으켜 냉장고 속에서 시원한 물을 꺼내 마신 뒤에 뒷문을 열어보았다. 어둠 속에서 환한 빛을 창호지문에 한껏 비춰주는 건, 소담스레 활짝 핀 찔레꽃 떨기였다.

　신노인은 열어젖힌 문을 닫을 생각도 하지 않고, 눈빛처럼 화사한 꽃을 물끄러미 바라보는데, 가시 박힌 손바닥에서 아픔이 온몸으로 번져 들었다. *

초망(草莽)의 그늘

    김 노인이 아내와 더불어 고향을 떠나 D시로 온 건, 10년 전의 일이다.

    한 살이 위인 아내의 진갑잔치가 곁들여진 김 노인의 환갑잔치를 마쳤을 때였다. 잔치 끝으로 이틀이 지났던가 싶었다. 서울에서 온 큰아들과 둘째 아들이랑 딸들은 제가끔 딸린 식구들을 서둘러 승용차에 욱여 태우고 말끔히 떠난 뒤였다.

    이제 서울 애들이 홀쩍 홀쩍 떠났으니, 으레 그렇듯 D시에 사는 막내가 떠날 차례였다. 그런데 녀석은 선뜻 떠날 생각을 하지 않고, 마냥 주춤거리는 눈치를 보이더니, 끝내 남아 있었다. 일을 잡아들어야 할 월요일이 당장 내일인데 저녁을 먹고도 느슨하게 버티고 있었다. 갈 길이 제 차로 달리면 한 시간 남짓 걸리니 실은 내일 아침 떠나도 멀지 않은 곳이어서 그렇거니 하였는데, 녀석은 이튿날도 숫제 방바닥에 몸을 굴리면서 괜한 일로 시간을 질질 끌어가고 있었다.

    그렇게 이틀 사흘을 보내면서도 떠날 채비를 염두에 두지 않는 듯하였고, 서두르는 기색이 하나도 엿보이지 않았다. 낡은 창호지문에 구멍이 숭숭 뚫어진 뒷방으로 아침저녁 찬바람이 몰려들었고, 아직도 들쭉날쭉한 구들방이어서 몸을 뉠 적마다 사뭇 허리를 잡을 텐데 녀석은 무슨 꿍꿍이속으로 방안에만 처박혔는지 모를 일이었다. 가만히 보면 녀석은 잠을 자던가. 아니면, 저희 아내와 자식들과 한데 어우러져 뭔가 이야기하면서 웃음꽃을 피우기도 하고, 어떤 때는 함께 폭소를 터뜨리기도 하였다. 그런 가운데, 때로는 내외가 심각한 이야기를 낮은 목소리로 주고받기도 하였다.

아무튼 막내녀석은 그렇게 질질 늑장을 부리더니만, 또 며칠을 무심코 흘려보내었다. 게다가 어린 남매를 거느린 저희 아내조차 늑장부리기는 마찬가지여서, 남편을 두고 떠나기를 재촉하거나 조바심대지도 않았다. 되레 덩달아 무슨 꿍꿍이속인지 동아리 져서 맥없이 시간을 끌며 뭉개었다.

부모의 잔치메기로 먼길 찾아온 자식들이 잔치 끝났다고, 벌쎤 놈들처럼 휑하게 달아나기를 바라는 건 추호도 아니었다. 그러나 워낙 시골에 오기만 하면, 직장 일로 바쁘다는 말을 입버릇처럼 되뇌던 애들이고 보면, 막내의 늑장부리는 꼴이란 아무리 생각해도 괴이쩍은 일이 아닐 수 없었다.

그렇지만, 김 노인은 녀석에게 왜 떠나지 않느냐고 굳이 채근하여 캐묻지 않았다. 저희가 알아서 하리라 생각하였고, 모처럼 부모 환갑잔치라 직장에서 며칠 휴가를 얻었겠지 하고, 나름대로 건너짚어 생각을 돌렸다

그런 며칠 후. 그날도 어느덧 해가 지고 옅은 어둠이 그름처럼 집안으로 끼어들기 시작할 무렵, 전등불을 밝혀놓은 채, 저녁밥상머리에 둘러앉았는데, 김 노인은 으레 그렇듯 막내와 마주앉아 겸상해서 한참 밥을 먹었다.

그런데 녀석이 문득 이제껏 무겁게 다물었던 입을 떼는 게 아닌가.

"아버님! 부모님 제가 모시렵니다."

막내는 입에 밥을 가득 물고 우물우물 씹으면서 이렇게 말을 흘리고는 김 노인의 눈치를 살피는 것이었다.

"…?"

김노인은 예사롭게 불쑥 흘리는 막내의 말을 듣고도, 그 애가 여느 때 곧잘 하던 상투어라 여기고 대수롭지 않게 넘기려하였다.

"싱거운 녀석, 해도 그만, 안 해도 그만인 말을—."

김노인은 녀석이 괜한 말을 내뱉어놓고 아비 눈치나 살피는 게, 이제 는 지겹기도 하고, 한편 뜨악하기도 하였다. 허나 부모에게 자식된 도 리를 알아차리고 신경 써줘서 고마운 생각도 들었고, 정녕 남이라면 그 런 말을 흘릴까 미뤄보면 자식에게 정이 붙기도 하였다.

그런데 지금 녀석이 떨귀 논 말은 뭔가. 그 동안 허튼 소리로 흘렸던 것과는 달리 속에 줄곧 숨겨두었던 생각을 단번에 토해내는 듯싶어서 김 노인은 갑자기 의구심이 돌기도 하였다. 그래 밥술을 입에 넣다말고 잠시 머뭇거리며 아들의 얼굴을 말간이 바라보았다.

아니나 다를까. 막내는 제법 다기 찬 말투로 다음 말을 이었다.

"아버님, 환갑 전만 해도 그런 저런 구체적인 생각은 하지 않았습니 다. 하지만, 이제 늙으신 부모님을 멀리 시골에 외톨로 남겨두고—."

"…?"

김노인은 녀석이 길게 말꼬리를 물고 늘어지는 걸 보면, 제 깐대로 속에 든 말을 꺼내는 것 같아서 귀를 기울였다. 옆에 있던 아내도 막내 의 말을 듣고 있었지만, 별로 개의치 않는 기색이었다.

"—늘, 마음 안 놓이는 터에, 마침 널찍한 신형아파트로 살림을 옮겼 습니다. 전에 살던 데는 비좁은 집이라 어려웠지만, 이젠 공간도 넓고 해서 저희가 부모님 편히 모실 수 있습니다. 그리로 오시면 시골집에 사시는 것보다 훨씬 시원하고 쾌적하거든요."

(우리 걱정일랑 아예 말고 너희나 편히 잘살아라)

김노인은 이렇게 당부하고 싶었으나 막내의 말을 다 들어보고 가타 부타 대꾸하려고 끝까지 귀를 기울였다.

"또 그보다 서울 형님들이나 누나들이 부모님 찾아뵙기도 훨씬 쉬워지고, 그렇게 되면 자식들이 부모님을 뵙고 싶을 때, 얼른 뵐 수 있으니 얼마나 좋겠습니까. 하찮은 논밭뙈기랑 낡은 시골집 그냥 놔두시고 이참에 곧바로 저희 집으로 떠나시는 게 좋을 것 같습니다. 제가 드리는 말씀은 오래 전부터 서울 형님들 누나들과 이미 상의가 끝난 일이고 두고두고 벼르던 말씀을 이제야 드리는 겁니다."

김노인이 가만히 듣고 보니, 당장 떠나자는 말이었다.

"아니? 지금 누가 뒤쫓아 오더냐. 정든 고향 땅을 당장 떠나게?"

김노인은 한마디 하지 않을 수 없었다. 다만 며칠 생각할 여유도 없이 당장 떠나자고 을러대면서 채근하는 건, 도시 말이 안 되었다. 수대를 살아온 고향 땅을 떠난다 해도 그만한 채비가 있고, 동네사람들에게 작별인사라도 한 마디 건네야할 것이었다.

게다가 김 노인은 실지 40평 낙낙한 아파트에 부모님을 쾌적하게 모신다는 막내의 말이 현혹되리만큼 설득력이 있던 것도 아니었다. 그런데 서울에 있는 아들딸들이 부모를 쉽게 찾아뵐 수 있어서 조금도 외롭지 않다는 말이 더 솔깃하게 들렸다.

하지만, 막내의 말이 설득력이 있든 없든 간에 그 말만 가지고 김 노인 내외가 이튿날 수대를 뿌리 박혀 살던 새터를 등지지는 않았다.

한데, 막내가 그렇게 부모의 마음을 설렁거리면서 한참 이향을 꼬드기는 동안, 곁에 잠자코 듣고만 있던 며느리가 맞장구를 치면서 껴들었다.

"정말, 저희끼리 도시에 살면서 시골에 외롭게 계신 부모님을 잊어본 적 없었고, 자식들이 마땅히 모셔야할 의무를 저희가 다 못해서 늘 죄송스럽고 꺼림하게 여겼는데, 이제야 여느 때 가진 맘을 털어놓고 올리는 말씀이에요. 저희들 마음을 부모님께서 헤아려보시더라도 고향의 옛정 홀홀 떨치시고 떠나신다면—"

"…?"

김노인은 어안이 벙벙하였다. 어찌된 일인지 도무지 알 수가 없었다. 김 노인의 아내도 며느리가 입을 열자, 그 말에 젖어들었는지 아까 막내가 이야기할 때와는 달리 얼굴에 웃음을 띠운 채, 귀를 기울이고 있었다.

"저희가 부모님 특별히 해드리는 건 없을망정, 부모님 마음을 거슬리지 않고 여생을 편안히 정성껏 모실 마음의 준비는 되어있어요."

막내며느리는 이렇게 말하면서 요즘 고향이 어디 따로 있겠느냐고 따져 묻기도 하면서 그저 아무 데고 정들이면 고향이라고 덧붙였는데, 그 말에 노부부는 손발을 들고 말았다.

이것이 김노인 내외의 찰떡처럼 달라붙은 엉덩이를 기여 일으키게 한 동기였다. 아들이야 속으로 낳은 자식이니 마땅히 부모에게 연민의 정을 느끼더라도 부모를 모시고 싶겠지만, 며느리가 남편의 마음과 꼭 같이 생각이 맞아떨어진다는 건, 그리 쉬운 일이 아니라고 여겼다.

막내가 부모를 모시겠다고 맞대고 채근하는 동안, 김 노인은 톡 까놓고 말해서 며느리는 옆에서 가만히 있는데, 녀석이 제 나름의 생각만 가지고 이러쿵저러쿵 하나싶어 노부부는 똑같은 심정으로 아들이 입을 놀릴 적마다 옆에 있는 며느리의 눈치를 살피지 않을 수 없었다. 그런데 며느리가 기여 입을 떼며 부추겼던 게 감동의 꼬리를 불끈 솟아나게 하였다.

막내의 백 마디보다 진심에서 우러나오는 며느리의 말 한마디가 그토록 김 노인 내외를 솔깃하게 할 수 없었고, 마치 심한 갈증에 시원한 청량음료 한 컵을 들이키는 기분이 아닐 수 없었다.

더구나 저희끼리 호젓하게 살기를 바라는 요즘 젊은이들이고 보면, 적이 어른스럽고 공경하는 갸륵한 마음속을 기탄없이 풀어헤치고 꾸밈새 없이 제 빛으로 드러내 논 말은 노부부의 가슴을 뜨겁게 데워주기에 남음이 있었다.

또 노부부는 자랑스러웠다. 그만치 넓은 도량과 지순한 며느리를 맞았다는 게 말이었다. 그런 정도라면 남이더라도 함께 살고픈 심정이었다. 그래 나중이야 어찌되었던 막내를 따라 가고 싶은 충동이 거세게 일렁거려 자리를 떨치고 일어섰다. 실은 김 노인보다 여느 때 별로 말이 없던 그의 아내가 더욱 성구고 나섰다.

그런데 김노인은 피해망상에 걸려서가 아니라, 애들이 떨궈 놓은 말도 넉넉히 짐작하고 남음이 있긴 하였지만, 하필 이즘 별안간 이런 일을 들고일어나 서두를 건 뭔지 몰랐다. 허구한 날을 두고 당장은 무슨 저의가 숨겨져 있는 게 아닐까. 이런저런 의구심도 품었지만, 김 노인은 그런 꺼끄러기 같은 생각들을 얼른 목으로 삼켜버렸다. 애들이 늙은 부모 위해 정성 깃들인 말을 고깝게 듣고 의문 삼는다는 건, 어디까지 자신의 잘못이며 만일 이런 애들의 마음을 들어주지 않거나 등 돌린다면, 어떤 불의의 앙화가 미칠지 모른다는 죄의식마저 느꼈다.

이렇게 김노인 내외가 새터를 떠났던 게, 어느새 10년이란 긴 세월이 덧없이 흘렀다. 며느리의 말에 감동되어 무조건 떠나자고 서둘러댔지만, 순풍에 돛단배처럼 조용히 따라나선 그의 아내는 어쩌면 김 노인과 더불어 평생을 흙에 묻혀 살아온 자신을 어떤 미지의 세계에든 내던지고 싶은 충동이 일렁거렸는지 몰랐다. 한번밖에 더는 오지 않는 목숨을 두고ㅡ. 게다가 자식사랑이 겨워 막내의 애원을 못 받아줄 꺼끄러기도 있을리 없었다.

이래저래 정 들여 살던 고향집과 논밭을 고스란히 팽개치고 막내를 따라 어줍지 않게 D시에 살게 되었다.

막내에게는 지난날 쌀가마니를 넉넉히 대준 적도 없거니와, 제 발로 걸어 나가 좋은 규수 만나 짝을 지어 아이를 낳아 이렇듯 깨끗하고 호사스런 아파트를 차지해 산다는 게 대견스럽기도 하지만 한편 두렵기도 하여 자책감마저 일렁거렸다.

그런데 창밖으로 끊임없이 펼쳐진 우뚝우뚝 솟구쳐 오른 아파트 건물들을 바라보면, 마치 논배미에 들어박힌 벼 포기처럼 답답하고 숨이 막혔다. 게다가 가마득한 건물 아래를 내려다보면 아스라한 찻길을 빽빽이 채운 차량들이 잠시도 멈추지 않고 꾸물꾸물 어디론지 달리는 모습은 어쩌면, 개미떼들 같았다. 그것들은 정말 개미처럼 나무둥치를 타고 오르듯이 아파트 건물로 스멀스멀 기어올라 소름끼치게 에워쌀 것만 같았다. 어찌된 일인지 모르지만, 그리로 떠나온 지, 석 달쯤 되면서부터는 새장에 갇혀 자유롭게 나를 수 없는 부자유한 새가 되었다는 느낌이 들었고, 또 몸은 사뭇 고무풍선처럼 허공으로 떠오르면서 연신 땅바닥으로 곤두박질치는 심한 현기증세를 일으켜 불안감과 초조감을 간헐적으로 맛보기도 하였다. 그래 자꾸만 밖으로 나가 멀리 보이는 산기슭으로 도망치고 싶은 충동이 문득문득 드는 것이었다.

김노인 내외는 출입문과 잇대진 방을 썼다. 그리고 아들 내외가 직장을 나가면, 다섯 살 박이 손녀와 세 살 박이 손자를 보살펴주는 것이 노부부의 유일한 일과였다. 이런 아이들마저 없었다면, 아마도 벌써 아파트를 뛰쳐나갔을지 모를 일이었다.

아무래도 김노인 내외가 아파트 속에서 이토록 오랫동안 견뎌낼 수 있던 건, 오로지 어린 남매들을 보살피는 재미 때문이었을지 몰랐다.

이제 그 어린것들이 자라서 중학생 초등학생이 되었지만, 애들의 귀여운 재롱을 눈여겨보면서 보살펴왔던 그날그날의 재미와 보람이 이토록 많은 세월을 덧없이 흘러보냈고, 자신들의 내면과 주변에서 일어나는 어그러진 마음의 상처에 집착하거나 돌아볼 겨를을 잊고 말았다.

또, 10년 세월을 살았어도 노부부는 늘 막내의 집이 남의 집처럼 느껴졌다. 그래서인지 김 노인은 그 서먹한 느낌을 받을 적마다 아내로부터 위안을 받곤 하였다. 아내의 얽히고설킨 주름살의 노안과 파뿌리처럼 하얗고 메마른 머리칼을 눈여겨볼 때면, 으레 흙내와 풋내가 저절로 후각을 자극하였고 정 들여 살던 새터를 아직 떠나오지 않았다는 착각에 빠져들기도 하였다. 늘 귀에 틀어박히다 싶은 자동차의 소음과 10층 허공의 아득한 현기증 같은 공포증을 아내는 용케 삭혀주었다.

그렇듯, 김 노인에게는 비록 생리에 맞지 않는 곳에 살더라도 아내와 얼굴을 마주하면 한없는 평화와 포근함을 일깨면서 숙명 같은 삶을 달게 받아왔다. 그러나 그런 아내가 언제부터인가 핏기를 잃고 핼쑥한 얼굴로 변하면서 병색이 짙어지더니, 급기야는 자리에 몸져눕고 거동을 멈추고 말았다.

지난봄에 있었던 일이었지만, 김 노인이 그토록 예리하게 아내의 병을 지레짐작하고 안 되겠다싶어 재빨리 병원을 찾게 되었는데도, 아내는 식음을 끊은 채, 고즈넉이 병상에 몸을 뉘었다. 그리고 웬일인지, 까칠하게 부푼 얼굴에 잔잔한 미소를 띠워 보였다. 어디가 아프다고 얼굴을 찡그리거나 몸이 괴로워 앓는 소리 한번 짜증 한마디 토해낸 적 없이, 그저 얼굴에 띠운 미소를 끝내 지우지 않고, 적이 평화로운 모습으로 보름쯤을 조용히 누워 병마와 싸우더니 기여 가녀린 숨소리마저 매정스레 멈추고 말았다.

김노인은 오 남매의 자식들이 애통하는 가운데, 아내의 주검을 햇빛 바른 고향마을 새터 뒷산에 묻어두고 떨어지지 않는 무거운 발걸음을 옮겨왔었다. 하지만, 아내를 떠나보낸 그는 생경하게만 느껴지는 아파트와 수많은 자동차들 속에서도 숨을 거두던 마지막 순간까지 정녕 지우지 않던 아내의 미소가 머릿속에 또렷이 박혀 떠날 줄 몰랐다.

아내가 살았을 때도 이따금 척추와 무릎에 가벼운 통증이 일긴 하였으나, 그다지 심하지는 않았는데 아내가 죽고 나서부터는 움직이기조차 거추장스럽고 어려워져 이제는 걷기조차 이전과 같지 않았다. 마음이 병들면 몸에 병도 더치기 마련인가 보았다. 연신 우두둑거리는 소리가 뼈마디 사이사이에서 울려나왔고, 그럴 때마다 무기력한 몸은 어딘가 힘줄이 고무줄처럼 팽팽하게 땅기는 바람에 순간적으로나마 팔다리에서 견딜 수 없는 통증이 곧잘 일곤 하였다.

아들 며느리가 나름대로 그에 맞는 약을 철철이 지어다 줘서 먹어보지만, 요즘 약이란 그때뿐이었다. 하루하루가 허전하여 몸과 마음이 한정 없이 허공을 떠다니는 느낌이었다. 그럴수록 김 노인은 붉은 흙무덤 위에 잔디가 파릇파릇 돋아나는 아내의 무덤이 머릿속을 채워들었다.

우람스런 병풍산이 뒤로 둘러치고 따사로운 햇볕이 그윽이 내려 쬐는 아내의 무덤이야말로 누가 보든 명당자리일 것 같았다. 아내의 장사 때도 새터 동네사람들이 하얗게 몰려와서 생전에 아내의 곱고 아름답던 마음씨를 입에 올리면서, 그다지 마음씨 착한 분이 명당자리에 들어가 편안히 잠들었다고 떠들어대었다. 그건 비단 듣기 좋게 하는 말일 테지만, 그때 김 노인은 그런 마을사람들의 덕담이 무척 듣기에 마음을 흐뭇하게 하였다.

이런 생각에 사로잡힌 김 노인은 아침상을 물린 뒤, 다들 직장으로 학교로 가고 혼자 남은 집을 비워둔 채, 아파트를 슬금슬금 빠져 나왔다. 그리고 버스정거장으로 걸어가 시내버스를 탔는데, 차체가 흔들거릴 적마다 전신의 뼈마디가 시근거리고 우두둑거리는 소리를 내면서 통증이 일었다.

그렇지만 김 노인의 머릿속에는 고향마을 뒷산에 무덤을 지은 아내의 모습이 떠나지 않았다. 시내버스가 시외버스터미널 앞에 다다랐을 때, 김 노인은 굼뜬 몸을 가누면서 굼실굼실 차에서 겨우 내릴 수가 있었다. 그리고 많은 사람들이 북적대는 속으로 새우등처럼 휘어진 몸을 간신히 이끌고 터미널 건물로 스며들었다.

김노인이 새터에 다다른 건, 정오가 좀 못되었을 때였다. 일철도 지난 듯한데 마을고샅길은 사람의 그림자조차 눈에 띄질 않았다. 고적이 끈끈이처럼 달라붙는 가운데 김 노인은 서툰 발을 옮겨놓기 시작하였다.

이전 살던 집이 눈앞으로 다가서고 있었지만, 눈여겨볼 겨를도 없이 그 참 발길을 아내의 무덤이 있는 뒷산으로 옮겨갔다.

아내의 무덤은 붉은 흙에 파릇파릇 돋아난 잔디가 생기를 찾는 모습 그대로였다. 무덤 앞에 올라선 그는 헐떡거리는 숨을 가까스로 몰아쉬면서 무덤을 바로 보았다.

그때 머리 속으로 느닷없이 뛰어드는 아내의 모습과 마주쳤다. 아내는 삽티골 콩밭머리에 앉아 이마에 번지는 땀방울을 베적삼 옷깃으로 닦아내고 있었다. 그리고 나무그늘에 뉘인 아이를 품으로 안아 들여 젖을 물렸다.

그런 아내는 어느덧 해질녘 툇마루 끝에 다소곳이 앉았으나 시름을 달래며 가녀린 한숨을 짓는 모습이었다.

"후—우!"

애들 학비 대주는데 밭뙈기마저 팔려나가던 날이었다. 해마다 메주콩을 달다 뿐인가. 보리 석 섬씩은 족히 지어먹던 밭마저 남의 손에 넘어가자, 아내는 묵연히 속을 태우고 있었다.

그런 모습이 순간 사라지자, 김노인은 허탈감마저 일렁거리더니, 이내 눈시울마저 뜨거워졌다. 자식들이 속 썩이고 불효하는 건 추호도 아니었지만, 곁에서 고운 시중 한번 받아본 적 없었고 고이 길러낸 자식들과 따뜻한 정 한번 아기자기하게 나눠본 적도 없이 늙게까지 고생만 하다가, 저 세상으로 훌쩍 떠났다는 안타까움이 가슴을 메어왔다.

늙게나마 막내아들 집으로 들어가 살게 된 건 다행이라면 다행일 수 있었다. 하지만 그 애들도 늘 맞벌이로 동동거리면서 아침에 일찍 나가면 밤늦게 들어오기 일쑤여서 애들 얼굴조차 한번 또렷이 바라볼 수 없었던 건 아쉬움이 아닐 수 없었다.

김노인은 어느 순간, 아내의 체온이 바람에 날아와 몸을 스치는 느낌이어서 그늘진 풀숲에 몸을 부렸다. 시근거리던 허리와 무릎의 통증이 순간 멈춰지는 듯싶었다.

그래 담배 한 개비를 빼어 물고 불을 붙여 연기를 빨아들이니, 살포시 눈이 감겨왔다. 그러자 김노인은 이내 담뱃불을 비벼 끄고 몸을 아주 그늘진 땅위에 뉘였다.

자동차의 소음도 현기증을 자아내던 아스라한 아파트의 공허함도 없이 아내와 자신만이 이 땅에 누웠다는 정겨움만으로도 몸이 끝없이 아늑하고 편하였다.

다시는 어디로든 가기가 싫었다. 이대로 죽음 끝에 머물러 아내의 향긋한 몸 냄새처럼 물씬거리는 풋내를 맡으며 푸름이 짙게 어우러진 녹음 곁에 영원히 있고 싶었다.*

안개꽃 지다
정안길 소설집

발 행 일	|	2014년 4월 15일
지 은 이	|	정안길
발 행 인	|	李憲錫
발 행 처	|	오늘의문학사
출판등록	|	제55호(1993년 6월 23일)
주　　소	|	대전광역시 동구 대전로 867번길 52 (한밭오피스텔 401호)
전화번호	|	(042)624-2980
팩시밀리	|	(042)628-2983
홈페이지	|	http://www.lito77.co.kr(홈페이지)
전자우편	|	hs2980@hanmail.net
공 급 처	|	한국출판협동조합
주문전화	|	(070)7119-1741~2
팩시밀리	|	(031)944-8234~6

ISBN 978-89-5669-610-2
값 12,000원